AMOR Y VIRTUD
BAJO PREJUICIO

AMOR Y VIRTUD

BAJO PREJUICIO

Rolly Haacht

MUNYX CONTEMPORÁNEA

Primera edición: diciembre de 2018
Segunda edición: mayo de 2023
Amor y virtud bajo prejuicio.

www.munyxeditorial.com

ISBN: 978-84-949239-4-4
Depósito Legal: DL T 1495-2018

A las personas que me han dado tanto
sin pedir nada a cambio:
mi madre, mis abuelas y mis tías

No, you don't know what it's like
when nothing feels alright.
You don't know what it's like
to be like me.

To be hurt, to feel lost,
to be left out in the dark.
To be kicked when you're down,
to feel like you've been pushed around.
To be on the edge of breaking down
and no one's there to save you.
No, you don't know what it's like...

Welcome to my life,
Simple Plan

Comentario de la autora:
Las cosas no son lo que parecen,
casi nunca lo son.
Con las apariencias pasa exactamente lo mismo.
Dicho esto, os dejo con una historia
llena de *apariencias.*

1986

SEPTIEMBRE

SM	L	M	X	J	V	S	D
36	1	2	3	4	5	6	7
37	8	9	10	11	12	13	MM
38	15	16	17	18	19	20	21
39	22	23	24	25	26	27	28
40	29	30					

OCTUBRE

SM	L	M	X	J	V	S	D
40			1	2	3	4	5
41	6	7	8	9	10	11	12
42	13	14	15	16	17	18	19
43	20	21	22	23	ZN	25	26
44	27	28	29	30	31		

NOVIEMBRE

SM	L	M	X	J	V	S	D
44						1	2
45	3	4	5	6	7	8	9
46	10	11	12	13	14	15	16
47	17	18	19	20	21	22	23
48	24	25	26	LO	28	29	30

DICIEMBRE

SM	L	M	X	J	V	S	D
49	1	2	3	4	5	6	7
50	8	9	10	11	12	13	14
51	15	16	17	18	19	20	21
52	22	23	24	25	26	27	28
1	29	30	JK				

1987

ENERO

SM	L	M	X	J	V	S	D
1			1	2	3	4	5
2	6	7	8	9	10	11	12
3	13	14	15	16	17	18	DK
4	20	21	22	23	24	25	26
5	27	28	29	30	31		

FEBRERO

SM	L	M	X	J	V	S	D
5						1	2
6	3	4	5	6	7	8	9
7	10	11	12	13	14	15	16
8	17	18	19	20	21	22	23
9	24	AR	26	27	28		

MARZO

SM	L	M	X	J	V	S	D
9						1	2
10	3	4	5	6	7	8	9
11	10	11	12	13	14	15	16
12	17	18	19	20	21	22	23
13	24	25	26	27	28	29	30
14	31						

ABRIL

SM	L	M	X	J	V	S	D
14		1	2	3	4	5	6
15	7	8	9	10	11	12	13
16	14	15	16	17	18	19	20
17	21	22	23	24	25	26	27
18	28	29	RA				

MAYO

SM	L	M	X	J	V	S	D
18				1	2	3	4
19	5	6	7	8	9	10	11
20	12	13	14	15	16	17	18
21	19	20	21	22	23	24	25
22	26	27	28	29	30	31	

JUNIO

SM	L	M	X	J	V	S	D
22							1
23	2	3	4	5	6	7	8
24	9	10	11	12	13	14	15
25	16	17	18	19	20	21	22
26	23	24	25	26	27	28	29
27	30						

JULIO

SM	L	M	X	J	V	S	D
27		1	2	3	4	5	6
28	7	8	9	10	11	12	13
29	14	15	16	17	18	19	20
30	21	22	23	24	25	26	27
31	28	29	30	31			

CALENDARIO DE LA HISTORIA

CADA PUNTO GRIS CORRESPONDE A UN CAPÍTULO DE LA HISTORIA, PARA QUE SE PUEDA VER A GOLPE DE VISTA EL SALTO TEMPORAL DE UN CAPÍTULO A OTRO.

CUMPLEAÑOS DE PERSONAJES

- DK — DEREK BECKER
- JK — JAKE BECKER
- ZN — ZANE BECKER
- LO — LOUIS BECKER
- AR — ARABIA KURBAGH
- MM — EMMA WATHSON
- MM — EMILY WATHSON
- RA — RACHEL B. BECKER

VIE/SÁB

10-11 OCTUBRE 1986

OCTUBRE

SM	L	M	X	J	V	S	D
40			1	2	3	4	5
41	6	7	8	9	10	11	12
42	13	14	15	16	17	18	19
43	20	21	22	23	ZN	25	26
44	27	28	29	30	31		

Su nombre completo era Arabia Kurbagh, tenía diecinueve años y estaba pensativa y confusa apoyada en el alféizar, observando el exterior desde la cocina. Había cogido uno de los dos taburetes que tenía en la barra americana y lo había colocado junto a la ventana.

Vivía en un barrio humilde de una también humilde ciudad del condado de Utah, Vallon, repleta de personas trabajadoras, y el bullicio de gente que salía de los apartamentos para empezar la jornada la mantenía entretenida.

La noche anterior había sido de lo más extraña para ella. Al recordarlo, se apartó de la ventana y echó un vistazo al sofá que quedaba justo detrás de la barra.

No alcanzó a ver nada desde allí, así que se levantó y se asomó para mirar al chico que reposaba tendido sobre él. A pesar de estar un poco encogido, lo abarcaba entero. Seguía tapado de los pies a la cabeza, pero, al menos, hacía ya rato que no temblaba a causa de la fiebre. Se llamaba Jake, y era uno de los hermanos de su mejor amiga, Zane Becker.

Tratando de aclarar sus ideas, volvió a repasar lo sucedido a partir de la tarde del día anterior.

Había quedado con Zane en la biblioteca de Kingston después de comer, pero ella no apareció hasta pasadas las cuatro y muy alterada. Nada más llegar, empezó a hacer aspavientos con los brazos, indicando que tenía algo importante que decirle, y luego le explicó, por lo bajo, que se había vuelto a formar una buena discusión en su casa, con sus hermanos y con su padre. Ella siempre se lo contaba todo.

Salieron de la sala de estudio cuando la responsable de la biblioteca les pidió silencio, y entonces le dio el resto de detalles. Por lo visto, Jake y su hermano pequeño, Louis, habían empezado a enfrentarse por algo que ella todavía desconocía. Ellos dos solían discutir bastante a menudo, pero, a decir verdad, con Jake, todo el mundo discutía bastante a menudo.

—Cuando Jake sujetó a Louis de la pechera, mi padre se metió de por medio —le había descrito Zane—, y al tirar de Jake para que se separasen, este se dio la vuelta y lo empujó con todas sus fuerzas.

—¿Jake empujó a tu padre?

—Sí, y cayó al suelo y se golpeó en la cadera.

Lo último que Zane le dijo fue que Jake se había vuelto a marchar de casa y que su padre estaba furioso. Arabia tranquilizó a su amiga lo mejor que pudo y estuvo con ella hasta que esta decidió volver a casa. Por supuesto, no estudiaron absolutamente nada en todo ese tiempo.

Cuando Zane se fue, ella regresó a la sala y siguió analizando y pensando en lo que le había contado, sin poder concentrarse nuevamente en sus estudios.

Para empezar, ella conocía bastante bien el rudo carácter de Jake, pues ambos habían vivido bajo el mismo techo durante todo un año, concretamente, el anterior. Los Becker eran una familia muy numerosa. Paul y Sara, los padres de su amiga, tenían cuatro hijos y una sobrinita a la que habían adoptado cuando quedó huérfana con apenas unos días de vida. Así pues, eran siete en total. Arabia los había conocido a todos y a cada uno de ellos. Adoraba aquella familia, y el único con el que nunca se había llevado bien era Jake.

Los dos tenían un carácter peculiar. Él era malhumorado, testarudo e imprudente. Ella era lo que se decía una chica sin pelos en la lengua, con las ideas muy claras y con una seguridad en sí misma que muchos desearían.

Arabia salió de la biblioteca más tarde de lo habitual y, de camino a su apartamento, lo único que encontró abierto fue una pequeña frutería, donde compró algunas manzanas. A principios de octubre, el tiempo en Vallon era impredecible, así que no se sorprendió cuando empezó a llover nada más salir. Sacó y abrió el paraguas que siempre llevaba en la mochila y caminó sola, como de costumbre, por las ya oscurecidas calles de la ciudad.

Al girar la esquina del edificio al que se dirigía se llevó un susto de muerte.

Pasó muy cerca de la pared y chocó con las piernas de alguien que estaba acurrucado allí con los brazos cruzados apoyados en las rodillas y la cabeza sobre ellos. La capucha de la sudadera terminaba de ocultarle por completo el rostro.

Lo primero que pensó fue que se había topado con alguno de los mendigos que a veces se quedaban durmiendo por las calles del barrio. Se disculpó y se apartó con rapidez. Pero, cuando iba a reanudar la marcha, se dio cuenta de que la persona con la que había tropezado estaba tiritando. Le pareció extraño pues, aunque había empezado a llover hacía unos minutos, ella ni siquiera se había puesto la chaqueta. El tiempo todavía seguía siendo cálido en esa época del año.

Pensando en que posiblemente nadie se acercaría a aquel moribundo en toda la noche, se armó de valor y se dirigió a él.

—Disculpe, ¿se encuentra bien?

Se le acercó y le apoyó la mano sobre su brazo izquierdo. Él levantó la cabeza, tal vez reconociendo su ya leve dicción turca o tal vez porque realmente necesitaba que alguien le ayudase. Y entonces ella reconoció sus grandes e inexpresivos ojos azul oscuro.

Se trataba de Jake, por supuesto.

Arabia exclamó su nombre en voz alta por la sorpresa y luego le preguntó qué demonios estaba haciendo allí tirado. Sin embargo, él solo temblaba por el aparente frío que le recorría de arriba abajo. Le tiró del brazo para que se incorporara y le ordenó que la acompañase a casa. Para su sorpresa, él obedeció, sin más, caminando tras ella con las manos en el bolsillo delantero de la sudadera.

Llegaron al portal y Arabia abrió la puerta de entrada. Jake siguió todos sus pasos y se quedó apoyado en uno de los cuatro lados del ascensor sin levantar la cabeza. A Arabia le pareció muy fatigado y, por cómo seguía temblando, todo apuntaba a que tenía la temperatura muy alta.

Cuando llegaron a su estudio lo empujó por detrás para que entrara y luego lo adelantó para poder indicarle que se tumbara en el sofá. Pero no hubo tiempo para eso. Antes siquiera de llegar a darse la vuelta se escuchó un golpe seco: Jake estaba en el suelo. Gritó, asustada, al comprobar que se había desmayado. Intentó desesperadamente reanimarle dándole golpecitos en la cara. Sin éxito, intentó levantarlo para llevarlo al sofá, pero era demasiado corpulento para ella. Sin más ideas, salió a toda prisa al rellano. Llamó a una puerta y luego a otra, hasta que, al cabo de un par de minutos consiguió que el cascarrabias que vivía en la puerta de enfrente saliese en pijama, preguntando por qué llamaba a su puerta, molesto. Arabia le explicó lo sucedido de forma tan aturullada que el hombre no entendió ni una sola palabra. Finalmente, cuando señaló hacia el rellano de su estudio, vio a Jake incorporándose lentamente con la ayuda del respaldo del sofá. Resopló aliviada, se disculpó con su vecino y volvió corriendo a la casa sin escuchar las recriminaciones que él le gritó por detrás, cerrando la puerta tras de sí. Ayudó a Jake a seguir avanzando y luego él se tumbó y cerró los ojos.

Pensó en llamar a casa de los Becker, pero antes incluso de coger el teléfono se dio cuenta de que no era la mejor opción. De no ser porque sabía que no era la primera vez que Jake se peleaba con su padre y no regresaba a casa hasta el día siguiente, habría realizado la llamada. Pero conociendo eso, descartó la idea, suponiendo, además, que debían de estar todos muy enfadados con él y que a Jake no le haría ninguna gracia que tuvieran noticias suyas aquella noche.

Resopló, frustrada por la situación en la cual se encontraba, y procedió a hacer lo que debía. Cursando como estaba su segundo año en la Facultad de Enfermería, se sintió muy orgullosa de poder hacer frente a lo que acababa de ocurrir.

Primero levantó a Jake lo mejor que pudo para quitarle la sudadera. Debajo llevaba una camiseta interior de color blanco, de manga corta. Jake se quejó inconscientemente debido a los escalofríos que sufría, así que no le quitó nada más. Luego fue hasta su habitación en busca de algo que le pudiese servir a modo de paño. Cuando dio con una vieja camiseta de manga larga, le arrancó las mangas y se dirigió a la cocina. Allí las puso bajo el grifo y consiguió hacerse con un par de trapos finos y húmedos. Volvió al sofá y comprobó que Jake estaba cada vez peor. Se había encogido, con las manos por debajo de su cuerpo para tratar de calentarse, y se estremeció cuando Arabia le colocó el primer paño frío sobre la frente. Aun así, lo mantuvo con firmeza, y continuó con el procedimiento durante al menos una hora. Iba y venía, mojando los trozos de manga que había conseguido, hasta que empezó a notar que Jake dejaba de temblar y que su rostro parecía más tranquilo.

Continuó un poco más hasta que, exhausta, se quedó dormida sentada en el suelo, con la cabeza apoyada en el reposabrazos del sofá. Cuando se despertó, solo habían pasado dos horas. Sacó una sábana muy fina para colocársela a Jake por encima y llenó una botella de agua para que él la empezara a tomar. Fue complicado al principio, pues era difícil incorporarle y que bebiera por sí solo, pero a la tercera vez se acostumbró a la rutina y todo resultó mucho más fácil.

Ahora que ya había amanecido, y tras haber repasado los hechos, Arabia lo seguía observando. Se preguntaba cómo era posible que Jake hubiese ido a parar allí. Tal vez se tratase de una simple coincidencia, aunque menuda coincidencia.

Reparó en la bolsa con manzanas que descansaba sobre la barra y eso hizo que sus tripas se quejasen desde su estómago.

Sin dudarlo, fue a por una y empezó a comérsela a bocados.

Minutos después Jake se incorporó, casi de un salto. Observó desconcertado a su alrededor y se encontró con la mirada de Arabia. Tenía la mano sujeta a la bragueta de los pantalones y ella, divertida aunque sin demostrarlo, intuyó qué era lo que le pasaba: el agua que le había estado suministrando durante toda la noche se le debía de haber acumulado en la vejiga.

—Si buscas el baño, lo tienes ahí —le dijo, señalando a la única puerta que había en su pequeño hogar.

Jake se dirigió hacia allí rápidamente, aunque tuvo que apoyarse en la pared antes de entrar, mareado por la acción. Tardó bastante rato en salir. Cuando por fin lo hizo, se quedó parado a unos metros de distancia de Arabia, dirigiéndole una penetrante mirada. Ella comprobó que se había lavado la cara y que ya no aparentaba estar tan pálido como hacía unas horas. Se percató también de que el color blanco de su camiseta interior resaltaba mucho su tono de piel —era el más moreno de toda su blanca familia—.

—¿Qué? —preguntó Arabia cuando la constante mirada que le dedicaba empezó a impacientarla.

—¿Dónde estamos y qué hago aquí?

Las preguntas fueron muy explícitas y el tono de voz empleado no muy amigable. Arabia llegó a la conclusión, finalmente, de que Jake solo había llegado al barrio donde ella vivía por casualidad, y que no se acordaba absolutamente de nada.

—Estamos en mi apartamento, ya que no lo has deducido —contraatacó con templanza—, y estás aquí porque anoche te encontré medio tirado en la esquina de esta misma calle.

Jake se quedó pensativo unos segundos y luego echó un vistazo a la estancia en la cual se encontraba. Lo que más pareció llamarle la atención fue la tela de raso morada que Arabia había colocado para separar la zona del pequeño estudio dedicada a su habitación. A pesar de vivir sola, le gustaba tener una zona privada solo para ella.

—¿Dónde está mi sudadera? —preguntó Jake rompiendo el incómodo silencio.

—Encima del radiador —contestó ella, indicándole con un ligero movimiento de la cabeza la ubicación del mismo.

La había dejado allí durante la noche para que se secara. Él la recogió y se la colocó al instante. Luego fue hacia la puerta de salida.

—Creo que será mejor que me vaya.

Apunto estuvo de abrir la puerta cuando Arabia, muy sorprendida, fue tras él e hizo que se parara en seco.

—¿Perdón? —le espetó, furiosa. Él se quedó mirándola sin inmutarse demasiado—. No me lo pudo creer.

—¿El qué no te puedes creer?

Hizo un par de aspavientos con los brazos para darle a entender dónde se encontraban.

—Me he pasado toda la noche cuidando de ti —añadió—. Pero apuesto a que no tienes ni idea de en qué estado te encontré.

—Pues no, no lo sé, pero me puedo hacer una idea.

Él seguía tan tranquilo, como si nada de lo que hubiese pasado la noche anterior le importase lo más mínimo. Hizo el amago de dar un paso más hacia la puerta, pero Arabia lo volvió a interrumpir.

—Estabas apoyado en una pared, tiritando de frío. Podría haberte dejado allí, porque no solicitaste mi ayuda en ningún momento, pero decidí cobijarte en mi casa para que no pasases la noche a la interperie y pudieras recuperarte. Que, por cierto, para conseguir eso último, me he pasado la noche en vela bajándote la fiebre con trapos húmedos y dándote sorbos de agua para que no te deshidrataras, cuidando de ti. ¡Hasta te desmayaste al entrar aquí!

—¿Y qué esperas que te diga?

No estaría nada mal un "gracias, Ari", pensó ella.

—¿Sabes? Eres un auténtico desagradecido —le dijo, sin embargo.

Estaba tan serio que parecía enfadado; tal vez lo estuviera.

—Si quieres te cuento cómo casi le disloco la cadera a mi padre ayer, sin pretenderlo o cómo me fui de casa con lo puesto y sin saber si estarán dispuestos a volverme a recibir o cómo me pasé toda la tarde deambulando por cualquier calle para evadirme de los remordimientos o cómo el perrito caliente que me compré en un puesto de mala muerte me hizo desfallecer hasta el punto de no poder casi ni moverme. —El tono de Jake fue en aumento con cada nueva frase, y no contento con eso, continuó con ironía evidente—. Así que gracias por haberme salvado la vida, ¡pero no sabes la de problemas que se me vienen encima!

—No vuelvas a gritarme —repuso Arabia, aparentando serenidad—. Estoy segura de que yo, precisamente yo, no tengo la culpa de ninguno de tus futuros problemas. Te he ofrecido mi ayuda y te la seguiré ofreciendo si la necesitas. Si no la quieres, desde luego, ya sabes dónde está la puerta.

Dejó a Jake allí plantado y se dirigió a su habitación. Hizo a un lado la cortina y desapareció tras ella. Ya no le importaba nada lo que él hiciese. Estaba dolida por el hecho de que le hubiese hablado de aquel modo.

La mayoría de las veces, Jake no medía sus palabras, ni sus impulsos. Esos eran algunos de sus defectos, de ahí que siempre hubiesen tenido tantos encontronazos. De no ser porque habían convivido bajo el mismo techo y por la amistad que le profesaba a toda su familia, lo habría echado a patadas de su apartamento.

Sin duda, se lo merecía.

Pero estaba tan cansada que, a pesar del enfado, se quedó dormida en muy poco tiempo. Cuando se despertó fue incapaz de predecir cuánto tiempo había estado tirada en la cama. Sus tripas se volvieron a quejar y solo entonces reparó en que no había tomado nada más que una manzana desde la noche anterior, y ni siquiera la había terminado. Miró el reloj despertador que tenía en la mesita de noche: eran las 15.44 del sábado. Tenía mucho que estudiar y poco tiempo que perder, así que salió a lavarse la cara para despejarse antes de ir a comer algo.

Encontró a Jake sentado en el sofá, pero no le sorprendió que se hubiese quedado. Después de todo, tampoco tenía a dónde ir.

Tras echarse un poco de agua sobre el rostro, Arabia se quedó un buen rato observándose en el espejo. Pensó que estaba horrorosa. Más despeinada que nunca y con unas ojeras increíbles.

Se recogió toda la maraña de pelo castaño oscuro en un moño, dejando el flequillo despuntado cayéndole sobre la frente, luego eliminó los restos de lápiz de ojos que se le había esparcido alrededor de ellos y volvió a perfilárselos. Ese toque hacía que sus ojos pareciesen todavía más grandes de lo que ya eran y, precisamente, los ojos eran casi lo único que le gustaba de sus extraños rasgos. Los tenía de un tono gris oscuro, que no llegaba a ser negro. Los había heredado de su madre, al igual que la nariz, recta y con la punta redondeada. Eran, por así decirlo, sus únicas facciones turcas. El resto eran de origen árabe por parte de padre, y ya estaba acostumbrada a llamar la atención debido a su mestizaje y su procedencia, pues hacía cuatro años que se había mudado a Estados Unidos. Más concretamente, a Vallon.

Salió por fin del baño y fue hasta la cocina. Lo único decente que le quedaba en la nevera era un paquete de lasaña congelada, así que encendió el horno para que empezara a calentarse.

Jake se acercó hasta la barra americana y apoyó los codos.

—Lo siento.

Se volvió para mirarle, muy impresionada, porque, que Jake se disculpase, era algo extraordinario. Tanto, que no supo muy bien cómo reaccionar, así que se limitó a asentir con la cabeza en señal de que aceptaba sus disculpas.

Arabia podía pecar de muchas cosas, pero no de rencorosa.

Metió la lasaña al horno y habló en tono amistoso.

—Espero que te guste la comida precocinada, porque es lo único que tengo.

—No necesito tanta hospitalidad. Además, no tengo hambre.

Los dos se miraron durante unos instantes, pero Jake volvió a agachar la cabeza. Ella pensó que debía estar realmente preocupado por la corta conversación que habían tenido tras despertarse. Buscó las palabras adecuadas para intentar animarle.

—No te preocupes. No van a cerrarte las puertas de tu propia casa.

—Yo no estaría tan seguro de eso... —La miró para hacer una pausa y luego continuó—. No soy estúpido. Sé que esta vez he llegado demasiado lejos.

Arabia se mordió el labio sin saber qué decir.

—Te lo ha contado todo Zane, ¿verdad? —le preguntó. Ella asintió con la cabeza—. Me lo imaginaba.

—Pero no sé qué fue lo que pasó con tu hermano Louis —admitió, esperando a que le revelara los pormenores.

Entonces Jake le relató su versión de los hechos del día anterior.

Volvió a casa un poco antes de lo habitual porque habían cancelado una clase de la universidad y, cuando subió a su cuarto, Louis salía de allí, inquieto. Lo paró para preguntarle por lo que había estado haciendo, pero, sin contestarle siquiera, bajó hacia la cocina. Entonces Jake entró a la habitación y fue directo hasta la caja donde guardaba los pocos ahorros que tenía, fruto de todo el tiempo que había estado ayudando a su padre en la fábrica Wathson para conseguir algo de ingresos extra. Les tenía dicho a todos que no curioseasen sus cosas, pero, especialmente, a su hermano Louis. Ya le había desaparecido dinero en dos ocasiones y él era el principal sospechoso. Lo que más rabia le daba era no entender para qué narices necesitaba dinero un crío de quince años.

Comprobó que lo tenía todo, pero como se notaba que alguien había estado manipulando los billetes, bajó hecho una furia a la cocina y se encaró con él. Lo cogió por la pechera y lo zarandeó varias veces, gritándole tanto que no dejó que Louis pudiese darle explicaciones.

Su padre le escuchó y fue a controlar la situación. Cuando lo sujetó por el brazo y le ordenó que soltase a su hermano, su rabia se incrementó. Y esa rabia se debía, precisamente, a que sabía muy bien que él nunca se pondría de su parte. Entonces, de manera inconsciente, se giró y lo empujó tan fuerte que lo hizo caer.

Arabia sabía que eso de que había llegado demasiado lejos era cierto. Durante el tiempo que había vivido con los Becker había presenciado muchos enfrentamientos padre e hijo. En todos había salido perdiendo Jake, pero nunca antes había replicado de forma violenta.

Se dio cuenta de que, tal vez, aquella era la primera conversación decente que tenía con él.

Ellos dos nunca se habían llevado demasiado bien, sobre todo, porque a ella no le parecía adecuada la forma que tenía de dirigirse a sus hermanos. Además, solía recriminárselo. Recordó una vez que, antes siquiera de estar viviendo allí, sentada con Zane en el salón de la casa, concentrada en un ejercicio de física para el instituto, Jake llegó con su prima en brazos y calado hasta los huesos por la incesante lluvia que caía afuera. Se quejó en voz alta por haber tenido que ir a recoger a la pequeña, saltándose el entrenamiento, porque, por lo visto, todos los demás estaban muy ocupados, razón por la cuál le enfureció verlas a ellas allí sentadas. Las acusó y gritó tanto, que vio cómo a Zane se le empezaban a poner los ojos vidriosos. Entonces ella le dijo que era un auténtico imbécil. Al día siguiente, Zane no pudo asistir a clase, pero Jake apareció en la puerta del instituto y le entregó unos folios de parte de su hermana. Era el ejercicio resuelto que ambas habían intentado solucionar sin éxito. Zane le contó más tarde que había sido Jake quien lo había hecho, porque su padre le ordenó que las ayudara.

Era realmente bueno en física.

—Si crees que todavía no estás preparado para enfrentarte de nuevo a tu padre, puedes quedarte aquí el tiempo que necesites —le dijo Arabia, volviendo a la realidad—, pero, al menos, llama a casa y diles que estás bien. Estoy segura de que a pesar de todo estarán preocupados por ti.

—Lo dudo. Lo único que les podría interesar es saber dónde he pasado la noche, pero tampoco creo que les vaya a importar mucho. Saben que sé cuidar de mí mismo.

Arabia arqueó una ceja, poniendo en duda sus palabras después de lo ocurrido.

—¿Prefieres que llame yo? Puedo hablar con tu hermana y decirle que estarás aquí hasta que decidas volver.

Jake la miró con detenimiento, pero ella no pudo descifrar la sensación que trataba de transmitirle. Era de nuevo esa mirada fría y seria con la que tantas veces se había cruzado.

—Si realmente crees que es necesario...

Definitivamente, a veces tenía ganas de pegarle una bofetada. No una de esas que daban las chicas en las películas cuando se enfadan con sus pretendientes, sino una que le hiciese reaccionar.

Su respuesta le hacía ver que Jake ya había vuelto a la normalidad, porque podría haberle dado una mucho más sincera o agradecida, en el sentido de que alguien le ahorrase el mal trago de llamar a casa, pero no. Era demasiado orgulloso.

Por suerte para él, no se percató de la mirada sombría que Arabia le dedicó.

A pesar de todo, media hora más tarde, Arabia aprovechó que Jake había salido a dar una vuelta para llamar a su mejor amiga y ponerla al día. Así se enteraría también de cómo estaban las cosas en su casa un día después de lo sucedido.

—¡Ari! ¡Hola! Precisamente ahora iba a llamarte. ¿Cómo llevas el examen del lunes?

—Si te digo la verdad, no he tenido tiempo de mirarme nada. Voy a tener que pasarme toda la noche de hoy y de mañana estudiando.

—¡Caray! ¿Y qué has estado haciendo? ¿No se supone que ayer te quedaste más tiempo en la biblioteca?

—Sin ir más lejos, he estado cuidando de tu hermano Jake.

Arabia empezó a narrar uno a uno todos los acontecimientos, mientras Zane se mantenía expectante al otro lado del auricular, escuchando con detenimiento y lanzando exclamaciones cuando Arabia llegaba a los puntos más interesantes.

—He estado hablando con él de lo sucedido y creo que está muy arrepentido. Y aunque no lo confiese, sé que tiene miedo de volver a casa.

—Si te soy sincera, Ari, lo que ha pasado ha sido como la gota que colma el vaso. Yo en su lugar también tendría miedo. Mi padre lleva todo el día sin hablar con nadie. Cuando le vuelva a ver no sé cómo va a reaccionar. No sé ni siquiera si yo misma quiero estar en casa cuando lo haga. Además, esta vez, mi madre también está muy enfadada.

—Al menos dile a ella que está sano y salvo y que pronto regresará. Imagino que mañana por la tarde, cuando yo me vaya a trabajar, lo tendréis de vuelta.

—Gracias por cuidar de él. No sé qué le habría pasado si no llegas a encontrártelo...

—No te preocupes. Ya ha pasado todo. Nos vemos el lunes.

Cuando Jake volvió a su apartamento, lo hizo cargado con dos bolsas del Seven Eleven llenas de comida, una garrafa de agua y una botella de Pepsi bajo el brazo. Había comprado incluso un par de filetes. Su gentileza llegó hasta el punto de ofrecerse voluntario para preparar la cena de esa noche, pero ella se lo impidió sin darle opción a réplica y él no se quejó, porque ambos sabían que sus dotes culinarias dejaban mucho que desear.

El ambiente se relajó bastante después de aquello.

LUNES

13 OCTUBRE

Jake había sido el último en despertase esa mañana. Los lunes no tenía ninguna clase antes de las diez, así que era el único día que podía tomarse con algo más de calma. Se levantó, se dio una ducha reconfortante y bajó a desayunar. Antes de salir de casa paró un instante a ojear la lista de tareas de la nevera. Leyó su parte:

17:00 (recoger a Rachel) — 18:30 (recoger a Louis) — 19:00 (recoger a Zane)

Se percató rápidamente de que también había una nota escrita a mano justo debajo del horario. Era de su madre.

"Papá y yo llegaremos tarde a casa. Nos hemos ido en autobús, así que tienes las llaves de la camioneta en la mesa del salón. Acuérdate de todo lo que tienes apuntado en la lista. Intenta darle a Rachel la merienda antes de salir a por Louis. Cuando estéis todos en casa, preparad algo de cena para vosotros. Regresaremos antes de las diez."

El que le dejasen el vehículo familiar para ir a la universidad era toda una novedad. Ya no recordaba ni siquiera la última vez que la había usado. Además, después de lo sucedido tres días atrás con su padre, creía que estaría destinado a no volver a conducirla nunca más, entre otras cosas.

Jake se paró un instante a pensar en qué sería lo que sus padres tendrían que hacer juntos esa tarde, pero estaba deseando volver a conducir, así que no se esforzó demasiado en resolver esa duda.

El coche de los Becker era una vieja camioneta Travelette de principios de los sesenta, de un azul que conoció tiempos mejores y que, comparada con los modelos actuales, ya se había quedado anticuada. Pese a ello, nunca se les había estropeado —su padre se empleaba muy a fondo en su mantenimiento— y todos la consideraban una reliquia familiar. Pero, a sus casi veintiún años, Jake podía contar con los dedos de las dos manos las veces que había tenido la oportunidad de conducirla en solitario.

Estaba tan contento, que no dejó de sonreír durante todo el trayecto, disfrutando a su vez del aire fresco que entraba a través del hueco de la ventanilla.

Nada más entrar al aparcamiento de su facultad, empezó a dar vueltas para buscar un buen sitio. La camioneta era considerablemente grande, pero encontró el hueco perfecto entre dos vehículos, uno de los cuales era un sedán rojo muy llamativo que acababa de llegar. Con mucha destreza, maniobró para dejarlo alineado entre los dos, pero justo cuando estaba situado para empezar a dar marcha atrás, el sonido de una bocina le sobresaltó.

—¿A dónde crees que vas con esa cosa? —escuchó de parte de una irritante voz femenina—. ¡Vas a rallarme la carrocería!

Jake se giró hacia su izquierda y miró por la ventanilla. La propietaria del coche rojo había salido de su interior y ahora trataba de impedirle el estacionamiento. Distinguió al instante la corta melena de pelo teñida de rojo que tanto la caracterizaba. Era Emma Wathson, una chica de su clase a la que conocía más de lo que deseaba. Hizo caso omiso de lo que le decía y continuó dando marcha atrás, rectificando la trayectoria de la camioneta para dejarla todavía más pegada al coche que reconoció después como uno de los modelos más actuales del mercado: un reluciente Buick Skyhawk.

Por lo visto, también era el regalo más reciente de una niña mimada.

—¡¿Estás loco?! ¡Detente ahora mismo!

Realizó la última maniobra con un movimiento brusco, haciéndole caso omiso. Como consecuencia, tuvo que salir por la puerta del copiloto, ya que la suya había quedado a escasos centímetros del retrovisor del Buick, pero consiguiendo con ello crispar los nervios de la chica, algo que le resultó especialmente gratificante.

Jake caminó sonriente y satisfecho hacia la entrada de la facultad, hasta que Emma lo alcanzó para encararse con él. Lo adelantó por la derecha y le dio un empujón en el pecho, sin lograr moverlo ni un centímetro.

—¡Eres un cretino! ¡Si hubieses rozado mi coche tan solo un poco...!

—¿Qué? —la interrumpió él—. ¿Qué pasaría si le hubiese hecho algo a tu nuevo juguetito?

Emma gesticuló con rabia y luego se alejó de él con los puños apretados y maldiciendo para sus adentros hacia el interior del edificio. Antes de entrar por la puerta, se giró para decirle una última cosa en forma de amenaza:

—Me las pagarás, Becker.

Sin embargo, él no le hizo ni caso.

¿Qué podía temer de una chica como Emma? Era demasiado remilgada y correcta dentro del campus como para ensuciarse las manos intentando devolverle la jugada.

Al entrar a la clase de Geología que le correspondía ese día, notó cómo el grupo de amigos del que siempre se rodeaba Emma lo seguía con la mirada hasta que tomó asiento en la tercera fila. Siempre buscaba sitio donde no hubiese demasiada gente alrededor, pues no le interesaba en absoluto relacionarse con los de su clase, casi todos un año menores que él.

Jake estudiaba Ingeniería Geofísica e iba un curso académico retrasado, porque, prácticamente, la mitad del año anterior lo había pasado trabajando con su padre. Además, hacía dos años que había perdido la beca de fútbol con los Ice Falcons y uno de la restante beca de estudios, así que solo había podido matricularse de cinco asignaturas al inicio del curso y tras mucho trabajar y ahorrar durante el verano.

Aquel día no le apetecía tomar apuntes sobre el magnetismo de la Tierra, le pareció mucho más importante pensar en cómo iba a ser capaz de recuperar la confianza que su madre había perdido en él. Albergaba esperanzas de que ella lo perdonara, al igual que tenía la absoluta certeza de que su padre no lo haría, al menos a corto plazo.

Era perfectamente consciente de lo que había hecho.

En un momento dado, le vinieron a la mente los dos días que pasó en casa de Arabia, la amiga de su hermana. Nunca habría apostado por que se diese semejante situación, porque se llevaban fatal. A Jake le molestaba mucho que ella le hablase de lo éticamente correcto que él siempre pasaba por alto, pues eso era justo lo que había hecho durante el año que había vivido en su casa. Pero visto con perspectiva, ahora que ya no tenía que encararse con ella día a día, casi echaba de menos algunas de sus conversaciones. Realmente sus charlas le hacían reflexionar, aunque nunca se hubiese mostrado visiblemente de acuerdo con lo que le decía. Lo que más le recalcaba era su nula capacidad para controlarse de forma verbal en determinadas situaciones, y su impulsividad.

Esa impulsividad era la que le había hecho actuar de aquel modo esa misma mañana, en el aparcamiento. No le tenía miedo a una ricachona consentida, pero, tal vez, subestimar a Emma Wathson no había sido lo más inteligente, teniendo en cuenta que era una de las chicas más conocidas de toda la universidad.

A veces, sencillamente, el orgullo no le dejaba ver más allá.

Llegó a la cafetería a las doce, decidido a comprar cualquier bocadillo que hubiese disponible para comérselo antes de entrar a la siguiente clase. El espacio no era muy grande, pero nadie consideraba que fuese insuficiente, dado que no eran muchos los estudiantes de Geofísica, o de otras facultades cercanas, que fuesen a parar allí.

Jake se sentó solo en una de las mesas.

Siempre se había sentido muy apartado de la sociedad estudiantil. Como eran pocos los interesados en su carrera, las clases solían ser de grupos reducidos, así que todos se conocían de vista. El hecho de que le afectase ser el único en ir retrasado de los de su quinta le hacía todavía más sombrío y solitario. Muy poca gente repetía asignaturas, y los que lo hacían era porque más tarde dejaban la carrera o se pasaban a otros estudios al entender que aquello no era para ellos.

El caso de Jake era distinto. A él sí que le gustaba lo que estudiaba y no solo eso, sino que a veces sentía que le explicaban montones de cosas que ya sabía, pues se había pasado mucho tiempo leyendo e investigando sobre materias que le parecían curiosas. Pero la precaria situación económica de su familia le impedía avanzar más rápido, así que tenía que contentarse con avanzar a paso de tortuga.

Eran pasadas las tres de la tarde cuando salió de la facultad en dirección a la camioneta. Por suerte, el coche rojo ya no estaba, así que no tuvo que hacer ninguna pericia para acceder al asiento del conductor. Sin embargo, cuando puso la mano sobre la maneta para abrir la puerta, sintió que se le paraba el corazón. En toda la parte lateral izquierda alguien había escrito con espray negro la palabra "chatarra". Lo primero que le vino a la mente fue la posible reacción de su padre cuando lo viese. Hasta sintió miedo solo de pensarlo, algo bastante inusual en él.

Unas risotadas a su espalda le hicieron volver al presente. Al darse la vuelta se encontró justo con lo que imaginaba: Emma estaba en su coche, parada cerca de él, con las cuatro ventanillas bajadas. Había más ocupantes dentro del vehículo, y a todos les pareció muy divertido el panorama.

—¡Te dije que me las pagarías! —gritó Emma—. ¡Cómprate un coche nuevo!

Antes de que Jake pudiese replicar, ella arrancó y se marchó de allí, llevándose con ella la retahíla de carcajadas de sus amigos.

—Maldita zorra —murmuró para sí.

Acababa de volver a meterse en un buen lío con su padre por culpa de una malcriada.

Sin más opción, se subió a la camioneta y arrancó para dirigirse a Delton, donde tenía que recoger a Rachel, y conectó la radio a máximo volumen para no tener que pensar en nada, a pesar de lo tenso que le ponía y lo poco que le gustaba escuchar música.

Cuando llegó frente a la puerta de la escuela infantil se detuvo, bajó del asiento y caminó hasta la puerta por donde salían siempre los niños. Estuvo un buen rato esperando a que su prima saliera, hasta que cayó en la cuenta de que era el único que esperaba. Miró su reloj y blasfemó al aire al comprobar que todavía faltaba más de una hora para las cinco.

Se sentó en un escalón cercano, resignado. Poco después, una chica joven salió por la puerta para dirigirse al edificio contiguo. Se detuvo frente a Jake y él levantó la vista al reparar en la molesta presencia que tenía delante de sus narices, notando su cambio de expresión. Primero sorpresa, luego alegría, interrogación y, finalmente, decepción.

—Hola, Nancy —dijo Jake, haciéndole un gesto con la cabeza.

Ella se quedó callada un rato más, sin devolverle el saludo. Era una de las profesoras infantiles que tenía su prima, y estaba convencido de que ella lo había confundido con otra persona.

La reacción de la chica le hizo bastante gracia, aunque no lo exteriorizó.

—¡Hola! —respondió ella, dando un pequeño salto hacia atrás cuando Jake arqueó una ceja con impaciencia—. ¿Qué haces aquí? Quiero decir, ¿tan temprano? ¿Le ha pasado algo a tu madre?

Después de todo, Jake se arrepintió de haber iniciado la conversación con Nancy. Lo poco que conocía de ella era que podía ser terriblemente habladora.

—Me he adelantado. He calculado mal la hora.

—Ah... Pues vaya, vas a tener que esperar ahí sentado todavía un buen rato más, ¿eh? Qué mala suerte.

Las palabras de la chica fueron más inocentes que maliciosas, pero Jake no estaba de humor. Su mente volvió a recordar todo lo sucedido y, rápidamente, la presencia de Nancy pasó de divertirle a molestarle.

—Supongo que no es asunto tuyo, ¿no? —La chica abrió mucho los ojos tras escuchar aquellas palabras. No contento con ello, Jake continuó—. Cuando mi hermano Derek venga por aquí, puedes probar con él tus absurdas conversaciones, que seguro que resultarán mucho más gratificantes para ambos. Conmigo no hace falta que te molestes. No quiero hablar. Espero a Rachel y luego me voy. Así de sencillo.

Nancy agachó la cabeza y se marchó, y él se quedó allí sentado, viéndola alejarse, con los remordimientos al acecho. Pero es que nunca había soportado a Nancy. Le parecía que tenía muy pocas luces, y solo Derek era capaz de seguirle la corriente para no hacerla sentir mal.

Derek era su hermano mayor. Se llevaban solo once meses de diferencia y tenían un porte muy parecido, así que no era la primera vez que le confundían con él, pese a que, en realidad, tenían muy poco en común, salvo la estatura.

El tiempo de espera se le hizo eterno. Vio pasar a Nancy de regreso, pero lo hizo tan deprisa que apenas tuvo tiempo de levantar la cabeza antes de que ella desapareciese de nuevo. Cuando por fin fueron las cinco en punto, se abrieron los dos portones y empezaron a salir niños cogidos de la mano. Su prima Rachel lo vio y se soltó para ir corriendo hasta él. Jake, por su parte, la cogió por las axilas y se la puso en el regazo. Ya tenía cinco años. Le parecía increíble lo rápido que había pasado el tiempo desde que sus padres la adoptaron.

La llevó hasta la camioneta y la colocó en el asiento central de atrás. Necesitaba algún tipo de líquido desengrasante con el que poder quitar la pintada que le habían hecho, así que, sin perder el tiempo, volvió a poner en marcha el motor para ir en busca de un taller mecánico.

En el único que encontró de camino a Prinss, le vendieron una botella con la que volvió a casa muy poco convencido. Una vez allí, sacó al jardín el cubo de juguetes de su prima para que estuviese entretenida mientras él intentaba disolver las letras.

Pero la tarea no estaba dando buenos resultados.

A la media hora de estar frotando, se dio cuenta de que lo único que conseguía era que aquel líquido que le habían vendido se comiera la pintura de la propia camioneta. Para cuando se percató de lo tarde que era, había quedado un resultado nefasto. Las letras habían perdido un poco de intensidad, pero la carrocería estaba toda descolorida. Sin más opción, guardó todas las cosas y volvió a meter a Rachel en la parte de atrás para ponerse en marcha rumbo al instituto de Louis.

Su hermano menor lo estaba esperando en el lugar donde siempre le recogían. Jake estaba seguro de que no le haría ninguna gracia verlo aparecer, pero a él tampoco tener que soportarlo después de lo que había pasado entre ellos.

—¿Qué le has hecho a la camioneta? —preguntó cuando Jake se colocó a su altura.

Desde fuera había podido leer la pintada que tenía. Él y muchos otros que también salían a última hora de alguna actividad extraescolar.

—Sube y no hagas preguntas —le ordenó.

Una vez en el interior y ya con el coche en marcha, Louis volvió a intentarlo.

—¿Qué es eso de...?

—¿No te he dicho que no hagas preguntas? Limítate a no molestarme.

Se hizo el silencio en el vehículo cuando Louis giró la cabeza y se puso a mirar por la ventanilla.

—No tengo un buen día, ¿vale? —se excusó Jake. Sintió que debía hacerlo.

—¿En serio?

La réplica de su hermano fue tan sarcástica que ya no dijeron nada más. Rachel decidió solventar la tirantez entre ellos poniéndose a cantar, por lo que *Old MacDonald had a farm* los acompañó durante todo el trayecto hasta la Facultad de Enfermería, ubicada en la Sede Este de la Universidad de Vallon.

Jake localizó a su hermana en la acera, charlando con su mejor amiga. Ambas subieron a la parte de atrás por el lado opuesto a la pintada.

Zane lanzó un saludo general y siguió hablando. Jake miró por el espejo retrovisor a Arabia. Le resultó un poco extraño volver a verla, después de todo; también dedujo que esa noche se quedaría a dormir, porque de lo contrario no habría subido a la camioneta.

—Pero bueno, ¿se puede saber qué pasa aquí? —preguntó Zane, al cabo de unos minutos, al darse cuenta del mutismo del resto de los ocupantes.

Ninguno de los dos hermanos dijo nada.

—¿Qué pasa, Louis? —lo intentó de nuevo—. ¿Habéis discutido otra vez?

—No pasa nada.

Fue Jake el encargado de contestarle. Las manos le sudaban tanto que se le resbalaban del volante.

—Pues entonces explicadme por qué estáis así de serios los dos. Si es por lo del viernes, deberíais saber que...

—A Jake le han hecho una pintada en la camioneta —delató Louis, interrumpiendo a su hermana—. En la parte de la izquierda —aclaró.

Jake dio un volantazo involuntario.

—¿Cómo? —Zane puso cara de interrogación.

Arabia bajó la ventanilla y se asomó, sacando parte del cuerpo para comprobarlo.

—¡¿Estás loca o qué?! —exclamó Jake.

—Pone "chatarra" —continuó Louis—. Verás cuando lo vea papá.

El segundo volantazo sí fue voluntario, y, además, ejecutado para parar a un lado de la carretera. Todos se movieron hacia delante por la inercia y empezaron a hablar a la vez, protestando por la violenta frenada mientras comentaban lo de la pintada y él se quejaba del comportamiento de cada uno. Arabia se llevó la peor parte, por haberse levantado a mirar por la ventanilla.

—¿Queréis callaros de una vez? —gritó Jake, muy alterado y abriéndose el cuello de la sudadera para que le entrase algo de aire—. ¡Sí! Me han hecho una pintada en la camioneta, el único día que me dejan conducirla. ¡Sí! Ya sé que no tenía que haber dado ese volantazo y ¡sí!, me la voy a cargar. Pero, por favor, ¿os importaría no recordármelo?

Después de eso ya nadie volvió a hablar; Rachel tampoco se atrevió a cantar.

Una vez en casa, todos menos él bajaron y se dirigieron hacia el interior. Jake siguió con la mirada a Zane mientras se llevaba en brazos a su prima, y entonces recordó que no le había dado la merienda.

—Zane, espera —dijo por el hueco de la ventanilla. Ella se dio la vuelta con indiferencia. Parecía bastante dolida—. Puedes prepararle algo Rachel? Tiene que estar hambrienta.

Se limitó a asentir con la cabeza.

—Y otra cosa. Mamá ha avisado de que llegará tarde. Tenemos que preparar nosotros la cena.

—Ya lo sé. Louis y yo también sabemos leer. Hemos visto la nota esta mañana —repuso antes de darse la vuelta y seguir hacia la casa.

Jake se quedó unos segundos apoyado en el volante de la camioneta.

Genial. Ahora ellos también están enfadados conmigo, pensó.

La única que se dignó a mirarle de frente fue Arabia. Pero él no se atrevió a decirle nada antes de que también se girase y entrase por la puerta. Entonces bajó y observó con detenimiento la pintada. Definitivamente, todo su esfuerzo por hacerla desaparecer había sido en vano. Lo único que le quedaba por hacer era esperar a que su padre la viese y le diera un (merecido) sermón.

Se quedó un buen rato más allí afuera, sentado en el banco del porche, tomando el aire. Cuando entró en casa, todos estaban cenando y charlando y no le hicieron el menor caso.

Jake subió las escaleras en dirección al cuarto de baño para darse una ducha, y el agua fría le sentó francamente bien. Se vistió y salió para bajar a la cocina en busca de algo para comer. En la puerta contigua a la del baño encontró a Rachel, asomada por el resquicio de la puerta de la habitación que compartían sus dos hermanos varones. La niña lo miró con sus enormes y expresivos ojos pero sin decir nada, porque no hacía falta. Él pasó por su lado y le acarició la mejilla visible.

Era la única que no le guardaba nunca rencor, y lamentaba mucho que hubiese tenido que soportar su mal humor toda la tarde.

Abajo encontró la cocina recogida y vacía, a excepción de un plato con un pedazo de carne fría sobre él. Cogió un poco de pan y se lo comió en silencio. Después llevó su plato a la pila, lo fregó y se tiró en el sofá a ver un rato la tele.

—¿Y tus hermanos?

Jake se incorporó del asiento y se frotó los ojos, porque en algún momento se había quedado dormido. Luego enfocó a sus recién llegados padres, Sara y Paul, preguntándose qué hora sería.

—Arriba, supongo —respondió a su madre.

—¿Y Rachel?

Hizo un gesto con la mano señalando hacia el piso superior, con desgana y devolviendo la vista a la televisión. ¿Dónde iba a estar si no? Sin embargo, Jake dudó de su propia pregunta, porque su prima ya había desaparecido una vez.

En cuanto sus padres pasaron de largo, hablando de algo a lo que no quiso prestar atención, se levantó, subió por las escaleras y abrió la puerta situada justo enfrente, con la clara intención de comprobar que su prima se había acostado en la desocupada cama de Derek. Llevaba haciéndolo desde que había cumplido cinco años, por insistencia de Paul. Hasta entonces siempre había dormido con él, en la misma habitación y en la misma cama, salvo contadas excepciones.

Respiró tranquilo al verla y se acercó para recolocarle la colcha. Louis también dormía, justo enfrente, así que debía de ser tarde.

Salió de allí, giró a la derecha y avanzó unos pasos por el estrecho pasillo hasta su habitación. Se tiró en la cama boca arriba y se quedó pensando en todo el asunto de la camioneta, porque era evidente que su padre aún no había visto la pintada, pero no se atrevió a volver a bajar para contárselo.

Decidió que esperaría a que lo descubriese por su cuenta, porque prefería disfrutar de una noche más de calma antes de que se desatase su ira. Así que se incorporó fugazmente para quitarse la camiseta y se tumbó boca abajo, dispuesto a dormir.

MARTES

14 OCTUBRE 1986

A la mañana siguiente, la puerta de la habitación de Jake se abrió a toda velocidad. Él se dio la vuelta, confuso, y antes de poder abrir bien los ojos para ver quién había entrado, notó que alguien lo sujetaba con fuerza para que se levantara.

Era su padre.

Lo llevó casi a rastras por el pasillo, le ordenó que bajase las escaleras y luego lo sacó de la casa a empujones. Acto seguido, lo colocó justo delante de la camioneta. Su madre también estaba allí.

—¿QUÉ SIGNIFICA ESTO? —bramó Paul.

Jake no supo qué decir. Se encontraba en medio del jardín, con los pantalones caídos y los ojos semipegados. Frente a él, las letras pintadas y descoloridas recorriendo el lateral de la camioneta. Empezó a frotarse los ojos con las muñecas.

—Estoy esperando una contestación —continuó su padre, quitándole las manos de la cara de un manotazo.

Jake bajó la vista, avergonzado. No tenía ni idea de cómo explicar lo que había pasado.

Paul le sujetó la cara para que lo mirase, y el gesto le hizo sentir tan vulnerable como cuando tenía diez años.

—Estoy esperando una contestación —insistió, con los dientes apretados.

—Paul, tenemos que irnos —intervino Sara—. No creo que esto tenga una rápida explicación. Ya tendréis tiempo de hablarlo por la tarde.

Su padre hizo un amago de volver a acercarse, pero solo se quedó en el amago, a pesar de que Jake ya había retrocedido.

—Espero que tengas una muy buena excusa preparada para cuando vuelva del trabajo.

Jake se quedó allí plantado hasta que sus padres se marcharon en la camioneta. Solo reaccionó cuando la fría brisa de la mañana le puso los pelos de punta.

Entró en casa y subió para vestirse, pero en el pasillo se topó con Arabia, que acababa de salir del baño. Ella se disculpó y se limitó a esquivarle. Despues de eso, Jake entró en su cuarto y cerró de un portazo, con la respiración aún acelerada.

Se le ocurrió una idea mientras se ponía la ropa. Una de esas que tenía cuando estaba demasiado cabreado y que luego siempre resultaban ser muy malas.

A pesar de ir en autobús, aquel día Jake llegó a la facultad antes de hora y fue hasta el aparcamiento a esperar un coche en concreto. A escasos minutos de las ocho en punto, el Buick Skyhawk rojo de Emma apareció. Sin percatarse de que él la estaba observando, aparcó, bajó del vehículo y caminó hacia la entrada principal. Entonces él salió de su escondite y corrió hasta una de las puertas delanteras del vehículo: la del conductor.

—¡Eh! ¡Emma! —exclamó.

Ella se dio la vuelta y puso cara de horror al reparar en las llaves que él hizo tintinear en alto.

—¿Qué te parece esto?

Jake empezó a pasar la llave por toda la puerta lateral, y todos los alumnos de alrededor se detuvieron a contemplar la escena. Cuando quedó satisfecho, hizo caso omiso de sus miradas curiosas y entró en la facultad, dejando allí plantada a la chica que tanto detestaba.

Estaba claro que no se podía subestimar a Emma Wathson, pero él le dejó la muestra más convincente de que con Jake Becker tampoco se jugaba.

Ella no podía ni imaginarse lo que iba a tener que afrontar por la gracia de la pintada. Por el contrario, él daba por hecho que lo de la rallada no sería nada en comparación, porque el padre de Emma tenía medios más que suficientes para solucionarlo de un día para otro.

Después de la primera clase, ya todos conocían su hazaña vengativa y murmuraban por los pasillos cuando pasaba. Jake no sabía si lo hacían para bien o para mal, pero tampoco le importaba.

Llegó al aula de Física diez minutos tarde con pretensión y se sentó en una de las últimas filas, consciente de que no podría prestar atención, porque en su cabeza resonaba un único pensamiento: la forma en la que le iba a contar a su padre lo que había pasado. La asignatura en cuestión era del año anterior. A pesar de que se le daba muy bien la física, le habían suspendido por no haber entregado las prácticas. Jake pasaba de esos estúpidos ejercicios, así que ese año cogió la asignatura con una profesora que no las pedía y que, además, pasaba olímpicamente de él. Lo ignoraba, incluso. De no ser por eso, ni siquiera habría acudido a clase, porque desde que echaron de la universidad a su profesor favorito, no había vuelto a mostrar interés por dicha asignatura.

Pero entonces, la mujer empezó a hablar sobre algo que le pareció muy interesante: el problema de los tres cuerpos.

Jake ya había leído algo sobre eso antes y, por primera vez en lo que llevaban de curso, escuchó con gusto y ganas. Al acabar la clase, le pareció que su mente volvía a funcionar como antaño, cuando se pasaba el día pensando y estudiando sobre alguna que otra ley física, planteándose diferentes enfoques e incluso posibles aplicaciones en la vida real.

Antes de salir de la facultad, pasó por la biblioteca y sacó unos cuantos libros para leer más tarde, porque se acordó de que los martes el entrenamiento de fútbol terminaba en media hora, y quiso acercarse al campo a saludar a algunos de sus antiguos compañeros. Los pocos que quedaban.

Hacía dos temporadas que él había dejado el equipo; que le habían expulsado, más bien. A consecuencia de ello había perdido la beca deportiva que tanto había deseado. Lo echaba mucho de menos, el fútbol y el equipo, pero no se planteaba volver a jugar. Primero, por orgullo; segundo, porque en su casa nunca se sabía cuándo iba a tener que ponerse a trabajar.

Llegó al West Mountain Stadium y subió a la primera grada a observar lo que quedaba de entrenamiento desde allí. Pero no tuvo oportunidad de saludar a nadie, porque por lo visto las cosas habían cambiado: aún quedaba un buen rato para que la jornada terminase. Lo que sí hizo fue saludar a Harper Tayler, su exentrenador, con un gesto de cabeza cuando este lo miró.

Era un buen hombre y un buen líder, y había sido una muy buena influencia para Jake. Con él aprendió a controlar su rabia sobre el terreno de juego, pero solo por un tiempo. Al final, las peleas dentro y fuera del campo regresaron; cuando lo sancionaron por agresión a un jugador en un partido aún no finalizado, Tayler se hartó y resolvió prescindir de él.

Recordarlo no le hizo ningún bien.

Decidió volver a casa a pie, para evadirse de unos recuerdos que a veces le pesaban como toneladas, pero cambió el recorrido habitual y se desvió en Southmond hacia el centro.

No necesitaba pasar por allí para llegar a Prinss.

Pero algo le impulsaba a ir en aquella dirección.

- - - - - - -

Arabia acababa de llegar a una mesa para tomar nota del pedido de unos clientes: dos hombres con pinta de banqueros.

Había empezado a escribir en su bloc cuando escuchó las campanitas que anunciaban la llegada de un nuevo usuario. Se giró para echar un vistazo y descubrió al recién llegado ya de espaldas, dirigiéndose a la barra. *No puede ser*, pensó, dando unos pequeños pasos hacia atrás para intentar verle la cara.

—Disculpa... ¿Podrías añadir también una copa de coñac para después del café?

El cliente la hizo salir de un ensimismamiento que debió notársele. Dio un respingo y volvió a situarse frente a él, deshaciendo lo andado.

—¡Por supuesto! —le respondió—. Entonces serán un cappuccino, un americano y una copa de coñac. ¿Todo bien?

Los hombres asintieron y ella regresó detrás de la barra. Miró a sus dos compañeras, Ellie y Kate, que cuchicheaban mirando al desconocido. Al acercarse las escuchó discutiendo por ver quién de las dos iba a atenderlo. Entonces sí, Arabia lo reconoció.

Era Jake.

Estaba sentado en uno de los taburetes intentando poner orden al montón de libros que llevaba en su mochila, sacudiéndola. Una vez satisfecho, cogió uno de los ejemplares y lo abrió por la primera página. Apoyó su codo izquierdo sobre la barra y se puso el pulgar entre los labios. Desde donde estaba, Arabia tenía una visión perfecta de él, al igual que las otras.

Iba vestido con su característica sudadera deportiva azul, con la cremallera subida solo hasta la mitad, mostrando debajo una camiseta casi del mismo color. El pelo alborotado le cubría las orejas casi por completo y una buena parte de la frente.

Jake nunca antes había estado en el Purist Coffee, la cafetería donde trabajaba, ni siquiera cuando el resto de los Becker acudieron para darle ánimos en su primer día de trabajo. Él nunca había estado presente en los momentos más importantes de su vida, pero tampoco tenía motivos para reprochárselo, porque no eran amigos.

Arabia estuvo a punto de ser la primera en acercarse a él, pero Ellie, finalmente, se adelantó para preguntarle qué iba a tomar. Él levantó la vista de su libro y dijo algo.

Su compañera volvió con cara de fastidio.

—¿Y bien? —preguntó Kate—. ¿Qué te ha dicho?

—Nada —respondió Ellie, disponiéndose a limpiar la barra.

—¿Cómo que nada? ¿Piensa quedarse ahí sentado, sin más?

—La está esperando a ella.

Señaló con la cabeza a Arabia.

—¿A mí?

—¿Le conoces? —quiso saber Kate.

—Es hermano de Zane —confesó, intentando no darle demasiada importancia.

—¿Hermano? ¿Pero cuántos tiene?

—Tres.

Arabia se acordó de los clientes a los cuales había tomado nota hacía cinco minutos y se giró hacia ellos, captando al vuelo su impaciencia. Fue hasta la cafetera y preparó lo que le habían pedido de inmediato. Luego colocó las tazas en una bandeja, junto con la copa de coñac, y se acercó a la mesa, disponiéndolo todo con cuidado y orden y disculpándose por el retraso, avergonzada. Justo después, las campanitas volvieron a sonar y varios jóvenes entraron.

Se volvió hacia sus compañeras en busca de ayuda, pero Kate estaba anotando el pedido de otra mesa y Ellie se había metido dentro de la cocina, así que no le quedó otra que acercarse para atenderlos. Menos de media hora antes había estado sin nada que hacer en la cafetería y, ahora, todos llegaban de golpe.

Frustrada por la molesta coincidencia, fue hasta la barra y se situó frente a Jake.

—Hola —dijo, mirando de refilón cómo los recién llegados terminaban de acomodarse en una mesa.

Él clavó sus ojos en ella. Le pareció que hizo una pequeña mueca en forma de sonrisa.

—Hola.

Entreabrió la comisura de sus gruesos labios como para añadir algo, pero no lo hizo, y ella se limitó a estudiar su rostro bien de cerca.

Un rostro que conocía muy bien.

Jake tenía dos únicos lunares muy peculiares en la cara. Uno, justo arriba de la parte derecha del labio; otro, debajo del ojo izquierdo. No eran muy grandes, pero sí lo bastante llamativos.

Kate la llamó desde el otro lado, haciéndole señas hacia la mesa de los recién llegados. Arabia meneó la cabeza, volviéndose a concentrar en su trabajo, y finalmente dijo:

—¿Vas a tomar algo o voy a...?

—No, tranquila, continúa con lo que tengas que hacer. Solo quería charlar un rato.

—Pues me temo que no has escogido una buena hora para hacerlo.

—No importa, puedo esperar —comentó, justo antes de bajar la cabeza hacia su libro.

¿Solo quería charlar un rato? ¿Con ella?

No tuvo tiempo para pensar en ello, porque, para su fastidio, esa tarde hubo bastante más gente de lo habitual.

A las siete y media, cuando todo parecía volver a la normalidad, Jake se levantó de su asiento y empezó a recoger sus cosas. Arabia se acercó a él, casi con urgencia.

—¿Ya te vas?

—Mi padre ya no tardará en llegar a casa —respondió—, y no creo que le haga gracia que no esté allí para entonces. Nos vemos otro día.

Hizo una mueca amistosa y levantó la mano izquierda para despedirse, dando a su vez unos golpecitos sobre el mármol de la barra con la otra. Ella no hizo ni dijo absolutamente nada.

Cuando se fue, se quedó un buen rato pensando en qué sería lo que él querría conversar con ella, y luego pensó en lo que había dicho sobre lo de no estar en casa cuando su padre, Paul, regresase.

Sin duda, a Jake se le habían juntado demasiadas cosas, porque sumar la pintada de la camioneta a lo que había pasado con su padre pocos días antes no iba a hacer que este lo dejase tranquilo en un tiempo.

Lo de la pintada, por cierto, le parecía de muy mal gusto. No entendía cómo alguien había podido hacerle eso, aunque sí imaginarse la clase de líos en los que podría haberse visto envuelto.

Era un no parar de generar situaciones desafortunadas. Y, a pesar de lo mucho que habían discutido a lo largo de los años, convivir con Jake había dado un nuevo enfoque a la opinión que tenía de él. Había supuesto un añadido, más bien.

Porque, a pesar de su carácter, de su impulsividad, su refunfuñar constante por cualquier cosa, había percibido un apego a su familia que a simple vista parecía lo contrario.

Era como si Jake quisiese dar una imagen de sí mismo distinta a la real, volviéndola difusa.

Así que la conclusión de Arabia al terminar de recoger la cafetería y el turno fue que Jake era, a grandes rasgos, una persona muy desconcertante.

- - - - - - -

Al llegar a casa, Jake descubrió que su padre lo estaba esperando acomodado en mitad del sofá más grande, así que dejó su mochila a un lado y se sentó lo más dignamente posible en el otro que quedaba a la derecha, formando una "L" entre ambos.

Parecía que estaban solos, y eso le resultó un poco extraño.

—¿Y bien? ¿Qué tienes que decirme al respecto? —preguntó Paul, yendo directo al grano.

—Empezaré por el principio...

Jake desarrolló los hechos del día anterior tal y como habían sucedido, empezando por su llegada al aparcamiento y la reacción de Emma al hecho de que él hubiese estacionado cerca de su coche, pero se sintió un poco infatil llegados a la parte en la que él decidía vengarse de lo que ella le había hecho a la camioneta, pagándole casi con la misma moneda, algo que no había analizado hasta ese momento.

Cuando acabó, hubo una pausa.

Después, su padre empezó a gritar, a recriminarle y a recordarle lo estúpido que era. Además, dijo algo que le hizo temblar de verdad.

Al parecer, Emma le había contado a su propio padre, que era uno de los superiores del suyo en la fábrica donde trabajaba, una versión ligerameante distinta de la misma historia. Paul había sido informado en su puesto de trabajo de que su hijo le había rayado el coche a la hija de Frederic Wathson. Él mismo le había hecho llamar a su despacho para hablar de lo sucedido, así que le preguntó a Jake si podía llegar a entender el alcance de lo sucedido.

—¡Pero ella pintó nuestra camioneta! —intentó defenderse, cuando su padre anunció que tendrían que acarrear con los gastos de la reparación de un Skyhawk recién salido del concesionario.

—¡¿Cómo puedes ser tan inconsciente?! —Su padre se levantó y lo cogió del brazo para colocarlo frente a él—. Sabías que era la hija de Frederic Wathson. ¡La hija de mi superior más directo! Y, por si fuera poco, uno de los más importantes de toda la fábrica. ¿Te das cuenta de que podrías haber conseguido que me echasen de la empresa? ¡¿En qué demonios estabas pensando?!

Su madre llegó justo en ese momento, seguida del resto de los miembros de la familia, a quienes ordenó que subiesen de inmediato a sus respectivas habitaciones. Zane se llevó a Rachel con ella escaleras arriba.

Ni Jake ni su padre apartaron la mirada el uno del otro mientras tanto, por lo que Sara se acercó a ellos y los separó, empujándolos con suavidad por el pecho.

Luego les pidió que tomasen asiento, sin alterarse lo más mínimo.

—¿Quieres saber por qué tenemos una pintada en nuestro coche, cariño? —preguntó Paul, con fingido tono pacífico—. Adelante, Jake, cuéntale a tu madre lo mismo que me has contado a mí.

Pero él se negó a hablar.

Ya le había dejado su padre bastante en ridículo como para volver a tener que exponerse delante de su madre.

—Bien, pues si tú no vas a decir nada, lo haré yo —continuó Paul—. Al idiota de tu hijo no se le ocurrió otra cosa que molestar a la hija de Frederic. Según él, lo único que hizo fue aparcar la camioneta al lado de su coche nuevo, dejándolo justo al límite de su retrovisor, a pesar de que la chica le pidió que no lo hiciera por miedo a que se lo estropease. Sin embargo, él lo hizo de todas formas, por el placer de fastidiarla. De ahí que la chica nos pintara la camioneta.

—¿Por eso la pintada? —preguntó Sara, extrañada—. ¿Eso es todo?

Jake levantó la vista, esperanzado por la intervención de su madre.

—Era solo eso hasta hoy. Si Jake no hubiese vuelto a molestarla, las cosas se hubiesen solucionado mucho más rápido. Pero, ¿sabes qué? Que estando en el trabajo ha llegado el secretario de Frederic para decirme que acababa de llamarle su hija desde la universidad, porque mi magnífico y ejemplar hijo le había rayado el coche con las llaves.

Sara miró a Jake, incrédula, y este se avergonzó todavía más.

—Ahora Wathson quiere que le paguemos la reparación del coche de su hija, o me lo descontará del sueldo.

—¡¿Qué?! —intervino Jake—. ¿Y qué hay de nuestra camioneta?

—Él solventará lo nuestro mañana mismo. Me ha ordenado dejar la camioneta en un taller cercano a la fábrica. Así que ahora solo nos queda ponerle solución al coche de su hija. Pero desde luego no voy a preocuparme por eso, porque ya sabemos quién correrá con los gastos de la reparación, ¿verdad, Jake?

—¿Y cómo se supone que voy a hacerlo?

—Eso mismo será lo que descubras mañana, cuando acudas a casa de esa chica a que te asignen tu trabajo. —Paul le tendió una hoja—. Aquí tienes la dirección.

Jake no dio crédito a lo que acababa de escuchar.

Estrujó el papel cerrando el puño

—No pienso ir a la casa de los Wathson, y mucho menos trabajar para ellos.

—Ya lo creo que lo harás —sentenció su padre.

—¿Y qué hay de Emma? ¿Vendrá ella aquí a cuidar de Rachel o algo así?

—Por supuesto que no, ¿acaso no he sido lo bastante claro? Frederic va a pagar íntegramente la reparación de la camioneta.

Jake se levantó, dispuesto a marcharse, hasta que escuchó cómo su padre simulaba aflicción delante de su madre.

—Si me hubiese contado lo sucedido antes de actuar por su propia cuenta...

—No me vengas con esas —le interrumpió Jake, acercándose a él—. ¿Crees que si te hubiese dicho que Emma Wathson nos había hecho la pintada habrías sido capaz de irle con el cuento a tu jefe? Ni siquiera me habrías creído.

Paul no le dio tiempo a continuar replicando. Se levantó y le ordenó que no se le ocurriese mencionar nada más al respecto.

Sara también se levantó para decir:

—Deberías aprender a ser más prudente, hijo.

Jake subió a su habitación muy enfadado y muy en desacuerdo con su castigo. Ahora tendría que rebajarse a ir a casa de alguien a quien odiaba para poder solventar el gasto de aquella reparación. Sentía tanta rabia que pegó un golpe seco en la pared del pasillo con el puño, consiguiendo hacerse daño en los nudillos.

Y todo por culpa de esa familia.

Los Wathson eran los responsables de una de las mejores empresas de soldadura de la ciudad, donde su padre había conseguido trabajo hacía cinco años. El padre de Emma era uno de los directores que trabajaban allí, por ser primo del fundador.

Por todo eso, la familia de esa chica estaba muy por encima de la suya.

Y ese era solo uno de los muchos motivos por los que la odiaba.

VIERNES

31 OCTUBRE

Eran las tres de la tarde del último viernes de octubre y Derek caminaba hacia la salida del aeropuerto con la bolsa de cuero al hombro. Vio a su madre y a su hermana esperándolo con el vehículo en marcha. Acababa de llegar de Davie, la ciudad donde estudiaba, después de haber pasado fuera los dos últimos meses. Generalmente, no iba de visita salvo en fechas señaladas, pero ahora estaba en el penúltimo año de carrera de Derecho y había aceptado un trabajo a tiempo parcial en la cafetería de la facultad, así que, aunque tenía menos tiempo libre, era más solvente y se podía permitir viajar con mayor asiduidad para ver a su familia.

Desde la lejanía vio cómo su hermana se repantigaba en el asiento del copiloto y miraba en dirección al aeropuerto. Fue entonces cuando lo vio. Derek distinguió su cara de sorpresa. Bajó a toda prisa de la camioneta y fue corriendo hacia él, ondeando su pelo castaño, parecido al de él, pero mucho más liso y largo. Cuando ya estaba cerca, abrió los brazos para abrazarle.

Derek agradeció la cálida bienvenida y le dio una vuelta en el aire como si fuese una niña pequeña, aunque, a sus diecinueve años, de pequeña ya no tenía nada, salvo que seguía siendo ligera como una pluma.

—¡Por fin! —le dijo—. ¿Hasta cuándo te quedas?

La pregunta lo pilló por sorpresa, y casi se sintió culpable cuando le contestó:

—Solo puedo quedarme hasta el domingo... Mi vuelo sale el lunes a primera hora.

Su hermana puso cara de decepción, pese a entender que no dependía de él. Se dirigieron juntos, sujetos por el brazo, hasta el coche, donde su madre les esperaba apoyada en el salpicadero.

Sara le dio un tierno beso en la mejilla y le acarició el pelo.

—Te hemos echado de menos.

Cuando llegaron a casa todavía no había nadie más. Derek subió a su habitación para tirarse sobre su añorada cama, donde un conejito rosa de peluche lo estaba esperando, tapado hasta la cabeza como si fuese un ser humano. La cama de enfrente estaba deshecha. Louis debía de haberse quedado dormido por la mañana. Había echado de menos las conversaciones de adolescente que solían mantener cuando estaba en casa. El menor de sus hermanos cumpliría en menos de un mes los dieciséis años. Él, a solo tres de los veintidós, se había pasado toda la vida dándole consejos.

Zane entró en la habitación e interrumpió sus pensamientos.

—¿Estás muy cansado? Mamá y yo tenemos que ir a hacer unas compras, y ella quiere saber si te importaría ir a recoger a Rachel.

—Por supuesto que no.

Acompañó a su hermana hasta el piso de abajo y su madre le agradeció que le hiciese el favor, entregándole las llaves de la camioneta.

—Después de eso, tienes que ir aquí —añadió, tendiéndole un papel con una dirección escrita a mano.

—¿Valley Street, 57? —preguntó, extrañado. Conocía muy bien qué tipo de casas había en Valley Street—. ¿Qué se supone que tengo que hacer allí?

—Recoger a Jake, a las seis. No se lo esperará, así que procura no llegar tarde, o cogerá el autobús.

Derek puso cara de interrogación, pero su madre se limitó a encogerse de hombros. Su hermana y ella se miraron y rieron antes de marcharse y de despedirse de él.

¿Qué hace Jake en una urbanización de ricachones?, se preguntó.

Faltaba ya poco para las cinco de la tarde, así que se apresuró para coger la chaqueta e ir a por su prima pequeña, como en los viejos tiempos.

Al llegar a la entrada del centro escolar, vio a una de las profesoras agachada y hablándole a una Rachel que parecía muy enfadada. Mantenía las cejas apretadas y los brazos cruzados.

—¿Qué sucede? —preguntó cuando llegó hasta ellas.

La profesora se giró y se levantó al reconocerlo. Su prima lo ignoró por completo.

—¡Caray! —exclamó la joven—. ¡Hacía tiempo que no te veíamos por aquí! ¿Cómo has estado?

Derek empezó a charlar con la profesora, a la que conocía desde que su prima empezó a ir a la guardería. Se llamaba Nancy y le estuvo contando que Rachel había discutido con una compañera que no le había devuelto los colores que le había prestado. Después, él le hizo un resumen de cómo de distintas eran las cosas en Florida. Cuando se despidieron, ella le dedicó una mirada muy cálida.

Derek siempre era simpático con todo el mundo, incluso con las chicas que no le atraían lo más mínimo. Tal vez, especialmente con ellas, pues notaba que las hacía sentir especiales. Tenía una de esas sonrisas cautivadoras y lo sabía, así que solía hacer uso de ella la mayor parte del tiempo. Era su mejor baza, sin duda, pero también era cierto que la utilizaba con suma modestia. Su madre se había encargado de eso.

Cogió de la mano a la enfurruñada Rachel y la llevó hasta la camioneta. Allí intentó de muchas formas que se le pasase el enfado, pero no lo consiguió. Ella ni siquiera se había sorprendido de verle.

Suspiró y se dirigió a Valley Street cuando se dio por vencido.

Aparcó justo delante del número 57 de la amplia avenida. No pudo ver mucho de la casa porque esta estaba rodeada de setos perfectamente recortados detrás de las vallas. Al cabo de un rato esperando, se preguntó si tendría que llamar al timbre para que su hermano saliese. Le dijo a Rachel que no se moviera y bajó de la camioneta con intención de dirigirse a la puerta de entrada.

Sin embargo, no le hizo falta llegar hasta el timbre.

Jake salió por la puerta de acceso al garaje que quedaba a la derecha. Iba vestido con un peto vaquero y unas botas color caqui y llevaba su mochila colgada de un hombro. Se giró justo en la dirección contraria a la de él.

—¡Ey! —exclamó, para llamar su atención.

Jake se sorprendió de verlo y se quedó un rato mirándole fijamente. Luego caminó hacia él y, cuando ya estaban en frente el uno del otro, le chocó la mano y el puño. Era la forma que siempre habían tenido de saludarse con sus compañeros cuando compartían equipo.

—Al final has vuelto antes de Acción de Gracias —dijo Jake una vez subieron a la camioneta.

No era una pregunta, sino una afirmación.

Llevaban más de dos meses sin verse y era lo único que se le ocurría decirle. Ni siquiera un "*¿Qué tal? ¿Cómo te va en tu nuevo trabajo?*".

A su hermano, todo lo que le sucediera en Davie nunca parecía importarle.

Mientras le explicaba la razón por la cuál había podido adelantar su visita, Jake se giró hacia el asiento de atrás, donde estaba Rachel, y con un gesto le indicó que se pasase delante por el hueco que quedaba entre los asientos. Ella obedeció sin rechistar y acurrucó su pequeño cuerpo al lado de él. Entonces Jake le pasó el brazo por detrás y apoyó la mano en su cabecita. Siempre le había resultado muy asombrosa la forma que tenían esos dos de compenetrarse.

—Y entonces, un día, me enteré de que el anterior chico que atendía en la cafetería se había marchado, y se me ocurrió que, tal vez, yo podría ocupar su puesto, a pesar de que nunca había trabajado de nada parecido. Porque pensé que, si Ari pudo hacerlo, yo también iba a ser capaz. Así que me armé de valor y fui a hablar directamente con la encargada que había en ese momento. Me dijo que me haría una prueba y dos días después ya estaba trabajando. Ya he cobrado mi primer sueldo. No es mucho, pero al menos me da para los gastos y para empezar a ahorrar, ya que con la beca actual solo tengo para la matrícula y la residencia.

Cuando Derek acabó de relatarle el giro más importante que había tomado su vida, se preguntó si no habría estado hablando solo. Su hermano se había limitado a mirar por la ventanilla todo el tiempo, con la cabeza apoyada en ella. Rachel se había quedado dormida a su lado.

—Bueno ¿y qué hay de ti? ¿Vas a contarme a qué se deben tus pintas y qué hacías metido en esa casa?

Jake lo miró con seriedad.

—Oye, solo te he hecho una pregunta.

—Venga, Derek —dijo Jake—. No me vengas ahora con preguntas idiotas.

—¿Qué?

—No me creo que ni mamá ni Zane te lo hayan contado ya. Ellas adoran hablar contigo por teléfono y contarte absolutamente todo lo que pasa por aquí. No voy a consentir que te burles de mí.

En esa primera parte, su hermano tenía razón. Sin embargo, no sabía nada de por qué Jake había salido disfrazado de granjero en una de las urbanizaciones más adineradas de la ciudad. La último que había sabido de él estaba relacionado con la pelea que había tenido con su hermano y su padre.

—Mira, no tengo ni idea de qué hacías ahí metido, pero da igual. Si no quieres contármelo, ya me enteraré en otro momento.

Derek y Jake habían nacido el mismo año, solo que uno a finales de enero y el otro el último día de diciembre. De pequeños pasaban por hermanos gemelos, a pesar de que Derek siempre había parecido un poco más mayor, porque lo era, de hecho. Se parecían a primera vista, pero en realidad eran totalmente distintos. Derek tenía el pelo castaño claro, ojos pardos como los de Sara y mandíbula grande, con unos dientes perfectos y una sonrisa cegadora. Siempre había sido el galán de la familia, y se parecía más a su madre, al igual que su hermana. Tenía un tono de piel un poco menos blanco que los demás, pero esa particularidad se le acentuaba mucho más a Jake, que era, con diferencia, el que más moreno se ponía en verano. Además, él tenía unos ojos muy peculiares, de un color azul oscuro que, según decían, había heredado de su difunto tío, el padre de Rachel. También los labios más gruesos por el mismo motivo, y el pelo siempre alborotado y un poco más oscuro. Era quien más parecido compartía con su padre, aunque el porte de ambos era el mismo, de hombros anchos, y también ambos compartían un lunar debajo del ojo. La diferencia más notoria entre ellos en los últimos años se debía al tamaño de su musculatura, puesto que Jake se había dedicado por mucho más tiempo a jugar a fútbol.

Aparte de lo físico, desde bien pequeños habían sido como dos polos opuestos: Derek, el niño responsable, educado y de sobresalientes en el colegio; Jake, el rebelde que siempre andaba metido en líos. Pocas veces habían jugado juntos a pesar de los intentos, y siempre habían tenido que compartir habitación a regañadiente por falta de espacio hasta que se mudaron a Vallon, seis años atrás, a la casa de su difunta abuela materna. Entonces sí, Jake consiguió lo que siempre había deseado: un cuarto para él solo. Derek, en cambio, se quedó en la habitación grande, con Louis, su hermano pequeño.

Después de eso, Jake se volvió muchísimo más reservado de lo que ya era.

Cuando llegaron a casa, su madre y su hermana ya habían vuelto. Jake dejó a Rachel en el sofá, la arropó con su chaqueta y subió directamente al piso de arriba, probablemente con intenciones de darse una ducha y de cambiarse de ropa. Derek avanzó hasta la cocina, donde las mujeres de la casa charlaban animadamente. Había un par de bolsas de tiendas de moda en el suelo.

—Mira esto, Derek —le dijo su hermana, colocándose por encima de la ropa su última adquisición.

Era un vestido de raso de color lila brillante.

—¿Te has comprado un vestido de gala? ¿A dónde vas a ir?

—¡Es para el baile de invierno!

—Pero, ¿cuándo es?

—En mi universidad, a principios de diciembre.

—Tu hermana tenía mucha prisa por hacerse con el traje —añadió su madre—. Ya le he dicho que no puede arrepentirse de la compra cuando se aproxime la fecha.

—Y no lo haré. Me enamoré de este vestido desde el día en que lo vi.

Zane lo apretó contra su pecho y arrugó toda la cara antes de soltar una exclamación de alegría.

—¡Voy a probármelo! Quiero que me des tu opinión.

En cuanto Zane desapareció escaleras arriba, Derek se dirigió a su madre.

—¿Podrías decirme por qué he ido a recoger a mi hermano a Valley Street y por qué ha salido de una casa magnífica vestido de granjero? No ha querido contarme nada.

—¿Granjero? —Sara rio—. Yo diría, más bien, jardinero.

Su madre le contó lo sucedido con todo lujo de detalles, sobre una pintada en la camioneta que había derivado en el rayado de otro coche después, uno muy nuevo y muy caro. Como consecuencia, Jake estaba yendo a cumplir con su castigo, que consistía en trabajar en el jardín de los Wathson como ayudante, hasta que se considerase saldada la deuda.

A Derek la historia le pareció muy surrealista. ¿Cómo se las apañaba su hermano para meterse en tantos líos? Era increíble la facilidad que tenía para ello.

—No me extraña que no le apeteciese contarme nada. Debe de estar muy avergonzado. Y muy enfadado.

—Ya es mayoricto para saber lo que se hace —oyó decir a su hermano Louis tras él, repitiendo una de las frases favoritas de su padre.

Su madre lo reprendió de inmediato, y él apenas alcanzó a darle un abrazo, porque Zane bajó de nuevo, de forma muy apresurada por las escaleras, con el vestido puesto.

Se colocó justo delante de ellos.

—¿Y bien? ¿Qué os parece?

A Derek le pareció que estaba estupenda. Además, el color del vestido resaltaba mucho sus ojos verdes.

Sara se acercó a ella muy orgullosa y le recogió el pelo por detrás. La cosa mejoró todavía más.

—Estás preciosa, Zane —confesó Derek, sincero.

—¿Por qué vas así vestida?

Jake llegó también y se acercó a ellos, con el pelo mojado y revuelto después de la ducha.

—Es para el baile de invierno. Me lo ha regalado mamá por mi cumpleaños. ¿A que es bonito?

Derek notó el recelo de su hermano.

—¿No es demasiado provocativo?

Ella se echó a reír.

Pero Derek se dio cuenta de que Jake tenía su parte de razón. A pesar de que Zane tenía poco pecho, el escote era escote al fin y al cabo.

—No digas bobadas. Es un vestido de fiesta.

—Bueno, pues a mí no me gusta —insistió Jake—.Y no te queda bien.

La sonrisa de Zane se esfumó por completo y echó a correr para desaparecer del salón.

—¿Por qué has tenido que decir eso? —comentó su madre, indignada.

—¿Decir el qué? Si no me gusta, no me gusta.

—El vestido le quedaba genial —dijo Derek—, ¿cómo puedes tener tan poco tacto?

—Oye, solo he dado mi opinión. Me parece genial que a vosotros os guste, pero a mí no.

—Cada día me decepcionas más, hijo.

Su madre sentenció la conversación y subió por las escaleras para ir a buscar a Zane. Louis hizo un mal gesto y también desapareció, así que Derek y Jake se quedaron a solas.

—Lo que has dicho estaba completamente fuera de lugar.

—Si a ti te parece que ese es un buen vestido para que tu hermana pequeña vaya a una fiesta universitaria me parece estupendo. A mí no me hace ninguna gracia que todos la baboseen. Sé muy bien cómo son esos bailes, y tú también.

Jake le lanzó una mirada muy inquietante a su hermano, tal vez recordando la última vez que asistieron a uno de esos bailes juntos, durante la época del instituto. El propio Derek había acabado cortejando a una chica que le gustaba, sin saber que a Jake le gustaba también.

—Tu hermana *pequeña* ya ha cumplido los diecinueve, y está en segundo de carrera.

—Me da igual los años que tenga. Odio ese tipo de eventos y a toda la gente que asiste a ellos.

—No puedo creer que estés hablando en serio.

Jake se tiró en el sofá, dando por zanjada la conversación.

A Derek le pareció que su hermano estaba teniendo un comportamiento mucho más extremo de lo habitual.

Pero, a fin de cuentas, ya tenía él bastante con sus cosas como para estar pensando en los posibles problemas de los demás. Todavía no había comentado nada, pero tenía una noticia muy importante que dar.

El motivo principal por el que había vuelto a casa tan pronto.

Poco después, su padre llegó a casa. Se alegró de verlo, a su manera, pero era Halloween, y eso significaba que era el día de la cena de empresa de la fábrica Wathson, así que él y su madre se pusieron su ropa más elegante y se marcharon hacia el restaurante donde iba a celebrarse.

La casa se quedó muy vacía sin ellos esa noche, y muy rara, especialmente por lo sucedido en relación al traje de su hermana.

Derek subió a hablar con ella al ver que no bajaba a cenar, para decirle que no tenía que hacer ningún caso a los comentarios de Jake, que el vestido era precioso y que ella lo era aún más.

SÁBADO

1 NOVIEMBRE

NOVIEMBRE

SM	L	M	X	J	V	S	D
44						1	2
45	3	4	5	6	7	8	9
46	10	11	12	13	14	15	16
47	17	18	19	20	21	22	23
48	24	25	26	LO	28	29	30

Emily iba pedaleando alegremente en su querida bicicleta. Había pertenecido a su madre toda la vida, pero se la cedió a ella el día de su decimoséptimo cumpleaños y tres años después seguía considerándola su bien más preciado.

Hacía apenas una hora que había salido de BackyCakes, la pastelería donde trabajaba los fines de semana y se dirigía a casa de su padre. Dobló hacia la izquierda y se adentró en la amplia avenida donde había vivido la mayor parte de su vida, Valley Street, canturreando *Mad About You*, de Belinda Carlisle, la canción que sonaba a través de sus auriculares.

Le gustaba sentir la brisa del aire otoñal en la cara, sobre todo cuando iba en su contra y le lanzaba su corta y pelirroja melena hacia atrás. Hoy la llevaba recogida en una coleta, pero los mechones más cortos campaban a sus anchas, movidos por la velocidad. Más tarde se los colocaría detrás de las orejas.

Cuando llegó al número 57 se apeó de la bicicleta, sacó las llaves del bolso y abrió la verja. Caminó unos pasos más y dejó la bici apoyada en unos arbustos. Enseguida llamó su atención un joven que estaba cavando hoyos muy cerca de los viejos rosales. Ella misma los había plantado con su madre cuando era niña.

Cayó en la cuenta de que debía ser el chico que había rayado el coche de su hermana; se había enterado de lo sucedido y del castigo que le habían impuesto gracias a Margarett, la doncella de su padre.

Se preguntó por qué lo habría hecho.

Tal vez solo por el gusto de fastidiar un coche tan llamativo como el de Emma o tal vez porque esta le hubiese molestado primero.

Algo le decía que era más probable lo segundo.

—Hola —saludó.

Él se sobresaltó al escucharla y la miró, muy desconcertado. Tanto que ni siquiera le devolvió el saludo.

—Deja que me presente. —Se acercó y le ofreció la mano—. Me llamo Emily. Emily Wathson. Y tú debes de ser Jake Becker.

Pronunciar su nombre en voz alta le hizo darse cuenta de que ya había oído a su hermana hablar de él en alguna ocasión. Debía tener algún sentido que él fuese el implicado de aquel asunto del coche.

Jake se enderezó, se quitó uno de los guantes y le devolvió el saludo, estrechando su mano. La intimidó un poco su proximidad. Debía de medir al menos un metro noventa, una altura considerable en comparación a su metro sesenta.

—Emma y tú...

—Emma y yo somos hermanas, sí —le cortó Emily, con su particular simpatía—. Gemelas, para ser más exactos.

Su asombro no hizo más que aumentar y ella rio con diversión. Obviamente, no era la primera vez que alguien se sorprendía por el parecido que compartían, aunque no eran gemelas idénticas. Además, su hermana iba siempre muy maquillada, hacía dos años que se había teñido el pelo de rojo y era un poco más bajita.

Emily decidió seguir con la conversación para que el chico se relajara.

—¿Para qué son esos hoyos que estás haciendo?

—Para unas flores, creo —contestó—. Pero espera un momento. Ya llevo varios días aquí, ¿cómo es que no te he visto antes?

Por un segundo, le dio la impresión de que Jake pensaba que le estaba tomando el pelo. Volvió a reír.

—Porque ya no vivo aquí. Solo vengo algunos sábados, y casi todos los domingos. Trabajo los fines de semana en una pastelería, así que vengo a visitar a mi padre y al resto de los empleados al acabar el turno.

Emily se dio cuenta de que había dado detalles de más; también de que estaba entreteniendo al chico.

—Creo que te estoy retrasando, así que será mejor que entre en casa. Ha sido un placer.

—No hace falta que te molestes. Papá no está.

Encontró a su hermana plantada de brazos cruzados en la puerta de entrada, tras ellos.

—¿Cómo que no está? Pero si me dijo que...

—Ha tenido que salir a visitar a un amigo que al parecer está muy enfermo.

—Vaya, qué mala suerte, pero podría haberme llamado. —Emily empezó a pensar en voz alta—. O, en su defecto, tú podrías haberme avisado, ¿no es cierto? Intuyo que se te debe de haber olvidado.

Emma sonrió.

Pero Emily no estaba dispuesta a caer en la trampa sin reaccionar, al menos.

—No importa —le dijo—. Entiendo que hayas estado muy ocupada pensando en cómo conseguir que el lápiz de labios no te deje siempre los dientes marcados.

Rápidamente, su hermana se tapó la boca con la mano y se giró sobre sí misma, creyendo que era justo lo que le había pasado.

Emily miró a Jake de soslayo y comprobó que sonreía. Ella le guiñó un ojo.

—En fin. Me voy dentro a charlar con alguno de los empleados —agregó, para despedirse—. ¿Necesitas que te traiga agua o algún refresco?

—No, no. —Se negó en rotundo—. Estoy bien, gracias.

Satisfecha, caminó hacia la casa. Su hermana ya había desaparecido, así que accedió sin dificultades.

La maldad no casaba bien con Emily, así que hubiese preferido no tener que decirle eso a su hermana, pero estaba cansada de que Emma siempre se mofase de ella.

Eran demasiados años de experiencia.

Se olvidó de lo sucedido en cuanto entró en la gran biblioteca. A Emily le encantaba pasarse horas allí metida. Estudiaba Ciencias Ambientales, pero siempre había sido una apasionada de la filosofía gracias a su madre, y por eso en aquella biblioteca había cientos de ejemplares de los filósofos más destacados.

Uno de sus favoritos era Platón.

Se sentó en uno de los cómodos sofás con uno de los libros que había empezado hacía semanas. Le había llamado mucho la atención uno de los capítulos y no hacía más que releerlo. Trataba acerca de las virtudes cardinales y, según decía, Platón había establecido cuatro virtudes para la estabilidad del alma: Prudencia, Fortaleza, Templanza y Justicia. Cuanto más leía, más deseaba saber. Leía y releía las frases más importantes y las descripciones de las virtudes, y se preguntaba si ella sería capaz de reunir las cuatro... Por el momento, sentía que la única que realmente la definía era la prudencia. Siempre pensaba las cosas antes de decidirlas, incluso si eso tenía que suponer días de reflexión. Le gustaba mucho hacer las cosas bien. También se consideraba justa, con ella y con los demás, pero no parecía muy convencida de identificarse con esa virtud. Templanza y fortaleza eran las que menos le llamaban la atención. Sin embargo, era necesario poseerlas todas para completar la pureza del alma.

Estaba ensimismada, tratando de relacionar las virtudes descritas con algunos de sus conocidos de la universidad, cuando la puerta se abrió de golpe y apareció su hermana.

—Te crees muy graciosa, ¿verdad?

Sus ojos azules la miraron con furia. Emily la observó con detenimiento, intentando asociar a ella alguna virtud.

—¿Qué estás mirando?

—Y tú podrías ser... —La primera que le vino a la mente fue la templanza, pero desechó la idea, negando al instante. No, su hermana no reunía ninguna de las virtudes que Platón relataba—. Creo que serías más bien la imprudencia.

—¿De qué hablas?

Emily se dio cuenta de que la *imprudencia* era justo lo contrario a la *prudencia* que ella se había adjudicado.

Le pareció gracioso que se le hubiese ocurrido esa virtud para ella.

—¿Qué es ese libro? —quiso saber Emma.

—Un básico de Platón.

Emma resopló.

—Tú y tus estúpidos filósofos. Un día de estos te volverán loca, ya lo verás.

Sabía que su hermana siempre había odiado la filosofía, desde que estaban en el instituto, y esa era una de las grandes diferencias que había entre ellas, porque a Emily, lo único que la había disuadido de estudiar Filosofía habían sido los sabios consejos de su madre, poco antes de morir de cáncer. Fue ella quien le pidió que no dedicase toda su vida a los filósofos, que se lo tomase solo como un *hobby*, porque le parecía que estaba más destinada a proteger la naturaleza.

Qué razón tenía su madre.

Emily amaba su carrera y se volcaba por completo en todos los proyectos de ecología que proporcionaba la universidad. Ya era incluso conocida por sus aportaciones a la protección de los bosques, gracias a los fondos que aportaba su padre para las investigaciones.

—¿No te cansas de estar todo el día leyendo? —comentó Emma, dejándose caer en una de las butacas.

—Leer es aprender, querida.

—No hables como mamá.

La frase le había salido totalmente involuntaria, pero era verdad. *Leer es aprender* era algo que solía decir su madre. Emily decidió cambiar de tema, consciente de que ese era uno muy delicado para ambas.

—Oye, ¿por qué no me cuentas la verdadera razón de que ese chico esté trabajando en nuestro jardín?

—¿No lo sabes? Me rayó todo el lateral del coche con una llave.

—Pero, ¿por qué?

—Porque yo le pinté su ruinosa camioneta.

Emma resopló y procedió a contarle toda la historia.

Emily se dio cuenta enseguida de que le daba demasiada importancia a los actos del chico, así que dedujo que le gustaba, a pesar de afirmar constantemente lo contrario.

—¿Pero te hizo algo en el coche al aparcar tan cerca?

—¡No! Pero yo le pedí que se detuviera y no lo hizo. No sabes cuánto lo odio.

—¿Cómo puedes odiar a alguien que ni conoces?

—¡Por supuesto que lo conozco!

—¿Ah sí? ¿Alguna vez te has sentado a tomar un café con él? ¿Habéis hecho algún trabajo juntos?

—Su sola presencia me molesta, eso es todo. Si fueses a clase con él, estoy segura de que pensarías lo mismo que yo.

—Si fuésemos a la misma clase, estoy segura de que antes de juzgarlo me esforzaría por conocerlo.

Emma se levantó, indignada.

—Está claro que no se puede hablar contigo de nada. Siempre acabas por llevarme la contraria. Si tan bien te cae, sal fuera a hacerle compañía. Yo me voy a mi habitación.

Emily volvió a quedarse sola en la biblioteca, tranquila, pero había perdido la página que estaba leyendo y no volvió a buscarla. Se quedó pensando en lo que Emma le había contado, concluyendo que aquel muchacho le daba un poco de pena. Por culpa de su hermana debía pasar algunas tardes trabajando para ellos. Emma, en cambio, solo había recibido una reprimenda por parte de su padre.

Sabía que las dos habían estado siempre muy consentidas... Algo que la propia Emily detestaba.

Era por eso que se había buscado un trabajo de fin de semana para costear sus caprichos. Le gustaba tener su propia economía, aunque el estudio donde vivía se lo hubiese regalado su padre al empezar la carrera. Era consciente de que nunca le faltaría de nada, pero no le gustaba la idea de tener que estar toda la vida dependiendo de él.

Decidió salir de nuevo al jardín para despejarse un poco y descubrió a Jake colocando una especie de semillas dentro de los hoyos ya cavados.

—¿Qué estás plantando? —le preguntó, en tono amable.

Él volvió a sobresaltarse.

Arrodillado como estaba, la miró como si lo hubiese pillado haciendo alguna travesura.

—No sé. Solo me han dicho que las plante, nada más.

—Déjame verlas.

Emily se agachó para ver más de cerca las semillas.

—¡Pero si son ortigas! No puedo creer que te hayan dicho que plantes ortigas delante de mis rosales. ¿Por qué íbamos a querer ortigas en nuestro jardín? ¡Quita inmediatamente eso de ahí!

Emily se alteró más de lo normal. Ni siquiera recordaba la última vez que le había gritado a alguien, o si alguna vez lo había hecho. Pero es que Jake había estado a punto de plantar ortigas delante de su preciada rosaleda. ¿Por qué se le había pasado por la cabeza al jardinero semejante aberración?

Las rosas eran sus flores favoritas.

—Lo siento —dijo Emily, cuando se hubo calmado—, pero estos rosales me traen muy buenos recuerdos.

—No era mi intención fastidiarte las rosas —dijo él, mirándola de una forma que no supo descifrar—. No entiendo de semillas.

Le resultó curioso que alguien tuviese una mirada tan intrigante.

—No ha sido culpa tuya. Me encargaré de hablar con el jardinero cuando lo vea, no te preocupes. —Emily volvió a la normalidad—. Si solo tenías que plantar las ortigas, puedes dar por finalizada tu jornada.

Jake se levantó y se quedó parado frente a ella.

—Acabo a las seis. No tenía pensado irme hasta entonces.

—¿Por qué?

—Vienen a recogerme.

—¿Vives lejos?

Emily era una gran defensora del medio ambiente y la no contaminación, así que rechazaba cualquier vehículo de combustión.

—Prinss. Y además, no tengo bicicleta.

Jake pareció haberle leído el pensamiento.

Emily nunca había estado en Prinss, precisamente, porque estaba bastante lejos de Valley Street y de Bright Gardens, donde ella tenía el estudio.

—En ese caso, puedes esperar dentro de casa si lo deseas.

—No. Esperaré aquí, gracias.

Emily miró su reloj. Todavía faltaba más de media hora para las seis, pero no dijo nada más. Se despidió y volvió a entrar en la casa, con ganas de subir a su habitación y de sentarse en el gran ventanal acolchado con vistas al jardín que habían construido para ella.

Le encantaba ese rincón lleno de cojines.

Se sentó en el borde y miró hacia fuera. Jake se había quedado en el suelo, recostado contra el tronco del viejo roble que tenían, a la sombra.

Se incorporó un poco cuando vio que su hermana había salido al jardín y que se acercaba a Jake. Emma le dijo algo a él que no logró escuchar y pensó en abrir la ventana, pero no lo hizo, por miedo a interrumpirlos.

Estaba deseando ver qué se cocía entre esos dos.

Jake se recostó todavía más, haciendo caso omiso a lo que Emma le había dicho, y esta apretó los puños y señaló en dirección a su coche. Al principio no pasó nada, pero, segundos después, Jake se levantó, cogió la regadera que había cerca de donde había estado haciendo los hoyos, fue hacia el coche de su hermana y comenzó a echar agua sobre el parabrisas como si estuviese regando unas flores. Saltaba a la vista que Emma le había ordenado que le limpiase el coche, para aprovechar el tiempo que le quedaba de trabajo, y Emily se alegró de no haber abierto la ventana, porque no pudo aguantarse la risa.

Siguió observándoles, porque ella corrió hasta él para detenerle, pero Jake subió la regadera y no cesó con la tarea, hasta que Emma intentó trepar por su brazo y, del propio zarandeo, la regadera volcó y ambos acabaron mojados.

Su hermana pataleó y alzó los brazos, muy disgustada, él solo se rio. A Emily no le gustó demasiado la cara de victoria que puso cuando Emma corrió hacia la casa.

—¡No me lo puedo creer!

La susodicha acababa de entrar en su habitación, con la camiseta mojada ceñida al cuerpo. Al verla en la ventana, intuyó que ya sabía lo que había pasado.

—¿Has visto lo que me ha hecho?

—Solo he visto cómo os peleabais, con la única diferencia de que tú te has comportado como una histérica mientras él solo parecía divertirse.

—Para que luego digas que no es odioso... Verás cuando se entere papá.

Emily suspiró y puso los ojos en blanco.

Su hermana recurría a su padre absolutamente para todo.

DOMINGO

2 NOVIEMBRE 1986

Derek había prometido pasar todo el tiempo con la familia, pero aquel domingo por la mañana todos habían desaparecido. El único que quedaba en casa era Louis, que arrastraba los pasos por la cocina mientras iba a prepararse el desayuno. Se quedó charlando un rato con él y luego cogió la chaqueta y salió a caminar.

Iba despacio, aunque sus pasos eran largos, con las manos metidas en los bolsillos de sus viejos tejanos y el sol incidiendo en sus ojos pardos, molestándolo pero consiguiendo que brillasen más.

Después de quince minutos sin rumbo fijo, pensó en acercarse a la biblioteca de Kingston. El único curso completo que estuvo viviendo en Vallon, justo antes de marcharse a la universidad, había pasado allí mucho tiempo. No había cogido sus gafas de lectura, pero se dirigió hacia allí de todas formas.

Cuando llegó, se paró unos instantes para contemplar el edificio. Parecía que habían reparado el sector derecho de la fachada, que antaño había estado vallado por el peligro de desprendimiento que tenían las grandes piedras de mármol adosadas. Era el primer cambio de los próximos que encontraría en el interior.

Subió por la gran escalera hasta su sala preferida, la de lectura, y observó cómo habían distribuido el espacio, impresionado por el cambio. Donde antes estaban las mesas, a lo largo del amplio pasillo, ahora discurrían las filas de estanterías dejando así cuatro corredores para pasar. Le pareció extraño dirigirse hacia las mesas entre estantería y estantería, pero no le desagradó la nueva distribución.

Sus pasos sonaban a ritmo constante, lo sabía porque sus zapatos hacían chirriar la madera del viejo parqué, y porque cuando llegó al final, todas las cabezas se alzaron para mirarle.

Derek reparó en la única persona que no había levantado la vista de su lectura. Era una chica menuda, muy blanca y muy pelirroja. Estaba sumida al cien por cien en lo que estaba leyendo, y Derek decidió sentarse al otro lado de la mesa que ella ocupaba. Tampoco así le prestó atención. Él miró el libro, ansioso por descubrir qué era lo que la mantenía tan distraída, pero lo tenía abierto y apoyado encima de la mesa, así que no lo consiguió.

Había algo interesante y enigmático en ella.

Sus ganas por iniciar una conversación aumentaron al ver que fruncía el ceño para concentrarse aún más, pero entendió que sería muy descarado hablarle sin más motivo que ese, así que se levantó en busca de algo que leer, para quedar en igualdad de condiciones.

Escogió un libro al azar del estante de acción y regresó al mismo sitio. En su ausencia, la chica había sacado un cuaderno y ahora escribía cosas en él. Le pareció que copiaba frases enteras, porque mientras escribía, su dedo índice seguía las líneas.

Derek se había quedado tan embobado observándola que se llevó una gran sorpresa cuando ella levantó por fin la vista y lo miró.

Tenía los ojos tan azules como el cielo despejado de esa misma mañana.

- - - - - - -

Emily acababa de alzar la vista para ver al inoportuno que se había sentado justo enfrente de ella.

Al principio no le había importado, pero empezó a sentirse muy incómoda cuando se dio cuenta de que el desconocido no hacía otra cosa que observarla. Lo miró sin la dulzura que la caracterizaba, pero sin frialdad. Solo quería saber por qué estaba tan interesado en lo que hacía.

Levantó las cejas con intención, a modo de pregunta silenciosa, y él captó el mensaje.

—Perdona —dijo—. Supongo que te preguntarás por qué te miro todo el rato.

Ella asintió con la cabeza, esperando la explicación. No era mucho mayor que ella, y tenía algo que le resultaba familiar.

—Lo siento, es que tenía curiosidad. Nunca había visto en esta biblioteca a alguien tan inmerso en un libro.

—Cuando uno hace algo que le interesa, suele sumirse en su tarea. Y creo que a los que nos gusta leer, nos gusta también sumergirnos en la lectura. No tiene nada de extraño.

El bibliotecario ordenó silencio con un siseo, así que continuaron hablando por lo bajo.

—Yo no he dicho que sea extraño. Pero observa.

El joven se dio la vuelta y extendió el brazo para mostrarle la sala. Fue señalándole uno a uno a los sujetos que allí se encontraban. Primero, un grupo de estudiantes adolescentes, reunidos haciendo labores en común y susurrando entre ellos, con más ganas de chisme que de hacer la tarea. Luego, un hombre jugueteando con un lápiz mientras ojeaba una revista. Al fondo, una pareja que, más que leer, se hacía carantoñas. Y finalmente, justo detrás de ellos, había un niño pequeño pintando con ceras de colores.

—Entiendo —dijo Emily.

—Me pasé un año entero aquí metido y créeme si te digo que fui el único interesado en los libros. —Lo dijo muy seguro de sí mismo—. Esta biblioteca no está dedicada a los amantes de la lectura.

—¿Y tú sí eres un verdadero amante de la lectura?

Emily miró el ejemplar que el chico había cogido, pero este enseguida se deshizo del libro, apartándolo hacia un lado.

—Lo era, pero dejé de tener tiempo para leer cuando empecé la universidad. Desde entonces, lo único que leo son leyes, leyes y más leyes.

—¿Leyes?

—Estoy estudiando Derecho. Me queda un año y medio para graduarme.

Derecho.

A Emily le sorprendió aquella respuesta más de lo que el chico podría imaginar. Justamente, antes de empezar a hablar con él, estaba copiando en su cuaderno uno de los párrafos que Platón había dedicado a la Justicia. Seguía con su propósito de encontrar a gente que le transmitiese al menos una de las virtudes cardinales que el filósofo describía. La noche anterior había pensado también en ello, identificando las virtudes con estudios o hobbies, y había caído en la cuenta de que en la ciudad no había Facultad de Derecho, por lo que pensó que no encontraría a nadie cuya vida se volcase en esa especialidad.

Ahora se encontraba delante de sus narices un chico de cara bonita que decía estudiar esa carrera que, además, le explicaba por qué el lugar donde se encontraba no era precisamente para los amantes de la lectura.

¿Y ella qué iba a saber?

Era la primera vez que pisaba esa biblioteca.

—¿Y dónde estás estudiando? —le preguntó, curiosa—. Que yo sepa, en Vallon no hay Facultad de Derecho.

—En la NSU de Florida.

—¿Florida?

—Sí, ¿por qué?

—¡Qué lejos!

—¿Qué estudias tú?

La pregunta la pilló desprevenida, pues no esperaba un interés de vuelta por su parte relacionado con los estudios.

—Ambientales. Pero aún me falta un año más que a ti para graduarme.

\- - - - - - -

El bibliotecario volvió a pedir silencio y Derek se dio cuenta de que la conversación que mantenía con la chica de enfrente iba camino de que los echasen de la biblioteca.

—¿Te gustaría ir a tomar algo? —le propuso—. ¿Un café?

Ella lo miró muy extrañada y a él eso le pareció un poco raro. No era una pregunta demasiado complicada como para que tardase tanto tiempo en responder.

—¿Ir a tomar algo? No quiero parecer maleducada, pero no te conozco absolutamente de nada.

En eso tenía razón, pero aun así, no le estaba pidiendo una cita ni nada por el estilo. Su única intención era que pudieran seguir hablando. En su facultad era costumbre charlar tomando un café, incluso con alguien que acababas de conocer. Pero entonces entendió que allí todos estaban en el mismo ambiente, y que, quizás, era distinto a que alguien te abordase de repente en un espacio público y te invitase a tomar algo.

—No me malinterpretes y discúlpame si te he puesto en un compromiso —dijo—. Solo pretendía charlar un rato más. De libros, tal vez.

Ella no pareció muy convencida, así que optó por presentarse.

—Me llamo Derek.

—Yo soy Em... —titubeó. A Derek le pareció que forzaba un carraspeo—, Emma. Yo soy Emma.

—Encantado, Emma.

Después de eso, le dedicó una amplia sonrisa a la que ella le correspondió con otra no tan estupenda. Debía ser la primera chica con la que Derek se topaba que se negaba a ir a tomar algo con él, y eso le llamó todavía más la atención.

Emma miró su reloj.

—¡Dios mío! Se me ha hecho tarde. Me tengo que ir a trabajar —dijo, empezando a guardar sus cosas a toda prisa—. He de irme, lo siento. Ha sido un placer...

—Derek.

—Sí, Derek. Hasta la próxima.

Dicho eso, se levantó y salió de la sala pasando por el primer pasillo de estanterías. Derek se preguntó si realmente habría próxima vez.

Ese domingo, los Becker terminaron de comer más tarde de lo habitual. Tras recoger la mesa, Derek fue a ver qué había de interesante en la televisión. Su madre había dicho que le gustaría pasar la tarde viendo algo juntos en familia, así que acabaron apretujados en los dos sofás viendo *Tal para cuál*, una película romántica protagonizada por John Travolta y Olivia Newton-John.Al cabo de un rato, Derek vio a Jake repantigarse en el sofá mientras acomodaba bien a Rachel a su lado y a Louis dar cabezadas. Las únicas que de verdad parecían atentas a la película eran su madre y su hermana. Su padre incluso se había levantado a por algo para picar.

Decidió que, si bien no era el momento de comunicar todo lo que tenía en mente, lo era al menos para darle a su familia la primera de las noticias que se había estado guardando.

—Me gustaría contaros algo —dijo, incorporándose para llamar la atención—, ahora que estáis todos aquí.

Ladearon la cabeza para mirarle, unos con más interés que otros, intrigados. Su padre también se acercó.

—¿Qué sucede? —preguntó Sara.

—No es nada del otro mundo —continuó—. Solo quería que supieseis que tengo pareja estable en Davie.

Si hubiese podido sacar una foto instantánea de aquel momento los habría pillado a todos con los ojos muy abiertos por la sorpresa. A todos menos a Jake. Su hermano había sido el único que no se había inmutado.

—¡Eso es estupendo! —dijo su madre, emocionada por la noticia—. ¿Desde cuándo?

—No hace mucho —respondió Derek, mirando a su hermano de reojo—. Aproximadamente un mes.

—¿Un mes y ya lo consideras una pareja estable? —preguntó Jake, con desgana.

—¿Cómo se llama? —continuó Zane—. ¿Cómo es?

Su madre también empezó a hacer preguntas. En cualquier otro momento habría estado encantado de contestarlas, sin embargo, ahora estaba molesto. Ni él mismo sabía por qué.

—Es una chica de mi facultad. Se llama Ashley.

—¡Ashley! Qué nombre más bonito —opinó Zane.

—Ya la conocía —añadió—, del instituto de Filadelfia.

Al mencionar su antiguo instituto, Jake clavó su indescifrable mirada en él y, por primera vez, dedujo el porqué de su mirada. Cuando perdieron el contacto visual, Derek siguió charlando con la familia.

—¿Nos la presentarás en vacaciones? —quiso saber Zane.

—Supongo que sí, si estáis todos de acuerdo...

—Puedes traerla a casa cuando quieras —le dijo su padre, que parecía más que contento, a pesar de que nunca había dado mucha importancia a las chicas con las que salía.

Más una vez había comentado que preferiría que su primogénito se decidiese a formalizar de verdad una relación, en lugar de *ir de aquí para allá mareando la perdiz*. Exactamente esas solían ser sus palabras.

La conversación continuó un rato más, hasta que Derek anunció que quería descansar de cara al madrugón del día siguiente para regresar a Florida. Se desperezó al levantarse del sofá y luego subió a su habitación. Una vez allí, se frotó la cara y resopló unas cuantas veces para calmarse.

Se sobresaltó cuando la puerta se abrió de golpe y entró Jake. Su hermano cogió la silla de uno de los escritorios y la situó justo enfrente de su cama, sentándose en ella.

—¿Qué? —comenzó a decir—. ¿Has descubierto por fin que eres gay y tratas de encubrirlo diciéndoles a todos que tienes novia?

—¡Joder, Jake! ¿Cómo tengo que decirte que...?

—Tranquilo, solo estaba bromeando.

—Es una broma de muy mal gusto. Deberías saberlo.

Años atrás, Jake había cuestionado en numerosas ocasiones la sexualidad de Derek, con la única intención de fastidiarle.

—Ya, tienes razón.

Su hermano se quedó pensando en algo, mirando un punto fijo de la pared.

—¿Se puede saber a qué has venido? —le preguntó, incómodo.

Lo único que quería en esos momentos era estar solo.

—Bueno, supongo que tenemos de tiempo hasta que Louis decida irse a dormir y nos interrumpa —contestó—, así que más te vale empezar ahora.

—¿Empezar qué?

—¿Crees que soy tonto? He visto como les contabas a todos lo de esa novia tuya. Puede que el resto haya creído la falsa felicidad que demostrabas, pero a mí no me engañas. Y espero, por tu bien, que no estuvieses hablando de la única Ashley que tenemos en común.

Derek tomó una gran bocanada de aire. Con una mano se apretó la frente y luego se rascó la cabeza. No sabía ni por dónde empezar.

—Pues me refiero a ella, sí. A Ashley O'Connor.

—¡No!

—Ya lo has oído...

Ashley O'Connor había sido una compañera de ambos en su primer instituto. Al confesárselo a Jake, su rostro se ensombreció de forma fugaz, y luego se echó a reír. Derek recordaba perfectamente que ella había sido, de hecho, la primera novia de su hermano cuando tenía quince o dieciséis años. Cuando lo dejaron, pasaron a odiarse mutuamente. Jake siempre hacía alusión a que no la soportaba, hasta que se mudaron y dejaron de verla.

—¿Me estás diciendo que estás saliendo con Ashley, en serio?

—Sí, Jake. Es así de simple. Además, ella siempre ha sido una buena amiga mía. Tú lo sabes.

—No sé qué decir... Ni siquiera sabía que ibais a la misma universidad, y mucho menos que te gustaba.

—Y no me gusta. Quiero decir, es una chica de las más populares de la facultad, con un físico envidiable, pero...

—...y una inteligencia nula —puntualizó Jake.

—No digas tonterías, por favor. Si piensas estar metiéndote con ella todo el rato, no hace falta que sigamos hablando. ¿Quieres saber dónde está el problema, o no?

Jake agachó la cabeza y se quedó reflexionando un buen rato. Luego lo miró, y con un gesto de cabeza, le indicó que continuase.

—Está embarazada.

Reinó un silencio absoluto en la habitación después de aquella confesión.

—Ya sabes cómo es la vida universitaria —continuó Derek—. Al menos, en la NSU, las fiestas siempre tienen un único fin: divertirse un rato, conocer gente, chicas, y luego... —Se quedó callado, dando a entender el final de su frase—. Al fin y al cabo, se organizan para eso. Por algún motivo, Ashley empezó a ponerse un poco pesada conmigo desde el mes pasado. Al principio se me hacía raro, ya que nosotros nunca hemos mostrado interés el uno por el otro. —Jake torció el gesto, dando a entender que no estaba de acuerdo con eso—. El caso es que no le di demasiada importancia. Sin embargo, en la última fiesta a la que fuimos, pasó lo que no tenía que haber pasado. Bebí demasiado y ella se aprovechó de eso. Nunca me la habría podido imaginar tan fogosa...

—Por favor, no quiero detalles —le pidió Jake.

—Perdona —continuó Derek, habiendo olvidado por un momento de quién estaban hablando—. El caso es que acabamos en su habitación. Cuando me desperté por la mañana y lo pensé en frío, me arrepentí y me fui sin despedirme. Los días siguientes, en la universidad, fueron bastante incómodos. Ella no hacía más que ir en mi búsqueda, y actuaba como si estuviésemos saliendo juntos. Es más, le dijo a mucha gente que éramos pareja. Tres o cuatro semanas después, cuando me cansé de aquella situación, decidí hablar con Ashley y aclararlo todo. Yo no tenía ninguna intención de perder su amistad, pero estaba seguro de que no quería salir con ella. Y, bueno, tendrías que haberla visto. Se echó a llorar. Cuando traté de consolarla, me soltó que creía que estaba embarazada y que era un insensible...

—Qué patético —interrumpió Jake.

—¿Patético? Jake, ¡está embarazada!

—No puedo creer que seas tan idiota. Conozco muy bien a Ashley, a pesar de haber pasado mucho menos tiempo con ella que tú a lo largo de los últimos años. En mi opinión, solo te está utilizando para una de sus artimañas y has picado el anzuelo, incluso más rápido de lo que ella imaginaba. Seguro.

—No puedes estar hablando en serio...

—No creo que esté embarazada y, si lo está... lo que sí que no creo es que sea tuyo.

Derek se puso de pie de un salto, dispuesto a encararse con su hermano. Se contuvo solo porque la puerta se abrió y apareció Louis, bostezando con los brazos extendidos.

—¿No sabes llamar a la puerta? —dijeron los dos, al unísono.

Louis los miró con el ceño fruncido.

—También es mi habitación, y me voy a dormir.

—Bueno, da igual —dijo Derek—, porque Jake ya se iba.

—Sí. Será mejor que me vaya antes de seguir descubriendo lo memo que eres.

Ambos se lanzaron una mirada de odio. Louis no les prestó atención; se metió en la cama y apagó la luz de su lamparita antes incluso de que Jake hubiese cerrado la puerta tras de sí.

Esa noche, antes de dormirse, pese al enfado y todo lo que se le venía encima, a Derek lo único que le vino a la mente fue el dulce y angelical rostro de la chica de la biblioteca.

JUEVES

13 NOVIEMBRE 1986

Arabia estaba en su pequeño apartamento, tirada en la cama leyendo una revista. Hacía apenas una hora que había llegado del Purist Coffee. Esa misma mañana había recibido los resultados de los primeros exámenes y lo cierto es que estaba más que satisfecha.

El teléfono empezó a sonar, que en ese momento estaba apoyado sobre la mesita de noche. Estiró el brazo lo máximo que pudo para cogerlo y contestó la llamada.

—¿Diga?

De fondo escuchó solamente unos sollozos.

—¿Qué ocurre, Zane? —preguntó, dando por hecho que se trataba de su amiga.

—¡Lo odio!

Arabia intuyó también a quién se refería, y, aunque no tardaría en descubrirlo, invitó a Zane a que le contara qué había sucedido esta vez.

—Mi padre se niega a que vaya sola al baile de invierno de la universidad. Dice que aunque vayamos juntas tú y yo, no me dejará ir a menos que Jake o Derek nos acompañen.

—Entiendo.

—Pero Derek no puede estar aquí ese fin de semana y Jake se niega a venir.

—Entonces, ¿con quién estás enfadada? ¿Con Jake o con tu padre?

—¡Con Jake! ¡Con ambos! —exclamó Zane, gimoteando. Le dolía reconocerlo, pero su amiga tenía una gran facilidad para echarse a llorar—. Ari, llevo meses planeando este baile. Me costó un montón convencer a mi madre y sabes que incluso me regaló el vestido. Ahora que faltan solo tres semanas, resulta que es mi padre el que no quiere dejarme. ¡Tengo diecinueve años y todavía no he ido a ninguna fiesta universitaria ni de ningún otro tipo!

Arabia sabía perfectamente la ilusión que le hacía a Zane asistir a ese baile. Ella misma había tenido que comprar la entrada para no dejarla sola, a pesar de que no le hacía ninguna gracia acudir. Pero se había comprometido con ella, y para cuando se arrepintió ya era tarde para echarse atrás. Ni siquiera tenía vestido ni zapatos para la ocasión, mientras que Zane ya hacía tiempo que lo tenía todo preparado.

Sus padres no la dejaban ir a fiestas de gran magnitud por miedo a que se pasase con el alcohol, puesto que padecía una anemia muy complicada desde hacía varios años. Pero lo cierto es que ambas tenían ya conocimiento suficiente como para no dejarse influir por lo que hicieran los demás, y mucho más para ser conscientes de lo que tomaban o dejaban de tomar. Por no hablar de que no bebían nunca, ninguna de las dos.

—Le has dicho a tu padre que iría contigo, ¿no?

—Sí, ya te lo he dicho, pero ni con esas. Dice que o viene Jake, o nos quedamos sin baile. Pero, por supuesto, él no está dispuesto a acompañarnos. No te imaginas con qué descaro ha dicho delante de todos que no pisaría ni loco el local donde se celebra el baile. Ni siquiera parecía importarle que yo le rogase a mi padre que me dejase ir.

—¿Y tu madre no ha dicho nada?

—Mi madre está enfadada tanto con uno como con el otro. Cree que mi padre está siendo extremadamente conservador conmigo y, también, que últimamente Jake está demasiado insolente.

—Supongo que nadie puede obligarle a ir.

—¡Pero se lo he pedido de rodillas, Ari! He llorado delante de sus narices y no se ha inmutado. No puedo creer que sea tan insensible. Primero lo del vestido y ahora esto...

Arabia notó cómo su amiga se deshacía en lágrimas al otro lado del teléfono. Tenía motivos de sobra para estar enfadada, y sabía que si Derek hubiese podido estar en casa ese fin de semana, las habría acompañado con mucho gusto. Pero Jake estaba hecho de otra pasta. Todo lo relacionado con lo social, no parecía importarle en absoluto.

De pronto, el telefonillo de la entrada sonó estrepitosamente, sobresaltándola.

—Zane, acaban de llamar al timbre.

—¿Que acaban de llamar al timbre? ¡Pero si es tardísimo!

Arabia miró su reloj y vio las agujas marcando casi las once.

—Iré a ver quién es. No cuelgues.

Se levantó y fue hasta donde tenía el aparato para contestar abajo. Lo descolgó lentamente para que apenas se notase y se quedó escuchando sin decir nada. Lo único que percibió fue una respiración agitada.

—¿Ari?

Reconoció la voz, lo que hizo que se quedase un rato más sin poder reaccionar. Luego abrió, sin más, y volvió a ponerse rápidamente al teléfono.

—Tengo que colgar, Zane.

—¿Por qué? ¿Quién era?

—Nada, el vecino del segundo, que no se acuerda de donde tiene las llaves. Voy a bajar a ayudarle a encontrarlas. Ya sabes cómo es ese hombre de despistado...

—Pero si está sin llaves, ¿cómo vais a encontrarlas? Quiero decir, se las habrá dejado en casa.

Arabia empezó a ponerse nerviosa. Ni siquiera sabía por qué no le había dicho a su mejor amiga que su hermano acababa de llamar al timbre.

—Cree que pueden habérsele caído al salir a tirar la basura. Necesita que le ayude a buscar por el suelo.

—Ah, bueno —repuso Zane, no muy conforme—. Pues hablamos mañana en la facultad o llámame si puedes cuando vuelvas a casa.

—Mejor mañana —se apresuró a decirle—. Cuando vuelva ya será muy tarde. Descansa, Zane y, por favor, no llores, ¿vale? Prométeme que no llorarás más. Verás como todo se soluciona.

—No sé si podrá solucionarse.

—Zane...

—Sí, está bien, se solucionará. Un beso.

—Otro. Chao.

Nada más colgar, llamaron a la puerta. Arabia dio un respingo y salió disparada hacia allí. No estaba nada presentable, así que volvió sobre sus pasos para ponerse algo por encima.

—¡Un segundo! —dijo en voz alta, para que su inesperado visitante no se impacientara.

Se colocó una sudadera deportiva gris que le quedaba bastante holgada y que no combinada nada con la parte inferior de su pijama, un pantalón marrón a cuadros. De puntillas y en calcetines, fue hacia la puerta de entrada y ojeó la mirilla antes de abrir, por si sus intuiciones eran equivocadas, pero no lo eran.

Era Jake, una vez más.

Cuando abrió, comprobó que la intensa respiración que había escuchado por el aparato era la suya, pues estaba agachado, con las manos apoyadas en las rodillas y sudando. Debía haberse pegado una buena carrera.

—¿Puedo pasar? —preguntó.

—Adelante.

Arabia le cedió el paso y cerró la puerta. Jake se quitó la chaqueta para airearse y se volvió hacia ella.

—Necesito que convenzas a Zane de que ese baile no es una buena idea —dijo.

—¿Y por qué iba a hacer eso?

Él la miró muy sorprendido; todo pareció indicar que no se esperaba una respuesta como aquella. Adivinó que él había dado por supuesto que ella tampoco tenía mucho interés en un acontecimiento como el baile de invierno, porque muchas veces lo habían criticado juntos, así que no dijo nada más. Solo se quedó allí plantado, mirándola con especial detenimiento.

Arabia se dirigió a la nevera, sacó la jarra de agua, cogió dos vasos de cristal y fue hasta el sofá. Sirvió los vasos y se quedó esperando a que Jake la acompañara.

Él se tomó su tiempo, pero finalmente lo hizo. Se sentó en la esquina opuesta a la de ella y tomó un buen trago.

Arabia fue la primera en empezar a hablar.

—No pienses que ahora de pronto me apetece asistir a un baile universitario, Jake. Si voy es por tu hermana, nada más. Y, teniendo en cuenta la ilusión que a ella le hace, no me parece justo que vengas casi de madrugada y a escondidas a pedirme que la convenza de que no vaya. Creo que es más que suficiente que tú le digas que no la acompañarás.

Jake no apartó la vista de ella mientras hablaba. Le caían chorretones de sudor por los laterales de la cara, así que se sirvió él mismo otro vaso de agua.

—Acabo de colgar su angustiada llamada alegando que un vecino necesitaba mi ayuda —continuó Arabia—. No me gusta mentir, así que espero que tengas algo mejor que decir o un buen motivo para pedirme tal cosa.

—¿Qué te ha dicho? ¿Que me odia? —empezó a decir—. ¿Que soy el peor de los hermanos? ¿Un insensible?

—¿No tiene acaso motivos para decir todo eso?

Jake resopló antes de replicar.

—A veces pienso que todo el mundo cree que me encanta hacer infelices a los demás con las cosas que hago o digo.

—Yo no he dicho nada de eso. Solo quiero saber por qué no quieres venir con nosotras al baile.

—No se trata de que no quiera acompañaros, sino de que no quiero que ella vaya. Desde el mismo instante en que me enteré de que estaba planeando ir, deseé con todas mis fuerzas que no la dejasen.

—¿Cómo puedes decir eso?

—¿Has estado alguna vez en uno de esos bailes, Ari?

Arabia negó con la cabeza, mirándolo directamente a los ojos.

—Yo sí —continuó—, y te aseguro que no son como mi hermana se imagina. Sexo, alcohol y drogas. Esa es la definición perfecta. —Se apoltronó en el sofá—. ¿Acaso ya no recuerdas lo que pasó en el Dix76 el año pasado? ¿Qué te hace pensar que va a ser diferente?

Se acordaba perfectamente, pero prefirió hacer caso omiso a ese comentario.

—Aunque no haya estado nunca en un baile, sé perfectamente lo que nos vamos a encontrar allí —repuso Arabia, molesta—. Me parece genial que tú hayas estado en varios, y que, además, hayas podido comprobar que no es lo que esperabas. Al menos, has tenido la oportunidad de arrepentirte por algo que te han dejado hacer. Yo también tengo la suerte de poder hacer lo que quiera o ir a donde me plazca, porque por desgracia no tengo a nadie que me lo impida. A tu hermana, sin embargo, le hace mucha ilusión el baile de invierno y otras muchas cosas, pero nunca le dejan hacer nada.

—Porque Zane es demasiado buena. Demasiado inocente. Precisamente la inocencia es una de las mejores virtudes que tiene. Fiestas como esas harán que la pierda.

—O que se le quiten las ganas de volver a otra. —Arabia hizo una pausa levantando la mano para que no la interrumpiese—. Espera, ya entiendo. Tienes miedo de que a Zane le guste lo que posiblemente nos vamos a encontrar allí, ¿verdad?

El silencio de Jake cabizbajo evidenció la respuesta.

—¿Tan poca fe tienes en nosotras? No somos tontas, Jake. Sabemos muy bien lo que nos conviene y lo que no.

El silencio reinó al menos durante más de un minuto. Luego fue Jake el que habló.

—Entonces, no tratarás de convencerla.

—En absoluto. No soy quién para convencerla de nada. Ella sabe muy bien lo que quiere y lo que no. Si tu padre y tú queréis impedírselo con normas absurdas como la de que si no la acompañas no puede ir, allá vosotros. A mí solo me parece que coartáis su libertad. Así no aprenderá nada de la vida. Además... —Arabia había cogido carrerilla. Estaba dispuesta a defender a su amiga a capa y espada—, estoy segura de que tú, hace dos años, ya habías disfrutado más del doble de cosas de las que ella ha podido experimentar hasta el momento.

—Sí, y con seguridad me he arrepentido de más de la mitad.

—Arrepiéntete de lo que hagas, no de lo que no hagas. —Le encantaba ese refrán, aunque más de una vez, ella misma se había tenido que convencer de lo que decía—. De todas formas, no entiendo por qué en lugar de pedirme a mí que la convenza para no ir, no hablas tú directamente con ella y le explicas por qué no quieres que vaya.

—Porque no puedo pasarme una hora entera, o lo que me cueste explicarle las cosas, viendo cómo llora y suplica delante de mis narices. Y porque da igual lo que yo le diga, porque nunca me va a hacer caso, ni ella ni tú. ¿No es así?

—Claro, me parece mejor pasarle el muerto a otro. Por ejemplo, dejar que se encierre en su habitación para que llore sin que tú la oigas o que llame a su amiga para desahogarse con ella. Es mucho más cómodo para ti que llore delante de mí, claro, así tú te quitas el marrón de encima, pero me parece muy cobarde por tu parte. —Arabia se sirvió otro vaso de agua, muy segura de sí misma y de todo lo que decía—. ¿Alguna vez te ha hecho mucha ilusión algo y tu padre te ha impedido hacerlo?

—Ya basta.

Jake se levantó del sofá y se quedó un buen rato de pie, con la cabeza ladeada y mordiéndose el labio. Finalmente, se dirigió a la barra americana para recoger su chaqueta y continuar hacia la puerta. Abrió con toda la intención de cerrar sin despedirse, su dinámica de siempre.

—Di buenas noches, por lo menos —le espetó Arabia.

Él se giró con brusquedad.

—Buenas noches, reina de la sinceridad —contestó, al tiempo que hacía una reverencia burlona.

Y cerró la puerta.

Y Arabia se estremeció.

Después de mirar a Jake a los ojos por última vez, casi podía asegurar que había visto un efecto vidrioso en ellos, y eso le hizo plantearse si habría hablado demasiado.

Siembre había considerado a Jake contradictorio, imposible de entender. Sin embargo, le pareció que empezaba a comprenderle. Además, acababa de encontrarle esa pizca de sensibilidad que durante tanto tiempo había estado buscando. Pero a qué precio. Se sentía tan culpable por todo lo que le había echado en cara que apenas pudo pegar ojo.

A la mañana siguiente, se quedó dormida después de que sonara el despertador. Cuando se dio cuenta de lo tarde que era, se vistió lo más rápido que pudo y salió hacia la universidad corriendo como nunca lo había hecho, pues le gustaba llegar siempre con antelación a donde fuera que fuese. Para colmo, llovía, y ni siquiera su paraguas había podido resguardarla de la incesante lluvia.

Estaba a punto de entrar por la puerta de la facultad cuando vio llegar la camioneta azul. Zane bajó de ella, desde el asiento del copiloto, y corrió también hacia la entrada. Allí fue donde se encontraron.

—¿Has venido andando? —preguntó Zane, dejando constancia por su tono de voz que pensaba que estaba loca si lo había hecho.

Pero, por su aspecto, era más que evidente.

—Se me ha hecho tarde y no he llegado a tiempo de coger el autobús —contestó Arabia—. Espero no tardar mucho en secarme.

—¡Llevas el pelo horrible!

—Y tú unos ojos tan hinchados que deduzco que no has parado de llorar en toda la noche. Tenemos mucho de qué hablar.

Ambas eran de lo más sinceras la una con la otra. Arabia siempre lo había sido y, poco a poco, Zane se había acostumbrado también. Entraron al edificio y se dirigieron al aula de anatomía. Apenas tuvieron tiempo de hablar, porque ese día el profesor que les dio la clase era un sustituto y explicó un montón de cosas importantes. Fue una clase de dos horas de lo más intensa.

Cuando salieron hacia la cafetería, las dos tenían un montón de folios sobresaliendo de sus carpetas de tantos apuntes sin ordenar.

—Caray, nunca había aprendido tantas cosas de anatomía en una sola clase —dijo Arabia.

—Yo creí que no acabaría nunca... —replicó su amiga— Mira, ahí hay una mesa libre.

Apresuraron el paso para llegar a donde Zane había señalado.

La cafetería de la facultad de enfermería estaba siempre de lo más concurrida. Un setenta y cinco por ciento de los estudiantes que allí había eran mujeres, así que, además de ser una de las facultades con más alumnos, la cafetería se llenaba de otros tantos de las facultades vecinas que estaban encantados de rodearse de feromonas femeninas.

Había bastante barullo, por lo que tuvieron que charlar en un tono de voz elevado.

—¿Qué tal acabaste con tu vecino?

—¿Cómo?

De entrada, a Arabia le extrañó la pregunta.

—Tu vecino, Ari, las llaves que perdió. ¿Las encontrasteis?

Lo había olvidado por completo.

—¡Ah! ¡Las llaves! —dijo, al fin—. Se le habían quedado cerca del felpudo de la entrada, pero, como se está quedando ciego de un ojo, no podía verlas.

—Pobre hombre.

Arabia se sintió muy culpable teniendo que mentirle a su mejor amiga. Estuvo a punto de contarle la verdad, pero lo descartó en cuanto el tema de conversación empezó a desviarse hacia Jake.

—Pues mi hermano también se ha dormido esta mañana, ¿sabes? Mi madre ha tenido que subir a despertarlo. Durante el desayuno ni siquiera nos hemos mirado.

Se limitó a asentir con la cabeza mientras Zane seguía hablando de su hermano.

—Mi madre también me ha dicho que no me preocupe, que tratará de hablar con él, pero, sinceramente, no me apetece que lo obliguen a ir. Si no quiere acompañarme, que no lo haga.

—Pero, ¿y si no te acompaña? Eso significaría que no podremos ir.

Arabia pensó que tal vez su amiga había cambiado de idea respecto al baile. Sin embargo, su mente se había adelantado.

—Y significa también que no se lo perdonaré nunca.

La respuesta de Zane la impresionó mucho, y le pareció increíble que esas palabras hubiesen salido de su boca, porque era demasiado buena para albergar rencor.

Si realmente pensaba eso acerca de su hermano, era una auténtica pena.

¿Acaso era ella la única que sabía que Jake no era tan malo como pensaban en su familia?

¿Acaso Jake creía que aquel baile sería igual de peligroso que aquella noche en el Dix76, un año atrás?

UN AÑO ATRÁS

NOVIEMBRE 1985

Arabia estaba nerviosa, muy nerviosa. Zane también, pero su inquietud era diferente, porque estaba nerviosa y entusiasmada mientras que Arabia estaba nerviosa y un poco asustada. Y eso se debía a que iban a pasar por alto las advertencias de Jake unas semanas atrás, cuando Zane comentó durante la cena que algunas chicas de enfermería frecuentaban el Dix76 los sábados por la noche, y más tarde él subió a la buhardilla para tener una conversación seria con ellas.

—No es lugar para chicas como vosotras —había dicho.

—¿Ah, no? ¿Y qué clase de chicas somos nosotras? —le había contestado ella, a la defensiva.

—Decentes.

La respuesta de Jake la había sorprendido, pero también la había enfadado. Estaba harta de que todo el mundo las considerase monjas. Precisamente por eso, Arabia no quería seguir siendo la mosquita muerta del grupo. Su mejor amiga tampoco.

Pero antes de que pudiese replicar, Jake continuó hablando.

—El Dix76 es lo más parecido a un burdel, con la única diferencia de que allí nadie paga por echar un polvo, ni por... Bueno, nadie paga por nada que no sean las copas. —Jake se ruborizó por un momento—. Además, todos los tíos que hay por allí son unos cretinos.

—¿Incluido tú?

Su mejor amiga se echó a reír al escuchar su atrevimiento. Jake, sin embargo, apartó la vista y agachó la cabeza.

—Sí, exacto, incluido yo —respondió, después, dedicándole una penetrante mirada. Tanto, que Arabia no fue capaz de sostenérsela.

—¿Y por qué dejaste de ir? —preguntó Zane—. Antes has dicho que juraste que no volverías a poner un pie en ese lugar.

—Eso es asunto mío.

—A ver si lo entiendo... Estás intentando persuadirnos para que no vayamos al Dix solo porque no podrás estar allí para controlarnos. ¿A que sí?

Pero a Arabia se le ocurrió otro motivo.

—O a lo mejor no es cierto lo de que ya no va por allí, y lo que no quiere es que estemos en el mismo sitio que él, para que no sepamos nunca cómo se comporta cuando actúa como un cretino.

Jake emitió una carcajada irónica. Zane continuó hablando.

—Si tan malo creyeras que es para nosotras, ¿por qué no se lo has dicho a papá y mamá?

Y el silencio que se produjo después, junto con la marcha de Jake sin decir ni una sola palabra más, era lo que más asustaba a Arabia. Quería creer que su razonamiento era correcto y que él solo quería evitar que ellas fueran al Dix76 para no coincidir en el mismo local, pero albergaba la duda de que realmente fuese un mal sitio. Todavía no podía interpretar bien las intenciones de Jake, y eso le molestaba.

—Deberías estar ya vestida —le dijo su amiga—. En menos de una hora tenemos que estar en St. Kingston.

Era cierto. Habían quedado a las nueve en punto en la puerta de la iglesia con un par de chicas de su clase.

Su mejor amiga ya había elegido el vestuario, y ahora estaba frente al tocador peinándose y maquillándose. Se había puesto una falda vaquera y una camiseta blanca de tirantes. Antes de salir de la habitación, se pondría un suéter beige de cuello vuelto para que su madre no creyese que iba demasiado provocativa, aunque las dos sabían que se lo quitaría una vez dentro de la discoteca. También llevaba unas botas marrones con tacón de cuña, que la hacían aún más alta de lo que ya era.

Arabia, sin embargo, no estaba segura ni de la ropa que habían escogido para que se pusiera, pero aun así procedió a vestirse. El atuendo constaba de un pantalón vaquero negro y una blusa de manga larga color azul marino, ligeramente transparente. Se lo puso todo y se calzó sus botas negras, planas y por debajo de la rodilla. Entonces se situó al lado de su amiga, frente al espejo, y se deshizo el moño. El pelo, oscuro, le llegaba por debajo de los hombros. Se lo había alisado por la mañana, así que lo único que hizo fue repasarse el flequillo, para que le cayera correctamente hacia el lado izquierdo. Todavía le quedaban restos de unas mechas claras que se había puesto hacía unos meses, que ahora ya eran de un color gris apagado. Pero a ella le gustaba ese efecto, porque le confería un aspecto muy rockero. Una vez satisfecha con el pelo, empezó a maquillarse. Un poco de base acorde a su tono de piel, lápiz de ojos negro y pintalabios rojo oscuro. Era el color que mejor le quedaba.

Las dos terminaron de prepararse a la vez, a pesar de que Zane había empezado media hora antes. Su amiga se puso el suéter y el abrigo, y Arabia cogió el suyo para ponérselo antes de salir, porque estaba un poco acalorada.

En el pasillo de la primera planta se cruzaron con Jake, que salía del cuarto de baño. Zane se despidió de él con un *"hasta luego"* y Arabia prefirió pasar de largo. Una vez abajo, se despidieron del resto. La madre de Zane estaba fregando los platos de la cena y su padre ya se había sentado en el sofá, con Louis. Sara les pidió que tuvieran muchísimo cuidado antes de entregarle las llaves del coche a su hija.

Y luego, por fin, se subieron a la camioneta, rumbo a Kingston.

- - - - - - -

Jake estaba en su cuarto, maldiciendo para sus adentros. Arabia y Zane se habían salido con la suya y de nada había servido tratar de persuadirlas. ¿Por qué nunca le hacían caso?

Sabía qué era lo que debía hacer, pero a pesar de ello estuvo un buen rato dándole vueltas a la cabeza, porque solo tenía dos únicas opciones. Una era quedarse en casa intentando estudiar para los exámenes que tenía a la vuelta de la esquina, y la otra vestirse y salir una noche más al Dix76. Tanto si se quedaba en casa como si no, iba a estar preocupado pensando en lo que estarían haciendo su hermana y su amiga. Y no podía evitar que eso le importase, porque conocía demasiado bien aquel lugar. Para colmo, ellas se habían llevado el coche.

Media hora más tarde ya se había vestido. Incluso se había echado colonia.

Bajó al salón con las llaves de casa en la mano, preparadas.

—Voy a salir a dar una vuelta —anunció, esperando que no le prestasen demasiada atención.

—¿No decías que tenías que estudiar? —preguntó su madre.

—Llevo todo el día haciéndolo, y necesito tomar el aire —se excusó.

—¿Y a dónde vas a ir?

—No lo sé, mamá. Por ahí.

Su prima Rachel se había quedado dormida en el sofá, cerca de Louis. Estaba tan adorable, que no pudo evitar acercarse para darle un beso. Eso llamó la atención de su padre.

—Espero que no vuelvas tarde —le dijo.

—¿Por qué?

—Porque tendrás que madrugar mañana.

—Mañana me despertaré y me pondré a estudiar.

—Mañana te despertarás temprano y harás lo que yo te diga.

Podría haber rechistado, pero no podía seguir perdiendo el tiempo, puesto que aún le quedaba una larga y tediosa caminata hasta la discoteca. Asintió con la cabeza, salió de casa y se olvidó por completo de lo que le había dicho su padre. Últimamente, casi siempre tenía algo preparado para fastidiarle los domingos. Como si las horas extras que había hecho en la fábrica durante los últimos meses no hubiesen sido suficiente.

- - - - - - -

Mientras esperaban en la cola para entrar al Dix76 Arabia se dio cuenta de que estaba emocionada. Hacía solo unos minutos que habían llegado y en unos pocos más estarían dentro. Ya se le habían quitado todos los miedos, y eso se debía a que algunas de las personas que habían conocido en la cola les habían hablado muy bien del lugar. Por no mencionar a los chicos que ya habían entrado, casi todos deportistas de la universidad.

Decían que era el lugar idóneo para conocer a gente, que casi todos los chicos eran abiertos y simpáticos, e incluso que solían invitar a las copas.

Un par de chicas, por lo visto asiduas a aquel lugar y algo mayores, dijeron que se quedarían un rato con ellas para asesorarlas e informarlas de todo lo que debían saber. Una era alta y rubia, Miranda, y la otra de mediana estatura y pelo negro, Lora.

Por fin les llegó el turno de entrar. Empezaron a pasar de una en una y Arabia se quedó la última. Justo antes de que pudiera dar el siguiente paso, alguien la agarró por el brazo y la echó hacia atrás.

Su captor tiró de ella unos metros hasta girar la esquina. Solo entonces se dio cuenta de que era Jake.

—¡¿Pero qué crees que haces?! —protestó Arabia, muy enfadada.

Le había dado un susto de muerte.

—Lo siento —respondió él, entre jadeos. Parecía que había estado corriendo durante un buen rato—. Pero tengo que deciros una cosa antes de que entréis...

—¡Oh! Sí, ya sé. No deberíais estar aquí, os dije que era un mal lugar, bla, bla, bla.

—Ari, todo eso lo dije en serio. —Arabia lo miró de brazos cruzados, expectante—. Lo único que quiero es que cuando yo entre actuéis como si no me conocierais de nada. Díselo a Zane, por favor, en cuanto la veas. —Le dio la risa, recordando su teoría: la que demostraba que Jake no quería que fuesen a aquella discoteca, porque era el lugar que él frecuentaba. Pero no había terminado—. Es el único modo que tengo de protegeros si las cosas se ponen feas.

—Pero, ¿de qué estás hablando?

—Solo prométeme que lo haréis, Ari, no tengo tiempo ni para discutir contigo ni para más explicaciones. Mi hermana te estará buscando. —Jake se secó las manos sudadas en los pantalones. Estaba nervioso—. No me conocéis, ¿de acuerdo? Bajo ninguna circunstancia. Y si por algún casual yo me meto en algún lío, os vais a casa. Prométemelo.

No parecía que estuviese de broma, así que optó por asentir.

—Te lo prometo.

—Bien. Ahora entra ahí y actúa como si nada.

Qué fácil era decir eso después del discurso que le había dado.

Cuando Arabia accedió por fin a la discoteca, sus amigas se habían alejado bastante. Divisó a Zane cerca de una de las barras. Había dos, opuestas, y entre ellas estaba la pista de baile. Mientras se acercaba al grupo, Arabia observó el lugar.

Todo estaba decorado en tonos rojos, dorados y negros. La luz era tenue, pero dejaba ver lo suficiente. Lo que más le llamó la atención fue la parte de arriba. Se podía decir que el techo era muy alto, tanto como para albergar dos plantas más arriba, y, en cada una de ellas, había puertas, visibles a través de las balaustradas. A su vez, apoyados sobre estas, había varias personas. Algunos chicos al frente, unas pocas chicas a la derecha, todos mirando hacia la pista.

Cuando llegó por fin hasta el grupo de las enfermeras, su amiga acababa de desprenderse de su enorme jersey y hubo unos cuantos silbidos por ello. Se acercó a Zane y a Sheyla, que en ese momento estaban hablando con las dos chicas que habían decidido explicarles todo cuanto debían saber del Dix76.

—¿Y ves a ese de ahí? —dijo una de ellas—. Es Shawn Williams, el quarterback de los Ice Falcons, el equipo de fútbol de la Universidad del Sur. Está soltero, y es uno de los mejores partidos que encontraréis por aquí.

—Zane, ¿podemos hablar un segundo? —le preguntó a su amiga, acercándose a su oreja.

—¿Dónde te habías metido? —respondió Zane, sin prestarle demasiada atención—. Espera un segundo. ¿Y cómo se llama ese de ahí?

Zane señaló a un chico de pelo negro y ojos rasgados que estaba recogiendo los envases de cerveza vacíos y colocándolos en una caja de plástico. Iba muy rápido.

—Ese es Peter Pitt, pero todo el mundo le llama Pitt —dijo Lora, la otra—. Creo que su madre es china o algo así. Pero si de verdad te gusta, no te hagas muchas ilusiones, es un chico tímido que lo único que quiere es hacer bien su trabajo.

Arabia observó a Pitt.

Parecía un chico tímido, sí, pero bastante sensato.

—¡Miranda, mira! —exclamó Lora, de repente.

La chica rubia se quedó boquiabierta cuando se dio cuenta de lo que Lora señalaba.

—No me lo puedo creer.

—¿Qué sucede? —preguntaron Zane y Sheyla a la vez.

—Chicas, acaba de llegar alguien a quien hacía mucho que nadie veía por aquí. Qué suerte habéis tenido.

—¿Quién? —quiso saber Zane.

Arabia vio a Jake justo en la barra de enfrente, de espaldas a esta pero con los codos sobre ella, es decir, mirando hacia delante. Tenía un vaso de tubo en la mano, por lo que supuso que ya había pedido su consumición obligatoria.

—Es un antiguo defensa de los Falcons.

—Jake Becker —añadió Miranda.

Zane sonrió de oreja a oreja y abrió la boca, así que Arabia se la cerró con la mano y la obligó a que la acompañase a un sitio más apartado.

—¿Qué haces, Ari?

—Te he dicho que tenía que hablar contigo, ¿recuerdas? —Su amiga la miró, muy extrañada—. No puedes decirle a nadie que Jake es tu hermano.

—¿Y eso por qué?

—Porque él mismo me lo ha pedido. Justo después de que pasarais, llegó y me pidió que actuemos como si no le conociésemos. Por eso me había quedado rezagada.

—¿Y vas a hacerle caso? Pero si tú eres la primera que piensa que...

—Lo sé, Zane, pero me ha parecido que estaba preocupado, y creo que puede que tenga razón, y que este sitio no sea tan bueno como pensamos.

—¿Pero tú lo has visto bien? ¡Es un sitio increíble! ¡La música también lo es! Y nosotras nos lo hemos estado perdiendo todo este tiempo.

—Tal vez tengas razón. —Arabia seguía pensando que había gato encerrado, pero no se atrevió a expresarlo en voz alta—. En cualquier caso, le he prometido a tu hermano que haríamos lo que me pedía, así que ahora ya no hay marcha atrás.

—Está bien, de acuerdo. Haremos como que no lo conocemos. Pero que sepas que yo no pensaba decir nada todavía. —La mirada de su amiga se llenó de pillería—. Primero quiero escuchar lo que dicen de él. Creo que será muy divertido. ¡Volvamos!

Arabia sonrió. Zane tenía razón. Tanto si Jake exageraba sobre el Dix76 como si no, de todas formas harían algo productivo, porque seguro que él ni siquiera había pensado en esa posibilidad.

Justo cuando volvían para reunirse con el resto, Zane chocó con un chico que parecía bastante mayor.

—¡Lo siento! —le dijo.

Por lo visto le había pisado.

El implicado la miró molesto en un primer momento, pero luego su semblante se relajó. Era corpulento, y no demasiado alto. Tenía ojos azules y una barba negra muy mal recortada.

—No importa, preciosa —respondió él; luego se le acercó al oído para decirle algo más.

Arabia se fijó en cómo le miraba el escote mientras le hablaba. Sin embargo, su amiga le sonrió después de escuchar sus palabras, y luego continuaron.

—¿Qué te ha dicho?

—Que a cambio del incidente, más tarde tendré que acceder a que me invite a una copa.

Le resultó un poco confuso que fuese él quien le dijera de invitarla, siendo Zane quien le había pisado, pero tampoco llegó a decir eso.

Simplemente, se unieron al grupo y empezaron a bailar.

Miranda había desaparecido, pero Lora no tardó en acercarse a Arabia.

—Tú no eres muy habladora, ¿verdad? —le preguntó.

Le dedicó una sonrisa forzada para parecer simpática y luego miró de refilón a Jake para comprobar que seguía donde la última vez.

Su gesto no pasó inadvertido.

—Tienes que saber que no serás ni la primera ni la última de la noche en fijarse en él. —Lora empezó a hablar, cada vez más cerca de ella, lo cual la incomodó bastante—. Sé de unas cuantas que estaban esperando a que volviera, entre ellas, Miranda.

Iba a decirle que ella no se estaba fijando en él, pero entonces la chica le hizo un gesto con la cabeza para que volviera a mirar en dirección a Jake. Se había dado la vuelta y estaba de cara a la barra. Miranda lo abordó, eso era lo que Lora quería que observase.

Arabia lo hizo, ansiosa por ver qué pasaría a continuación.

Miranda rozó su hombro con el de él y, como respuesta, Jake se desplazó hacia la derecha para deshacer el contacto. Entonces ella se puso de lado, dejando el codo izquierdo sobre la barra y usando la mano derecha para acariciarle la parte del brazo que quedaba al descubierto por debajo de la manga de su camiseta negra. Acto seguido, Jake se acercó y le dijo algo, a lo que ella respondió con una mueca. Todo indicaba que la estaba rechazando, pero Miranda continuó intentándolo. Lo siguiente que hizo fue acercarse a él, para que su excesivo escote le rozase el costado, y, por lo que Arabia pudo deducir, con el brazo izquierdo empezó a acariciar la parte delantera de sus pantalones. El atrevimiento duró solo unos segundos, porque poco después Jake le agarró ambas manos y se las retiró hacia atrás, quedándose muy cerca de ella. Le dijo algo a escasos centímetros de distancia y luego la soltó. Parecía enfadado.

—Bueno, tenía que intentarlo de la forma más sencilla —dijo Lora, sacándola de su estupefacción por lo que acababa de ver—. Ahora solo le queda una alternativa.

—¿Una alternativa? —preguntó, confusa.

—Pues claro. Aquí todo el mundo consigue lo que quiere. Pero hay varias formas de conseguirlo, dependiendo de a quién se tenga entre miras. Ese Becker es de los más tercos de por aquí, pero todo el mundo sabe qué hacer para manejarlo.

—¿Y cómo es?

—Haciéndolo beber.

Arabia abrió mucho los ojos y Lora rio.

—Hoy, para variar, no parece que tenga muchas ganas de diversión —continuó Lora—. Es una pena, porque Miranda conoce a unos cuantos por aquí a los que más tarde les hará algún favor... Tú ya me entiendes, ¿no? —La verdad es que no, no la entendía—. Ahora irá a hablar con ellos, y luego ellos harán apuestas contra Jake. El que pierde las apuestas, bebe. Es así de sencillo.

—¿Qué tipo de apuestas?

—Por ejemplo, podrían apostar una jarra de cerveza a que Jake Becker no es capaz de darle un morreo a Pitt. Y como no es capaz, entonces tendrá que pagar la jarra, y el ganador de la apuesta decide quién se la bebe, que en este caso, será el propio Becker. Así conseguirán emborracharle. Y cuando Becker se emborracha... se vuelve dócil y obediente.

—¿Y si decide que no quiere jugar?

Lora rio con ganas.

—Aquí nadie puede decir que no. A nada.

Y dicho lo cual, le guiñó un ojo y se alejó.

Arabia decidió observar una vez más a Jake. Lo encontró mirando fijamente a un punto en concreto mientras bebía de su copa. Ella lo analizó para intentar entender qué era lo que llamaba tanto su atención, y le pareció que su mirada se dirigía hacia el chico con el que Zane había chocado al poco de entrar en la discoteca. A su vez, este miraba en dirección hacia donde ella estaba, más concretamente, hacia Zane.

Recordó al instante lo que Lora le había dicho respecto a decir que no, porque ese tipo le había dicho a su amiga que debía acceder a tomar una copa con él. Y Zane no bebía alcohol, bajo ningún concepto, porque su anemia no se lo permitía.

¿Qué pasaría si se negaba a la invitación? Lora no había entrado en detalles, pero no le pareció que fuese a gustarle la respuesta.

Tenía que contárselo a Jake, de inmediato.

Arabia fue hasta la barra para situarse justo al lado de él, y pidió un zumo de piña cuando una de las camareras se acercó a ella.

—¿Qué haces aquí? —le preguntó Jake.

—Tengo que contarte una cosa, bueno, dos. —Arabia se acordó de lo de Miranda—. Me han estado contando cosas sobre este sitio, y creo que entiendo por qué pensabas que era un lugar peligroso para nosotras.

—¿Ah, sí? Vaya... ¿Y qué es lo que te han dicho?

—Que aquí nadie dice que no.

—¿Le has dicho a alguien que no?

Jake la miró con cara de preocupación.

—No, pero tú sí, ¿verdad?

Volvió a mirarla, esa vez con interrogación.

—No sé a qué te refieres, pero, en tal caso, es asunto mío. Y, además, hay algunas formas de saltarse esa norma. —Jake se puso de lado en la barra, mirando hacia ella, tal y como poco antes había hecho Miranda con él—. Si quieres seguir hablando del tema, tendrás que dejar de mirar a todas partes con cara de susto, y sonreír.

—¿Por qué?

—Porque estoy intentando que parezca que ligo contigo.

Jake mantuvo su media sonrisa durante mucho más tiempo del que nunca antes había visto.

—Y... ¿si aparentas estar ligando conmigo, Miranda no puede seguir intentando ligar contigo?

—¿De qué conoces a Miranda?

Arabia se imaginó la cara de Zane si los viese en ese preciso momento, mirándose y sonriéndose como estúpidos mientras hablaban de algo importante.

—La conocimos en la cola de entrada. A ella y a Lora.

—Alejaos de ellas lo más que podáis, sobre todo de Lora.

—¿Por qué?

—Porque os lo digo yo.

—Sabes que esa extraña forma de advertirnos de las cosas no es muy efectiva, ¿verdad? —Arabia se enfadó por su falta de sinceridad, una vez más—. Tal vez debería volver con mis amigas y ver el numerito que das cuando esa tal Miranda empiece a jugar contigo.

A Jake se le borró la sonrisa de la cara al instante. Luego bebió un trago.

—Haz lo que te dé la gana, Ari —repuso—. No necesito nada de ti que no pueda conseguir fácilmente de alguna otra.

Sus palabras le dolieron. Sintió tal desprecio, que se alejó de él, incapaz de contraatacar, como siempre hacía, porque había sido un golpe bajo.

Uno que, además, creía que no merecía.

Se dirigió, maltrecha, hacia sus amigas, hasta que divisó a un par de chicos hablando con Zane. Estaban señalando hacia el tipo corpulento mientras ella negaba con la cabeza. Ellos insistieron, así que ella negó con mayor rotundidad, y no tuvieron más remedio que alejarse.

—¿Qué ha pasado? —le preguntó en cuanto se reunió con ella.

—Eran amigos del chico al que he pisado antes. Venían a decirme que estaba esperando a que fuera y me tomara una copa con él, pero ya les he dicho que yo no bebo. Y no bebo, ya sabes, pero es que tampoco me apetece hablar con él, así que me ha servido perfecto como excusa. No es muy guapo, ¿verdad?

—Pero, te han insistido mucho, ¿no?

—Sí... También han comentado algo sobre una suite privada en el segundo piso, y que nadie puede rechazar una oferta de Ian McGregor. Pero ya ves, yo lo he rechazado.

A Arabia se le aceleró el corazón.

Se le había olvidado comentarle a Jake lo más importante.

Sin dudarlo, volvió sobre sus pasos sin dar siquiera explicaciones a Zane, pero enseguida descubrió que él se había esfumado. Ya no estaba en la barra, ni siquiera cerca. Dio un par de vueltas sobre sí misma, pero no consiguió encontrarle.

—¿A dónde ibas? —le preguntó su amiga—. Llevas toda la noche muy rara, ¿lo sabías? ¿Por qué no vienes a bailar un rato y dejas de dar vueltas por ahí tú sola?

No tuvo más remedio que acceder a lo que Zane le pedía, pero cuando apenas llevaba cinco minutos disfrutando y bailando al ritmo de la música, Miranda y Lora volvieron a aparecer.

Al principio no pasó nada, pero poco a poco fueron apartando a Arabia del grupo con sus movimientos. Empezó a ponerse nerviosa cuando adivinó sus intenciones. En cuando consiguieron alejarla lo suficiente, la rodearon entre ambas y empezaron a hablarle.

—Miranda te ha visto hablando con Becker —dijo Lora, para empezar—. Y eso que parecías una mosquita muerta.

—Solo me he acercado a la barra para pedir, y él me ha hablado.

—Eso no lo dudo —continuó Miranda—. Pero me pregunto por qué has ido a pedir justo donde él se encontraba. Sobre todo después de haber hablado con Lora, y después de que me vieras tanteándolo.

—Ha sido coincidencia. —Arabia sintió una punzada de miedo, pero siguió excusándose—. Vi un hueco y me acerqué. Ni siquiera me había fijado en que él estaba allí.

—¿Y qué fue exactamente lo que te dijo? —preguntó Lora.

—Sí —siguió Miranda—. ¿De qué hablabais?

—Pues... —Arabia tenía que pensar en algo, y rápido. Recordó lo que Zane le había contado sobre los chicos que habían ido de parte del tal Ian, y decidió usarlo—. Me ha ofrecido que me tomara una copa con él, pero le he dicho que yo no bebo y que solo había ido a por un zumo. Él ha insistido en invitarme aunque solo fuese al zumo, pero le he dicho que no era necesario.

—¿Te ha ofrecido que te tomaras algo con él y le has dicho que no? —Miranda y Lora se miraron, luego Lora siguió hablando—. Eso ha sido un tanto... arriesgado por tu parte. Ya te he advertido que aquí nadie dice que no, ¿verdad?

—Sí, pero he decidido arriesgarme de todas formas, y parece que se ha olvidado de mí, así que... Es todo vuestro. No os preocupéis.

—Cariño, no estaba preocupada por ti. —Miranda sonó tan cruel como Jake hacía un momento. Su poca autoestima murió aquella noche—. Solo quería estar segura de que no habías ido en busca de Jake con intención de provocarme.

Arabia cerró los ojos, tratando de serenarse. Empezaba a estar agobiada de verdad allí dentro. Definitivamente, no era su ambiente y no se sentía nada cómoda.

Cuando volvió a abrirlos, su mirada se topó de golpe con los mismos chicos de antes, los que se habían acercado a Zane. Sin embargo, no pudo apenas prestarles atención porque Miranda y Lora se echaron a reír y luego se miraron de una forma que no le gustó.

Con malicia.

—Puede que le hayas dejado el camino libre a Miranda, pero yo todavía no he empezado a jugar mis cartas...

Entonces Lora se le acercó más de la cuenta, una vez más; mucho más de lo que ella habría deseado, invadiendo su espacio vital. Se quedó congelada cuando empezó a olerle el cuello, porque no tenía ni idea de cómo reaccionar a eso. Se fijó en que Lora tenía las pupilas dilatadas antes de que diese la vuelta y se colocase justo por detrás de ella.

—A mí no vas a decirme que no —le susurró al oído.

Tuvo ganas de echarse a llorar y estuvo a punto de hacerlo. Pero alguien apareció de la nada y apartó a Lora hacia un lado.

—Yo la vi primero —dijo Jake.

Lora se rio.

—Y Miranda a ti también.

—Llevo tiempo sin venir... pero creo que todavía recuerdo las normas. —Jake habló con convicción—. Si rechazo a alguien, tengo mi oportunidad de elegir a otra candidata, o candidato —puntualizó, con retintín—. Y si consigo lo que quiero, se acabó el duelo.

—Pero ella también te ha rechazado.

—¿Eso es lo que te ha dicho? —Arabia vio cómo Jake sonreía, satisfecho—. Entonces ha aprendido muy rápido las reglas del Dix.

Parecía muy seguro de sí mismo. Llevaba a Zane cogida de uno de sus brazos; su amiga parecía tan asustada como ella.

Lora y él se retaron con la mirada antes de que él le tendiese el otro brazo, invitándole a que se asiera a él.

Arabia no lo dudó.

Se cogió a él de inmediato.

Jake se alejó de la pista de baile con las dos, a paso ligero, y las condujo a través de una puerta que daba paso a unas escaleras. No dejó de pedirles que sonrieran, tal y como le había pedido a Arabia un poco antes.

Ya en la primera planta, caminaron hasta una puerta. Jake sacó una llave del bolsillo, abrió y les cedió el paso. Antes de cerrar con llave, se aseguró de que no venía nadie detrás de ellos. Lo siguiente que hizo fue echarse las manos a la cabeza y caminar de un lado a otro. La habitación era como una de motel, que hasta tenía cuarto de baño.

Arabia y su amiga se miraron, incapaces de decir nada. Sin atreverse, más bien.

—Joder, joder, joder... —Jake no dejó de moverse y de maldecir. Arabia pensó que estaba buscando el modo de decirles lo estúpidas que eran, pero no fue eso lo que dijo—. Tenéis que quitaros algo de ropa, lo que sea.

—¿Cómo dices?

Zane fue la primera en replicar, alarmada. Incluso se tapó el cuerpo con los brazos.

—No seas ridícula, Zane. No voy a miraros siquiera.

—Entonces, ¿para qué quieres que me quite la ropa?

—Porque si viene alguien, tendrá que parecer que la historia que me he montado es creíble. De lo contrario...

—No pienso quitarme la ropa delante de ti, ni hablar.

—¡Quítate la puta camiseta, Zane! —Jake gritó, bastante—. O lo que te dé la gana. Pero hazlo ya. Las dos.

Arabia y Zane volvieron a mirarse. Su amiga estaba muy asustada. Tal vez creyera de verdad que su hermano quería verla en ropa interior. Arabia empezó a desabrocharse los botones de la camisa.

—¿Qué haces? —le preguntó Zane.

TOC, TOC, TOC.

Tres golpes fuertes retumbaron en la puerta.

—¡Mierda! —exclamó Jake por lo bajo, luego las miró. Primero a Zane, que seguía paralizada, y luego a ella, que ya se había desabrochado la camisa y había expuesto el sujetador. Él se detuvo ahí un par de segundos antes de apartar la vista. Sin pensárselo, se quitó la camiseta y la tiró al suelo antes de volver a hablar—. Tengo que salir, así que necesito que una de las dos cierre con llave cuando lo haga. Mientras esté fuera, no abráis a nadie que no sea yo, y no salgáis bajo ningún concepto, ¿entendido?

TOC, TOC, TOC.

—¡Becker! ¡Abre la maldita puerta! —gritó alguien en el exterior.

Arabia se acercó para proceder con lo que Jake les había pedido. Con gestos le indicó a Zane que se quitara la camiseta. Esta por fin accedió, volviéndose a cubrir con los brazos justo después.

—Pase lo que pase, oigáis lo que oigáis, no abráis hasta yo os lo diga.

Arabia asintió, mirándolo a los ojos. Estaba aterrada, porque sabía que él se temía algo malo. Jake echó un vistazo a su alrededor antes de salir. Luego respiró hondo, se desabrochó los pantalones y puso la mano en la llave, listo para abrir. Entonces, en un arrebato inesperado, Arabia colocó la suya encima, interrumpiéndolo y desconcertándolo. Se acercó, con el corazón latiéndole a mil por hora, con intención de darle un beso en la comisura de los labios, pero sin atreverse del todo. Al adivinar sus intenciones, Jake se lanzó sobre ella para completar el beso. Un beso de verdad.

Su primer beso.

—¡Becker!

Jake se apartó con brusquedad, poniendo fin al contacto. Ella comprobó que su plan había funcionado, porque parte del carmín se había quedado en su boca. Levantó el pulgar, para hacérselo saber, y él asintió, en señal de agradecimiento.

Luego giró la llave y entreabrió.

—¿Qué coño queréis? —dijo—. Estoy ocupado.

—Ian quiere hablar contigo.

—Estoy ocupado —repitió.

—Sal de una jodida vez.

La voz que habló entonces sonó más autoritaria. Jake echó un último vistazo a Zane y luego a Arabia. Esta vez fue ella la que asintió, dándole a entender que había entendido sus instrucciones. Y entonces sí, salió de la habitación.

Arabia cerró inmediatamente después, tratando de hacer el mínimo ruido, y se quedó pegada a la puerta, escuchando.

El de la voz autoritaria empezó a hablar el primero.

—¿Quién coño te has creído para venir a joderme?

—Yo no...

—No me interrumpas cuando hablo. ¿Quién coño te has creído para volver? No eres bien recibido.

—¿Sigues creyendo que puedes decirle a la gente lo que puede o no hacer?

—Sabes que sí, Becker, lo sabes muy bien.

—He venido a divertirme, ¿qué problema hay?

—Que tú no vienes a divertirte, los dos lo sabemos.

Arabia se preguntó qué demonios habría querido decir con eso.

—¿Por qué no me dices de una vez qué es lo que quieres? —preguntó Jake.

—Debería quedarme ahí dentro contigo a ver cómo te follas a esas dos zorras, a ver si tienes cojones para hacerlo.

La impresionó mucho el lenguaje soez del desconocido.

—Tengo cojones para muchas cosas, incluido para levantarte a cualquiera de las que deseas de ahí abajo.

Arabia escuchó un golpe seco y se llevó las manos a la boca. Luego sobrevino un silencio. Zane corrió hasta ella.

—¿Qué sucede? ¿Qué han dicho?

—Creo que se van a pelear.

Las voces al otro lado volvieron a pronunciarse. Arabia pegó todavía más la oreja.

—Crees que te has vuelto a salir con la tuya, pero ¿sabes qué es lo más divertido? Que no sé si es más peligrosa Miranda o yo.

—Correré el riesgo de comprobarlo.

—Sí, estoy seguro de que sí, porque tarde o temprano, tú y tus putitas tendréis que salir de ahí para marcharos a casa. De momento, te voy a dejar con el regalo que te he traído para tu gran noche. Chicos, tened cuidado con la cara, no quiero tener problemas con el gerente esta noche.

Arabia escuchó pasos que se alejaban.

Esperaba que Jake llamase y regresase al interior, pero durante unos instantes no ocurrió nada. Solo silencio. De pronto, un gran estruendo hizo retumbar la puerta donde ellas tenían pegadas las orejas. Eso hizo que automáticamente se apartaran de allí. Seguido de eso, continuaron escuchando más golpes, uno tras otro, por la puerta, pero también por las paredes. Por el contrario, Arabia no escuchó ningún sonido de protesta, solo golpes.

Su amiga tenía lágrimas en los ojos y temblaba. Temblaba demasiado.

—Tranquilízate, Zane.

—Ese tal Ian iba detrás de mí. ¿Qué hubiese pasado si mi hermano no hubiese estado aquí? Podría haber acabado en esta misma habitación con él.

—Pero no ha sido así, porque Jake ha venido.

—Y ahora le están dando una paliza por mi culpa.

—Y por la mía también...

Poco después, los sonidos del exterior se esfumaron. Arabia se acercó a la puerta al percibir el silencio.

—Deberíamos salir —dijo su amiga.

—No. Jake dijo que no saliéramos de aquí bajo ningún concepto.

—Pero...

—Abrid. Soy yo.

Acababan de escuchar la voz de Jake, pero aun así, Arabia dudó.

—¿Estás solo?

—Sí. Podéis abrir.

Zane se acercó a la cerradura y giró la llave.

Jake estaba sentado de espaldas a la puerta, así que se giró en cuanto esta se abrió. Pasó al interior sin levantarse siquiera, con el brazo derecho pegado al costado izquierdo, como sujetándoselo. Al mismo tiempo, trabajó con dificultad para no perder los pantalones que aún llevaba desabrochados. Se quedó apoyado en la pared. Luego, con el brazo que le quedaba libre, se sujetó la entrepierna y contrajo el rostro en silencio. En la cara solo se le notaba un pequeño cardenal en el pómulo izquierdo, pero el torso lo tenía muy magullado, lleno de rasguños y de marcas de futuros moratones. Su pecho inspiraba y exhalaba a toda velocidad.

—Ya podéis vestiros —dijo, al rato.

Arabia, que se había olvidado por completo de su semidesnudez, reaccionó rápido y volvió a cerrarse la blusa. Zane fue hasta la cama a por su camiseta y, ya vestida, se acercó a su hermano y trató de examinarle. Él le apartó las manos.

—Estoy bien —dijo.

—No, no lo estás.

—Ahora lo que hay que hacer es pensar en cómo vamos a salir de aquí. —Intentó incorporarse, pero hizo un gesto de dolor al mover las piernas—. Me han jodido bien, hay que reconocerlo.

—¿Cuántos eran? —le preguntó Arabia.

Había visto a Jake jugar a fútbol y desprenderse de varios jugadores solo con la fuerza de su cuerpo.

—Cuatro.

Cuatro contra uno. Eso lo explicaba todo.

—Cuando se lo contemos a mamá...

Jake agarró a su hermana por el brazo y le habló con dureza.

—No vamos a contarle nada a mamá, ni a nadie ¿me oyes?

—Pero, ¿por qué? Tú tenías razón sobre este sitio y... sabrá que te has peleado y...

—Y nada. Volveremos a casa y le dirás lo bien que te lo has pasado en el Dix76, aunque nunca vayas a volver, porque no lo harás. Espero que haya quedado claro el porqué.

—No lo entiendo. ¿Por qué quieres ocultar lo que pasa en este sitio realmente?

—Porque yo estuve viniendo durante un tiempo, y no quiero que papá y mamá piensen que soy como los que frecuentan este lugar. Haber pasado fines de semana aquí no es algo de lo que me sienta orgulloso.

—La chica que llevaste a casa a principios de verano, ¿era de aquí?

Por alguna razón a Arabia le asaltó esa duda.

—Sí.

Ella recordaba que ese día había llegado borracho como una cuba, a altas horas de la madrugada. Lo vieron porque se habían quedado en la sala de estar viendo unos documentales para clase. Se lio una buena al día siguiente, cuando la chica se presentó en el salón, indignada por que Jake le había pedido que esperara a que no hubiese nadie en casa para salir.

—Había bebido demasiado —se excusó.

—Lora ha dado a entender que aquí hay dos formas de conseguir lo que se quiere. —comentó ella—. Por las buenas, o por las malas.

—Sí..., pero solo cuando conocen tu punto débil. Y hace tiempo que descubrieron cuál es el mío.

—¿Ah, sí? ¿Y cuál es? —quiso saber Zane.

—El alcohol —respondió Jake—. Al principio venía con los del equipo porque era el local de moda. Tardé más tiempo que vosotras en darme cuenta de lo que realmente era este sitio. Y luego hice cuanto pude por evitar que chicas como vosotras se fueran a una habitación con cretinos como Ian McGregor. Hasta que descubrieron mi estrategia, y descubrieron también que cuando bebo mucho no controlo nada de nada. Pero mucho antes de que me echaran del equipo, ya había dejado de venir de forma habitual.

—¿Por qué no dejaste de venir antes, si no te gustaba?

—Porque todos lo hacían, supongo que todos pecamos de eso alguna vez. —Jake suspiró—. Pero, en definitiva, por imbécil. Porque no veo ningún triunfo en acostarte con alguien sin su consentimiento, solo por que forme parte del juego privado de esta discoteca. Tampoco que te coaccionen. Aquí, si le dices que no a alguien, estás perdido. Y yo siempre decía que no.

—¿Por qué? —Zane no dejaba de hacer preguntas.

—Porque no es un cretino —esta vez fue Arabia la que contestó.

Jake levantó la vista hacia ella, pero no fue capaz de sostenerle la mirada. Sabía que se ruborizaría de hacerlo, así que se levantó y se dirigió al cuarto de baño. Allí cogió la toalla de manos y colocó una de las puntas bajo el grifo, mientras tanto, se miró al espejo. Comprobó que tenía el pintalabios emborronado por el beso. Cogió papel y se lo arregló como pudo. Luego le llevó la toalla a Jake.

—Deberías limpiarte la cara.

Zane se la arrebató de las manos, se agachó y empezó a limpiar ella misma a su hermano, con delicadeza.

—Siento haberme comportado como una tonta —dijo, cuando ya casi había terminado—. Al decir que nos quitásemos la ropa, yo...

—Estabas en todo tu derecho a negarte —Jake se rio, relajado después de todo.

—Debería haber entendido la situación desde el principio, como Ari. Menos mal que hoy estabais los dos aquí.

Arabia no pudo evitar recordar el momento junto a la puerta. Nunca imaginó que su primer beso sería así. Rápido, fugaz, por necesidad. Había besado a Jake, o mejor dicho, él la había besado a ella. Sin darse cuenta se tocó los labios esperando recordar el roce de los suyos, pero retiró la mano enseguida, avergonzada.

—Creo que tengo una idea —anunció Jake—. Necesito que os asoméis a la ventana y me digáis si abajo está despejado.

Zane corrió a comprobarlo.

—No veo a nadie.

—Vale, pues ahora tenemos que coger las sábanas y juntarlas con nudos. Nos vamos a ir por la ventana.

- - - - - - -

Al principio las chicas lo tomaron por loco, pero las tranquilizó diciéndoles que no era la primera vez que hacía algo parecido.

Treinta minutos después de la paliza, Jake volvió a recuperar las fuerzas para levantarse. Cogió la camiseta y se la puso, procurando no levantar demasiado el brazo izquierdo. El costado era lo que más le dolía, después de haberse recompuesto de las patadas en la entrepierna.

Arabia y Zane habían preparado las sábanas tal y como él les había dicho, y él se aseguró de que los nudos estuviesen bien apretados.

—Veamos, ¿quién quiere ser la primera?

—Me parece que tenemos un pequeño problema —anunció su hermana.

—¿Cuál?

—Nuestros abrigos están abajo.

—¿Y de verdad te preocupa pasar frío después de todo?

—No, lo que me preocupa son las llaves de la camioneta, que las dejé en el bolsillo de cremallera.

—Mierda.

Eso sí que era una gran cagada.

Un imprevisto de los peores que podían surgir. Y solo había una alternativa.

—Vale, no importa. Bajaremos y luego me dices dónde están. Entraré y los cogeré y nadie se dará cuenta.

—¿Estás loco? —le dijo Arabia—. No puedes volver a entrar ahí. Estarán deseando que aparezcas de nuevo.

—Sí, pero seguro que no me esperan por la puerta principal y, de todos modos, es un riesgo que hay que correr.

—Entonces iré yo —propuso ella.

—No, ni hablar. Vosotras esperaréis a que regrese.

—¿Y si no vuelves?

—Voy a volver, ¿vale? Entraré, los cogeré y saldré como si nada.

—Pero, ¡pensarán que estás robando! —le dijo Zane.

Toc, Toc.

La puerta de la habitación volvió a sonar y Arabia y Zane dieron un respingo.

Jake se puso el dedo índice en los labios para indicarles que se quedasen en silencio mientras él se fue acercando a la puerta poco a poco.

—Jake, sigues ahí, ¿verdad?

Reconoció enseguida la voz, así que con un gesto les indicó a las chicas que caminasen y quedasen pegadas a la pared, tras la puerta, porque tenía que abrir.

Ellas recogieron las sábanas anudadas y se las llevaron hasta el lugar indicado.

Entonces Jake abrió, colocando el pie a modo de bloqueo y dejando solo diez centímetros de apertura.

—He venido a hacerte una oferta que no podrás rechazar —dijo Miranda.

—Permíteme dudarlo.

—Estoy completamente segura de que quieres que las dos chicas que tienes ahí se vayan a casa sin que nadie les toque un pelo, y ambos sabemos que Ian y Lora estaban muy interesados en los tesoros que tú les has arrebatado.

Jake empezó a adivinar sus intenciones, y se arrepintió de que fuesen precisamente Zane y Arabia las que estuvieran allí en ese preciso momento.

—¿Me dejas pasar?

Jake dudó, pero finalmente desbloqueó la puerta y le dejó via libre. Miranda movió la lengua por el interior de uno de sus carrillos mientras observaba a su hermana y a su amiga.

—No me digas que pensabas sacarlas por la ventana... —dijo al reparar en las sábanas.

—¿Qué es lo que quieres? —repuso, haciendo caso omiso de su comentario—. Ve al grano.

—Lo sabes perfectamente. —Miranda se sentó en la cama y lo miró, adoptando una postura provocativa. Luego se puso a juguetear con las uñas—. Solo quiero comprobar si es verdad lo que dicen de ti. Lo que decía Veronica, más bien.

Odió que la mencionara. Veronica formaba parte de un pasado que quería olvidar a toda costa.

—A cambio de que ellas puedan salir seguras de aquí, coger sus cosas e irse a casa —pidió Jake, intentando evitar que se le notase el pesar.

—Exacto.

—¿Y cómo se supone que vas a conseguir eso?

—Porque vengo de tener una reunión con los matones de McGregor, y me temo que puedo llegar a ser sumamente convincente, a la vez que complaciente.

Podría haber dicho en voz alta lo que pensaba de Miranda, pero se contuvo.

—Muy bien —dijo en cambio—. Trato hecho. Ellas se van y yo me quedo.

—¡Jake!

—Cierra el pico, Zane.

—Están esperando en la puerta para escoltarlas, pero antes quiero que me digas quiénes son.

—¿A qué te refieres?

—¿Por qué ellas? Te has arriesgado mucho y debe de ser por un buen motivo.

Miranda sabía que interponerse en el camino de Lora era complicado, pero en el de Ian era tremendamente peligroso. Ya lo había hecho una vez y había sobrevivido a las consecuencias, solo porque a Ian le había hecho gracia que, por primera vez, alguien le plantara cara.

—¿Quién es la de los ojos bonitos? —insistió Miranda.

—Es mi hermana.

—¡Lo sabía! Porque es alta, como tú, y sé que no habrías corrido el riesgo de no ser por algo así. ¿Y qué hay de la otra tontita? ¿Quién es?

—Su mejor amiga.

—Vaya, vaya... —Miranda miró a Arabia—. Tienes suerte de que Jake te encontrara antes de que Lora te pusiera unos polvitos mágicos en el zumo. —Rio y miró a Jake—. ¡Por dios! ¿Quién bebe zumo en el Dix?

—Ya vale. Hemos hecho un trato. Cúmplelo y déjalas en paz.

—Sí y espero que tú también lo cumplas, así que empieza a desnudarte y diles que se vayan.

Jake miró a su hermana, que estaba tanto o más asustada que al principio.

—Tenéis que iros.

—Pero, ¿cómo vamos a fiarnos de esos tipos?

—Aquí todos somos gente de palabra —dijo Miranda, que ya se había quitado el sujetador y mostraba orgullosa su cuerpo—, y tu hermano y yo tenemos un asunto pendiente desde hace mucho, así que no me hagáis perder más el tiempo ni cambiar de opinión. Largaos de una vez. Me estáis molestando.

Jake abrió la puerta para invitarlas a salir.

—Estaré bien, ¿de acuerdo? Y vosotras estaréis bien también si hacéis lo que os digo. Bajad, coged vuestras cosas y meteos en la camioneta. Volved a casa y recordad: no me habéis visto, y no he estado aquí.

Jake salió al exterior para asegurarse de que los cuatro que hacía un momento lo habían molido a patadas iban a escoltarlas. Zane y Arabia se agarraron de la mano y descendieron por las escaleras. Él las persiguió con la mirada todo el tiempo, hasta que llegaron a un montón de bolsos y abrigos apilados en un rincón y cogieron lo que les pertenecía.

Cuando salieron de la discoteca, los otros chicos ya no las siguieron más. Miranda había cumplido con su parte.

Sin más opción, entró en la habitación y empezó a desvestirse.

- - - - - - -

Al día siguiente, Arabia se despertó con mal cuerpo y escuchando golpes en el tejado. Miró el reloj de la mesita de noche y se dio cuenta de que había dormido hasta muy tarde. Eran las once de la mañana.

Zane y ella habían llegado a casa a las tres, pero habían estado hablando de todo lo sucedido hasta pasadas las seis, preguntándose qué le dirían a sus compañeras acerca del chico que se las había llevado a una habitación.

Arabia insistió en decir la verdad sobre quién era, pero Zane pensaba que era mejor que no lo supieran pues, de lo contrario, especularían sobre lo que había pasado en realidad, aun siendo su hermano, o bien no creerían en las intenciones de Ian y Lora. A su amiga le parecía que era mucho mejor que creyeran que se habían montado en trío con un chico mayor que ellas.

Al final, y después de mucho debatir, optaron por una semiverdad. La coartada consistiría en decir que se las había llevado su hermano, sobreprotegiéndolas, porque no quería que estuvieran allí, fastidiándoles la noche. Además, estaban enfadadas con él, porque, por si fuese poco, había mandado a cuatro chicos a que les hiciesen de guardaespaldas para que las escoltasen hasta la salida y se asegurasen de que se marchaban a casa.

Zane no quedó muy satisfecha, pero entendió que daría mejor resultado que su idea del trío, porque si a alguien se le ocurría hacer más preguntas, ellas no sabrían qué decir para entrar en detalles, porque menudas inexpertas eran las dos.

Aclarado eso, también hablaron de Lora: la chica a la que le gustaban las chicas y que la había acosado. Miranda había dicho que de haber podido, le habría puesto algún tipo de sustancia en la bebida, y que habría hecho con ella lo que hubiese querido. Solo de pensarlo le daban escalofríos. Más incluso de los que ya tenía esa mañana.

El último tema que tocaron fue sobre Jake, que había accedido a acostarse con Miranda para que ellas saliesen de allí sanas y salvas. Arabia sabía que él podría haberse quedado en casa estudiando, como dijo que haría. Sin embargo, decidió ir a un sitio al que casi tenía la entrada vetada solo para protegerlas. O tal vez para sobreprotegerlas, sí, porque eso no dejaba de ser cierto, pero tenía que agredecerle el gesto de todos modos.

No quería ni imaginar cómo hubiese sido estar bajo los efectos de alguna droga.

—¡Y qué idea tan brillante la de besar a mi hermano para marcarle los labios! —comentó su amiga, poco antes de dormirse—. ¡Besaste a mi hermano! O sea ¡A Jake! Todavía no me lo puedo creer. Lástima que al final no sirviese para nada...

Era cierto, aquel gesto no sirvió de mucho en general. Pero en particular ya era otra cosa...

Porque Jake la había besado.

A ella.

Y ahora que se acababa de despertar, se preguntaba si habría vuelto a casa.

—Zane —dijo, probando a ver si su amiga amanecía.

—Zaaaaane.

Nada. Dormía profundamente.

Arabia se incorporó de la cama y se mareó. Le seguía doliendo todo el cuerpo, y se acababa de sumar a su desdicha una fuerte jaqueca.

Estornudó de repente, y eso terminó por despertar a Zane.

—Ari, ¿ya estás despierta?

—Sí y me encuentro fatal.

Volvieron a escucharse golpes en el tejado y ella sintió que le estallaba la cabeza.

—¿Qué diantres es eso? —preguntó Zane, tapándose la cara con la almohada.

—No lo sé, pero lleva un buen rato sonando.

—Mi padre dijo que arreglaría las tejas sueltas este fin de semana, y parece que está cumpliendo con su palabra.

Zane se levantó a regañadientes y apartó las cortinas de la ventana de su lado. Entrecerró los ojos por la luz y la abrió para poder asomarse hacia la parte de arriba de la casa.

—¿Jake? —dijo, para sorpresa de Arabia—. ¿Qué estás haciendo ahí arriba?

—¿A ti que te parece? —Se le escuchó responder a lo lejos—. Estoy arreglando las puñeteras tejas para que no tengáis más goteras.

—¿Cuándo has vuelto?

—¿Cuándo he vuelto de dónde?

Zane volvió a meter el cuerpo en la habitación.

—Está mi padre también —dijo, preocupada.

—¿De verdad están arreglando el tejado ahora? —preguntó Arabia.

—Eso parece.

Pensó en Jake, sin remedio, porque pasadas las seis él aún no había vuelto a casa. Y ahora eran las once, y estaba subido al tejado, como si nada. Por si fuera poco, horas antes casi ni había podido ponerse la camiseta.

—Tu hermano debe de estar aguantándose el dolor —dijo Arabia—. Tal vez deberías echarle un vistazo en cuanto tengas ocasión y subirle hielo a hurtadillas.

—Tienes razón. Vistámonos y salgamos a ver qué les falta. Tal vez podamos echar una mano.

- - - - - - -

Para cuando terminaron y bajaron del tejado, Jake sentía un dolor constante y molesto en el costado izquierdo. Los amigos de McGregor le habían regalado una buena cantidad de golpes, y pasar una sola noche con Miranda después de eso, no había hecho más que empeorar su estado. Por si fuera poco, cuando llegó a casa, con el amanecer a su espalda, se encontró de bruces con su padre.

Antes incluso de poner un pie en la escalera le había dicho:

—Llegas justo a tiempo.

Y entonces le contó la maravillosa tarea que tenía planeada para él: arreglar las tejas sueltas del tejado.

Estaba tan cansado que le dolían hasta los párpados de tener que mantenerlos abiertos aún cegado por el sol. Por eso, cuando entraron en casa, sintió un alivio inmenso. Lo único que le quedaba por hacer era subir, darse una ducha y tumbarse en la cama hasta que su cuerpo se recompusiera pasadas unas cuantas horas.

Encontró a su hermana y su amiga sentadas en la cocina, desayunando.

—Buenos días, dormilonas —les dijo su padre.

Él pasó de largo sin mirarlas y se dirigió directamente a la nevera a por algo frío para beber. Encontró un brick de zumo de manzana y se bebió de un trago todo lo que quedaba.

Su madre estaba preparando huevos fritos para todos.

—Os he preparado a tu padre y a ti ropa limpia en el cuarto de baño —dijo mientras tanto.

—Gracias, mamá.

—De nada, cariño.

Tiró el envase y fue hacia las escaleras, pero su padre lo reclamó.

—Jake, espera un momento. Necesito que me eches una última mano con esto.

Resopló, molesto, pero lo hizo de espaldas para que nadie pudiese darse cuenta.

Era consciente de que debía presentar un aspecto lamentable, así que lo último que quería era que su madre reparase demasiado en él. Pero accedió. No le quedaba más remedio.

Su padre estaba sujetando el nuevo estor para la ventana de la cocina que había sobre el fregadero. Se acercó a él, notando cómo las chicas le seguían con la mirada.

—Necesito que lo sujetes ahí arriba, para que pueda marcar bien el lugar de los agujeros.

Miró a su padre, incrédulo, creyendo conocer sus verdaderas intenciones. Sin embargo, él se puso a buscar algo en su caja de herramientas, ajeno al escrutinio. Jake no podía apenas levantar el brazo izquierdo, e intuía que su padre se había dado cuenta mientras estaban en el tejado. Levantó el estor con el brazo derecho y luego, muy lentamente, empezó a subir el izquierdo, apoyándose contra la pared para ayudarse a hacerlo. Se aguantó el dolor con cada centímetro y, entonces, justo cuando estaba a punto de ponerlo a nivel con ambos brazos, su padre le asestó un golpe en las costillas.

Se le escapó un alarido, soltó el estor de golpe y se apartó de su lado, sujetándose la parte golpeada.

—¿Qué ha pasado? —Su madre se acercó enseguida. Antes de que pudiese responderle, ella le sujetó la cara y se la giró hacia la derecha—. ¿Por qué tienes la cara marcada? ¿Y a qué se deben todos estos arañazos? —Le hizo la pregunta a él, pero estaba mirando a su padre—. ¿Qué significa?

—A mí no me mires. Tu hijo ha llegado esta mañana a las siete y media, vivito y coleando, y ya tenía ese aspecto. Pero lo de la cara no es la única magulladura que tiene. Mira cómo se ha quejado hace un momento, y apenas le he rozado.

—¿Apenas me has rozado?

Jake estaba furioso. Acababa de reconocer que lo había hecho a propósito.

—¿Has vuelto a casa por la mañana? —preguntó su madre, sorprendida—. Dijiste que irías a dar una vuelta para despejarte.

Jake no contestó.

No tenía una buena respuesta pensada todavía y, en ese momento, lo que menos le apetecía era pensar.

—¿En qué líos te has metido esta vez? Déjame ver el resto.

Su madre intentó levantarle la camiseta, pero él se lo impidió.

—No.

—No te molestes, Sara —continuó su padre—. Deja que el lobo solitario se lama las heridas solo.

Muy cabreado, subió por las escaleras lo más erguido que pudo, se metió en el cuarto de baño y cerró dando un portazo. Luego se colocó frente al espejo, se quitó la camiseta y observó su cuerpo con detenimiento. La marca más importante se situaba donde a él más le dolía, el costado. Ahí era donde más patadas había recibido, y el dolor era parecido a cuando se fracturó las dos costillas en el que fue su último partido, salvo que, esa vez, estaba seguro de que no se había fracturado nada. Solo se le estaba amoratando la zona.

Luego se dio la vuelta y contempló su espalda. Tenía arañazos que nacían en la nuca y llegaban hasta los hombros, y otros que le recorrían casi toda la espalda.

Miranda había resultado ser una chica muy pasional, pero también salvaje y dominante.

Escuchó ruido al otro lado de la puerta. Él se aproximó y sujetó la manivela, para bloquearla.

—Cariño, déjame echarte un vistazo.

No soportaba que su madre emplease aquel tono tal dulce cuando estaba tan enfadado.

—Estoy bien, mamá.

—No lo dudo, pero creo que debería comprobarlo, por si acaso. ¿Tienes más arañazos como los de la cara?

Jake suspiró.

Se alejó de la puerta y se sentó sobre la tapa de la taza del váter, con el cuerpo hacia adelante, los codos apoyados en las rodillas y las manos en la cabeza.

—Pasa —le dijo.

Su madre abrió la puerta despacio, casi sin hacer ruido, y cerró de la misma forma. Se acercó a él y se agachó para examinarlo. Le pasó las manos por la espalda, siguiendo con suavidad el recorrido de los arañazos, deteniéndose sobre todo en los de la nuca. Después se colocó delante de él, sonriendo.

—Esto te lo ha hecho una mujer.

No pudo evitar sonreír también, un poco aliviado por que ella no se mostrase disgustada en un primer momento.

—Sí.

—¿Y qué hay de los golpes?

—Preferiría no hablar de ello. —Volvió a ponerse serio—. Pero no te imagines cosas, por favor, porque te aseguro que no acertarías.

Sara arqueó la ceja derecha, como dando a entender que Jake se sorprendería de las cosas que podía llegar a acertar.

—Dúchate y vete a tu habitación —le dijo—. Subiré dentro de un rato a ver cómo estás.

Jake asintió y su madre salió del baño.

Terminó de desnudarse y se metió en la ducha y lo pasó mal cuando el agua caliente le resbaló por la espalda, pero fue todavía peor cuando escurrió la esponja y dejó que el gel cayera sobre ella. Al acabar y secarse, notó más escozor, y comprobó que los arañazos habían adquirido un color mucho más llamativo.

Se vistió con la ropa que su madre le había preparado, prescindiendo de la camiseta, y salió y se metió en su cuarto y se tumbó en la cama boca abajo.

No tardó ni cinco minutos en quedarse dormido.

VIERNES

14 NOVIEMBRE 1986

Jake había llegado a la universidad mucho más cansado de lo habitual, porque no había hecho más que dar vueltas en la cama de un lado a otro sin pegar ojo después de su última conversación con Arabia sobre el baile.

Era tal el caos que tenía organizado dentro de sí mismo, que se quedó completamente en blanco cuando la profesora de Física, a primera hora de la tarde, le lanzó una pregunta directa sobre el problema de los tres cuerpos que llevaban tratando hacía ya varias semanas.

Cuando se dio cuenta de que todos los presentes lo miraban de soslayo, su mente se nubló por completo, a pesar de que había estado leyendo un montón de libros sobre ese tema, e incluso había estudiado los problemas matemáticos de Lagrange.

Se acaloró tanto que debió de notársele y, al cabo de un rato de quedarse mirando a la profesora con semblante inexpresivo, esta rebotó la pregunta al resto de la clase. Pero nadie contestó, así que, muy descontenta, mandó a todos sus alumnos a reflexionar sobre la Teoría de la Perturbación de Charles Delaunay.

Al salir de clase, Jake se sintió realmente estúpido.

Sabía de sobra de qué trataba la teoría de la perturbación y había sido incapaz de sacar la información de su cerebro. No estaba en lo que tenía que estar, aunque sí lo bastante lúcido como para preguntarse qué motivos habría tenido la profesora Smith para dirigirse a él en mitad de la clase, si ellos nunca mediaban palabra el uno con el otro.

Sus dudas se resolvieron cuando estaba a punto de entrar en la biblioteca, con todos los libros que había estado ojeando apilados en sus brazos, para devolverlos.

La vio parada de brazos cruzados en la misma entrada.

Katherina Smith era una de las profesoras más jóvenes de su facultad. Decían que rondaba los cuarenta años, pero no los aparentaba, y sus conocimientos eran mucho más amplios que los de la mayoría de los físicos de la universidad. Jake solo había conocido a otro profesor que la igualase, y lamentaba mucho que ya no ejerciese como docente.

Intentó pasar por su lado, pero ella le cortó el paso.

—Me gustaría saber por qué no ha contestado a la pregunta que le hice —le dijo.

—Tal vez por el mismo motivo que ningún otro lo ha hecho. ¿Acaso yo tenía que conocer la respuesta y los demás no?

—Así es, pues ha sido el único que ha solicitado el préstamo de un montón de libros sobre lo que veníamos explicando en clase. Incluido uno publicado por mí.

La profesora cogió el tercero de los cinco que Jake sujetaba. Se quedó muy sorprendido cuando leyó K. Smith en el borde superior derecho de la portada. Era uno de los libros que más le habían aportado en lo referente a la materia.

—Me gusta venir a la biblioteca y contemplar el estado de mis ejemplares publicados —aclaró la profesora—. Como comprenderá, no son muchos los alumnos que vienen por aquí y se llevan uno de mis libros.

—¿Me ha estado observando?

Le profesora le dedicó una mirada cargada de ironía y de rechazo. Jake lamentó haber hecho una pregunta tan desafortunada.

—Indagué sobre el paradero de este libro en concreto porque lo necesitaba para poder dejárselo a otra alumna. —Katherina respondió sin hacer alusión a su pregunta. Tampoco hacía falta—. No me sorprendió que fuese usted quien lo tuviera, pues la semana pasada le vi por casualidad en la cafetería con uno de los ejemplares de Newton y Euler.

—Bueno, pues ahí lo tiene, aunque sería estupendo que me lo devolviera para validarlo en recepción.

La profesora se lo tendió y luego añadió:

—Tiene mucho potencial, Becker. Si le apeteciese compartirlo en clase, sus compañeros aprenderían mucho de usted.

—Oiga, no he respondido a la pregunta porque, por motivos ajenos a la física, me he quedado en blanco. Pero, de todas formas, no sé por qué iba a tener que compartir mis ideas con el resto, si tanto el resto como la profesora hacen caso omiso de mi presencia.

—¿Puedo preguntarle algo?

—¿Qué?

—¿Por qué se decantó por la geofísica en lugar de estudiar solo la física?

—¿Por qué da clase usted en la facultad de geofísica en lugar de en la de física?

Ella se le quedó mirando con el ceño fruncido y no contestó. Pasó por su lado sin mediar palabra y desapareció por el pasillo.

No se lo había dicho a la profesora, porque no le apetecía hablar sobre sus intereses con alguien a quien no conocía de nada, pero había decidido matricularse en Geofísica porque le gustaba conocer los fenómenos terrestres a la vez que comprender las fórmulas científicas tanto de la naturaleza como de las matemáticas. No le bastaba solo con la física pura.

Una hora más tarde, a la salida de la facultad, vio algo que llamó especialmente su atención. La profesora Smith estaba a punto de cerrar la puerta de su vehículo cuando Emma la abordó. Se saludaron y empezaron a hablar y Jake las observó con discreción. Luego la profesora abrió su bolso y le entregó a Emma el mismo libro que le había cogido a él del montón, el que había escrito. Jake avanzó hacia Emma cuando se quedó sola. Ella se dio cuenta de que la seguía, pero siguió caminando hacia su reluciente y ya reparado Buick rojo. Empezó a chispear.

—¿Desde cuándo te interesa tanto la cuántica, Wathson?

Emma se giró y le dedicó una amarga sonrisa.

—¿Desde... siempre? —Sacó las llaves del coche para abrir la puerta—. Estudio lo mismo que tú, por si después de tres años todavía no te habías dado cuenta —añadió, al mismo tiempo que lanzaba el libro al asiento del copiloto para resguardarlo.

—¿Estudiarás toda la tarde para demostrarle mañana a Smith lo mucho que sabes de la perturbación?

La chica hizo una mueca de asco.

—Perturbado estás tú. ¿Qué mosca te ha picado? Deja de acosarme. Bastante tengo con soportar tu presencia en mi jardín, como para aguantar que metas tus narices en mis asuntos.

Emma se metió en su coche y se despidió de él con los dedos de la mano, con el glamour que siempre la precedía. Jake se puso la capucha y emprendió la marcha hacia Prinss, creyendo que la llovizna que se cernía sobre él no le impediría ir a pie.

Pero la tormenta le pilló a medio camino.

Se estuvo cobijando en los salientes de algunos de los edificios a la altura de West Center, hasta que aceptó que no aminoraría en varias horas y aligeró el paso, colocando la mochila por delante para protegerla en la medida de lo posible.

Iba rápido, con cuidado de no resbalar cada vez que tenía que doblar la esquina de una manzana, y, aun así, acabó tropezándose con un gato callejero que se le enredó en las piernas, haciéndolo caer de bruces contra un enorme charco. No se hizo mucho daño, pero maldijo al animal cuando se dio cuenta de que su mochila estaba empapada.

Para cuando llegó a casa, no había nada en él que se hubiese librado de la incesante lluvia. Pasó hacia el interior dejando un reguero de agua tras de él, hasta que su madre gritó para que se detuviese. Jake miró a todos los presentes: Louis, Zane y Arabia estaban sentados en la mesa del salón, con varios libros abiertos; su padre, en el sofá. Eso último solo podía significar que era mucho más tarde de lo que él pensaba.

—Por el amor de Dios, Jake. ¡Vas a ponerlo todo perdido! Ven y quítate la ropa antes de subir.

—¿Que me quite la ropa?

—Sí, eso he dicho.

Dejó caer su pesada mochila, se quitó la sudadera y las zapatillas y caminó de puntillas para entregárselo todo a su madre.

—Jake, toda la ropa, por favor. No puedes subir así. Pasa al lavadero y déjamela allí. Yo te bajo ropa seca enseguida.

Sus hermanos y Arabia seguían concentrados en lo que estaban haciendo. Si habían escuchado lo que su madre le había ordenado, lo estaban disimulando muy bien. Resignado, salió al cuarto de la colada y procedió a desnudarse, quedándose solo con la ropa interior y esperando, impaciente y muerto de frío, a que su madre apareciese con la ropa seca.

Un pantalón de chándal y un par de calcetines fue lo que le trajo.

—Anda, vístete. Has dejado todo el suelo lleno de agua.

—¿Solo me traes esto? Estoy congelado.

—Rachel está en tu cama, descansando. No se encontraba bien y ha querido echarse allí un rato. Date una ducha para entrar en calor, pero no tardes mucho. La cena estará lista en diez minutos.

Resopló cuando su madre lo dejó solo. Luego se quitó lo que le quedaba y se colocó el pantalón en menos de dos segundos. Como pudo, pisó con los calcetines secos por los huecos por donde no había agua y atravesó la cocina. Su madre estaba fregando el suelo hacia la entrada. Él quiso pasar tan rápido por el salón que pisó por donde estaba mojado y resbaló. Por suerte no se cayó, pero hizo tantos aspavientos para no perder el equilibrio que le dio un fortísimo tirón en la espalda.

—Cariño, ¿te encuentras bien?

Se había quedado encorvado, con una mano sobre la rodilla derecha y la otra en los riñones.

—Sí, no ha sido nada.

—Se te ve el trasero.

Louis fue el encargado de enviarle la información.

Se incorporó de inmediato y se subió los pantalones, pero Zane y Arabia no pudieron disimular la risa, y Jake acabó marchándose a su habitación de muy mal humor. Cogió la mochila chorreante que había dejado en la entrada y subió por las escaleras.

En su cama encontró tapada hasta el cuello a Rachel, tal y como le había dicho su madre. Se acercó y le tocó la frente. Parecía que todavía tenía un poco de fiebre, así que le dio un beso y se dispuso a sacar los apuntes, o, mejor dicho, lo que quedaba de ellos.

Se llevó una gran desilusión cuando comprobó que todos los folios, sin excepción, estaban mojados. Todo lo que había estado anotando desde hacía semanas estaba emborronado y lo que había copiado de la pizarra de la profesora Smith también se había perdido. Sintió tanta rabia que estuvo a punto de gritar, pero se contuvo por la presencia de su prima.

Salió hacia la ducha y se metió bajo el agua caliente tratando de no pensar en ello, en vano, porque había perdido el esfuerzo de todo un mes en el rato que le había costado regresar a casa. Se acordó de Emma, en su coche, despidiéndose de él, y maldijo que todo el mundo tuviese coche propio menos él.

Cuando regresó abajo, la mesa estaba sin poner, debido a que sus ocupantes seguían estudiando. Su madre les ordenó a ellos que finalizasen la sesión y a Jake que empezase a sacar los cubiertos.

Esa noche, su madre había preparado un poco de todo: pechugas fileteadas, tortitas, huevos fritos y arroz con pollo al curry. Jake no dudó en hacerse un revuelto con todos los ingredientes, hambriento. Empezó a servirse antes incluso de que todos estuviesen ocupando su lugar en la mesa, hasta que el sonido de un vaso chocando con fuerza sobre la madera le hizo detenerse. Era la forma indirecta que su padre tenía de advertirle de su mala educación, no sin razón.

Pero él odiaba que su padre hiciese gestos de ese tipo solamente cuando tenían invitados, y la invitada de la noche era Arabia, por supuesto. Aunque contaba más como un miembro de la familia, por el tiempo que había vivido con ellos.

Pese a eso, a Jake no le nacía tratarla como a una hermana. No con la misma facilidad que a Derek.

Arabia era Arabia, la mejor amiga de Zane. Punto.

Desde que había llegado, ni siquiera se habían mirado a la cara todavía. Jake era incapaz de hacerlo, por lo sucedido la noche anterior en su apartamento. Lo cierto es que se sentía un poco avergonzado por todo lo que ella le había dicho. Por las acusaciones que había recibido sin ningún tipo de reparo.

Los Becker conversaron esa noche sobre muchas cosas. Sin embargo, nadie se dirigió a Jake, y él lo agradeció, aunque sabía que todos tenían motivos para mostrarle tanta indiferencia.

Últimamente, estar en casa era todo un suplicio. Más que antes.

Su padre seguía sin hablarle más que para darle órdenes directas. La tensión entre Louis y él, por lo de haber entrado a fisgonear a su cuarto, seguía latente, y no había vuelto a ser lo mismo entre ellos, porque se guardaban mucho rencor mutuo. Zane era la que más le preocupaba. Era de esperar que estuviese dolida con él, primero por haberle dicho que el vestido que se había comprado no le quedaba bien, y segundo por admitir que no la acompañaría al baile. Pero no le gustaba que se mostrase tan resentida, porque no era propio de ella. Con su madre pasaba algo parecido. Le hablaba bien y le mostraba cariño, pero sabía de sobra que estaba muy decepcionada.

Se le pasó por la cabeza interrumpir la conversación principal de la mesa —a la cual no estaba prestando la más mínima atención— para disculparse de forma general con todos, pero, como siempre que pensaba en hacer algo así, descartó la idea en un abrir y cerrar de ojos.

De pronto, una palabra surgida de la conversación, hizo que le empezase a interesarse.

—... física. Cree que necesita ir a clases particulares, pero no quería decíroslo.

—¡Zane! —exclamó Louis, molesto por el comentario de su hermana.

—¿Clases particulares? —preguntó, extrañada, su madre—. Hasta ahora nunca te habían hecho falta clases de refuerzo. Que no digo que no puedas necesitarlas, Louis, pero... ¿de física? ¿No podría ayudarte tu hermano?

Todas las miradas se dirigieron a él.

—¿Para qué? —dijo Louis—. No necesito a alguien que me haga los deberes, sino a alguien que me ayude a comprender cómo hacerlos. Jake no tiene ni idea de explicar...

—Sí, en eso le doy toda la razón —puntualizó Zane—. Jake no sabe explicar.

A él le dio por reírse. No podía creer lo que estaba escuchando.

—¿Te hace gracia, Jake? —intervino su padre, amenazante—. Tus hermanos necesitan tu ayuda, ¿y tú te ríes?

La sonrisa se esfumó de forma gradual, pero no dijo nada.

¿Qué podía decir?

—En esta casa somos muchos, ¿entendéis? —continuó Paul—. Los suficientes como para decir que no voy a pagar a un profesor particular para hacer algo que alguno de nosotros pueda hacer. Sería como llamar a un electricista para cambiar una bombilla. Así que, si el problema es la física, cuando acabemos de cenar vosotros dos os sentareis aquí y trataréis de entenderos.

—No —interrumpió Louis—. No pienso hacerlo.

—¿Cómo dices?

—No voy a quedarme aquí con Jake. Me niego a que él me explique nada.

—No es algo que puedas elegir, si es que estás interesado en aprobar la asignatura.

—Preferiría suspender este semestre antes que estudiar con Jake.

Las palabras de su hermano le afectaron más de lo que cabía esperar.

—Retira lo que has dicho —dijo su padre, aparentando tranquilidad pero sujetándolo por el brazo.

—No.

Louis se quedó quieto unos instantes y luego se deshizo de la sujeción de su padre con la extremidad libre. Se levantó y subió corriendo por las escaleras.

Jake se temió lo peor.

Por eso, cuando su padre salió tras él, lo siguió. Porque Louis se había pasado de la raya, y él más que nadie sabía cómo reaccionaba cuando alguien *se pasaba de la raya*.

Cuando llegaron a la habitación de su hermano menor, su padre volteó a Louis, con dureza, pero antes de que estallara por completo, Jake lo empujó y lo apartó de él.

—¡Déjalo!

Entonces su padre descargó su mano dura con él, marcándole la cara, y después, todos se separaron equidistantes un metro los unos de los otros. Los tres respiraban con intensidad por la excitación del momento.

ake vio cómo Rachel se asomaba por el hueco de la puerta, asustada. Su madre llegó y la cogió en brazos.

—Tú tienes la culpa —Jake levantó la cabeza hacia su padre al escucharlo—. Has conseguido que tu hermano pequeño tome ejemplo de tus pésimos modales y tu falta de respeto hacia la familia.

Jake no supo qué responder. Se sintió muy intimidado por esas palabras, pero al menos se alegraba de haberle salvado el pellejo a Louis, pues de lo contrario habría experimentado la ira de su padre, y eso era algo que no deseaba para ninguno de sus hermanos.

—No voy a tolerar ni una sola conducta más como esta, ni a permitir que ninguno de vosotros hable mal al otro, porque para eso somos una familia. El respeto empieza aquí, en nuestra casa. Así que cuando vuestra madre o yo os digamos o reprochemos algo, tampoco quiero escuchar ni una sola réplica al respecto. ¿Lo habéis entendido?

Asintieron con la cabeza. Sara entró por fin a la habitación y cogió por el brazo a su marido, invitándole a regresar al comedor con ella.

Entonces Jake se quedó a solas con su hermano, que no había hecho otra cosa más que mirar al suelo desde que todo había empezado. Se dio cuenta de que estaba temblando, pero no supo qué decirle para tranquilizarlo, porque nunca se le habían dado bien los discursos, y hoy no iba a ser diferente.

Pasó por su lado y se marchó a su cuarto. Una vez allí, se sentó en el escritorio y apoyó los codos sobre el montón de folios mojados que había dejado esparcidos. Antes incluso de que le diese tiempo a despejar la mente, su madre apareció.

Dejó a Rachel en el suelo y se dirigió a él.

—No quiero que ni tú ni tus hermanos volváis a darle un disgusto como este a vuestro padre. No quiero que vuelva a alterarse de esa manera, así que espero que pongas mucho de tu parte.

—Creo que soy yo el que más interés tiene en que deje de alterarse, porque soy quien siempre acaba recibiendo la peor parte —se defendió él, señalándose la cara.

—Pues empieza a demostrarlo, Jake, y sé un buen ejemplo para tus hermanos.

No se atrevió a objetar nada, porque no quería empeorar más las cosas, a pesar de que tenía opiniones al respecto. Le apartó la mirada y esperó a que se marchara. Pero ella todavía no había acabado.

—Y quiero que me prometas que, si dentro de tres semanas tu hermana va al dichoso baile, bajarás por esas escaleras dispuesto a acompañarla.

—¿De verdad crees que dejaría que fuese sola?

Su madre lo miró con detenimiento durante varios segundos. Luego asintió con la cabeza y le cerró la puerta. Entonces, Jake se levantó y se tumbó en la cama y Rachel lo imitó.

La abrazó de lado y ordenó bien la colcha para colocarla sobre ellos.

SÁBADO

29 NOVIEMBRE 1986

Hacía ya rato que Emily había llegado a casa de su padre. No tenía planeado ir aquel sábado, pero había preferido hacerlo debido a que había vuelto a encontrarse con Derek, el desconocido de la biblioteca. Su encuentro parecía haber sido muy casual. El chico apareció sobre las doce del mediodía en la pastelería donde ella trabajaba, puso una increíble cara de sorpresa al verla y alegó que andaba un poco perdido, cosa que a ella le resultó muy extraña, porque había dado por hecho que él y su familia eran de Vallon. Además, Derek compró un montón de cruasanes de chocolate, como agradecimiento después de que ella le explicase cómo llegar al parque Felton desde allí.

Lo cierto es que era agradable hablar con él, pero a la vez ella se sentía muy intranquila.

En un mes, había tenido dos encuentros fortuitos con un joven que, según dijo, estudiaba en la Nova Southeastern de Florida. Y era simpático, además de guapo. No tenía motivos para pensar nada malo de él, pero su madre siempre le había dicho que se anduviese con ojo con los desconocidos, quizás a causa de su buena condición. La primera vez que se lo dijo, tenía trece años. Lo recordaba como si fuese ayer.

Estaba ensimismada, pensando en sus cosas, cuando vio llegar a Jake, el ayudante de su jardinero. Era un chico tan misterioso como reservado, por eso le llamaba tanto la atención. Las pocas veces que habían coincidido, no habían vuelto a tener ocasión de hablar.

Poco después de su llegada, un camión considerablemente grande hizo sonar la bocina, pidiendo paso para entrar por la puerta grande del jardín. Margarett, la doncella, salió para complacer su petición, y entonces el camión maniobró para entrar marcha atrás. Su padre no tardó en salir para recibir al conductor con los brazos abiertos. Acto seguido llamó a Jake para que se acercara. Al parecer, había que descargar algunas cosas y él iba a ser el encargado de transportarlas hasta el garaje.

Emily se levantó del banco donde había estado sentada y se acercó a ver de qué se trataba, muerta de curiosidad. Eran unos paquetes del tamaño de una caja mediana, y parecían pesados. Su padre y el camionero conversaban mientras Jake sacaba la mercancía.

—¿Qué son esos paquetes, papá?

—Cajas de tierra fresca.

—¿Y para qué la quieres?

—Tengo pensado replantar casi todo el jardín.

—¿Por qué?

—Es tierra regalada de un amigo que ahora vive en el sur de África. Un presente de su tierra. Dice que hará que nuestras flores sean las mejores de toda la urbanización, y estoy seguro de que a tu madre le hubiese encantado.

Ella dudó de lo que acababa de decirle.

Su madre amaba su jardín tal y como era, y nunca se había planteado siquiera que fuese mejor que algún otro; tampoco fue nunca su objetivo.

Decidió acercarse a Jake, el cual acababa de dejar en el suelo dos nuevos paquetes. Los estaba apilando en bloques de cuatro e iba bajándolos de dos en dos. Subió al camión a por otro par, mirándola de soslayo.

No le dijo nada, pero casi nunca lo hacía.

A Emily le pareció que, o bien era tan reservado como ella creía, o extremadamente tímido. Bajó con dificultad por la escalera metálica del portón trasero del vehículo y caminó hacia delante.

Emma apareció de repente, impresionada por el camión, bordeándolo. Para cuando vio a Jake, fue demasiado tarde. Intentó parar antes del impacto, pero lo único que consiguió fue resbalarse con los tacones y terminar con el culo en el suelo. Y, como él no la había visto llegar, sus pies se enredaron en las piernas de ella, como si de una zancadilla se tratase. Se zarandeó, primero, y luego cayó hacia delante al pisarle una de las piernas, lanzando el paquete de arriba por los aires y cayendo sobre el otro. Ambos se abrieron y de ellos salió un montón de tierra oscura.

Emma empezó a gritar de dolor y su padre acudió enseguida a socorrerla.

—¡Me ha pisado! —dijo entre lágrimas—. ¡Ese desgraciado me ha roto la pierna, papá!

Emily pensó que su hermana parecía una niña pequeña actuando de ese modo, así que ella, que había visto desde un segundo plano todo lo que había sucedido, salió en defensa del que sin duda iba a resultar más perjudicado.

—Ha sido un accidente —puntualizó—. Han tropezado mutuamente.

Su padre seguía contemplando el estado de la pierna de su hermana, por lo que Emily fue la única que se fijó en Jake. Estaba con las rodillas y los codos apoyados en el suelo, tapándose la cara.

—¿Te encuentras bien?

Se acercó a comprobarlo; él no se movió.

Por detrás escuchó a su padre pedirle ayuda a su amigo para llevar a Emma al interior de la casa. Juntos la cargaron y se la llevaron, a ella y a sus alaridos, no sin antes pedirle a Jake que limpiase el estropicio.

Estaba todo perdido de arena.

Emily reparó de nuevo en él cuando se incorporó para ir hasta la pila del garaje, con la mano tapándose el ojo izquierdo. Se lavó la cara y se frotó los ojos. Supuso que los tendría llenos de arena, y que por eso había ido a echarse agua. Sin embargo, se preocupó de verdad cuando se dio la vuelta, porque lo que tenía era mucho más que un montón de arena esparcida por la cara. Su ojo estaba enrojecido e hinchado por la parte inferior. Debía de haberse clavado ahí el pico del paquete sobre el que había caído. No sangraba, pero parecía tenerlo ensangrentado por dentro, o infectado, o lo que fuese.

—¡Dios mío! Alguien debería mirarte eso.

Él cogió la escoba, haciendo caso omiso de su comentario, y se dispuso a apilar la arena, de muy mala gana.

Emily lo volvió a intentar.

—Ven adentro. Le diré al chófer de mi padre que te acerque al hospital para que te echen un vistazo.

—¡Que me dejes en paz, maldita sea!

La frase la pilló desprevenida. No entendía qué había dicho para que le contestase de aquella manera.

—Solo quería ayudarte.

Emily entró en casa muy dolida, porque no se imaginaba que él pudiese ser capaz de dar semejante contestación. Ahora ya no le parecía un chico tímido, sino un descarado, y tal vez sí mereciese el castigo que le habían impuesto por lo del coche.

Los gritos de Emma captaron su atención, así que se dirigió a la estancia de la que procedían.

—¡Llama a una ambulancia! —gritó su hermana, tumbada en el sofá del salón con la pierna derecha encima de su padre.

—No seas exagerada, Emma, no te has roto nada —dijo este.

Emily observó que tenía la pantorrilla bastante roja; la marca contrastaba mucho por el blanco de su piel. Pero no parecía tener nada roto, como mucho le saldría moratón y estaría unos días caminando con dolor. Jake la había pisado con su propio peso más el de dos paquetes de arena. Era normal que le doliera, y, por una vez, Emily creyó que su hermana dramatizaba con motivo.

—Ayúdame, Emily —le pidió su padre—. La llevaremos a su cuarto.

Juntos subieron a su hermana hasta el piso de arriba y la dejaron sobre la cama. Mientras tanto, ella continuó gimoteando de dolor y maldiciendo a Jake.

—Le diré a Margarett que te traiga una bolsa de hielo para que te la pongas —Su padre se frotó la frente, quizás un poco harto de escucharla—. Y también iré a decirle a Jake que se marche en cuanto acabe. Ya ha cumplido con lo que le correspondía de trabajo aquí.

—¿Ya?

Las dos hermanas contestaron al unísono.

—Sí, hoy era su último día según lo que acordamos, aunque antes de que se vaya me aseguraré de que termine de limpiar el desastre que hay montado en el garaje.

Emily fue la primera en hablar cuando se quedaron solas.

—Estarás contenta, ¿no? Ya no tendrás que quejarte más de su presencia.

Emma se cruzó de brazos y frunció el ceño.

—Pues sí, estoy muy contenta. Al menos ya ha cumplido con su merecido.

Puso los ojos en blanco al escucharla y se dejó caer en la cama.

—¡Ay! —bufó su hermana, agarrándose la pierna—. ¡Esto me duele demasiado! ¡Quiero ese maldito hielo ya!

Justo en ese momento, Margaret entró por la puerta. Emma le arrebató de las manos la bolsa de hielo, sin darle siquiera las gracias, y Emily se preguntó si los malos modales de su hermana cambiarían algún día.

—Deberías proponerte ser un poco más amable con todo el mundo, en general —le aconsejó.

—¿A qué viene eso ahora?

—A nada y a todo. Es solo un consejo. Creo que serías mucho más feliz si tratases a los demás como te gustaría ser tratada.

—Si te refieres a Jake... Él es tan cretino conmigo como yo con él.

—No estaba hablando de nadie en concreto. —Emily se quedó pensando en la afirmación de su hermana—. De todas formas, y ahora que lo mencionas, te recuerdo que tienes dolor en la pierna porque te has caído y ha tropezado contigo, no porque haya querido pisarte con intención de hacerte daño.

—Ya está de nuevo la defensora del diablo —replicó Emma—. ¿Por qué siempre tienes que ponerte de parte de los demás?

—Porque intento ser objetiva.

—Ya, pues parece que nunca ves las cosas desde mi punto de vista, pero ¿sabes qué? No importa. No necesito tus estúpidos consejos.

—Ya sé que tú no aceptas consejos míos ni de nadie, pero estoy segura de que algún día los necesitarás —dijo Emily exasperada—. Me voy a casa, que ya se me está haciendo muy tarde. Que te mejores.

- - - - - - -

Derek estaba solo en casa, con Zane. Había vuelto a casa hacía solo dos días para celebrar Acción de Gracias, y ya no volvería hasta Navidad. Por la mañana había salido a dar una vuelta y había acabado perdido en su propia ciudad, un efecto secundario de haberse mudado allí solo un año y medio antes de marcharse a la universidad. Al entrar en una pastelería para preguntar cómo volver a casa, se había encontrado con la chica de la biblioteca, una coincidencia de lo más peculiar y agradable. El único problema era que ella no parecía muy contenta de encontrarse con él. Debía de pensar que era un acosador o algo por el estilo. A Derek le habría gustado que se hubiesen conocido en condiciones diferentes, porque estaba en el salón pensando, precisamente, en Jake y en la forma en la que él había puesto en duda que Ashley estuviese embarazada de él. Aún no se había atrevido a contárselo a sus padres, pero ya no podía tardar en hacerlo.

El primer paso había sido aceptar que ahora eran pareja, tratarla a ella como su novia. El segundo, hacerse a la idea de lo que estaba por llegar. El tercero, contárselo a ellos.

Jake llegó a casa con el peto de trabajo bajado por la cintura, más sucio de lo normal y más enfadado también. Derek sabía que aquel era su último sábado en casa de los Wathson, así que esperaba que hubiese vuelto de allí de buen humor, y no como si le hubiese pasado un huracán por encima y con cara de querer golpear algo. Además, tenía el ojo izquierdo medio cerrado.

—Mejor no preguntes —le dijo su hermano, adelantándose a sus intenciones.

Subió las escaleras sin decir nada, al mismo tiempo que Zane bajaba hacia el salón.

—¿Has visto su ojo? —le preguntó al llegar abajo.

—Sí. No tenía muy buen aspecto, ¿verdad?

—Qué va. ¿Qué le habrá pasado?

—Espero que no se haya peleado con nadie en la casa esa a la que iba.

Lo esperaba, sinceramente.

—Yo creo que ha debido golpearse con algo. —Zane se quedó dubitativa—. Tenemos una pomada para los golpes, tal vez la use. Creo que sabe dónde está.

—¿Te preocupa?

Saltaba a la vista que sí.

—No sé... Es solo que, antes de usarla, tendría que dejarme ver si tiene infección, que es justo lo que hemos visto en clase estos últimos días. Pero dudo que me deje acercarme a comprobarlo.

—Deberíais reconciliaros. Estoy seguro de que al final os acompañará al baile de la semana que viene.

—Ari también está muy segura de eso. No sé qué os hace pensar que lo hará. Al menos papá ha cedido y me dejará ir aunque él no venga, después de un largo y tendido sermón sobre *ese tipo de fiestas*.

—Lo hará, porque dudo mucho que le guste la idea de que vayais solas. ¿Quieres apostar?

—¡Estupendo! ¡Sí!

Los dos se pusieron a discutir acerca de la apuesta. Instantes después, sus padres y Rachel entraron por la puerta con varias bolsas del Walmart, el supermercado donde trabajaba su madre. Habían ido a recogerla.

—¿Qué estáis tramando? —preguntó Sara.

—Nada de lo que haya que preocuparse —le aseguró Derek, riendo con Zane—. Sin embargo, lo que sí que nos preocupa es Jake. Ha venido con el ojo hinchado, y no ha querido decir nada al respecto. Zane cree que se ha dado un golpe e incluso que podría tenerlo infectado.

Su padre gruñó; su madre dejó las bolsas rápidamente en la cocina.

—Iremos a echarle un vistazo. Ven conmigo, Zane.

Su hermana obedeció sin rechistar y Derek se quedó solo con Rachel y con su padre. Ambos se pusieron a sacar los productos de las bolsas y a ordenarlos en la despensa.

—¿Cómo va todo, papá?

Hacía tiempo que no hablaban a solas. También hacía mucho que Jake había dejado de acompañarle a la fábrica. Más concretamente, desde el verano.

—Bien.

—¿El trabajo también? —Su padre arrugó el entrecejo, pero esperó a que especificara—. Me refiero a si vais bien de dinero en casa. Ya sabes que ahora trabajo haciendo algunas horas en la cafetería y, aunque no gane mucho, creo que podría ayudar un poco. Me gustaría hacerlo.

—No es necesario.

—¿Seguro?

Sabía que estaba incidiendo mucho en el tema, pero lo creía necesario. Su padre tenía cincuenta y tres años y Derek ya había oído alguna que otra conversación sobre los cambios que pretendía hacer la fábrica Wathson en relación al personal más adulto. El semblante de su padre se tornó oscuro y él quiso seguir hablando para enmendar la situación que había generado, pero las voces del piso de arriba les interrumpieron.

—Iré a ver qué ocurre.

Subió, más preocupado por la reacción que había tenido su padre que por lo que hubiese podido pasar en el primer piso, donde encontró a su madre de brazos cruzados frente a la puerta cerrada del dormitorio de Jake.

Zane se acercó para contarle lo sucedido.

—Cuando hemos subido, estaba en el lavabo mojándose la cara —aseguró su hermana—. Mamá ha intentado acercarse para mirarle la herida, pero entonces Jake se ha puesto a maldecir y a pedir que no le tocásemos y ha ido directo a encerrarse en su habitación. Le he visto el ojo más de cerca. No tiene muy buena pinta.

Derek fue junto a su madre y trató de tranquilizarla, poniéndole las manos sobre los hombros. Estaba bastante nerviosa.

—Deja que yo lo intente. Ya sabes lo orgulloso que es. —Sara suspiró—. Será mejor que esperéis abajo mientras yo trato de averiguar qué es lo que le ha pasado.

—Está bien. Solo espero que no ande de nuevo metido en algún lío. Vámonos, Zane.

Tocó la puerta de forma suave con los nudillos.

—Soy yo —dijo—. Mamá ya se ha ido.

Al cabo de un rato, un leve sonido le dio a entender que Jake había quitado el pestillo, permitiéndole el paso.

Esperó unos segundos más y entonces giró la manivela y abrió muy lentamente. Encontró a su hermano sentado en el borde de la cama con los codos sobre las rodillas y las manos sujetándose la cabeza.

Derek se sentó frente a él usando la silla del escritorio.

—¿Qué ocurre, Jake?

—Estoy harto de todo.

—¿En qué sentido?

—En todos los sentidos —comenzó a decir—. Llevo muy mala racha, desde la pelea con papá. Tres días después de eso pasó lo de la camioneta. Le devolví la jugada a la niña consentida que nos la pintó y lo único que conseguí fue un mes de trabajo en su propia casa, para su mayor regocijo. Después, Zane, que no se me ocurre nada para que todo vuelva a ser con ella como antes. Me arrepiento de lo que le dije, sí, pero yo solo quería lo mejor para ella. —Jake se echó hacia atrás para apoyarse en la pared—. Ya sé que no siempre escojo las palabras adecuadas, pero me molesta que todos penséis que hago o digo cosas con la única intención de molestar. El otro día Louis dijo que prefería suspender física antes que pedirme ayuda a mí. ¿Te lo puedes creer? Tuve que tragarme un sermón sobre el mal ejemplo que doy a mis hermanos. Parece que tengo yo la culpa de todas las cosas que no van bien en esta casa.

—Entiendo.

—No, no lo entiendes. No sabes lo que es esto.

Derek le dejó hablar para que se desahogara, sin interrumpirlo. Parecía que lo necesitaba.

—Para colmo, creo que me gusta la hermana gemela de la chica a la que odio, y la he cagado con ella también. Hoy era el último día que tenía para verla, ¿y sabes lo que ha pasado? Que me he tropezado con su hermana cargado con una caja de más de veinte kilos, me he caído delante de todo el mundo, he roto la caja con el ojo y me he llenado la cara de tierra. Ella fue la única a la que pareció importarle, y adivinas qué: le grité que me dejara en paz, espantándola por completo.

—Lo que voy a decirte no es lo que quieres escuchar —dijo Derek, tras una pausa—, pero creo que todo te pasa porque estás siempre en tensión con todo lo que te rodea, con toda la gente, y deberías vivir mucho más relajado.

Jake soltó aire por la nariz.

—Tú y tu estúpida forma de ver la vida de color de rosa. Tenías razón, no es lo que quería escuchar. Ni siquiera sé por qué te he abierto la puerta.

Se quedaron un buen rato sin decir nada, ocupando las mismas posiciones, uno enfrente del otro. Derek trató de ponerse en la piel de Jake, que siempre había sido el más revoltoso de los dos y el que se metía en líos. Él, sin embargo, era el hijo modelo, y por eso mismo había dedicado su vida a no decepcionar a sus padres, a mostrarse tal y como ellos querían que se mostrara. Se preguntó cómo habían llegado a esa situación tan diferente si habían estado siempre en el mismo curso y habían sido criados por las mismas personas. Era cierto que Jake había sido siempre el más castigado, pero también había vivido muchas más experiencias que él, porque había desobedecido normas que él había acatado sin oposición.

Sus padres solían decir que Jake tenía celos de él, aunque nunca había entendido el porqué hasta ahora.

—¿Sabes? —dijo, rompiendo de una vez el silencio—. Tú no eres el único que tiene problemas. Tengo la sensación de que crees que mi vida es demasiado perfecta y lamento decirte que no es así.

—¿Tu vida no te parece perfecta? —Jake se incorporó y se acercó, desafiante. Apenas podía mantener el ojo abierto—. Siempre has tenido lo que has querido y más porque eras el hijo ejemplar y obediente. A ti nunca te negaban nada. ¿Acaso has olvidado todos tus privilegios de la infancia? Por si fuera poco, te marchaste a una de las universidades más caras. Creo que vas a ser el único de nosotros con esa suerte, porque, sin duda, no creo que Louis consiga una oportunidad como la tuya y, por supuesto, Zane y yo no lo hemos conseguido. Papá y mamá se han desvivido por ti. Y sí, para qué negarlo, lo han hecho porque les has dado buenos motivos para hacerlo. Yo no discuto que te hayas ganado el título que pronto tendrás como abogado, pero yo de momento lo único que tengo son poco más de dos cursos de carrera, porque te recuerdo que el año pasado fui yo el que tuvo que trabajar en la fábrica todas las mañanas durante más de cinco meses para poder hacer frente a las facturas atrasadas, y me perdí casi todos los exámenes. ¿Sabes que este curso solo me he podido matricular de cinco asignaturas? Y todavía son de tercero. Pero no, seguro que no lo sabías.

Era consciente del sacrificio que había hecho su hermano el año anterior, pero le parecía lamentable que se lo echara en cara cuando él mismo se ofreció voluntario, sin que nadie le obligase a hacerlo.

—Pero yo he trabajado mucho para sobrevivir en Florida —contraatacó Derek—. Sabes de sobra que me fui allí con una beca que me costó muchas horas de estudio conseguir mientras tú te dedicabas a jugar al fútbol. A mí también me gustaba mucho ese deporte, ¿sabes? Pero tuve que elegir. Además, ahora también he empezado a trabajar en la cafetería, porque este año la beca del Estado solo me da para la matrícula y la residencia, pero no para ningún otro gasto, y me cuesta dinero venir a veros. No soy ningún mantenido Jake, no te equivoques con lo que dices. Tú también podrías haber estudiado más para conseguir lo mismo que yo.

—¿Ah, sí? ¿Y quién se habría ocupado del resto hasta que papá y mamá regresasen a casa? Ahora Zane y Louis ya son mayores, pero hace cinco años estaban a nuestro cargo. Por no hablar de Rachel... que no era más que un bebé cuando nos mudamos a esta casa y a esta maldita ciudad. Yo no podía irme de aquí porque ya habías decidido hacerlo tú.

—Te vuelvo a repetir que me fui con una beca.

—¿Y a mí qué?

—Mira, no voy a discutir más contigo sobre esto, porque tenemos puntos de vista muy diferentes. A donde quería ir a parar era a que, aunque te obceques en pensar que eres el único que tiene problemas, no es así. Yo mismo estoy ahora bien jodido.

Jake arqueó las cejas, así que procedió a explicarle.

—Intuyo que sigues con la idea esa de que Ashley no espera un hijo mío, pero el caso es que está embarazada y hasta que nazca el crío no podré hacer nada al respecto. Además, está de lo más insoportable. Nunca tengo ganas de verla, pero debo hacerlo cada día, y mamá y papá quieren conocerla pronto. Por si fuera poco, hay una chica de aquí que me llama la atención, pero creo que piensa que soy un acosador.

Jake lo miró con su característica mirada.

—¿Qué? ¿Por qué me miras así?

—¿Alguien de aquí? Si tú nunca tratas con nadie de la ciudad. Ni siquiera tienes amigos.

—Mira quién fue a hablar.

—Bueno, va, sigue contándome lo de la chica.

La conversación empezaba por fin a tomar otro rumbo, uno más amistoso.

—La conocí la otra vez, el día que me acerqué a visitar la biblioteca. La vi sentada en una de las mesas, muy concentrada, y tuve el atrevimiento de sentarme delante de ella. Por supuesto, se dio cuenta. Fue un poco vergonzoso... Pero es que era una chica bastante llamativa. Pelirroja, de las que tienen el pelo muy naranja, ya sabes, y los ojos también muy azules. —Derek se interrumpió para lanzar al aire un suspiro, pensando en lo cursi que podía resultar lo que estaba diciendo—. Pensaba que había sido solo un encuentro sin más, pero esta mañana la he vuelto a ver. He salido a dar un paseo, a conocer un poco más la ciudad y... bueno, pues me he perdido. No creo que te sorprenda. Al entrar en un establecimiento a preguntar cómo ir al parque Felton, resulta que ella era una de las dependientas...

Jake se levantó y se puso las manos en la cabeza, luego se puso a andar de un lado a otro en el poco espacio que tenía en su habitación.

—¿Qué te ocurre?

—¿Sabes cómo se llama?

—Sí, claro. Me lo dijo el día de la biblioteca.

—¿Y bien? —Jake colocó las palmas de las manos hacia arriba y adelantó la cabeza, incitándolo a decírselo—. ¿Cómo se llama?

—Emma.

Se quedó congelado tras la respuesta, con el rostro inexpresivo. Segundos más tarde, pasó ambas manos por todo su rostro y se apretó las mejillas, sacando los labios hacia fuera en consecuencia.

—¿Emma? —preguntó, extrañado.

—Sí, Emma. ¿Por qué?

—No, por nada.

—Así que no pasa nada —dijo, irónico.

—Es que por un momento parecía que hablabas de la hermana de Emma Wathson, la chica de mi facultad para la que he tenido que trabajar, que además es hija del jefe de papá. Tiene una hermana gemela que también es pelirroja, aunque ella es... diferente. Pero se llama Emily, no Emma. No pueden llamarse las dos igual.

—Pues debe de ser una coincidencia. Eso o...

Se volvieron a mirar.

—¿No será que...

—... la Emma de la que tú hablas...

—... es en realidad la chica a la que odias?

Sus mentes estaban complementadas, pero no del todo.

—Pero espera un momento —dudó Jake—. Emma no trabaja en ninguna pastelería. Emily sí. ¿Estás seguro de que te dijo que se llamaba Emma?

—Completamente.

—Es muy raro...

—No sé, quizás haya más pelirrojas por ahí que tu no conozcas.

—Sin duda las habrá, pero es demasiada coincidencia que además trabaje en una pastelería.

—¿La Emma que tú conoces trabaja en una?

—Emma no, idiota. Hablo de Emily.

—Creo que no deberíamos sacar conclusiones precipitadas —opinó Derek.

Emma, Emily.

Él ya no sabía quién era quién.

—Estoy de acuerdo —Jake se tocó la cabeza y el ojo al mismo tiempo—. Yo hoy ya no puedo pensar más.

Se le estaba empezando a amoratar.

—¿Qué tal si llamo a Zane para que le eche un vistazo a tu ojo?

—Estoy bien. Ha sido solo un golpe. Estoy acostumbrado a cosas peores.

Derek le sostuvo la mirada sin decir nada.

—Oye, no me mires así. Dudo mucho que a Zane le apetezca acercarse a mí, después de todo.

—Desde luego... parece mentira que no la conozcas.

Salió del cuarto de su hermano en busca de Zane y la encontró en la cocina, ayudando a su madre con la cena. Le pidió que subiera y ella aceptó sin dudar. Sin embargo, sí dudó para acercarse a Jake, como si temiese que él rechazase su proximidad, pero este le hizo un gesto con la cabeza para que lo hiciese.

—Mira hacia arriba —le pidió después.

Jake obedeció sin rechistar, sentado sobre la cama, mientras su hermana se inclinaba para comprobar el estado de su ojo. Trató de abrírselo con los dedos, pero le dolía.

—Vengo enseguida. Tengo unas gotas de suero que vendrán muy bien para desinfectar.

Zane regresó poco después con su botiquín universitario. Con mucha delicadeza, le echó la cabeza hacia atrás a su hermano y le pidió que no se moviera. Fue complicado, porque las gotas le escocían, pero consiguió mantener la posición. Después le secó el ojo con una gasa y le limpió los restos de tierra seca que todavía tenía pegados por alrededor. Por último, usó una pomada para el moretón que ya se estaba formando.

—Esto te aliviará —añadió.

Derek los observó todo el tiempo, encantado. Zane ya no parecía guardarle rencor a su hermano, y Jake parecía arrepentido por el daño que le había podido causar.

No tardó en demostrarlo.

—Os acompañaré al baile —le dijo—. Igual mamá ya te lo había dicho, pero quería que supieras que lo hago porque quiero, no porque me hayan obligado.

Por la forma en que Zane abría la boca, no parecía que su madre le hubiese comentado nada

—¡No me lo puedo creer! —exclamó, emocionada, al tiempo que se aferraba a su cuello para abrazarle—. ¡Gracias!

Derek sonrió.

Se sentía orgulloso de su hermano y, en cierto modo, era él quien tenía algo que envidiarle.

Jake era el más protector de la familia.

SÁBADO

6 DICIEMBRE 1986

DICIEMBRE

SM	L	M	X	J	V	S	D
49	1	2	3	4	5	6	7
50	8	9	10	11	12	13	14
51	15	16	17	18	19	20	21
52	22	23	24	25	26	27	28
1	29	30	JK				

Acababan de llamar al timbre y a Arabia le dio un vuelco el corazón. Todavía le faltaban por lo menos quince minutos para terminar de prepararse. Se miró en el espejo que tenía en el interior de la puerta del armario y comprobó que estaba hecha un desastre.

El vestido negro que llevaba puesto había sido idea de Zane. Prácticamente podía decirse que la había obligado a comprarlo la semana anterior, cuando se le ocurrió mencionar delante de ella que no tenía nada muy elegante para el baile, que se pondría cualquier cosa que tuviese en casa.

La parte superior era de palabra de honor y le hacía un pecho muy bonito, pero le resultaba extraño cuando se miraba, ya que nunca antes había llevado escote. El vestido era ceñido hasta la cintura, con una caída en forma de pico que le llegaba hasta algo más abajo de la rodilla derecha, dejando más al descubierto su muslo izquierdo. Había sido una buena elección, pero seguía sintiéndose extraña vestida de aquella forma.

El timbre volvió a sonar.

Corrió descalza hasta el telefonillo y respondió:

—¡Dame cinco minutos!

—Abre. Te ayudaré a terminar.

Dejó la puerta abierta para cuando su amiga llegase. Mientras tanto se dirigió al cuarto de baño para ver de qué manera podía arreglarse el pelo. La cara ya la tenía acicalada, aunque tampoco se había puesto ningún potingue especial. Se había pintado los ojos con sombra oscura y se los había perfilado como siempre, añadiendo por primera vez máscara de pestañas. Eso también había sido idea de Zane.

Escuchó unos tacones aproximándose.

—¡Dios mío! ¿Todavía estás así? —le dijo su amiga cuando entró al cuarto de baño.

—No sé qué hacer con el pelo... —confesó Arabia.

—Pero si ya te lo has alisado. A ver, suéltate el moño.

Hizo caso a la petición de su amiga y dejó caer la melena. Sus escasísimas mechas plateadas se veían bonitas con el pelo alisado. El flequillo le caía de medio lado, también como siempre. Se emparejó un poco las puntas y se dio la vuelta para que su amiga le diese su opinión.

—¡Wow!

—¿Qué? ¿Qué ocurre?

—¡Estás impresionante!

—¡Tú también!

Zane llevaba puesto el vestido lila que su madre le había regalado. Era más largo que el de ella, pues le llegaba casi hasta el suelo, pero también era mucho más suelto. Su maquillaje era en tonos claros, todo lo contrario que el de ella.

No podían ir más distintas.

—¿Por qué no te recoges el pelo hacia el hombro derecho? —sugirió Zane—. Así llevarás la caída hacia el mismo lado que la falda de tu vestido. ¿Tienes algún lazo negro?

Arabia fue en busca de un pantalón de su armario que jamás se había puesto, porque llevaba incluido un cinturón de seda. Lo sacó y se lo enseñó.

—Creo que esto servirá.

Zane se puso manos a la obra y en un abrir y cerrar de ojos le recogió el pelo y se lo anudó, de forma que el lazo cayese por el lado derecho.

Arabia fue hasta su espejo para observar el resultado final y no le disgustó en absoluto.

—Solo te falta un último detalle.

—¿Cuál? —le preguntó, curiosa, a su amiga.

Esta le tendió un pintalabios de color rojo oscuro. Era una de las cosas que tenía sin usar desde hacía mucho tiempo. Más de un año, en concreto. Le recordaba a lo que había pasado en el Dix76.

A todo, incluido el beso.

—Adelante, póntelo.

Ya en la calle, maldijo por haberse comprado unos zapatos de tacón, porque, además de lo incómodos que le resultaban, estuvieron a punto de clavársele en los adoquines de la acera. Suerte que Zane la sujetó por el brazo, obligándola a continuar.

—Los tacones no están hechos para mí... —se quejó, mientras llegaban al coche que las estaba esperando, o, mejor dicho, a la camioneta.

Jake estaba fuera, de pie, apoyado en la puerta del conductor. Sin duda, llevaba un buen rato esperándolas.

Arabia nunca lo había visto tan bien vestido. Llevaba puesta una cazadora y debajo una camisa blanca mal metida por dentro de un pantalón vaquero azul oscuro, más ceñido de lo que estaba acostumbrado a llevar. Zane tiró de su brazo para hacerla subir.

—¡Date prisa, Jake! —dijo esta ya en el interior del vehículo—. O llegaremos tarde…

Él volvió la vista hacia atrás y arqueó las cejas.

—Por favor...

Zane dijo las palabras mágicas y, entonces sí, Jake accionó el motor. A Arabia todavía le parecía mentira el cambio de actitud que había tenido en la última semana. Cuando su amiga le contó que finalmente iba a acompañarlas, no se lo pudo creer.

Jake era una auténtica caja de sorpresas.

Lo mismo se presentaba en su casa de repente para hablar con ella, que no mediaba palabra alguna ni aun estando en la misma estancia.

Encontrar aparcamiento cerca del casino donde se celebraba el baile fue una auténtica pesadilla. Jake ya había anticipado que lo sería, porque Brown era el barrio con más franquicias por metro cuadrado de toda la ciudad.

Finalmente, acabaron en medio de un descampado colindante con Durmond, donde no parecía demasiado seguro dejar el vehículo. Sin embargo, no tuvieron más opción.

—Recaerá sobre vuestra conciencia si cuando volvamos le han hecho algo a la camioneta y me toca pagar las consecuencias —dijo Jake, medio en broma medio en serio, cuando bajaron de los asientos—. Y ahora a caminar.

Se fijó en que Jake iba siempre unos metros por delante de ellas, echando la vista atrás cada dos por tres y aminorando el paso si notaba que se quedaban rezagadas.

Cuando vieron las luces de la entrada del casino, Arabia pensó que no aguantaría mucho más sobre los tacones. Se preguntó si al resto de chicas le dolerían también los pies cada vez que se ponían zapatos de tacón. Si ese era el caso, lo disimulaban realmente bien, porque a ella la estaban matando.

—¿Es que a ti no te duelen los pies? —le preguntó a su amiga, por lo bajo.

—Un poco. Pero es porque no estamos acostumbradas.

La respuesta de Zane no hizo que se sintiese mejor.

¿Quién querría acostumbrarse a eso?

En la puerta, Jake sacó las tres entradas de su bolsillo y se las entregó a uno de los porteros. Zane lo agarró por el brazo y le dio un beso en la mejilla. A Arabia le pareció un gesto muy tierno.

—¿Y su pareja, señorita?

La pregunta la hizo sonrojarse hasta el extremo.

—¿Cómo dice?

—Se supone que todos vienen al baile con pareja, ¿no?

Arabia miró a su amiga hecha una furia. No le había mencionado nada de eso.

—Yo soy el acompañante de ambas —dijo Jake.

—Muy bien. Pues adelante.

—Quiero matarte —le dijo Arabia a Zane mientras accedían.

—Solo te estaba tomando el pelo, Ari —le aseguró Jake.

Zane se estuvo riendo de lo ocurrido hasta que llegaron al guardarropas a desprenderse de la pesada ropa de abrigo.

El salón donde se celebraba el baile las impresionó mucho. Era un lugar muy elegante, y se notaba que lo habían restaurado hacía poco.

A la izquierda había una barra que habían instalado para la ocasión, a la derecha, una mesa alargada llena de comida, y, justo enfrente, el gran escenario. Todo estaba preparado para que una banda apareciese de un momento a otro, igualito que en los bailes de instituto. Mientras tanto, la música sonaba a ritmo suave a través de los incontables altavoces que había repartidos por la sala.

—¡Esto es increíble! —exclamó Zane.

Había gente de todas las facultades de su universidad y Zane empezó a señalar, emocionada, hacia las pocas personas que le sonaban de vista. El único de los tres que no mostró ningún tipo de entusiasmo fue Jake.

Un hombre de mediana edad se situó en el escenario a comprobar el micrófono antes de dar las buenas noches, anunciarse como presentador y empezar a recitar una serie de monólogos pasados de moda. Arabia echó un vistazo a la gente, que empezó a aglutinarse frente a él de todas formas. En menos de cinco minutos quedaron rodeados por un montón de personas que no conocían y, cuando el presentador anunció al grupo de música que iba a tocar esa noche, la multitud empezó a gritar y a lanzar vítores.

La música entonces subió de intensidad y el rock invadió el salón.

—Bienvenidas al baile de invierno de la VEU —dijo Jake, sin mucho afán y lo suficientemente alto como para que ambas lo escucharan.

—Ari, ¡esto es genial!

Zane la cogió de la mano y la arrastró con ella varios metros para empezar a bailar, lejos de su hermano. La hizo girar para alentarla a seguir por su cuenta, y Arabia lo hizo, pero no sin timidez.

No se sentía cómoda delante de tantos extraños. Solo a medida que avanzaba la noche se fue animando un poco más.

Una hora más tarde, los músicos hicieron una pausa y el ambiente se relajó. Zane parecía la persona más feliz de mundo en ese momento, pues no dejaba de sonreír.

Unos chicos se acercaron a ellas, aprovechando que otros tantos se habían movido hacia la barra para ir a por bebida.

—¿Qué hay, guapas?

—Hola —saludó Zane, sonrojándose.

—¿Os apetece tomar algo?

—Lo cierto es que nosotras no...

A Arabia no le dio tiempo a terminar la frase.

—¡Claro! ¿Por qué no? —continuó Zane, haciéndole un gesto que solo podía significar: *déjate llevar, no lo estropees.*

Acompañaron a los chicos a la barra y luego ellos pidieron lo mismo para todos, sin consultarles.

—¡Muchas gracias! —exclamó Zane, entusiasmada.

Arabia ni siquiera sabía qué podía ser. Se acercó el contenido para mojarse los labios e intentó reprimir la mueca de asco.

—Yo no quiero, gracias. No bebo alcohol.

Y tú tampoco, le recordó a Zane con la mirada.

A los chicos no les sentó muy bien que fuese a la barra a dejar su copa y a pedir una botella de agua. Uno de ellos, en especial, le hizo el vacío cuando regresó; el otro estaba hablando con Zane y parecía que se entendían.

Arabia observó a su amiga. Sobre todo, estudió su rostro cada vez que le daba un sorbo a su bebida. Estaba segura de que no le estaba gustando, pero lo disimulaba cada vez mejor. El otro chico no tardó en esfumarse, quizás en busca de alguien mucho más amigable que ella.

Escuchó al acompañante de Zane decir algo sobre el cantante del grupo que protagonizaba la noche, pero no le prestó más atención.

—Zane, voy un momento al baño —le dijo al oído, al cabo de un largo y tedioso rato escuchándoles.

No era la mejor de las ideas dejarla sola, pero de verdad tenía que ir y si le hubiese pedido que la acompañase le habría reprochado que le *estropease* el momento. De todas formas, no tardaría en volver.

O eso creía.

Cuando llegó se encontró con una enorme cola doble repleta de chicas. Resopló para sus adentros y se resignó a colocarse al final de la misma. Mientras esperaba, echó otro vistazo a su alrededor. Buscó por todos lados hasta que visualizó a Jake, muy cerca de la puerta de la entrada, apoyado contra la pared. Poco después lo vio salir del salón.

Arabia no supo con exactitud el tiempo que tardó en pasar por fin a uno de los retretes, aunque de haber sabido que tendría que hacer malabares para evitar pisar el montón de papel higiénico mojado que había esparcido por el suelo, no le habría importado aguantarse hasta volver a casa. Al salir vio a una chica de rodillas, vomitando, y le dieron arcadas solo de escucharla.

El rock había vuelto a invadir la sala, porque el grupo estaba de nuevo en el escenario y hacían retumbar los altavoces con el sonido de sus instrumentos. Aquel era el tipo de música que más le gustaba, sobre todo desde que Zane le había regalado una cinta de Heart el día que cumplió los dieciocho, por lo que se alegró de que esos chicos fuesen los encargados de animar la fiesta y de que interpretasen algunas de las canciones de su último disco, *Passionworks*. Justo en ese momento estaban tocando la de *Never*.

We can't go on just running away
If we wait any longer
We will surely never get away

Fue en busca de Zane, pero no la encontró en el mismo sitio. Dio un par de vueltas sobre sí misma y se sintió muy perdida cuando ninguna cara le resultó familiar. Avanzó entre la gente a trompicones, dispuesta a encontrarla.

Pero cuando lo hizo se quedó a cuadros.

Su mejor amiga estaba justo arriba del escenario, bailando con el cantante de la banda.

No se lo podía creer, sobre todo, porque no parecía estar en pleno uso de sus facultades. De estarlo, ella no se contonearía como lo hacía delante de tantísima gente.

¿Tanto tiempo había estado en la cola del baño como para que Zane ya no fuese consciente de lo que hacía?

De repente, el chico, que aparentaba más de treinta y que la hacía girar al compás de la música, la paró junto a él y le plantó un beso que todos los presentes vitorearon.

Zane estaba realmente desinhibida, pero le pareció ver que empezaba a zarandearse. Tras mucho debatirlo consigo misma, decidió hacer algo que seguramente su amiga no le perdonaría.

Fue en busca de Jake.

Lo encontró sentado en las escaleras de acceso.

—Jake. —Su cabeza se giró a la velocidad de la luz. Fue un gesto tan brusco que la dejó paralizada. Parecía como si lo hubiese interrumpido en mitad de un pensamiento importante—. Verás, creo que deberías entrar a echarle un vistazo a tu hermana. Creo que se está pasando de la raya.

—¿No se suponía que ibais a cuidar muy bien la una de la otra y que yo no os hacía falta para nada?

Su pregunta sonó a reproche.

¿Qué mosca le había picado tan de repente?

—¿A qué viene esa actitud? —continuó Arabia—. Creía que eso ya estaba olvidado una vez decidiste acompañarnos.

Jake se encogió de hombros. Era imposible saber qué se le pasaba por la cabeza en aquel momento.

—Bueno, ¿y de qué clase de raya hablas?

—¿Vas a venir o no? —Su desesperación era notoria, pero él no la estaba mirando—. No te lo pediría si no creyese que es importante.

Entonces sí pareció interesarse por la situación.

Jake se levantó, pasó por su lado sin mirarla y se plantó en el gran salón. Arabia lo siguió muy de cerca, no sin esfuerzo a causa de los incómodos zapatos. Chocó literalmente con él cuando paró en seco y se quedó mirando al escenario, petrificado igual que ella minutos antes.

El contoneo de Zane se había intensificado mientras el cantante le dedicaba la canción de Duran Duran que estaba interpretando, *Hungry Like the Wolf,* que decía:

...
I'm on the hunt, I'm after you
Mouth is alive, with juices like wine
And I'm hungry like the wolf
Stalked in the forest, too close to hide.

Al llegar al estribillo, la gente empezó a corearle.

I'll be upon you by the moonlight side
(do-do-do-do-do-do-do-do-do)
High blood drumming on your skin, it's so tight
You feel my heat, I'm just a moment behind
(do-do-do-do-do-do-do-do-do)

Jake seguía inmóvil, con los ojos de par en par. Arabia reparó en ellos cuando uno de los haces de luz le iluminó la cara. Sus iris azul oscuro ya no eran tan inexpresivos como de costumbre. Sin embargo, no pudo distinguir si transmitían rabia, decepción, o ambas a la vez.

El público aplaudió con júbilo al acabar la canción y el cantante bajó del escenario, llevándose a Zane con él. Jake no se lo pensó, se puso en marcha, tratando de seguirles, y Arabia le siguió en consecuencia. Un grupo de chicas pasó entre ellos y una de ellas le pisó el pie, haciéndola estremecerse.

Caminó semicojeando, siguiendo por intuición la dirección de Jake, pero no encontró rastro de él, ni de Zane, ni del cantante.

De pronto, unos gritos procedente de los servicios hicieron que todo el mundo se girara en esa dirección, y luego dos chicos salieron del cuarto de baño de hombres, enzarzados el uno con el otro. Arabia distinguió enseguida la camisa blanca de Jake. El otro era el cantante que se había llevado a Zane.

Se temió lo peor, pues conocía bien la furia de Jake.

Sacó los codos para abrirse paso y, cuando por fin llegó a las primeras filas del círculo que se había formado, observó que ambos estaban revolcándose por el suelo, intentando golpearse. Luego vio al resto de la banda de música saltar del escenario para llegar hasta ellos. Los dos primeros quisieron separarlos, pero el tercero arremetió contra Jake con una patada en la cara mientras otros dos lo sujetaban. Arabia gritó que se detuvieran, pero el escándalo era ensordecedor.

Por suerte, aunque con bastante retraso, los guardias de seguridad llegaron y los separaron a todos. Arabia vio a Jake con la cara ensangrentada tratando de zafarse del que lo tenía sujeto. En cuanto lo consiguió fue directo hacia el que le había pegado la patada. Dos guardias lo sujetaron antes de que llegara a su objetivo y lo redujeron en el suelo para que se calmara.

Arabia no sabía qué hacer ni a dónde ir.

Una vez más, todo había sucedido demasiado rápido.

Llegaron a su apartamento pasada la medianoche. Por supuesto, los habían echado de la fiesta.

—Déjala en el baño —le dijo a Jake, que cargaba en brazos a su hermana—. Voy a darle una ducha con agua fría.

Él trató de colocar a Zane en la taza del váter, pero ella no se sostenía. Estaba muy perjudicada.

—Ya me ocupo yo. Espéranos fuera.

Jake salió del baño sin decir ni una sola palabra, igual que durante todo el camino hasta allí.

Arabia resopló y se puso manos a la obra. Lo primero que hizo fue echarle agua en la nuca. Luego le quitó la ropa y la sentó en la bañera. Cuando el agua fría empezó a rozar su cuerpo, se puso a sollozar y a decir cosas sin sentido.

No sabían qué era lo que había tomado, porque no había llegado a preguntar y no era ninguna experta como para poder identificar qué tipo de alcohol llevaba la bebida a la que las habían invitado, pero estaba claro que fuera lo que fuese le había sentado realmente mal. Al menos con la ducha estaba empezando a reaccionar. Al acabar,

Arabia la envolvió en una toalla y la dejó sentada en el suelo mientras salía a por algo de ropa cómoda para que se pusiese, aprovechando para deshacerse de su propio vestido y ponerse unas mallas.

Cuando acabó de vestirla, dejó que siguiese un rato más allí sentada mientras ella se limpiaba la cara, sobre todo, los restos de pintura que tenía esparcidos alrededor de los ojos, a causa de las lágrimas.

Pero Zane empezó a revolverse por las arcadas y Arabia actuó rápido. La arrodilló y le colocó la cabeza casi dentro de la taza del váter. Al instante empezó a vomitar, y ella tuvo que salir de allí para no hacerlo también. Jake la vio y supo enseguida lo que pasaba, así que entró al baño y él mismo ayudó a su hermana a vaciar el estómago. Estuvieron un buen rato en el interior, hasta que él salió de nuevo con su hermana en brazos.

—Túmbala en mi cama —le dijo Arabia.

—Mejor en el sofá —la rectificó Jake—. No te resultará muy agradable que vomite en tu habitación. Te lo digo por experiencia.

Acomodaron a Zane lo mejor que pudieron y luego Arabia le colocó una manta por encima. Jake se quedó sentado en el suelo muy cerca de su hermana, sujetando el cubo que ella le había acercado en previsión de futuros vómitos.

—¿Por qué no vas a lavarte un poco? —le sugirió Arabia.

Antes de ser expulsados del baile, le habían cosido un par de puntos en la parte inferior del labio, a causa de la patada recibida. Sin embargo, seguía teniendo restos de sangre alrededor de la cara y alguna que otra magulladura más.

El aspecto general de los tres era deplorable.

Jake no respondió, tampoco se inmutó, así que Arabia no insistió y fue a la cocina a preparar un suero para su amiga.

Cada vez que Zane quería vomitar, Jake la ayudaba a incorporarse, le sujetaba el pelo y le acercaba el cubo. Además, lo hacía con mucho cuidado, cosa que a Arabia le maravilló, a pesar de la situación. Sabía que, cuando eran más pequeños, Jake había tenido que encargarse de sus hermanos cuando estaban enfermos, pero lo que no sabía era que lo pudiese hacer con tanta delicadeza.

A las cinco de la mañana el suero ya había hecho efecto y Zane reposaba tranquilamente en el sofá.

—Deberíamos descansar un rato —propuso Arabia al ver la cara de agotamiento de Jake.

—Ve a dormir —alegó él—. Yo me quedo aquí por si se despierta.

Arabia lo hizo, porque sentía que era capaz de quedarse dormida de pie si cerraba los ojos más de dos segundos, y dejó a los hermanos solos. Antes de dormirse, se preguntó cuánto estaría Jake de enfadado por todo lo sucedido.

Horas más tarde lo sabría.

- - - - - - -

Jake se despertó junto a su hermana cuando el sol ya pasaba a través del cristal de las ventanas con mucha intensidad. Debía de ser mediodía. Se levantó del suelo y se desperezó con tranquilidad. Al ver a Arabia en la cocina volvió a la realidad. Le dolía la mayor parte del cuerpo y tenía un pesado dolor de cabeza.

Bajó la vista y observó a su hermana, que continuaba dormida.

—Deberías despertarla —le dijo Arabia—. Ya es más de la una.

Pero lo cierto era que no quería hacerlo.

—He llamado a tu casa para decirle a tu madre que estábamos todos aquí. —Antes de que él pudiese formular la siguiente pregunta, Arabia continuó—. No le he contado nada.

El silencio reinó en el pequeño apartamento. Los dos se quedaron mirándose fijamente, un tanto desafiantes.

—No me mires de ese modo —le reprochó Arabia—. No a mí.

—Os lo dije.

Al decir aquello sintió una punzada en el labio.

—¿Decirnos, qué?

—Que esos bailes no eran tan divertidos como pensábais, que podría causaros problemas. Pero a vosotras os da igual, ¿no? Queréis ser como el resto de chicas de la facultad a toda costa.

Jake sabía que Arabia no había tenido la culpa de nada, pero aun así estaba enfadado con las dos.

Su hermana se removió al escucharle y entreabrió los ojos. La ayudó a incorporarse y ella se sujetó la cabeza.

—¡Ay! —exclamó.

Si a Jake le dolía la cabeza, no quería ni imaginar cómo iba a lidiar Zane con su primera resaca.

—¿Qué ha pasado? ¿Dónde estamos?

Echó un vistazo a la estancia después de las preguntas. Miró a su amiga y luego a él. Su expresión dio a entender que no se acordaba de nada.

—No recuerdas mucho, ¿verdad? —le preguntó Jake.

—Yo... no sé... Recuerdo que fuimos al baile y... ¿Qué te ha pasado en la cara?

Jake se abstuvo de gritar, por el momento. Iba a esperar a que Zane recuperase la lucidez.

—¿Recuerdas al cantante del grupo de música, Zane? —le preguntó Arabia.

Las dos amigas se miraron.

—¿Él y yo...? No. No puede ser.

Estúpidos cantantes, caviló Jake para sus adentros.

Arabia asintió con la cabeza y Zane se empezó a poner histérica.

—No montes un número ahora —le ordenó Jake—. Tenemos que irnos a casa cuanto antes. Ya tendréis tiempo de hablar de ello.

—No, por favor. Tenéis que contarme lo que pasó —pidió ella, tocándose las sienes, intentando ordenar sus recuerdos.

—¿De veras quieres saber lo que pasó? —comenzó Jake, elevando ya desde el principio el tono de voz—. ¿Qué hay de lo que hablamos sobre beber alcohol en el baile? Me prometiste que podía confiar en ti, Zane, y en menos de dos horas estabas por ahí danzando con un desconocido y comportándote de un modo vergonzoso y lamentable. ¿En qué estabas pensando?

Zane se echó a llorar.

—No seas tan duro con ella —dijo Arabia, malhumorada.

—¿Te parece que estoy siendo duro? ¿Qué habría sido de mi hermana si yo no hubiese estado allí? —continuó Jake, encarándose con ella—. ¿Qué habría pasado entonces, eh? Ya es la segunda vez que tengo que interceder por vosotras en una fiesta. Dos de dos, para ser exatos. Es curioso, ¿no? ¿Y dónde narices estabas tú, por cierto, cuando la cosa empezó a desmadrarse?

—¿Cómo? ¿Me estás echando ahora la culpa a mí?

—La dejaste sola.

—No te consiento que me eches la culpa del comportamiento de tu hermana.

—¿No se te ocurre ninguna forma de haber evitado lo que pasó?

—¡Ya basta, por favor! —estalló Zane—. Lo siento, ¿vale? No sé lo que hice, pero lo siento mucho. No discutáis entre vosotros.

Su hermana se arrodilló frente a él.

—Por favor, perdóname...

—¡Levántate, Zane! No hagas eso.

Pero a Zane no le quedaba ni una pizca de fuerza para moverse del sitio. Jake evitó mirarla, pero luego lo hizo y se dio cuenta de que la falta de fuerzas no era por el llanto. Tenía las manos cubiertas de sangre.

Se inclinó enseguida para inspeccionarla.

—¿Qué te ocurre?

Al mirarse sus propias manos, Zane se desmayó.

—¡Ayúdame, Ari!

Jake levantó la cara de Zane. Sangraba por la nariz de un modo incesante. Pensó en acostarla en el suelo con las piernas en alto, pero Arabia lo rectificó y le ordenó que la dejara sentada, de lo contrario se ahogaría con su propia sangre, y luego fue a por un recipiente para colocárselo bajo la nariz.

Zane seguía inconsciente.

—¡¿Pero qué le pasa?! —Jake la miró en busca de respuestas.

—Parece una hemorragia.

—¿Hemorragia de qué?

—¡No lo sé! Estoy tan asustada como tú, ¿vale? ¡Voy a llamar a emergencias!

Tenía unas ganas inmensas de echarse a llorar por la impotencia, y lo habría hecho de no ser por la rápida llegada de la ambulancia.

Los médicos tardaron al menos diez minutos en reanimar a su hermana, después de que la hemorragia finalizase.

—¿La chica padece alguna enfermedad o está tomando antibióticos de algún tipo?

La enfermera que estaba junto a él le formuló la pregunta mientras miraba absorto el cuerpo de su hermana en la camilla. Pálida, frágil.

—No. No está enferma.

—No te pregunto si está enferma. Te pregunto si se está medicando por algo.

—Padece de anemia —Arabia respondió por él.

Estaba situada justo detrás de ellos, con el semblante tan preocupado como el de Jake.

—¿Habéis tomado drogas, chicos?

La segunda pregunta de la enfermera fue directa al grano, y su tono de voz resultó bastante severo. Un recuerdo abordó la mente de Jake: el de aquel tipo dentro de los cuartos de baño, metiéndole a su hermana una pastilla en la boca.

—No —continuó Arabia—. Hasta donde yo sé, solo tomó una copa. Pero estuvimos en una fiesta y la perdimos de vista unos instantes... Yo la perdí de vista. Ha pasado la noche vomitando, y hace media hora que empezó a sangrar por la nariz.

—La llevaremos al hospital y le haremos algunas pruebas. Avisad a sus padres de que estará allí y decidles que, aunque ahora está fuera de peligro, seguramente tendrá que quedarse en observación.

—Yo soy su hermano. Voy con ella.

—Los dos deberían acompañarnos —dijo de pronto uno de los médicos—. Habrá que analizarlos a los tres.

—Sí, será lo mejor.

—¡Pero nosotros no hemos tomado nada!

La voz de Arabia sonó tan histérica que perdió toda la credibilidad, y a los cinco minutos ya estaban los tres situados en la parte trasera del camión de emergencias.

Jake estaba muy preocupado por su hermana, pero también por la factura que supondría el haber llamado para que acudiesen a atenderla.

Una deuda más que tendré que solventar, pensó.

Llegaron al hospital a las dos y media de la tarde y se dirigió a la cabina de teléfono nada más entrar.

—¿Sí?

—Soy Jake.

—¡Vaya! ¿Ya os habéis despertado? —La alegría de su madre al otro lado de la línea hizo que todavía le resultase más difícil darle la noticia—. ¿Cómo lo habéis pasado?

—Estamos en el hospital general.

—¿Cómo dices?

—Que estamos en el hospital general. Zane se ha despertado sangrando mucho por la nariz y hemos tenido que llamar a emergencias.

—¡Dios santo!

—Ahora está bien, pero van a hacerle algunas pruebas, por lo de su anemia.

—Pero, Jake...

Le dio a su madre el número de la habitación disimulando en lo posible la voz temblorosa.

Cuando colgó estaba tan hecho polvo que cayó derrumbado al suelo y los ojos se le llenaron de lágrimas, aunque las retuvo, porque, al poco, Arabia abrió la puerta de la cabina.

—Tranquilo —dijo, agachándose a su lado—. Nos han dicho que Zane está bien. Es probable que todo haya sido causa de su anemia. Puede que le haya dado otro bajón, nada más.

—Si algo malo le pasa no voy a perdonármelo.

—No digas eso. Estoy segura de que mientras tú estés cerca, nada malo le pasará nunca.

—Vi cómo le metían una pastilla en la boca, Ari —confesó—. Por eso saqué a ese imbécil a golpes.

Decirlo en voz alta no alivió la carga.

—¿En serio?

—Sabía que no tenía que quitaros los ojos de encima, pero me pareció que os lo estábais pasando bien, y que era cierto lo de que yo no pintaba nada allí. No cumplí con lo único que había ido a hacer, y ahora no sé qué le voy a decir a mis padres cuando aparezcan.

—Bueno, yo creo que anoche tu hermana tomó sus propias decisiones, así que ella debería de ser la que dé las explicaciones. Tus padres no pueden esperar a que siempre estemos, o que estés, mejor dicho, detrás de ella para que no haga ninguna tontería. ¿Qué te parece si vamos a la habitación a hacerle compañía y esperamos a que lleguen?

—Soy hombre muerto cuando lo hagan.

Arabia le dio unos golpecitos en la espalda y le tiró del brazo para que se levantara. Caminaron juntos sin decir nada más hasta que llegaron a la habitación. Zane ya estaba consciente. Junto a ella, un médico la examinaba y una enfermera le colocaba el gotero. Esta última era la misma que había acudido al apartamento de Arabia.

—Estos son los otros dos. ¿Le tomamos la muestra ahora?

—Sí —respondió el médico—. Cuanto antes mejor.

—Acompañadme.

La mujer no les dejó ni tan siquiera tiempo para preguntarle a su hermana qué tal estaba. Los condujeron a una sala para tomarles muestras de sangre que no les llevó más de cinco minutos, pero les mandaron también un análisis de orina. Jake no tenía ganas de ir al baño en ese momento, así que le dieron una botella de agua y le tuvieron retenido hasta que consiguió darles la muestra. Mientras tanto, le limpiaron la sangre reseca de la cara, a pesar de su reticencia.

De muy mal humor, regresó a la habitación de su hermana cuando por fin lo dejaron irse. Arabia estaba apoyada en la pared, cerca de la puerta. Eso solo podía significar una cosa.

—¿Están dentro? —preguntó, pese a conocer la respuesta.

Ella asintió. Él se armó de valor y entró.

Su madre estaba sentada junto a Zane, cogiéndola de la mano y acariciándole el pelo. Su padre, justo a los pies de la cama, observándolas. Jake se acercó con sigilo.

—¡Jake! —dijo Zane, alegrándose de verle.

Sara fue hacia él con presura y, aunque él pensaba que haría todo lo contrario, lo abrazó. Jake se quedó rígido a pesar de la muestra de cariño, pues su mirada se topó con la seriedad de su padre.

—Tenemos mucho de qué hablar —le dijo.

Se limitó a apartarle la mirada. Su madre le acarició también el pelo a él y luego le observó la herida del labio detenidamente.

—Ari nos lo ha contado todo —dijo, pasándole el dedo índice por los puntos—. ¿Qué tal te encuentras?

Le apartó la mano, sin brusquedad.

Que encima su madre se preocupase por él le hacía sentir más miserable.

—Acompáñame fuera, Jake —le pidió su padre.

Aunque más que una petición, fue una orden.

—Papá. No ha sido culpa de Jake, ya os lo he dicho —corrió a decir Zane—. Él no ha tenido la culpa de nada, lo prometo.

—Solo vamos a conversar un rato. No te preocupes.

Jake estaba seguro de que iban a hacer de todo menos conversar, pero no dijo nada. Entre sermonear a Zane o a él, estaba muy claro a quién había elegido su padre para hacerlo.

Salieron por la puerta y Arabia y él se miraron de soslayo antes de que se alejaran por el pasillo.

Cuando encontraron un sitio despejado de gente al aire libre, Jake se limitó a escuchar los reproches de su padre. No le replicó nada, no contestó a sus preguntas, no dio explicaciones, pues su padre ya había sacado sus propias conclusiones.

Ni siquiera levantó la vista del suelo.

MIÉRCOLES

24 DICIEMBRE 1986

Su madre le había dicho que trajese mucha ropa de abrigo para pasar las vacaciones, y pese al aviso, cuando él y su acompañante bajaron del avión, comprendieron que no debían de haber pasado por alto esa advertencia.

—¡Se me están congelado todos los huesos del cuerpo! —dijo Ashley en cuanto pusieron el primer pie en tierra firme.

Mientras esperaban a que sus maletas apareciesen por la cinta trasportadora, Derek abrazó a la chica por detrás para reconfortarla y le dio un beso en la helada mejilla. Después se dirigieron hacia la salida cogidos de la mano en busca de un taxi que les llevase a Vallon.

Derek se pasó casi todo el camino absorto, mirando por la ventanilla.

—¿Crees que les caeré bien?

Estaban ya a punto de llegar a su destino.

—Ya te lo he dicho, Ash. Están deseando conocerte.

—¿Y Jake?

—¿Por qué te preocupa tanto mi hermano? Él es el único al que ya conoces. Sabes de sobra cómo es y lo que vas a encontrarte.

—Me preocupa que se entrometa entre nosotros y que ponga a tu familia en mi contra. Me odia desde el instituto.

—No hará ni dirá nada, créeme. No suele meterse donde no le llaman.

Ashley le acarició el hombro y se acercó un poco más a él para darle un beso en los labios.

—Serán treinta y cinco dólares, por favor.

El taxista impidió que la chica se pusiese más romántica y Derek lo agradeció en su interior. No le gustaba que fuese tan empalagosa en público. Pagó, recogió el cambio y salieron a esperar a que el hombre les abriera el maletero para recoger el equipaje. Derek miró hacia la entrada de su casa, contento de que Ashley le hubiese regalado el billete para pasar la Navidad con su familia.

El adosado de tres plantas de los Becker estaba situado al principio de una estrecha calle bastante inclinada, y hacía esquina con la perpendicular. Estaba decorado, porque él mismo había ayudado a su hermana a hacerlo en Acción de Gracias, como era tradición, pero ver las luces de la fachada encendidas le hizo sonreír de todas formas.

—Qué adornos tan... ¿rudimentarios? —Ashley reparó en el árbol de luces que habían construido al lado de la puerta principal.

Derek se dio cuenta de que quizás fuese un poco cutre.

—Lo hice con mi hermana, así que no te burles. Ya sabes que lo mío son las leyes, no las manualidades.

—Estoy de acuerdo.

No se molestó en sacar las llaves de las profundidades de la maleta, porque sabía que lo estaban esperando y prefirió llamar al timbre. Distinguió enseguida la voz de su hermana diciendo: *¡Ya voy yo!*.

Cuando la puerta se abrió, ella apareció para recibirlos.

—¡Derek!

—¡Buenos días, preciosa!

Se abrazaron con tanta fuerza que Derek se dio cuenta del increíble estado de delgadez de su hermana. La anemia de la que se había recuperado hacía tan solo unos días la había consumido más que ninguna otra vez. Sin embargo, no hizo ningún comentario al respecto, porque Zane se puso a mirar a Ashley, expectante.

—Te presento a Ashley —dijo pues—. Ashley, esta es mi única hermana, Zane.

Antes de que Ashley le ofreciera un saludo cordial, Zane se abalanzó sobre ella para abrazarla también. Derek sonrió al verlas, sobre todo por ver a su hermana tan contenta después de lo que le había pasado. Cuando se enteró de que iba a estar ingresada durante una semana se le cayó el mundo encima.

—Venid a saludar al resto de la familia —dijo Zane, entrando de espaldas al salón de la casa—. ¡Derek y Ashley han llegado! —anunció nada más entrar.

La primera en descender por las escaleras fue la pequeña Rachel, seguida de Sara, Paul y Louis. Derek los saludó a todos, uno por uno, y luego les presentó formalmente a Ashley.

Todos le dieron una excelente y cálida bienvenida.

—¿Dónde está Jake? —le preguntó a su madre.

—En casa de una compañera de clase, haciendo un trabajo. Llegará para comer.

—¿Haciendo un trabajo con una compañera?

—A mí también me sorprendió, pero ya ves. Parece que vuelve a mostrar un poco de interés.

—O quizás el interés se deba a la compañera —concluyó Derek.

Subió a su cuarto para descargar y allí se encontró con Ashley y con su hermana, que le estaba enseñando la casa.

—Cariño, ¿dónde vamos a dormir?

Habían tenido tan poco tiempo para preparar el viaje que ni siquiera había pensado en la logística de las camas.

—Supongo que Rachel dormirá con Jake —repuso Derek.

—¡Podríamos dormir nosotras dos juntas! —propuso Zane.

Estaba eufórica.

—Esa es una muy buena idea —opinó Derek.

—Ay, no... —rectificó—. Lo había olvidado. Ari viene a cenar esta noche, y ya le dije que se quedase a dormir. Aunque podría decirle que estamos faltos de camas y que la acercaremos a casa después de cenar.

—No, no, eso ni hablar. En tal caso yo podría dormir en el sofá.

—¿Y con quién voy a compartir yo la habitación? —preguntó Ashley, mirando hacia la otra cama.

—Con nadie. Le pediré a Jake su cuarto para ti y que duerma con Louis, aquí.

—¿Y por qué no duermes conmigo entonces?

—¿Pero te has fijado en el tamaño de nuestras camas? No podríamos estar más incómodos.

Por no hablar de cómo les sentaría a sus padres que durmiesen juntos sin estar siquiera prometidos. Sabía de sobra que era un asunto un tanto delicado, pero no lo mencionó porque no quería que Ashley pensase que los Becker estaban un poco anticuados en ese sentido.

—¡Asunto arreglado! —Zane sacó a Ashley de la estancia—. Ya verás, mi habitación te va a encantar.

El menú de mediodía consistió en un poco de sopa para cada uno y una macro ensalada para compartir típica de Filadelfia, con solomillo deshuesado y queso fundido —algo sencillo y sano para poder dejar hueco a la abundante y pesada comida de la noche—. La ensalada, en particular, le traía muy buenos recuerdos de su niñez.

Ashley destacó la buena pinta que tenía.

—Nada como una buena ensalada philly. ¿Lleva vinagre de sidra de manzana?

—Por supuesto —respondió Sara.

—Vaya, esto sí que es estar como en casa.

Todos le rieron el comentario.

Se sentaron a la mesa sin esperar a Jake, porque nadie sabía a qué hora regresaría, pero solo tardó diez minutos más en aparecer. Llegó sudando a pesar de los cinco grados bajo cero que se registraban fuera.

—Lo siento —dijo cuando recuperó un poco el ritmo de la respiración—. Bajo enseguida.

Tardó apenas un par de minutos más en subir, cambiarse de ropa, bajar y sentarse en el hueco que habían dejado para él en la mesa, entre Rachel y Louis.

Derek lo miró con intención, pues estaba sentado justo enfrente de él, pero no se molestó en saludarle hasta pasado un buen rato.

—Bienvenido, una vez más —le dijo Jake con la boca llena cuando sus miradas se cruzaron.

Reinó un incómodo silencio después de eso.

Su madre trató de intervenir.

—Jake, no vas a saludar a...

—Ah, sí, Ashley. Lo había olvidado. Ahí estás. Bienvenida tú también. Un placer volver a verte.

Jake le tendió la mano, pero ella no le devolvió el saludo.

—Lo mismo digo.

—¿Os conocéis? —preguntó Zane, muy sorprendida.

—Ya lo creo. Fuimos...

—Los tres fuimos compañeros de clase en el instituto —se apresuró a decir Derek, interrumpiendo a su hermano—. Hasta que nos tuvimos que mudar a Utah.

—Eso mismo iba a decir yo.

Miró a su hermano con el ceño fruncido, pero él bajó la cabeza y articuló una media sonrisa.

La conversación cambió de rumbo entonces, porque Ashley y su hermano empezaron a hablar de la época en el instituto, de antiguos compañeros, profesores e incluso del cine y de la sala de recreativos donde habían pasado buena parte de la adolescencia. Nadie notó nada raro, pero Derek se enfadó con ambos, sobre todo con ella, porque habían acordado que no hablarían mucho de nada relacionado con el tiempo que habían coincidido juntos, para que no saliera a la luz que ellos dos habían estado saliendo.

Justo cuando Jake estaba a punto de hacer un comentario malintencionado, Zane recordó algo que le había pasado dos días atrás y dejaron de hablar de Filadelfia.

Ya después de que terminasen y de que la cocina quedase completamente recogida, Zane fue a por los álbumes de fotos de cuando eran pequeños, para enseñárselos a Ashley; Derek, por su parte, subió al piso de arriba en busca de su hermano.

Por supuesto, encontró la puerta cerrada.

Hizo el amago de llamar, pero rectificó y abrió de sopetón. Antes siquiera de que Jake pudiese decirle nada, cerró tras de sí.

—¿Qué mosca te ha picado?

—Ya sabes por qué estoy aquí, Jake, no te hagas el tonto.

—¿Ah, sí?

—No pienso tolerar que saques a relucir ahora tus desavenencias con Ashley de hace ¿cuánto? ¿Seis? ¿Siete años? Los dos sois lo suficientemente adultos como para entender que todo eso no es más que agua pasada. Trátala bien y respétala.

—Va a ser divertido ver cómo la defiendes a muerte durante el tiempo que vais a pasar aquí, teniendo en cuenta lo mucho que pasabas de ella cuando estábamos en el instituto. Por cierto, ¿no decías que estaba embarazada? No se le nota nada, ¿no?

—¡Baja la voz! —Derek miró la puerta para asegurarse de que estaba cerrada—. Todavía es pronto para que se le note, pero el embarazo está confirmado.

—¿Y qué pasa? ¿Es que no piensas contárselo a los demás?

—Sí. Por supuesto que sí, pero no durante las vacaciones. No quiero darles más preocupaciones. Creo que después de todo lo que han pasado estas dos últimas semanas con Zane...

—Seguro que a mamá le hará mucha ilusión saber que va a tener un nieto.

—Deja de decir estupideces.

—Deja de decir estupideces tú también.

Consiguieron que la tensión se apoderara del ambiente.

—Mira —continuó Derek, tras la pausa—. No tengo la certeza absoluta de que el hijo que espera Ashley sea mío. Es cierto. Pero lo que sí sé es que cabe la posibilidad de que lo sea, porque las fechas coinciden. Quiera o no quiera, tengo que esperarme al menos hasta que nazca el bebé.

—Entonces eso confirma mi teoría.

—¿Qué teoría?

—La de que solo estás con ella porque el crío puede ser tuyo. Si no estuviera embarazada, no fingirías ese amor por ella que disimulas tan mal.

A Derek le hubiese gustado poder replicarle, pero sabía que en el fondo su hermano tenía razón. Fue hasta la cama y se dejó caer de espaldas.

—Estoy entre la espada y la pared.

—¿Acaso tienes que estar con ella solo porque espere un hijo tuyo? Si ese fuese el caso, claro está.

—¡Es lo justo!

—No. Solo es lo que al mundo le parece justo. No tiene ni pies ni cabeza. Con hacerte cargo del bebé debería ser más que suficiente.

—¿Pero te estás escuchando?

—¿Quieres ser infeliz para el resto de tu vida? Adelante. Solo digo que, si no la quieres, no hay ningún motivo para estar con ella.

—¿Por qué estás tan seguro de que no la quiero, Jake? ¿O es que solo quieres convencerte a ti mismo de ello? ¿Tanto rencor guardas de aquella relación? O mejor dicho, ¿te sigue gustando?

—¡No! ¡Por supuesto que no! —Derek tuvo que volver a pedirle a su hermano que bajara la voz—. Se trata, simplemente, de que pasé por lo mismo que ahora estás pasando tú y, puesto que era bastante más inmaduro, caí varias veces en alguna de sus trampas. Ashley es calculadora de los pies a la cabeza, características que sabe esconder muy bien tras todos esos encantos. Lo que más me fastidia es que nunca te hayas dado cuenta, a pesar de lo tan amiga tuya que se volvió cuando terminamos la relación.

—Precisamente por eso sé que no es calculadora. Lo que creo es que nunca le has podido perdonar que te dejara. Crees que es mala, porque durante mucho tiempo estuviste enamorado de ella y luego se acabó.

—Estás muy equivocado, Derek. Ni te imaginas cuánto.

—Equivocado o no, la decisión de estar con ella es mía, solamente mía. No te entrometas.

—No pretendo entrometerme. Solo digo que...

—Mejor no digas nada. Me basta con que nos dejes en paz el tiempo que pasemos aquí y con que no hables más de la cuenta. Y que no se te ocurra mencionar nada sobre lo de que está embarazada.

Le pareció que Jake se mostraba un poco dolido por sus palabras, algo que disimuló muy bien cuando volvió a hablar:

—Como quieras. Pero hazme un favor: dile todo eso mismo a tu novia, y también que no se dirija a mí.

No volvieron a verse hasta la hora de la cena, puesto que Jake se pasó toda la tarde metido en su habitación. Tampoco se dirigieron la palabra cuando bajó a ayudar con los preparativos.

Cuando llegó Arabia, ya podía decirse que eran demasiados en la cocina. Dado que los tres hermanos varones no tenían buenas dotes culinarias, su madre los envió a preparar la mesa para los nueve comensales. Luego Derek se quedó sentado, observando el ajetreo.

Su hermana y su madre estaban preparando un pastel que tenía una pinta deliciosa. Su padre ojeaba el pollo dentro del horno cada dos por tres. Y, por último, Ashley y Arabia estaban en los fogones, de espaldas a él, cocinando algo en una sartén. Por el modo en el que interactuaban, dedujo que era algo típico del país de origen de Arabia, porque le iba explicando a Ashley, paso por paso, los ingredientes que utilizaba. Esta última, se echó hacia atrás la larga, rubia y ondulada melena y se giró un momento hacia él. Primero le dedicó una sonrisa muy tierna; luego le hizo un gesto que no supo descifrar.

Derek se encogió de hombros, esperando otro tipo de señal, hasta que la entendió. Ashley le estaba pidiendo que la librara de tener que estar allí de pie, observando cómo preparaban una comida que no parecía gustarle lo más mínimo. Le pareció muy grosero por su parte que estuviese fingiendo estar interesada, así que negó con la cabeza, en señal de que no iba a ser cómplice de lo que pretendía.

—Voy al servicio —anunció Ashley.

Menuda excusa fácil para escabullirse, pensó.

La chica pasó por su lado y le cogió del brazo, con una sonrisa muy juguetona.

—¿Por qué no me acompañas? —le susurró al oído.

Él le apartó el brazo sin demasiada delicadeza, así que no insistió más. Cuando se fue, Derek se acercó a Arabia, para observar qué era lo que tanto desagrado le había producido a Ashley. Era una especie de mezcla muy pegajosa, como una ensaladilla, de color rosa, blanco y amarillo.

—¿Qué se supone que es?

—Ya sé que no tiene muy buena pinta a primera vista, pero espero que os guste —contestó Arabia—. Aunque tengo la sensación de que tu novia no lo probará.

No lo dijo enfadada, sino todo lo contrario, porque rio antes de acabar la frase.

—Pero, ¿me dirás qué lleva? —insistió Derek—. ¿O es una receta secreta?

—Te lo diré, pero tendrás que guardarme el secreto. —Arabia le guiñó un ojo antes de continuar—. La mezcla está hecha con pollo, bacon, maíz, queso y mayonesa.

—¿En serio? —Derek se sorprendió sinceramente—. Todos esos ingredientes son una delicia.

Se preguntó por qué Ashley habría puesto esa cara de asco al señalar la sartén antes de excusarse para ir al servicio. Arabia, que siempre demostraba ser una chica muy inteligente, lo sacó de dudas.

—Para Ashley, sin embargo, lleva puerros, salmón, mermelada de fresa, paté de oca y maíz.

Derek no supo cómo reaccionar.

—Perdona —continuó Arabia—. No era mi intención hacerle creer que tendrá que probar algo horrible, pero era bastante incómodo escucharla hablar en voz alta, preguntándome por la preparación, con la única intención de demostrar al resto que estaba interesada.

Su sinceridad lo dejó sin habla.

Estaba seguro de que, de haber sido cualquier otra persona, le hubiese molestado mucho la afirmación. Pero Arabia era casi como una hermana para él y, además, sabía que estaba en lo cierto. A Ashley se le daba bien desempeñar papeles de todo tipo cuando tenía que interactuar con otras personas, era la manera que ella tenía de adaptarse al medio.

Derek recordó algunas de las cosas que Jake había mencionado por la mañana, pero sacudió la cabeza. Ashley no podía estar fingiendo un embarazo solo para estar con él. No tenía ningún sentido. Además, un ginecólogo había confirmado la gestación y él había visto las ecografías.

Sin embargo...

—¡Cariño! —Unos brazos alrededor de su cuello lo sacaron de su ensimismamiento—. Estoy deseando que llegue esta noche para cenar con tu familia. ¡Son todos encantadores!

—Me alegro de que te caigan tan bien, Ash.

Derek empleó un tono cortante para contestarle, pero ella fingió no captarlo.

- - - - - - -

—¡Por la familia! —exclamó Paul.

—¡Por la familia! —le siguió Zane.

Todos levantaron sus copas para el brindis inaugural de la cena.

Era la segunda Navidad que Arabia tenía el placer de disfrutar con los Becker, y nada había cambiado, excepto que esa noche se sentaba un nuevo miembro en la mesa. Se llamaba Ashley O'Connor, y era oficialmente la novia de Derek.

Estaba muy contenta con cómo había quedado su ensaladilla caliente, un experimento que había ido perfeccionando con su madre al llegar a Estados Unidos, en vista de que allí no encontrarían algunos de los ingredientes típicos de Turquía con los que siempre la habían cocinado.

La única persona que no la había probado era Ashley, pero no le importó, porque todos los demás expresaron en voz alta lo mucho que les había gustado.

Jake era el que más había comido, sin duda.

Louis y él estaban ahora inmersos en una disputa por el último trozo de contramuslo que quedaba del pollo al horno que su padre había cocinado, con sus respectivos tenedores sujetándolo a la vez.

—Yo lo he pinchado primero —alegó Louis.

—De eso nada —replicó Jake, todavía con la boca llena.

Arabia vio la sonrisa dibujada en su rostro. Le encantaba hacer rabiar a su hermano pequeño.

—Vale ya —intervino Sara—. Cortadlo y un trozo para cada uno.

—Pero yo...

—Os lo repartís y punto —sentenció su padre.

—Él se lo ha comido prácticamente todo. —Louis no estaba dispuesto a ceder—, hasta la última ración de lo de Ari.

—¿Cómo puedes ser tan envidioso? —protestó Jake.

—Louis tiene razón. Más que comer, Jake devora.

La intervención de Ashley causó un antes y un después en la velada familiar.

Jake la fulminó con la mirada, pero ella a él también. Y, por cómo lo hacían, a Arabia le dio la impresión que se conocían demasiado. Zane ya la había informado de que Derek, Jake y Ashley fueron compañeros en el instituto. Pero quizás entre ellos había habido algo más.

—Se acabó. Apartad vuestros cubiertos del pollo. ¿Alguno quiere el último trozo? —El padre de los Becker se quedó esperando una respuesta, pero todos negaron, Arabia incluida, porque estaba llenísima—. Bien, pues me lo comeré yo, así aprenderéis a ser menos codiciosos.

Jake apartó el tenedor y se quedó mucho más relajado que su hermano menor, el cuál apartó el suyo de mala gana y se cruzó de brazos, dando a entender que no volvería a participar en la cena. Su madre le revolvió el pelo con ternura, pero él se apartó de muy mala gana. Arabia pensó que la tormenta estaba cerca de desatarse, pero no fue el caso. En menos de cinco minutos todo volvió a la normalidad con la intencionada intervención de Zane contando su experiencia con unos gatos callejeros la tarde anterior.

Admiraba el talento de su amiga para disipar la tensión del ambiente.

Con un último brindis se acabó todo. Uno a uno se fueron levantando de la mesa para recoger los platos sucios y ya vacíos. Como Derek, Jake y Louis no habían participado en la preparación, eran los encargados de limpiarlo todo.

—¡Eh! ¿Adónde crees que vas? —preguntó Jake, viendo cómo su hermano pequeño se disponía a subir al piso de arriba—. Vuelve aquí.

Louis hizo caso omiso de lo que le dijo y subió. Jake trató de ir tras él, pero su madre lo paró, poniéndole la mano en el pecho.

—Déjalo. Yo os ayudaré.

—No puede ir a encerrarse en su habitación siempre que las cosas no salgan como él espera. Y menos por un estúpido trozo de carne.

—Pues tú has tardado más años de los que él tiene en darte cuenta de ello —dijo su padre.

—A mí nunca se me ha permitido levantarme de la mesa, y mucho menos irme sin acabar con mi tarea.

Arabia lo vio dirigirse a las escaleras.

—No lo hagas, Jake —le pidió su madre.

—Ya lo creo que lo haré.

Cuando desapareció, los padres de los Becker continuaron hablando entre ellos.

—Deberías habérselo impedido —dijo Sara.

—En el fondo tiene razón. Últimamente, estamos consintiendo mucho a Louis —replicó Paul.

Arabia no podía creerse lo que el padre de los Becker decía. Daba a entender que le estaba dando la razón a Jake.

Y eso era algo extraordinario.

—Sí, pero no tengo ganas de discusiones el día de Nochebuena.

Demasiado tarde.

Jake regresó con su hermano tras él, bien sujeto por el brazo.

—¡Me estás haciendo daño!

No lo soltó hasta que llegaron al fregadero.

—No vas a moverte de ahí hasta que termines de limpiar el último plato —le dijo Jake.

—¿Ah, sí? ¿Y quién me lo va a impedir?

—Yo, por supuesto.

El padre de los Becker volvió a intervenir, para sorpresa de todos. Louis lo miró con sorpresa. Sin más opción, se dio la vuelta y empezó a realizar la tarea que Jake le había encomendado.

—Bueno, ¿quién se apunta a salir esta noche por ahí a dar una vuelta? —preguntó Derek, poco después.

A Arabia le extrañó la proposición.

—¿Salir esta noche? —continuó Jake mientras apilaba cerca de Louis los últimos platos sucios—. ¿Acaso tienes idea de a dónde ir?

—Esta tarde, cuando salí a enseñarle a Ashley la ciudad, nos ofrecieron unas entradas para un sitio de las afueras, y he pensado que podríamos ir todos juntos. Me han dicho que es un sitio tranquilo y con buena música. —Derek hizo una pausa para mirarlas a Zane y a ella—. ¿Qué os parece la idea, chicas? ¿Os animáis?

Arabia miró a su amiga, que miraba con cara de amargura hacia su padre.

Derek se dio cuenta, así que continuó:

—Papá, yo cuidaré de ella. De las tres. Ari, tú también te apuntas, ¿no?

—Eh... —No tuvo claro qué responder.

—¡Estupendo! —exclamó Derek, sin esperar a que cualquiera de los presente pudiese negarse—. Papá, ¿nos dejas la camioneta?

El padre de los Becker alternó la vista entre su mujer y sus hijos mayores. Pero todos miraban a Zane, que se mantenía en vilo.

—De acuerdo, pero no volváis tarde —dijo Sara entonces—, y no os metáis en líos —puntualizó, mirando a Jake.

—A mí no me mires, yo no he dicho que vaya a ir.

—No me digas que ahora vas a hacerte de rogar... —dijo Derek—. ¿En serio no quieres venir? Si vienes, te invito.

—Eso es chantaje.

Pero los dos hermanos se sonrieron, algo aún más extraordinario que lo que había pasado hacía un momento.

A Arabia todo aquello empezó a parecerle una buena idea, a pesar de la pésima experiencia que había tenido en el baile de invierno. Nunca había salido por ahí con todos los Becker.

Al final, Jake cedió y Zane agradeció enormemente que sus padres la dejasen ir, prometiéndoles que no se separaría de Derek, y que no bebería absolutamente nada de alcohol. Arabia sabía que Paul y Sara confiaban ciegamente en su hijo mayor, así que era de esperar que accedieran.

Subieron al dormitorio de su amiga para que esta cambiase de atuendo. Su primera opción fue ponerse el mismo vestido que usó en el baile, pero descartó la idea enseguida, alegando que no le traía buenos recuerdos. Al final se puso una falda vaquera y una camiseta de manga al codo de color gris brillante. Arabia se conformó con lo que había llevado para la cena, que no era otra cosa que el único vestido elegante que tenía.

—Prométeme que no aceptarás nada de nadie, por guapo que sea —le dijo a su amiga.

—Ari, créeme, he aprendido la lección.

—Lo sé, solo quería asegurarme. Tu hermano y yo lo pasamos muy mal cuando...

—No me lo vuelvas a repetir, por favor. Sabes que estoy muy avergonzada por lo que pasó.

No mencionaron nada más al respecto. Regresaron a la planta baja, donde Derek, Ashley y Jake ya las estaban esperando.

—¿Listas? —preguntó el primero.

Parecía muy emocionado con la idea que había tenido.

—¡Listas!

Él abrió la puerta y dejó que todos pasaran. Luego su padre le entregó las llaves de la clásica Travelette y le susurró algo al oído que nadie más pudo escuchar.

Arabia, Zane y Ashley se situaron en la parte de atrás de la camioneta, Jake en el asiento del copiloto y Derek se preparó para conducir.

—Es una lástima que Louis todavía tenga dieciséis —dijo Derek, minutos después—. Habría estado bien que fuésemos toda la familia al completo.

Arabia se sintió halagada porque la incluyeran a ella como parte de la familia, aunque de repente tuvo la sensación de que no pintaba nada yéndose con ellos. Ashley era la novia de Derek, pero ella, ¿quién era ella? A decir verdad, solo era la mejor amiga de Zane.

Un par de calles más allá, Derek paró el vehículo y se bajó de su asiento. Fue hasta el otro extremo y le dijo a Jake que se pusiera al volante.

—Yo no tengo idea ni de dónde estamos, conduce tú —le dijo, tendiéndole un papel—. Aquí tienes el panfleto con toda la información. ¿Sabes cómo ir?

Jake lo leyó con atención.

—Anda, aparta.

Cambió de asiento y luego sujetó el volante y se dirigió al sur.

Llegaron a un sitio con un descampado enorme que hacía la función de aparcamiento, a las afueras de la ciudad, mucho más allá de la universidad de la zona sur. La discoteca parecía grandísima desde fuera y había un rótulo gigante con el nombre de la misma, New, en la parte más alta de la fachada. Por la cantidad de vehículos que había fuera, debía de estar a rebosar.

—Pensaba que sería un sitio más pequeño. Algo que nos permitiese estar relajados tomando algo —admitió Derek.

—Deberían haberte informado mejor —le dijo Jake—, porque aquí ponen música *electro funk* bastante fuerte.

—¿Y eso qué es? —preguntó Ashley por todos.

—Ahora lo veréis.

—¿Has estado aquí alguna vez? —preguntó también Zane.

—Fue aquí donde se celebró la primera victoria de mi equipo en la temporada del ochenta y tres, pero por aquel entonces se llamaba King Disco, y no tenía nada que ver con el estilo actual de New.

—Tal vez no sea tan buena idea, después de todo —reconoció Derek.

—¿Bromeas? Ahora ya no vamos a volver. Me debes una copa, ¿recuerdas?

Caminaron todos juntos hacia la entrada, encabezados por Jake y no muy convencidos de que el ambiente en el interior fuese a gustarles. El suelo hasta allí era de tierra, así que Arabia se alegró de haberse calzado con unas botas planas. Tenía claro que no volvería a pasar el mal trago de aguantar toda la noche subida a unos tacones, al menos, por el momento.

Jake no había mentido. En el interior, los altos decibelios de música inundaban la enorme sala. Se apretujaron para abrirse paso hasta un lugar más tranquilo, donde la música no sonaba tan fuerte y se podían comunicar un poco mejor. Al lado tenían una zona *chill out*, pero estaba repleta, así que se quedaron a la espera de poder conseguir unos sofás.

Derek les preguntó a ella y a Zane si querían tomar algo, pero Arabia de momento no tenía sed. Estaba demasiado pendiente de todo lo que ocurría en la pista de baile. Era increíble como todos se volvían locos con la música que estaba sonando, una instrumental de lo más más estridente.

Ashley se le acercó.

—¿No te gusta lo que oyes?

—¿Tú conocías este subgénero?

—No, pero me parece un buen sonido para divertirse. ¿A ti no?

—No. Para nada.

Derek y Jake regresaron con bebidas. Por el color del líquido de sus vasos, parecía que habían pedido lo mismo. El primero le ofreció para probar, pero ella declinó la oferta. Sin embargo, cuando Ashley se acercó para quitarle un poco, él apartó el vaso y la miró de una forma muy extraña, como con advertencia.

Antes de que pudiese pensar más en ello, la chica lo sacó a bailar allí mismo, apartándose solo un par de metros en busca de intimidad, pero sin separarse del grupo. Tenía ganas de pasárselo bien, no le cabía duda, y poco a poco consiguió que Derek se animase.

Físicamente, parecían la pareja perfecta, pero había algo en ella que a Arabia no le terminaba de gustar. Conocía a Derek, y sabía que siempre había tenido mucho éxito con las chicas. Saltaba a la vista por lo guapo que era. Sin embargo, era muy humilde, y no parecía que Ashley estuviese hecha de la misma pasta.

Zane la obligó a girarse. Junto a ella encontró a unas cuantas de sus compañeras de clase y enseguida empezaron a hablar, elevando el tono para poder escucharse las unas a las otras. Arabia se alegró de tener algo que hacer, porque lo de bailar no le apetecía mucho.

Se acordó de Jake y le echó un vistazo.

Acababa de pedirse una segunda copa y estaba parado, mirando hacia un punto muy cerca de su hermano. Arabia no vio nada interesante allí.

Solo un montón de gente.

Cuando Derek y Ashley se acercaron a la barra, Jake ya iba por la tercera consumición. Arabia recordaba perfectamente lo que un año atrás él había dicho sobre cómo se comportaba cuando bebía demasiado. Lo vio acercarse hacia su hermano para decirle algo y entonces los dos miraron en la misma dirección. Derek concentró la mirada en una chica de más allá. Le dedicó mucho tiempo, tanto que Ashley no tardó en reclamar su atención. Cuando eso ocurrió, miró a Jake y negó con la cabeza.

Arabia pudo escuchar lo que le dijo.

—No... No es ella.

¿No es quién?, se preguntó.

Zane y las otras se habían puesto a bailar, así que ella decidió apartarse un poco para no molestar. Pero al hacerlo se topó con una chica, y del impacto esta le tiró más de la mitad del contenido de su vaso encima.

Arabia ahogó un grito. También le había salpicado en la cara, pero casi toda la bebida se le había colado por el escote de su vestido, y enseguida notó cómo el líquido discurría hacia su estómago.

La chica con la que había impactado estaba muy borracha. Se limitó a reír y a pedirle una burlona disculpa. Sus amigos, por otro lado, hicieron comentarios obscenos sobre su escote y Arabia se ruborizó y caminó hasta la barra para apoyarse de espaldas a todos ellos e intentar tranquilizarse. Jake estaba allí, con el ceño fruncido. Al principio creyó que se debía a que había visto lo que le acababa de suceder, pero, después, entendió que no se trataba de ella, sino de Ashley, que estaba bailando con Derek, de una forma extremadamente sexy. Lo raro de todo aquello era que, mientras lo hacía, no dejaba de mirar a Jake.

Arabia no entendía nada y ya estaba cabreada, definitivamente.

—¡Ari! ¿Qué te ha pasado?

Zane se acercó con preocupación y entonces Jake reparó en ella. La mirada de él fue directa a su escote. Arabia se miró y comprobó que, a pesar de que el vestido era negro, el líquido que le había caído encima hacía que se le notase la ropa interior.

Se tapó con los brazos, muy avergonzada.

—Vamos al baño. —Zane la agarró por la cintura y se la llevó de allí de inmediato.

- - - - - - -

Jake había bebido demasiado y demasiado rápido. Lo sabía porque empezaba a sentir que todo le daba vueltas.

Acababa de quedarse completamente solo en la barra, y lo primero que le vino a la mente fue el escote mojado de Arabia. Sacudió la cabeza. No quería pensar en eso. Volvió a mirar hacia donde estaba su hermano. Ashley lo miró y sonrió. Le susurró algo a Derek y se lamió los labios, sosteniéndole la mirada a él mientras lo hacía. Llevaba ya un rato excitado por culpa de sus provocaciones, así que se levantó y fue directo hacia ella.

Sin embargo, justo antes de llegar a su destino, una chica se cruzó en su trayectoria.

Chocaron.

Jake estaba bastante ebrio, pero consiguió sujetarla para que no se cayera. Y se reconocieron al instante.

Tenía delante de sus narices a Emma Wathson. Ella se echó a reír y, sin pensárselo, le agarró de la mano y empezó a bailar. Jake pensó que ella también habría bebido mucho para que aquello estuviese sucediendo realmente. Pero le siguió la corriente y la atrajo hacia sí, rodeándola con los brazos. Le pareció divertido poder tenerla tan cerca. Por un instante, se cruzó de nuevo con la mirada de Ashley, comprobando que la picardía que le había estado dedicando se había convertido en asombro. A Jake le gustó tanto la reacción que bailar con Emma provocó en ella, que decidió emplear su misma táctica. Sujetó la cara de Emma y la besó con ganas, de una forma muy intencionada. Y le gustó.

Le gustó mucho.

Emma le sonrió después de eso y continuaron bailando, muy poco conscientes de la locura que estaban protagonizando. En un momento dado ella se separó, le agarró de la mano y tiró de él. Lo guio por toda la pista hacia los servicios. Justo en el espacio que separaba los de hombres de los de mujeres quedaba un hueco poco iluminado donde Emma lo obligó a besarla de nuevo.

De un salto se le subió a la cintura, rodeándosela con las piernas a la vez que se aferraba también a su cuello con los brazos. Jake la apoyó contra la pared y el deseo de llevársela a la cama se apoderó de él. Ninguno de los dos era consciente de que estaban en un sitio público hasta que una voz empezó a molestarles.

—¿Jake?

—¿Qué haces, Jake?

Pero él no podía dejar de besar a Emma. Solo lo hizo cuando ella se apartó ligeramente para mirar al frente. Giró la cabeza para ver quién se encontraba a sus espaldas. Era Zane.

No le dijo nada. Jake no podía pensar en esos momentos. Agradeció la aparición de Arabia segundos después para empujar a su hermana hacia la salida. Emma hizo que virara la cara hacia ella para continuar por donde lo habían dejado.

—No puedo aguantarme más —dijo Jake, en una pausa.

Emma se echó a reír y se bajó de él, recolocándose la ropa. Llevaba unas botas hasta algo más arriba de las rodillas, una falda muy corta y una camiseta blanca escotada y muy ceñida. Lo miró, sensual, le acarició los labios y tiró de su camisa para poder susurrarle al oído que la acompañara.

Jake sintió que la deseaba con todas sus fuerzas. No podía pensar en otra cosa.

Juntos se dirigieron hacia la salida y corrieron hasta el edificio de al lado. Era un motel, famoso por servir de picadero de esa misma discoteca. Una vez allí, se presentaron delante de un mostrador y Jake esperó mientras Emma se comunicaba con la recepcionista, contando los pliegues de la cortina que tenía al lado. Las ondas eran perfectas. Empezó a mover la cabeza de un lado a otro, como si subiese y bajase por ellas.

—Sígueme —le dijo Emma antes de que empezara a marearse.

Se metieron por una puerta y subieron por unas escaleras con alfombra de terciopelo azul. Cuando llegaron a la segunda planta, Emma colocó una llave en la última de las puertas de ese piso. Entraron y ni siquiera encendieron la luz. Ella lo atrajo y empezó a desbrocharle la camisa. Jake solo se dejó llevar.

Finalmente, la oscuridad de la habitación y la pasión que se desataba los llevó hasta la cama. Lo último que Jake pensó antes de olvidarse completamente de todo lo que le rodeaba, fue que olía bien, muy bien. Pero no pudo identificar qué tipo de perfume lo embriagaba.

A la mañana siguiente despertó con un fortísimo dolor de cabeza. Cuando abrió los ojos, maldijo en voz muy alta que la cortina no estuviese corrida.No se acordaba de nada y no tenía ni idea de dónde estaba. Sintió frío bajo las sábanas y se dio cuenta de que estaba desnudo. Unos metros más allá, descubrió su ropa esparcida por el suelo. Justo iba a levantarse a por ella cuando alguien entró en la habitación.

Una limpiadora uniformada se presentó delante de él.

—¿Qué haces aquí todavía, muchacho?

Jake quería su ropa, y que aquella mujer saliera de allí.

—Las habitaciones deben quedarse vacías a las diez en punto —insistió al ver que él no reaccionaba.

—Lo siento, pero no sé qué hora es...

Sintió cada palabra como un martillazo en su cabeza.

—Son las once y media de la mañana.

—Lo siento. Me marcharé enseguida

La señora asintió, pero no se movió. Jake la miró, confuso, y luego ella se cruzó de brazos.

—Si no le importa... Me gustaría vestirme. —Señaló hacia su ropa mientras con la otra mano se apretaba la sien derecha.

—Te doy cinco minutos, ¿entendido?

Jake asintió y ella se fue. Cogió sus cosas lo más rápido que pudo y procedió a vestirse. Cuando se colocó la camisa comprobó que le faltaban los dos primeros botones. Eso le confundió todavía más.

Menos de dos minutos después, la trabajadora llamó a la puerta, impaciente, así que Jake echó un último vistazo a la estancia donde se encontraba antes de salir, y descubrió un par de envoltorios de preservativos en el suelo. Los recogió y los tiró a la papelera.

Pidió disculpas al marcharse de allí y se dispuso a buscar la salida, bajando por las únicas escaleras que encontró. No había nadie atendiendo en la recepción, así que fue hasta la salida de emergencia y llegó por fin a la calle. Frente a él encontró el enorme descampado que se situaba en una de las salidas principales de Vallon. A sus espaldas, la discoteca New y el famoso motel que frecuentaban los que iban allí.

Se acordaba de haber estado en la discoteca con sus hermanos, y también de haber pasado demasiado tiempo en la barra. Se visualizó a sí mismo justo allí, mirando a Ashley y a su hermano. Al recordar la frívola y tentadora mirada de ella, golpeó la pared del motel con el puño. Se hizo daño, pero no tanto como habría podido hacerse si se hubiese encontrado lúcido al cien por cien.

La cabeza todavía le daba vueltas.

Jake comprobó su cartera. Estaba a las afueras de la ciudad y apenas le quedaban unas monedas, insuficientes incluso para el transporte público. Por no hablar de su abrigo, del cual no había ni rastro.

Estaba solo en medio de la nada el día de Navidad, sin blanca y sin nada que ponerse para paliar el frío de diciembre, pero tenía que volver a casa, así que echó a andar consciente de la caminata que le esperaba. Mientras lo hacía, trató de volver atrás en los recuerdos, reconstruyéndolos desde el punto de partida, que era la llegada a la discoteca.

Derek le había invitado al primer cubata y luego se había ido a bailar con Ashley. Zane y su amiga estaban por otro lado, así que él estaba solo en la barra. Visualizó a Ashley, mirándolo mientras bailaba. En ese punto se pidió otra copa y se la bebió casi de un trago. Pidió otra más, lo recordaba. Debió ser en esa tercera copa cuando se quedó sin dinero, aunque no estaba seguro de si había habido alguna más, porque, por más que se esforzaba, su mente solo llegaba al punto en el que Ashley le susurraba algo a Derek al oído y se pasaba la lengua por los labios, mirándole a él.

Entonces recordó haber ido hacia ella y el impacto con una persona. Justo a partir de ese instante, su mente se volvía agua. No había nada, ninguna información que pudiese recoger.

Había aparecido desnudo en una habitación con una fuerte resaca y sin acordarse de casi nada. Se preguntó si sería posible que alguien le hubiese puesto algún tipo de estupefaciente en la bebida, porque la última vez que se había sentido así de mal —y había tenido lagunas— fue por eso. Sin embargo, los camareros no podían haber sido, y no le parecía que hubiese ninguna otra persona de la que pudiese sospechar.

Cuando llegó por fin a Prinss, había pasado casi una hora. Buscó las llaves de casa al llegar, pero no estaban en ninguno de los bolsillos de sus pantalones, y no recordaba haberlas visto en el suelo del motel. Apoyó las manos en la puerta y luego la cabeza. A punto estuvo de caerse hacia delante cuando abrieron desde el interior.

Lo recibió su padre, con el semblante serio que lo caracterizaba. Cuando se hizo a un lado para dejarle pasar y él lo hizo, le golpeó en la coronilla con un periódico.

—¿Dónde te habías metido?

En el salón estaban todos y cada uno de los miembros de su familia. Por supuesto, Ashley también.

—No lo sé.

Su padre volvió a golpearle en el mismo lugar y él no pudo más que encoger el cuello por el impacto.

—Nos hemos pasado la noche buscándote, Jake —dijo Derek.

—Lo siento, no sé qué me ha pasado. —No quiso decir dónde había amanecido—. Supongo que anoche bebí demasiado.

—Por tu aspecto, yo diría que algo más que eso —intervino Ashley.

—¿Cómo dices? —Jake la miró sorprendido—. ¿Quién te has creído que eres para opinar sobre mí?

—No le hables de ese modo —le advirtió Derek.

Una idea se le pasó por la mente. Era descabellada, pero... igual no tanto.

—Quizás ella pueda explicarme mejor qué fue lo que me pasó —dijo entonces.

—¿A qué te refieres?

Derek alternó la vista entre él y Ashley.

—Yo no sé de qué me habla —se defendió la chica.

—¿Estás segura de que no?

—¿Qué demonios te pasa, Jake? Ashley se pasó toda la noche conmigo. ¿Qué pinta ella en todo esto?

Jake no tenía la certeza de que ella hubiese tenido algo que ver en lo que le había pasado, pero lo último que recordaba era a ella y a sus insinuaciones.

—Que le tengas manía no significa que ella tenga la culpa de que tú desaparecieras sin avisar a nadie —dijo Zane, interviniendo por primera vez.

—Mirad, no me acuerdo de nada. Si hay algo que queráis decirme, estoy dispuesto a escucharos, de verdad... Si hice algo que no debiera, me gustaría saberlo. No me encuentro nada bien, ¿sabéis? Así que podéis ir directos al grano.

—Zane te vio dándote el lote con alguien en el rellano de los cuartos de baño —dijo Derek.

—¿Con quién?

—¿Cómo voy a saberlo, Jake? —prosiguió su hermana—. Pero fue vergonzoso. Os pusisteis allí delante de todo el mundo y casi parecía que...

Se quedó callada y su silencio dio a entender muchas cosas. Jake no se acordaba de eso, pero lamentó que hubiese sido Zane la que lo hubiese visto *dándose el lote con alguien*. A los dos se les subió el color de las mejillas.

—Y luego vas y desapareces. Te esfumas. Nos pasamos una larga hora buscándote por toda la discoteca, hasta que nos tuvimos que marchar porque Ari no se encontraba bien.

Arabia.

En menos de un segundo, Jake visualizó en su mente el escote mojado de Arabia. Un momento desbloqueado en un momento muy inoportuno.

—Se suponía que íbamos a divertirnos en familia, y no a largarnos con la primera persona que apareciese.

—Siento haberos amargado la noche, ¿vale? No sé qué me pasó, pero me he tenido que volver andando desde la carretera del sur porque no me quedaba nada de dinero, así que lo último que necesito es que estéis todos ahí mirándome como si hubiese hecho algo realmente malo, porque, por si fuera poco, no tengo ni idea de con quién he pasado la noche. ¿Contentos? Ah, y por cierto, Zane, ahora ya sabes cómo me sentí yo cuando te vi retozando con el cantante del grupo en el baile de invierno.

SÁBADO

27 DICIEMBRE 1986

Hacía varios días que Arabia sentía malestar en el estómago y de hecho, no había comido prácticamente nada desde la cena de Nochebuena, tres días atrás.

Zane la había llamado cada día para preguntarle si mejoraba, y la última vez le había tenido que mentir, porque no quería seguir preocupándola. Había tardado dos días en darse cuenta de que, en realidad, no estaba enferma. Lo único que le pasaba era que todo lo que ocurrió el día que fue con los Becker a la discoteca le causó una especie de *shock* que le había estado revolviendo muchas cosas por dentro.

Ahora se sentía cansada y con falta de fuerzas, así que antes de salir para el trabajo se obligó a tomar un zumo de naranja y un plátano. Al menos eso le aportaría algo de vitaminas.

Empezó su turno a las cuatro de la tarde, y para entonces el Purist Coffee estaba a rebosar. Suerte que casi todos los presentes eran clientes habituales, por lo que podía deducir qué tipo de café y de merienda pediría cada uno.

Estuvo tan entretenida que cuando el reloj marcó las siete y media se alegró de que el tiempo se le hubiese pasado volando.

Sus compañeras le contaban ahora las cosas que habían hecho durante los días de fiesta y eso la mantenía entretenida. Notó un cambio tan radical en su estado de ánimo, que empezó a sentir que su estómago se quejaba de hambre.

—Vaya —comentó Kate, de repente—. Mira quién ha venido a verte.

Arabia miró hacia la puerta, sonriendo, y al instante dicha sonrisa desapareció. Jake la saludó con un gesto de cabeza y se dirigió a la barra.

Sintió que se mareaba.

—Ari, ¿estás bien? —le preguntó su otra compañera.

—Voy al servicio un momento. Atendedlo vosotras, por favor.

Sus compañeras la miraron extrañadas, pero no hicieron ningún comentario y, si lo hicieron, fue después de que ella se marchara. Entró al baño y se apoyó en el lavabo. Acto seguido se miró en el espejo. Tenía ojeras, eso era evidente. Con unos ojos tan grandes como los suyos era imposible disimular si había pasado una mala noche.

Suspiró.

Lo último que quería esa tarde era encontrarse con Jake. A decir verdad no quería volver a verle en una temporada.

Después de lo sucedido en la discoteca, Arabia estaba hecha un lío, porque había acumulado un montón de sentimientos a raíz de ahí. Primero que nada, sentía vergüenza, por el fatal incidente con la chica que le tiró la bebida encima. Jake y muchos otros le habían mirado el escote y eso la había violentado mucho. Luego visualizaba el momento en el que salía de secarse el vestido en el baño y veía a Jake con una chica de pelo rojo. La posición en la que estaban, con ella subida encima de él, y lo que parecía que hacían... No había dormido durante días porque no podía dejar de pensar en eso.

—Ari, ¿sigues ahí? —La pregunta de Ellie al otro lado de la puerta la sobresaltó—. ¿Necesitas algo?

—No, tranquila. Salgo enseguida.

Decidió ser valiente. Tomó varias bocanadas de aire, las expulsó para serenarse y salió, sin preocuparse en mejorar su aspecto.

—Dice que te está esperando, como la otra vez.

Arabia caminó con decisión hasta donde estaba Jake.

—Hola —la saludó él.

—Has tardado tiempo en volver —fue lo primero y lo único que le salió decir.

—Es cierto.

Al ver que no decía nada más, Arabia empezó a limpiar las neveras de refresco que había bajo la barra. Ella ya se había hecho ilusiones una vez respecto al porqué Jake había acudido a conversar con ella dos meses atrás. No pensaba volver a hacerlo.

Se incorporó y se dirigió a él.

—Bueno, ¿qué? ¿Vas a tomarte algo?

El tono directo y cortante que había empleado lo dejó boquiabierto.

—Entonces es eso —respondió—. Tú también estás enfadada.

—¿A qué te refieres con *entonces es eso*?

—Estás intentando evitarme, ¿no?

—No trato de evitarte. —La penetrante mirada de Jake la sobrecogió—. Es solo que...

—¿Qué?

¿Era posible que se pusiese a la defensiva aun sin haber comenzado realmente la conversación?

Sí, lo era. Porque así era él.

—¿Te has parado alguna vez a pensar en que, cuando hay algo que te molesta o que simplemente se te escapa de las manos, empiezas a alterarte?

—No soy yo quien se está alterando.

—¡Ya lo creo que sí!

La cafetería se quedó en silencio, y Arabia enrojeció más de furia que de vergüenza.

—¿Qué quieres de mí? —preguntó, harta de lo que fuera que fuese que se traía entre manos.

Ciertamente, era la misma pregunta que se había hecho la primera vez que había acudido allí. El hecho de que fuera la mejor amiga de su hermana no le daba el derecho a tomarse tantas confianzas con ella. Y mucho menos a hacerlo solo cuando a él le interesaba.

—Solo quería hablar.

Otra vez con lo mismo.

—Hablar. Ya.

—¿Hay algo de malo en eso?

Arabia recordó algunas cosas que Zane le había contado, como lo de que Jake decía no acordarse de lo que había pasado en la discoteca, ni siquiera de lo de la chica.

—Si lo que pretendes viniendo aquí es que yo te refresque la memoria sobre la otra noche, has venido al lugar equivocado.

—¿Por qué?

Arabia levantó las cejas, con exagerada sorpresa, porque no podía estar hablando en serio. ¿De verdad había ido hasta la cafetería para hablar con ella de lo sucedido en Nochebuena?

—Lo siento, Jake, pero tengo trabajo. Cerramos en breve.

Arabia recorrió la barra para poder salir a la sala a recoger las últimas mesas. Jake la siguió y la alcanzó a medio camino. La agarró por el brazo y la giró de forma brusca hacia él.

Esa forma de atraer su atención la hirió profundamente. Había odiado a su padre durante toda su vida por gestos como ese, hacia ella y hacia su madre.

Jake no tenía ni idea de lo que acababa de hacer.

—Ari, yo solo quería que supieras que...

No pudo acabar la frase. Arabia lo cortó con una fuerte bofetada. Después de eso, ambos se quedaron muy quietos.

Jake la soltó en cuanto se dio cuenta de que todavía la tenía sujeta. Lo hizo como si el contacto con ella le hubiese quemado o como si darse cuenta de lo que acababa de hacer le pareciese algo terrible.

Que lo era, en cualquier caso.

—Lo siento.

El hecho de que Jake se disculpase la hizo sentir culpable. Pero es que no había podido evitarlo. Le había llevado mucho tiempo conseguir que nadie les pusiese la mano encima a ella y a su madre y por un momento había vuelto a sentirse débil e indefensa, como cuando solo era una niña y se escondía debajo de la cama cuando su padre volvía del trabajo. Se quedó pensando en ello, mirando al suelo e incapaz de devolverle la disculpa o de decir alguna otra cosa.

Jake se alejó un poco, se rascó la cabeza y luego caminó hacia la salida. No miró atrás ni siquiera un instante.

—¿Se encuentra bien, señorita? —preguntó una señora que se había acercado a ella.

Se dio cuenta de que todos los presentes la estaban mirando, y se le llenaron los ojos de lágrimas, sin que pudiese evitarlo.

En unos pocos segundos, había recordado muchos de los amargos momentos por los que había tenido que pasar, gracias a la sola intervención de Jake.

Kate se acercó y, poniéndole las manos sobre los hombros, la acompañó al vestuario. Una vez allí, rompió a llorar.

Hacía tanto tiempo que no lloraba, que las lágrimas le cayeron a borbotones. Y lo peor de todo fue no saber por qué lloraba exactamente: tal vez por Jake, por lo que sentía por él y por no poder contárselo a nadie; tal vez por su madre, por lo mucho que la echaba en falta un año y medio después de haberla perdido; o tal vez porque llevaba demasiado tiempo siendo fuerte, y solo tenía ganas de llorar.

VIERNES

3 DE ENERO 1987

ENERO

SM	L	M	X	J	V	S	D
1			1	2	3	4	5
2	6	7	8	9	10	11	12
3	13	14	15	16	17	18	DK
4	20	21	22	23	24	25	26
5	27	28	29	30	31		

Antes de irse de vacaciones, la profesora Smith le había encargado a Jake hacer un trabajo en pareja con otra persona que iba a suponer un aprobado seguro si lo terminaban a tiempo. El problema residía en que la persona con la que tenía que hacerlo la había seleccionado la propia profesora y en que se trataba de Emma Wathson.

Todo había sucedido debido a que, al haber perdido todos los apuntes el día que cayó sobre el charco —incluyendo las anotaciones del libro publicado por ella—, no había tenido más remedio que esperarla un día después de clase para pedirle el libro de nuevo. Supo que fue una pésima idea cuando la profesora lo citó dos días más tarde en su despacho y vio que Emma también estaba allí. Por la cara de ella, dedujo que estaba tan sorprendida como él.

Más o menos, las palabras de la Katherina Smith fueron:

—Ustedes han sido los alumnos que más han estado investigando respecto a lo que veníamos analizando en clase; los únicos, de hecho, que han consultado uno de mis libros. Por ello, y dado que la señorita Wathson es ahora quien lo tiene en su poder, les voy a pedir que investiguen juntos durante estas Navidades, y que entreguen un trabajo con sus conclusiones el cinco de enero, cuando se reanuden las clases.

Jake se había negado en rotundo. No quería tener nada que ver con Emma después de todos los días que había tenido que pasar trabajando en su jardín. Le parecía inadmisible que lo obligasen a pasar todavía más tiempo cerca de ella, porque, aunque la profesora no tenía por qué estar al tanto de sus riñas de colegiales, estaba seguro de que algo se olía.

La forma de zanjar el asunto tras la discusión que se armó en su despacho fue con la decisión que ella misma tomó y les comunicó cuando se hartó de escucharles: el trabajo era obligatorio. La nota del mismo repercutiría en la nota final de la evaluación, y no solo eso, sino que la falta de una de las partes concluiría con el suspenso de los dos. Sin embargo, lo contrario sería un aprobado seguro.

Era una medida de lo más injusta. Jake incluso se preguntó, días más tarde, si un profesor tenía potestad para imponer algo así: suspender a dos alumnos por no entregar un trabajo que el resto de la clase no tenía que hacer, le resultaba un insulto a su inteligencia. Pero claro, todo eso lo pensó después de haber aceptado a regañadientes lo que la profesora pedía. ¿Qué otra opción tenía?

Era la segunda vez que cursaba esa asignatura.

El día de Nochebuena habían quedado por primera vez, para organizarse. Él quería que se citaran en la biblioteca, pero ella le recordó que estaría cerrada y que lo esperaría en su casa, ya que conocía el camino de sobra. Jake fue hasta allí de muy mal humor, pero respiró hondo antes de llamar al timbre, dispuesto a intentar que ella no le causase nuevos problemas, y mantuvieron una conversación formal y sin insultos durante toda la mañana. Discutieron sobre algunas de las pautas a seguir, pero nada más. Les llevó solo una hora ponerse de acuerdo.

Ahora por fin había acabado su parte, así que tenía que volver a citarse con ella, ya que en dos días volvían a las clases. Memorizó el número de teléfono que ella le había escrito en un papel y bajó al salón a llamar por teléfono.

Allí encontró a Zane, leyendo. Cogió el inalámbrico y se metió en el cuarto de la colada mientras marcaba los dígitos.

—¿Diga?

—¿Casa de los Wathson? —preguntó Jake.

—Sí, ¿quién es?

Creyó reconocer el tono de voz. Era dulce y amable.

—¿Emily?

—Perdona, ¿con quién hablo?

A Jake empezaron a sudarle las manos y estuvo a punto de finalizar la llamada.

—Soy Jake. Necesito hablar con Emma.

—¿Jake?

—Jake Becker, el chico que...

—¿Y para qué quieres hablar con mi hermana?

—Tenemos pendiente un trabajo de física y...

—Espera un momento.

Maldijo que Emily no le dejase acabar ninguna de sus frases. Minutos más tarde, fue una voz muy distinta la que habló.

—¿Qué quieres?

—¿Tú qué crees? He acabado mi parte, ¿tienes la tuya?

—No, no la tengo.

—¿Cómo que no? Se suponía que...

—No he estado pensando en el trabajo, Jake.

—A ver, quedamos en que...

—Recuerdo perfectamente en lo que quedamos.

—¿Te importaría dejarme acabar de hablar en algún momento?

—Acaba.

No parecía que la conversación fuese a llegar a buen puerto.

—¿Se puede saber qué te pasa?

—Que no he acabado mi parte. Eso es todo.

—Bien, no has acabado tu parte. —Jake intentó mantener la calma—. Entonces, ¿qué se supone que es lo que tengo que hacer yo ahora? ¿Te ayudo? —No hubo respuesta—. ¿Te espero?

—Sí.

—¿Y cuánto tiempo espero? ¿Un día? ¿Dos?

—¿En serio me llamas para hablar sobre el trabajo?

—¿Para qué iba a llamar si no? Me dijiste que lo hiciese cuando...

—¡Ya sé lo que te dije respecto al maldito trabajo!

—¿Qué mosca te ha picado, Emma?

—Déjame en paz, ¿de acuerdo?

Emma colgó, sin más.

Siempre le había parecido que la mente de una mujer era compleja en general, pero la de ella era, además, retorcida.

Decidió acudir a Zane, la única que tenía al alcance.

—¿Puedo interrumpirte cinco minutos?

Su hermana levantó la cabeza del libro y arqueó una ceja.

—¿Con quién hablabas? Pareces aturdido.

—De eso quería hablarte.

Primero Jake le explicó quién era Emma, a pesar de que su hermana ya había oído hablar de ella, gracias al asunto de la camioneta. Luego le habló del trabajo de la universidad y de la conversación que habían mantenido hacía escasos minutos, con la mayor exactitud de detalles que recordaba.

—¿Qué opinión te merece todo esto?

—Supongo que está enfadada.

—Ya, eso ya lo he intuido. La pregunta es, ¿por qué?

—Porque le gustas, ¿tal vez?

—¡¿Qué?! ¿En qué parte de todo lo que he contado has podido deducir eso?

—Pues lo deduzco de que, quizás, además de lo del trabajo, Emma esperaba que la llamases algún día para quedar, y le ha molestado que el único interés que tengas en ella sea por el aprobado.

—Oye, yo no soy ni de lejos el tipo de chico que le gusta a Emma. Me odia, ¿entiendes?

—Del odio al amor hay solo un paso.

—No, Zane, el dicho es justo al revés. Además, ya sale con alguien, o salía. No lo sé. El caso es que no tienes ni idea de lo que estás diciendo.

—Me has pedido mi opinión y yo te la he dado. No voy a disculparme por ofrecer mi punto de vista ni por decir lo que pienso.

—De acuerdo, déjalo. —Jake se rascó el pelo, revolviéndoselo—. Creo que lo que voy a hacer es ir a su casa. No sé qué narices le pasa, pero no voy a suspender porque a ella no le dé la gana acabar su parte.

—Buena suerte entonces.

Fulminó con la mirada a su hermana, pero su libro había vuelto a reclamar a su atención y no lo vio. Tampoco podía pedirle más, porque al menos lo había escuchado. Desde que se habían echado en cara mutuamente lo mal que se habían sentido al ver al otro intimando con desconocidos no hablaban demasiado.

Jake se cambió de ropa y se dirigió a la parada de autobús más próxima para ir hasta Valley Street. Durante el trayecto tuvo más de treinta minutos para pensar.

Y pensó, vaya si lo hizo. Pero no en Emma.

Recordó el incidente que había tenido con Arabia hacía una semana en el Purist Coffee. Era así como había descubierto que ella también estaba molesta por lo sucedido en la discoteca, pero le había parecido excesivo que ni siquiera se dignase a mirarle a la cara. Sintió rabia al pensar en ello, porque no creía que hubiese podido ser para tanto. Con total seguridad, su hermano Derek había sido, desde siempre, mucho más mujeriego que él. Había tratado con más chicas de las que su familia se imaginaba. Sin embargo, y dado que nunca le habían visto ebrio, para todos seguía siendo el hijo y el hermano perfecto.

Jake lamentó que, para una vez —desde hacía mucho tiempo— que pasaba la noche con alguien, todos hubieran sido testigos de que iba a suceder. Pero, pese a todo eso, se había pasado de la raya con Arabia cogiéndola de aquel modo, y ella no había dudado en darle su merecido.

Se imaginaba el tipo de cosas que habría pensado la gente sobre él, sobre todo sus compañeras de trabajo, porque, además de lo desafortunado de su gesto, debían de saber lo mal que lo había pasado cuando era niña. O quizás no, porque igual no era algo que alguien contase sin un cierto grado de confianza, uno como el que ella tenía con su hermana y, en consecuencia, con su familia.

Zane y Arabia se conocían desde hacía más de cuatro años. Habían coincidido por primera vez durante la etapa junior del instituto, cuando Arabia era una recién llegada al continente americano. Tenía que perfeccionar el idioma, y su hermana fue quién se ofreció voluntaria para ayudarla en todo lo que necesitara.

Durante el primer año de su amistad, Jake y Arabia apenas tuvieron contacto. La veía de vez en cuando, cuando su hermana la invitaba a pasar la tarde o a cenar. Por aquel entonces, recordaba que Zane decía que su amiga no podía pasar mucho tiempo fuera de casa porque su madre estaba enferma. A su padre no lo mencionaban, ni una ni otra.

Un día, en mitad de una clase, Arabia recibió una llamada del hospital y salió corriendo hacia allí. Zane la acompañó, a pesar de que ella le pidió que no lo hiciera. Así fue como los Becker se enteraron de que su madre tenía cáncer de hígado. Estuvo mal un tiempo, un par de meses durante los cuales su hermana se ocupó de mantener a Arabia al día del instituto.

Tal vez fuese a raíz de eso que se volvieron inseparables.

Cuando la mujer se recuperó, le pidió a Arabia que hicieran una cena para agradecer lo que la familia de su amiga había hecho por ellas. Jake no pudo ir, porque ese fin de semana tenía partido fuera de la ciudad, así que no llegó a conocerla. A finales del año 1984, su enfermedad volvió a empeorar, y las probabilidades de que pudiera recuperarse de nuevo, bastante escasas.

Jake recordaba las conversaciones sobre ello, aunque nunca le había dado la importancia que se merecía porque, a fin de cuentas, no era algo que le afectase directamente. Meses despues, en plena primavera del año siguiente, ocurrió lo que tanto habían estado temiendo. La madre de Arabia murió y ella se quedó sola. De ahí que sus padres la hubiesen acogido en su casa, el tiempo que ella considerase necesario para afrontar la pérdida y la soledad.

A pesar del amargo desenlace, su madre le dejó una pequeña fortuna, pero los Becker nunca consintieron que pagara nada. La obligaron a guardárselo todo para más adelante, cuando ella realmente lo necesitara.

Tardó un tiempo en volver a la normalidad, pero demostró ser una chica fuerte. Mucho. Jake no la vio nunca llorar delante de él.

Un día de verano, cuando ya estaba más integrada en la casa, Louis le preguntó por su padre y ella habló, tal vez por primera vez, de lo que les había hecho pasar a ella y a su madre, en especial a esta última. Fue Arabia quien la convenció de que lo abandonara, de que salieran de Irán sin dejar rastro y se mudaran a Ankara, la capital de Turquía y su ciudad natal, y no habían vuelto a saber nada de su padre desde entonces.

Poco después fue cuando le detectaron el cáncer, y los médicos decidieron trasladarla a Estados Unidos para mejorar su tratamiento. Arabia no lo dijo nunca, pero Jake supuso que su madre debía de tener muy buena posición social y económica para haber podido trasladarse con esa facilidad.

Jake le había cogido cariño, no podía negarlo, a pesar de lo mucho que cuestionaba todo lo que hacía. Ella era como una hermana para Zane, la que nunca había tenido, así que todos —incluido él— se habían esforzado mucho por ser amables y por que sintiese que aquella destartalada casa de Prinss también era su hogar.

Un año después, Arabia encontró trabajo en el Purist Coffee y compró el apartamento donde había estado viviendo con su madre, convencida de trasladarse allí. Paul y Sara intentaron disuadirla, al menos hasta que terminase los estudios, pero ella había tomado su propia decisión.

Quiso independizarse y lo hizo.

Jake estaba seguro de que se había ido porque justo entonces los Becker estaban pasando por una mala racha económica, hasta el punto de que él tuvo que echar muchas horas en la fábrica Wathson durante casi todo el segundo semestre, para solventarlo. Sin embargo, les convenció de que eso no tenía nada que ver.

Recordando aquello, Jake sintió pesar, mucho pesar.

Haber vivido bajo el mismo techo durante todo un año no los había vuelto amigos, ni mucho menos, pero sí había aumentado la confianza entre ambos. Incluso aunque sus recientes encuentros no hubiesen sido ni casuales ni amigables en el sentido más estricto de esas palabras, al menos sí habían sido cordiales. Excepto el último, que los había distanciado muchísimo.

Él ya había intentado en inmumerables ocasiones quitarse la manía de sujetar a la gente de la forma en que la había sujetado a ella, pero lo hacía con Louis desde que este era bien pequeño, y a veces era casi un acto reflejo. Además, no lo había adquirido por iniciativa propia. Era algo que había desarrollado por culpa de su padre, que ya tenía la costumbre antes que él.

Fuera como fuese, ni siquiera se atrevía a pedirle disculpas, y por eso mismo, había decidido dejar pasar el tiempo, hasta que ella quisiera volver a hablarle; hasta que Arabia estuviese segura de poder hacerlo.

Jake estaba tan enfrascado en sus propios pensamientos que se pasó de parada. Golpeó un agarramanos metálico y blasfemó en voz alta y las señoras que iban sentadas cerca de él se escandalizaron. Esperó hasta la siguiente y luego bajó y caminó por la amplia avenida de Valley Street.

No soportaba cruzarse con la gente que paseaba por allí, con su ropa cara, sus coches caros y sus mascotas caras. Él siempre pensaba que, aun con todo el dinero del mundo en su bolsillo, seguiría viviendo en Prinss.

Al llegar a la casa de Emma, en el número cincuenta y siete, comprobó que estaba como siempre: limpia y llena de flores. Jake se abrió a sí mismo la puerta del jardín y lo recorrió hasta llegar a la puerta principal, cruzando una mirada con el jardinero al que había tenido que soportar. Antes de llamar al timbre, pensó en la posibilidad de que fuese Emily quien le abriese, así que se puso nervioso. Muy nervioso.

Pero la puerta se abrió de sopetón y no tuvo tiempo de darle muchas vueltas.

—¡¿Qué narices estás haciendo aquí?!

Emma lo empujó hacia dentro con todas sus fuerzas y como si estas se hubiesen triplicado a pesar de su tamaño. Lo hizo retroceder hasta una pared y lo increpó con el dedo, con las cejas apretadas. Tenía la sensación de que de un momento a otro empezaría a gritarle, pero no lo hizo. Volvió en sí y se echó hacia atrás, apartándose los mechones rojos de la cara. Su aspecto revelaba que estaba muy enfadada.

Él notó un olor conocido y miró hacia arriba, en busca de algún tipo de ambientador. Hasta que comprendió que se trataba del perfume de Emma, porque la intensidad del olor disminuyó cuando ella se alejó un poco más.

No recordaba que ella siempre hubiese olido así. Debía de haber cambiado de marca en algún momento de las vacaciones.

—¿Cómo te atreves a venir hasta aquí?

—Mira, Emma, no sé de qué va todo esto, pero agradecería algún tipo de explicación.

Soltó una carcajada, pero como Jake no se inmutó, enseguida volvió a ponerse seria.

—No me vayas a decir ahora que no te acuerdas de nada, porque eso sí que no te lo consiento.

Jake estaba cansado de que esa frase lo persiguiese allá donde fuese. Primero su familia, y ahora ella.

—¿De qué me tengo que acordar? —preguntó, molesto.

—En realidad, no sé de qué me extraño. Era de esperar viniendo de ti. —Las palabras de Emma le sorprendían cada vez más—. No te muevas de aquí. Ahora mismo vuelvo.

Emma subió por las escaleras y se llevó el agradable olor que desprendía tras ella. ¿Por qué le resultaba tan familiar?

—Toma. —Le colocó sobre los brazos un puñado de folios a su regreso—. Aquí tienes mi parte de ese trabajo que tanto te interesa. Ahora márchate.

—Emma, espera.

Recordó haberla visto en la pista de baile en la discoteca New el día de Nochebuena, así que la miró en busca de respuestas, tan confundido que no fue capaz de decir nada más.

—¡Ah! ¿Ahora lo recuerdas?

—La otra noche... ¿Tú y yo...?

—Es una broma, ¿no? Lo de que no te acuerdas de nada.

Negó, todavía confuso.

—¡¿Pero cómo es posible?!

—Emma, ¡no lo sé! Deja de gritarme.

—No digas ni una palabra. Vete y no vuelvas a hablarme nunca más.

Se dio la vuelta, muy indignada, pero tres metros más allá se giró de nuevo hacia él.

—Se me olvidaba. Esto debe de ser tuyo.

Le lanzó un objeto con brusquedad y tuvo que protegerse levantando los brazos para que no le diera en la cara. Sonó a metal cuando cayó al suelo. Se trataba de las llaves de su casa.

Jake confirmó sus difusas sospechas.

Recogió las llaves y salió por la puerta con el montón de folios y la cabeza gacha.

En cuanto llegó a casa, hizo una nueva llamada, esta vez a otro estado. Su hermano no tardó en responder.

—Quiero que me confirmes algo, Derek —dijo, sin saludar siquiera.

—¿Ocurre algo?

—El día de Navidad, ¿tú también me viste con alguien?

—Claro.

—¿Cómo que claro?

—Con la chica esa que me preguntaste si creía que era Emma, la de la pastelería. Ashley os vio y me avisó. Os estabais besando delante de todo el mundo, cerca de la barra.

Jake se apretó el tabique nasal con el dedo índice y pulgar.

—¿Acaso no te haces la mínima idea de quién era realmente?

—Ya te dije que se parecía, pero que no era ella.

—Joder...

—A ver, vayamos por partes. —Derek se puso a reflexionar mientras él pensaba en otras cosas—. Yo solo te vi un momento con ella. No tengo ni idea de si es la misma chica con la que te vio Zane, o si fue con quien pasaste la noche.

Como si eso importara, pensó.

—¡Maldita sea, Derek! —estalló—. Era Emma Wathson, la hija del jefe de papá.

—¿Entonces tú ya sabías quién era?

—Pues claro que lo sabía.

—¿Y para qué me preguntas?

—Déjalo, Derek, porque es que veo que no te enteras de nada.

—¿Para qué me llamas, entonces?

—Para decirte que, la próxima vez que me veas con alguien, al menos me des algunos detalles, y más sabiendo que yo no me acordaba de nada.

—Bueno, lo siento, no sabía que tu resaca hubiese llegado a tanto.

—Me has hecho quedar como un imbécil.

Jake subió a su habitación hecho una furia, incapaz de entender cómo era posible que hubiese pasado aquello; que se hubiese acostado con Emma Wathson.

No tenía ni pies ni cabeza, por parte de ninguno de los dos.

Hacía tres años, cuando se conocieron, quizás hubiese tenido algo más de sentido, pero no después de la trayectoria que llevaban como enemigos. Es que a él ni siquiera se le habría pasado por la cabeza, por mucho que ella le atrajera, así que cada vez tenía más claro que le había vuelto a pasar: en la discoteca, alguien había adulterado su bebida.

Reparó en los folios que Emma le había entregado, repletos de cálculos y anotaciones escritas a mano. Revisó cada una de las páginas a conciencia y comprobó que era un trabajo excelente. Respiró, un poco aliviado, porque al menos eso significaba que no tendrían que volver a quedar. Lo juntaría con su parte, lo ordenaría y lo prepararía bien para presentárselo a Smith el lunes a primera hora.

Ya pensaría qué hacer con todo el asunto de Emma cuando se reincorporasen a las clases y tuviesen que volver a verse las caras.

DOMINGO

16 FEBRERO 1987

FEBRERO

SM	L	M	X	J	V	S	D
5						1	2
6	3	4	5	6	7	8	9
7	10	11	12	13	14	15	16
8	17	18	19	20	21	22	23
9	24	AR	26	27	28		

Emily estaba sentada frente al escritorio, en su acogedor apartamento de Bright Gardens. Hacía algo más de dos meses que había dejado apartado el tema de las virtudes cardinales por la llegada de los exámenes. Pese a eso, no podía evitar analizar a las personas con las que se cruzaba a cada momento. De forma involuntaria, trataba de agruparlas dentro de las cuatro posibilidades, pero el caso era que, desde que conoció al chico de la biblioteca que estudiaba derecho en Florida, no había vuelto a encontrar a nadie más que coincidiera tan bien con alguna de las descripciones. Recordaba que se llamaba Derek y, aunque solo había tratado con él un par de veces, sentía que él era el destinado a la virtud de la Justicia. Emily era de las que pensaban que las cosas pasan por alguna razón. Creía en el Destino, y el hecho de que hubiese conocido a alguien que estudiase Derecho momentos después de acabar de copiar la descripción de la virtud de la Justicia le daba mucho que pensar.

No podía concentrarse en sus apuntes de bioquímica, porque se preguntaba continuamente si volvería a verle. Ahora que lo evaluaba todo con más perspectiva, se lamentaba de no haber aceptado lo de ir a tomar un café con él. En algún momento tendría que trabajar la desconfianza que llevaba arraigada.

El rostro de Jake le vino a la mente de casualidad, después de haber estado pensando en Derek. Apoyó los codos en la mesa de su estudio y miró por la ventana, evadiéndose. Al analizar a ambos chicos, se dio cuenta de que tenían rasgos parecidos. Sin embargo, eran a su vez muy diferentes. Derek irradiaba amabilidad y calma y no parecía ocultar nada. Jake era agresivo y reservado, nada que ver.

Volvió a visualizarlos a ambos en su mente y, pese a que tenía más reciente el rostro de Jake, se dio cuenta de que eran tan parecidos que incluso podrían ser hermanos. Hasta tenían un lunar muy similar en la cara.

¿Lo serían en realidad? ¿Podría ser eso posible?

La única cosa que se le ocurrió para saber si estaba o no en lo cierto fue ir a visitar a su hermana Emma, así que se abrigó y fue a por su bicicleta.

Su casa estaba tan tranquila como siempre, y con la calefacción a tope, algo que agradeció para poder entrar en calor tras el trayecto. Encontró a su padre en el pasillo charlando con Margarett.

—¡Emily! ¿A qué se debe esta inesperada visita?

Fue hasta él y lo abrazó.

—He venido a hablar con mi hermana. ¿Está en casa?

—Sí, arriba. Y es estupendo que hayas venido. Justo estábamos hablando Margarett y yo de lo rara que está Emma últimamente. Casi no sale de su habitación.

—¿En serio? Pero sigue yendo a clase, ¿verdad?

—Sí, sí, pero luego viene siempre directa a casa.

—Qué extraño.

Su padre parecía realmente preocupado, y es que era como para estarlo. Su hermana gemela era de las que se pasaba todo el día de un lado para otro, con gente.

Emily no había vuelto a hablar con ella de nada importante desde lo que le ocurrió en Navidad, y dudó de que fuese eso lo que la hacía actuar de forma rara. De serlo, no tenía claro cómo iba a reaccionar cuando se enterase de que había ido a buscarla para preguntarle por Jake.

La encontró tumbada sobre la cama.

—¿Qué haces ahí tirada?

—Pensar... —Emma se incorporó, fingiendo que no le pasaba nada—. ¿Qué te trae por aquí, hermanita?

—Pues, te va a sorprender, pero lo cierto es que quería hacerte una pregunta sobre Jake Becker.

Al mencionar su nombre, Emma se enfadó.

—No quiero ni tan siquiera escuchar su nombre. ¿Qué narices quieres saber de él?

—Quería ver si tú sabías si tiene algún hermano.

—¿Y a qué viene eso?

—Tengo curiosidad. Hace tiempo, conocí a un chico que se parecía mucho a él.

Emma suspiró.

—Tiene un puñado de hermanos. Cuatro o cinco —contestó, después de todo.

—¿En serio?

—Sí...

—¿Y los conoces?

—¡No! ¡Claro que no!

—Entonces cómo sabes...

—Porque la gente habla. Habla, habla y habla. Todo el mundo cuenta cosas de otra gente. Sé que tiene más hermanos, que son una familia numerosa y que suelen tener dificultades económicas. Por eso solo se ha matriculado de unas pocas asignaturas este año.

—Entonces, no tienes idea de si alguno de sus hermanos se llama Derek, ¿verdad?

—¿A qué se debe tanto interés?

Esta vez fue Emily la que suspiró.

—Es solo curiosidad. Ya sabes que a veces pienso demasiado, y es que me parece chocante haber conocido a dos personas, en lugares y circunstancias diferentes, que me resulten tan parecidas físicamente.

—En fin. Pues no. El nombre de Derek Becker no me suena de nada. No he oído hablar de nadie llamado así en todo el campus.

—Eso es porque estudia Derecho en la NSU.

—¡Ja! ¿Un hermano de Jake estudiando en una universidad privada de Florida? Eso es imposible, Emily. Pero si Jake apenas cambia de ropa y tiene una fea camioneta que se cae a pedazos...

—Eso no tiene nada que ver...

—Ya lo creo que tiene que ver. Si su familia pudiese permitirse el lujo de tener a un hijo en una universidad privada, créeme que no habría tenido que venir a trabajar a nuestro jardín. Y mucho menos trabajar en la fábrica de papá el año pasado.

—Existen las becas, Emma.

—Bueno, sí. Pero yo no apostaría por ello en su caso.

—Tal vez tengas razón.

Entonces a Emily se le ocurrió otra posibilidad.

—¿Te imaginas que fuesen hermanos y no lo supieran?

—¿Cómo?

—A lo mejor son gemelos, como nosotras, pero fueron separados al nacer.

—¿Te has vuelto loca? Por favor, Emily, deja de pensar. No te hace ningún bien.

—Está bien. —Llenó de aire los carrillos y luego lo expulsó—. Me doy por vencida.

—Tienes cada cosa... Conocer a dos chicos por separado y relacionarlos sin saber prácticamente nada de ellos. Crees demasiado en las coincidencias.

—Cada uno cree demasiado en lo que le apetece.

Ambas se quedaron calladas. Emily se cruzó de brazos, molesta por lo que le había dicho su hermana. Tal vez se había precipitado, sí, pero eso no le daba derecho a romper sus ilusiones. Sobre todo porque habría supuesto conocer algo más acerca de Derek.

—Espera un momento, has dicho que trabajó para papá.

—Pues claro, y su padre lleva haciéndolo años.

—Pues no lo sabía... Nunca lo habías mencionado.

Emma hizo un gesto que daba a entender que no sabía por qué habría tenido que hacerlo.

En realidad, mucha gente de la ciudad trabajaba para los Wathson. Tenían una de las fábricas más importantes de todo el condado.

Emily se preguntó si quizás su padre sabría algo acerca de los hijos de sus empleados, y barajó la posibilidad de preguntárselo, siempre y cuando la lógica aplastante de su hermana no le hiciese olvidar su descabellada idea.

Ahora era momento de preocuparse de Emma.

—¿Y tú qué? ¿Se puede saber por qué sigues enfadada con Jake?

—No quiero hablar de eso.

—¿Segura?

—Sí, segura.

—Bien, entonces, ¿prefieres que me vaya a casa a seguir estudiando? —la tanteó, segura de que cambiaría de opinión.

Al ver que no lo hacía, se movió hasta la puerta.

—¡No! ¡Espera! —Emily sonrió por el éxito de espaldas a ella—. Creo que necesito contárselo a alguien.

Su hermana se ruborizó y agachó la cabeza. Luego se incorporó y empezó a contarle cómo había conocido a Jake, y cómo había sido su relación con él desde entonces.

Por lo visto, Jake había sido jugador de fútbol de la VSU durante sus dos primeros años. Uno de los mejores, de hecho. Emma entró a la facultad un año después que él, pero enseguida empezó a escuchar su nombre, porque se comentaba que era un defensa excepcional, pero también que tenía muy poca disciplina en el campo, que se peleaba constantemente y que no era muy amigable. Lo echaron del equipo por un enfrentamiento con un rival que le fracturó dos costillas en un placaje. Según decían, se lo llevaron a la enfermería para atenderlo después de eso, pero lejos de dejarlo estar, Jake salió del vestuario y se dirigió hacia el banquillo del equipo contrario a encararse con él, con el partido todavía en marcha. Con eso consiguió que lo sancionaran cinco jornadas de la temporada siguiente.

—Digamos que el entrenador se cansó de su actitud —aclaró Emma—. Y se lo quitó de en medio.

Jake y Emma habían coincidido en la facultad y en algunas fiestas, pero él siempre la evitaba, y no supo por qué hasta que un día se lo encontró en la fábrica. Acudió allí porque se le había pinchado una rueda y su padre le preguntó a Jake si podía ayudarla a colocar la de repuesto. Llegadas a ese punto, su hermana no quiso entrar en detalles. Aparcó el tema de Jake y pasó a hablar de un tal Dave Jefferson: un estudiante de medicina al que habían fichado para sustituir a Jake.

Era un chico rubio muy apuesto que se hizo popular enseguida. Por eso, entre otras cosas, lo conocía ella. No tardó en tener una aventura con él, y luego salieron juntos durante un tiempo.

Un día, se toparon de frente con Jake, y ambos estuvieron a punto de pelearse. Lo habrían hecho de no ser porque ella se interpuso.

Emma pensaba que Jake estaba dolido porque Dave había ocupado su puesto en el equipo, pero más tarde se enteró de que era mucho más que eso. Dave había sido el causante de que lo sancionaran, es decir, que fue él quien le fracturó las costillas y, además, estaba disfrutando de la beca que Jake había perdido. Estaba muy orgulloso de ello. Poco después, Emma se enteró también de que le había estado poniendo los cuernos, y terminaron la relación.

Fue un año extraño.

Al inicio del segundo semestre de ese mismo curso, Emma y Jake coincidieron en una de las asignaturas que él tenía pendiente de segundo. Pero a las dos semanas empezó a faltar a clase, y ella se enteró de que era porque estaba trabajando a jornada completa en la fábrica. Entonces Emma hizo correr la voz... sobre su situación familiar y sobre lo que Dave le había hecho durante aquel partido, porque volvía a salir con él y estaba decidida a hacer gala de su popularidad.

Siempre le había divertido ser el centro de atención, y admitió que se había llegado a sentir muy orgullosa de lo que había hecho, que no era otra cosa que marginar a una persona que no le había hecho absolutamente nada, aparte de mirarla con desprecio por salir con Dave. Con eso terminó de ganarse su enemistad, y enemistados seguían desde entonces.

Ahora volvían a coincidir en una asignatura de tercero y tenían que verse a menudo. Por eso —sumando además todos los días que Jake había tenido que pasar trabajando en el jardín—, Emma había vuelto a sentirse atraída por él, muy en contra de su voluntad, y eso la hacía estar enfadada todo el tiempo.

No soportaba odiarle y desearle a la vez.

Una semana antes de Navidad, Emma quedó con Dave. Su relación no estaba yendo por el buen camino, puesto que había muchos rumores sobre su infidelidad, pero, aun así, él la llamó y la invitó a la cena y al vino, hasta que consiguió que accediera a quedarse en su habitación, en la residencia de estudiantes. A Emma no le apetecía demasiado acostarse con él, pero lo hizo. Quería desquitarse de los pensamientos que tenía hacia Jake. Sin embargo, el hecho de que Dave la tratase como a un juguete no la hizo sentir mejor. Al día siguiente, se arrepintió de haber cedido otra vez ante él, pero ya no podía cambiar nada de lo que había sucedido.

—Y entonces llegó el día de Nochebuena —prosiguió su hermana—. Por la mañana, Jake y yo nos encontramos para organizar un trabajo de la universidad. Fue la primera vez que me sentí cómoda con él y que nos hablamos con respeto. Hablamos de física y de nada más, quizás fuese por eso. Pero, a lo que iba... Ese mismo día, después de cenar, tú te fuiste a tu apartamento y yo me fui a una discoteca con mis amigas. Fue allí donde sucedió todo lo que ya sabes.

—Te encontraste con Jake —dijo Emily, impaciente porque continuase con la historia.

—Sí, me encontré con Jake. Los dos llevábamos unas cuantas copas de más. Yo estaba bailando en medio de la pista cuando un tipo me agarró con la intención de sobarme. Me deshice como pude y salí disparada en otra dirección. Entonces choqué con Jake y nos miramos. Me acuerdo de que él tenía los ojos muy rojos, y de que en su mirada solo se leía una cosa: deseo.

—Pero si la suya es la mirada más inexpresiva que conozco.

—Opino lo mismo, pero así fue. En menos de tres segundos estábamos bailando juntos. Y luego de pronto me sujetó la cara y me besó. Así, sin más. Y como yo estaba borracha y el beso me había excitado, lo conduje hacia los cuartos de baño y allí continuamos besándonos. Él me confesó que me deseaba y que no podía aguantarse más, así que, sin pararme a pensarlo, salí con él hasta el motel de al lado de la New y alquilé una habitación. Ahora ya sabes lo que pasó entre nosotros al cien por cien.

Emily estaba alucinada. Sabía que Jake y Emma se habían besado, pero no que hubiesen llegado a acostarse.

—¿Y entonces? ¿Qué pasó al día siguiente?

—Cuando me desperté, él seguía dormido. Comprobé que respiraba, cogí mis cosas y me marché.

—Y él no te llamó ni fue a verte después de eso —concretó Emily, consciente de lo mucho que eso había molestado a su hermana.

—Es mucho peor que eso. —Emma tomó aire—. ¿Te puedes creer que el muy imbécil no se acordaba de nada? Me enteré cuando vino a exigirme la parte de un trabajo que teníamos que entregar a principios de enero. Fue muy patético, y ya puedes imaginarte cómo me sentí. Es que ya lo veo despertándose en el motel, preguntándose con quién habría pasado la noche, pero con cualquiera menos conmigo.

—¿Tan bebido estaba?

Emma vaciló antes de contestar.

—Creo que algo más que eso.

—¿Drogas?

—Apostaría a que sí.

Era un asunto bastante serio.

—Me parece que deberíais quedar para hablar de lo sucedido.

—No. Ha pasado demasiado tiempo. En clase ni siquiera nos miramos a la cara.

—Pues vaya...

—Hasta ahora no le había contado nada de esto a nadie, pero mi preocupación ha aumentado.

—¿Por qué?

—Porque hace como dos meses que no me baja la regla.

Se quedó sin habla. Dos meses era mucho tiempo de retraso. Su hermana se acurrucó en la cama y empezó a llorar.

—Tienes que contárselo a papá.

—¡No! ¡¿Te has vuelto loca?! No pienso contárselo a nadie, así que espero que tú tampoco lo hagas, ¿entendido?

—Pero...

—Si me entero de que dices algo, no voy a perdonártelo.

—¿Y qué pasa si de verdad estás embarazada? ¿Cómo piensas ocultarlo?

—Cuando llegue el momento, si llega, se lo diré a papá. Pero ni una palabra hasta que yo esté segura de todo esto.

—De acuerdo.

—¿Lo prometes?

—Sí. Pero tú prométeme que te harás las pruebas pertinentes.

Emma asintió y abrió los brazos pidiendo un abrazo, así que se acercó a ella y dejó que se desahogara en su hombro. Mientras tanto, empezó a echar cuentas, porque Emily no tenía ni idea de la dinámica de las ovulaciones y los embarazos, pero sí sabía el día que era y los meses de retraso de su hermana.

—Oye, ¿te has parado a pensar que tal vez estés esperando un hijo de ese tal Dave, y no de Jake?

Emma la miró con aversión.

—Ni se te ocurra decir eso, porque ni es una posibilidad ni aceptaría que lo fuese. ¿Acaso no te ha quedado claro cómo es Dave? Si resulta que estoy embarazada, será de Jake. Solo de Jake. No sé si lo has entendido.

—Pero...

—Jake no se acuerda de nada, Emily. No será difícil convencerlo. Y no quiero tener nada que ver con Dave Jefferson nunca más en toda mi vida. Nunca. Tampoco nunca me preguntes por qué.

DOMINGO

2 MARZO 1987

MARZO

SM	L	M	X	J	V	S	D
9						1	2
10	3	4	5	6	7	8	9
11	10	11	12	13	14	15	16
12	17	18	19	20	21	22	23
13	24	25	26	27	28	29	30
14	31						

Dos semanas después, Emily recibió una llamada telefónica de su gemela. Quería hablar con ella en persona y la citó en el Purist Coffee, una cafetería del centro. A las tres menos diez, cogió su bicicleta y se puso en marcha. Habían quedado a en punto, pero sabía de sobra que Emma era una persona muy impuntual, así que apuró el estudio hasta el final, a pesar de que estaba impaciente por que su hermana le contase novedades.

Al llegar, dejó la bicicleta atada a una farola con una cuerda y entró en el lugar. Era un sitio bastante grande, pero solo unas pocas mesas estaban ocupadas. Tal y como cabía esperar, aún no había rastro de Emma, y eso que el reloj pasaba de las tres y cuarto.

No vio a ningún trabajador paseando por la sala, y tampoco tras la barra, aunque allí sí había una joven sentada en uno de los taburetes. Parecía aburrida mientras ojeaba una revista.

Emily decidió acercarse a esperar a que algún empleado la atendiese, y esa otra chica la miró de reojo cuando se puso a su lado.

Al principio no se dijeron nada.

Continuó esperando hasta que empezó a molestarle que nadie saliese a recibirla. Resopló y se sentó indignada en otro taburete.

Estaba seca por el trayecto.

—¿Querías algo? —le preguntó la chica de al lado—. La camarera ha tenido que ir un momento al baño.

Emily la miró con detenimiento. Tenía la piel más oscura que la de ella y unos ojos bastante grandes, además de unos rasgos en el resto de la cara diferentes a los que estaba acostumbrada a ver. Su aspecto era bastante llamativo.

—Un zumo, pero supongo que puedo esperar.

—¿De qué sabor? —Su pregunta la extrañó—. Trabajo aquí —añadió—, solo que mi turno empieza a las cuatro. Si tienes prisa, puedo servirte, no me importa.

—Ay, vaya, no es necesario. Pero muchas gracias.

Realmente agradeció su ofrecimiento.

—No me cuesta nada —continuó la desconocida, dando la vuelta para colarse tras la barra—. ¿Sabor?

—Es que no tengo prisa, de verdad. Lo que pasa es que he venido en bici y estoy sedienta.

Ella le sonrió. Tenía los dientes muy blancos.

—Está bien —prosiguió Emily—. ¿Hay de melocotón?

Sin contestarle se volvió para abrir una de las neveras. Sacó una botella de cristal, la agitó, la abrió y vertió el contenido en un vaso con hielo. Luego se lo ofreció.

—Aquí tienes.

—Muchísimas gracias. No tenías que haberte molestado.

—No me suena haberte visto antes. ¿No eres de por aquí?

—Sí, pero vivo a las afueras. —No mencionó la urbanización a propósito. No le pareció adecuado—. Había venido alguna vez a esta cafetería, pero ya hace años, con mi madre.

Hubo un silencio perspicaz después de eso, como si la otra chica hubiese deducido el significado oculto de su frase.

—En ese caso, encantada. —Le ofreció la mano, todavía detrás de la barra, y Emily le correspondió—. Soy Arabia, pero todos me llaman Ari.

—Yo Emily. ¿Tú sí vives cerca del centro?

—En Kingston.

—Genial. Eso significa que tienes el trabajo cerca de casa. A mí me pilla a unos diez minutos a buen ritmo en bicicleta.

—¿Dónde trabajas?

—De dependienta en BackyCakes, pero solo los fines de semana.

—¿No es ahí donde tienen las magdalenas glaseadas más famosas del estado?

Asintió y la conversación empezó a fluir a partir de ese momento. Arabia le contó que estudiaba enfermería y que, a pesar de tener el trabajo cerca de casa, la universidad le pillaba a un montón de paradas de autobús. Cuando Emily le contó que en su caso era justo al contrario —facultad cerca, trabajo lejos—, rieron por la coincidencia.

—¿Y qué te trae hoy por aquí?

—Estoy esperando a mi hermana. Debería haber llegado hace treinta minutos.

Otra de las cosas que le sorprendieron de la chica era que, a pesar de su procedencia extranjera, hablaba inglés con total desenvoltura. Se notaba un cierto deje en algunas palabras con ese, pero era muy leve, casi imperceptible.

—¿Llevas mucho tiempo viviendo en Utah?

—No sé cuánto tiempo es mucho para ti —contestó Arabia—. Llegué hace cuatro años. Cuatro y medio.

Emily quiso preguntarle por su procedencia, para saber a dónde había pertenecido antes, pero justo sonaron las campanillas de la puerta de entrada y se giró hacia allí. Emma echó un vistazo a las mesas, buscándola, y al verla en la barra caminó hacia donde estaba, sin quitarse las gafas de sol y con el glamour que había desarrollado con los años.

—Perdón por el retraso.

—No importa. He estado bien acompañada.

—¿Tú qué miras?

Emma le lanzó la pregunta a Arabia, que debía de haberse quedado observando el parecido entre ambas. O eso pensaba.

—Somos gemelas —dijo, como si no fuese evidente.

Sin embargo, ellas parecían haberse olvidado de que estaba presente. Se miraban de una forma muy inquietante.

—¿Os conocéis?

—No, no nos conocemos —respondió Emma, bajándose un poco las gafas para mirar por encima de ellas—. Y por eso mismo no me gusta que me mire así.

Arabia no le apartaba la mirada. Eso era cierto.

—¿Te has quedado muda o qué?

—No seas grosera —le pidió Emily.

Lejos de dejarse amedrentrar por el descaro de su hermana, la chica contraatacó:

—No sabía que tenías todos los derechos reservados como para que los plebeyos no podamos mirarte a la cara.

La contestación las dejó a las dos sin habla.

—¿De qué vas, niñata? —le dijo Emma después.

—¿Niñata, yo?

—Chicas, ya basta —Emily las interrumpió. No entendía nada. Cogió a su hermana por el brazo y agregó—: Vamos a sentarnos.

—No. Ya no quiero tomar nada en este sitio, el servicio no es de mi agrado. Suerte que no me apetezca rellenar una hoja de reclamaciones.

—Claro, lo entiendo —continuó Arabia—. Podrías romperte una uña solo con intentarlo.

Emma estaba que echaba humo por las orejas.

—¿Dónde está tu encargado, mora? —le espetó.

—¿Por qué das por hecho que es un hombre el encargado? De todas formas, yo de momento no respondo ante nadie, porque no estoy trabajando, así que, con tu permiso, voy a continuar leyendo el último número de la *Rolling Stone*, que está muy interesante.

Tanto ella como su hermana la vieron salir de la barra, coger la revista que había mencionado y subirse al taburete más alejado de ellas. Emily pensó que había sido una buena estrategia. Era evidente que la chica sí que trabajaba allí, pero también que su turno no había comenzado, y que podía a hablarle a su hermana como le diese la gana.

Otra chica, rubia de pelo rizado, salió entonces del interior. Saludó a Arabia y luego fue hacia ellas.

—Buenas tardes. ¿Café?

—Este sitio me da náuseas...

Emma ni siquiera se dignó a mirar a la camarera. Asió bien el bolso y salió por la puerta. Emily la siguió, sin más remedio.

—¡Estúpida inmigrante! —exclamó Emma nada más salir—. ¿Quién se ha creído que es para hablarme de ese modo?

—No era necesario que hicieras comentarios racistas. ¿De qué la conoces?

—¿De qué? ¡Pues de nada! Te lo he dicho antes.

—No es lo que me ha parecido.

—Mira, no sé quién es. No me suena de nada, pero se ha quedado mirándome con cara de asco. A mí nadie me mira de ese modo.

—A lo mejor solo estaba reparando en nuestro parecido.

—No soy tonta, ¿vale? Sé lo que me digo.

Suspiró. No sabía si su hermana estaba exagerando o realmente había sido así, pero no quiso darle más vueltas al asunto.

—¿A dónde quieres ir?

—¡No lo sé!

—Cálmate, Emma.

—¿Cómo quieres que me calme? ¿Has oído todo lo que me ha dicho? Es increíble. Alguien como ella hablándome a mí así. Debería volver a entrar a decirle cuatro cosas bien dichas.

—No. Lo que harás será entrar conmigo al Starbucks que hay en Main Street, y luego hablaremos.

Emma gruñó e hizo un último comentario.

—Odio venir al centro, está lleno de gentuza.

—Ha sido idea tuya venir aquí.

—No me lo recuerdes.

El Starbucks estaba mucho más concurrido que la cafetería anterior. Emma miró con disimulo hacia todas las mesas para asegurarse de que no había nadie que la conociese, y solo entonces se dignó a sentarse en una de las pocas libres que quedaban. Pidieron café y una galleta gigante para cada una. Cuando la dependienta le devolvió el cambio, Emily se acordó de que se había ido del Purist Coffee sin pagar. Le dijo a su hermana que debía salir un momento para hacerlo, pero Emma se lo impidió.

—Ni hablar. No vas a volver a ese sitio. Siéntate de una vez y deja que te cuente lo que había venido a contarte. Es importante.

Se notaba que estaba nerviosa y no fue difícil deducir por qué.

—De acuerdo. Ya estoy.

—Bien. Solo quería que supieras que ya es oficial. —Emma se inclinó hacia adelante para que la escuchara sin tener que levantar la voz. Seguía sin quitarse las gafas de sol—. Me he hecho un puñado de test de embarazo y todos han dado positivo.

Era una noticia muy impactante, pero no inesperada, porque no eran tantas las opciones relacionadas con que a una mujer le desapareciese la menstruación. Emily trató de mantener la calma, aunque miró a su hermana con preocupación, sintiendo que el corazón le latía con fuerza.

—¿Y qué vas a hacer ahora?

—Lo que hacen todas. ¿Qué si no? Esperaré seis o siete meses más y luego se lo entregaré a su padre. Yo no quiero hacerme cargo de ningún crío.

—¿Hablas en serio?

—Por supuesto que hablo en serio. ¿De qué te extrañas?

—¡Vas a tener un bebé! Es una responsabilidad muy grande que deberás...

—Es una responsabilidad que no quiero. Y como no la quiero, nadie va a obligarme a hacerme cargo.

Emily se dio cuenta de que su hermana no iba a atender a razones.

—¿Por qué no hablas con papá?

—¿Y de qué serviría hablar con él?

Supuso que Emma había hecho las mismas indagaciones que ella sobre el aborto. Utah todavía era uno de los estados donde estaba permitido abortar durante el primer trimestre, pero que fuese una práctica legal no significaba que todos sus habitantes estuviesen a favor. Su padre tenía sesenta años, era una persona muy conservadora..., y probablemente estuviese dentro del grupo de los que consideraban que el aborto era una aberración. Pero tratándose de su propia hija, a lo mejor había alguna posibilidad de que cambiase de opinión.

Y eso fue lo que trató de decirle a su hermana.

—Si no quieres tenerlo, quizás él...

—¿Quién dice que no quiera tenerlo? —la cortó ella—. Lo único que no quiero es quedarme con él. Estoy deseando ver la cara de Jake cuando se entere de esto...

Su hermana dio un sorbo al café, calmada después de todo. Emily no podía creer lo que estaba diciendo.

—Déjame ver si lo he entendido. ¿Lo único que quieres con lo de tener al bebé es fastidiarle la vida a Jake?

—Sí, ¿qué problema hay?

—Eso es muy retorcido, Emma.

—He visto y leído cosas por ahí —continuó ella, omitiendo su última apreciación—. Es muy fácil ocultar un embarazo siempre que uses la ropa adecuada. Yo soy pequeña, así que no creo que se me note demasiado.

—Cada cosa que dices me horroriza más.

Emma apoyó de repente las palmas de la mano sobre la mesa, haciendo que algunos de los presente se girasen hacia ellas.

—¿Estás conmigo o contra mí, Emily? —le preguntó, muy seria.

—¿A qué te refieres?

—A si me ayudarás a guardar el secreto y me apoyarás cuando finja que el crío es de Jake.

—¿Cuando finjas? ¿Eso quiere decir que sabes que no es de él?

Su silencio fue demasiado significativo.

—Lo siento —continuó Emily—. Pero no pienso participar en ninguna farsa. No cuentes conmigo.

Emma la agarró para impedir que se levantara.

—Si le cuentas algo de esto a alguien, te acordarás el resto de tu vida que hayamos crecido juntas y lo sepa todo sobre ti.

—¿Me estás amenazando?

—No voy a consentir que nadie se interponga en mis planes. Si no quieres ayudarme, al menos mantente al margen.

—No te preocupes. Me mantendré tan al margen que ni siquiera me verás. Después de lo que has dicho, no me interesa ya nada de lo que te pase. Me has dejado claras muchas cosas, como supuesta amiga y como hermana. ¡Ah! Y respecto a eso de que lo sabes todo sobre mí, no te lo crees ni tú.

Emily cogió sus cosas y salió de allí con un fuerte dolor de cabeza, que había empezado después de que su hermana llegase. Porque Emma hablaba en serio. Hablaba con la frialdad y la maldad de alguien que no está bien de la cabeza, y que solo piensa en hacer daño a otras personas.

¿Así era realmente su hermana? No terminaba de creérselo.

Caminó hacia donde había dejado atada la bicicleta, cerca del Purist Coffee, pero no la encontró donde debía estar.

Apurada, miró en todas direcciones, hasta que vio a un hombre pedaleando a escasos metros de donde la había dejado. Aquel tipo se la había robado. Emily corrió tras él y empezó a gritar, alertando a todo el mundo para que lo detuvieran. Al darse cuenta de que lo había pillado, él empezó a pedalear más rápido.

Empezaron a llorarle los ojos, más por no poder creer que aquello estuviese sucediendo que por la velocidad.

De pronto, vio por delante de ella que había alguien a punto de alcanzar al ladrón. Justo entonces, Emily tropezó y cayó al suelo, magullándose las rodillas e incapaz de contener las lágrimas. Era la bicicleta de su madre. Tenía un valor incalculable.

La gente hizo un círculo alrededor de ella y se puso roja por la vergüenza. Poco después, una mano le ofreció ayuda para incorporarse y ella la aceptó. La mano izquierda de Jake, para ser precisos, porque con la derecha sujetaba el manillar de su bicicleta.

La gente empezó a dispersarse.

—¿Estás bien? —le preguntó.

A Emily se le escapó una risa nerviosa.

—Gracias por alcanzar a ese... mequetrefe.

Jake se limitó a encogerse de hombros.

—No te imaginas cuánto te lo agradezco, en serio.

—Ahora ya estamos en paz.

—¿En paz? ¿Por qué?

—Por lo que pasó en el garaje, en casa de tu padre. No merecías que yo te gritase de aquel modo.

La sonrisa de Emily aumentó de forma progresiva, hasta que recordó lo que había hablado con su hermana hacía escasos minutos. Hasta tuvo que apartar la mirada, incapaz de soportar el contacto visual con un chico que, aunque aparentaba muchas cosas, estaba segura de que en el fondo la mayoría eran más fachada que verdad.

—¿Seguro que estás bien?

—Sí. Gracias por todo.

Emily se subió en su bicicleta y pedaleó con ansia.

Siete meses era mucho tiempo, así que decidió mantener la esperanza de que su hermana cambiese de opinión.

- - - - - - -

Arabia había salido a la calle a causa del alboroto. Había un montón de gente apelotonada en torno a algo, a alguien, más bien. En cuanto empezaron a dispersarse, divisó a Jake por su altura. No tardó en descubrir que estaba ayudando a la pelirroja con la que ella había estado conversando antes de su turno, y dedujo que ella se había caído de la bicicleta y que él se había acercado a ayudarla, o a socorrerla o a saludarla.

Qué más da, pensó.

Arabia había empezado a detestar a Jake hacía meses, porque ni siquiera se había dignado a disculparse por lo ocurrido el día que la agarró del brazo. De hecho, no habían vuelto a hablar desde entonces y ella había limitado mucho las visitas a casa de los Becker con tal de no encontrárselo.

Le había dado demasiadas vueltas a lo que pasó también poco antes, en la discoteca de las afueras, hasta que se autoconvenció de que eso no le hacía ningún bien. Aun así, la imagen de Jake intimando con la otra chica no podía sacársela de la cabeza, por lo que la apación de ella en el Purist Coffee le había amargado la tarde.

Había sido una casualidad de lo más indeseable.

Aunque primero había conocido a Emily, eso no le había dado ni una ligera pista, porque era innegable que se parecían, pero la corta melena teñida de rojo era lo único que recordaba de ella, y lo que la había delatado al entrar por la puerta.

Habían tenido una conversación muy poco respetuosa la una con la otra y eso había conseguido que al final las dos hermanas se marchasen de allí. Le había quedado una sensación de malestar por Emily, porque le había caído muy bien desde el inicio. Sin embargo, ahora que contemplaba la nueva escena con Jake, ya no le importaba tanto.

La vio marcharse en su bicicleta a toda prisa y él la observó mientras lo hacía. La siguió con la mirada todo el rato, hasta que se alejó por completo. Arabia opinó que era realmente asqueroso que ahora se interesase por Emily, después de haber estado en la discoteca con su gemela.

Jake giró la cabeza hacia el Purist Coffee, la vio a ella y no dudó en acercarse. Arabia se limitó a cruzarse de brazos y a arquear una ceja.

—Hola —dijo nada más llegar. Luego se metió una mano en el bolsillo mientras que con la otra se rascaba la cabeza.

—¿Cómo estás?

Arabia se preguntó si Jake habría ido hasta allí para enmendar lo ocurrido entre ellos en diciembre o si solo pasaba por allí y se había acercado a saludar por compromiso. El debate interno de posibilidades le impidió contestar.

—Entiendo que no quieras hablarme —siguió él—. He venido a disculparme.

La primera opción. Quién lo iba a decir.

—Disculpas aceptadas —contestó—. Ahora, si no te importa, tengo que volver al trabajo.

—¡Espera! —Arabia lo vio abstenerse en el reflejo del cristal de la puerta. Abstenerse de sujetarla—. Aquel día solo necesitaba que me escucharas, pero tú no me dejaste ni explicarme.

—¿Ahora resulta que tenías algo que explicarme? Creo que dijiste que venías a charlar. Ah, no. Ya me acuerdo. En realidad, viniste a preguntarme por lo que pasó en la New.

—Sigo sin entender por qué te molestó tanto… De todas formas, era por eso precisamente que quería que me dejases hablar. —Jake parecía un poco nervioso—. Sé lo que hice, aunque no pueda recordar los detalles, pero me acordé de que en mi casa dijeron que os habíais ido cuando tú empezaste a encontrarte mal y... Solo quería asegurarme de que tu malestar no había tenido nada que ver conmigo.

—¿Qué insinúas? —Arabia le interrumpió, enfadada y más alterada de lo que cabría esperar—. ¿Qué te piensas que eres para mí?

—Yo no he dicho que…

—A mí me importa bien poco lo que hagas con tu vida y lo que te hagas a ti mismo ingiriendo toda esa cantidad de alcohol que tragaste aquel día, sin control y sin medida. Lo único que me importa, y que lamento, es no haberme dado cuenta antes de cómo eres en realidad: ni más ni menos que como todos los demás.

—Primero, no hace falta que seas tan brusca. Segundo, ¿a qué ha venido eso?

No tenía ni idea de por qué se había expuesto de esa forma ante Jake. Recondujo la conversación hacia terreno seguro.

—¿Sabes eso que dicen de que los niños y los borrachos nunca mienten? Pues además de no mentir, también actúan según sus verdaderos intereses. Si no te acuerdas de lo que hiciste, piensa a ver si recuerdas qué era lo que deseabas hacer. Tal vez así se te aclaren las ideas.

—No lo entiendes, Ari, si me dejases explicarte...

—No hay nada que tengas que explicarme.

Jake resopló.

—Todo fue por culpa de Ashley. Estoy casi seguro de que fue ella la que me puso algún tipo de sustancia en la bebida.

—¡Já! ¿En serio crees que voy a tragarme que te drogó la novia de tu hermano? ¿Tan estúpida crees que soy?

—Si pensara que eres estúpida no esperaría que fueras la única persona capaz de creerme.

Esa respuesta le dio mucho que pensar, pero a ella no le sobraba el tiempo para hacerlo.

Ojeó la sala de la cafetería y percibió cómo su compañera la requería de vuelta al trabajo.

—Está bien. Tienes un minuto para convencerme de lo que quieras decirme, porque después volveré adentro.

—Estuve saliendo con Ashley en el instituto. —Arabia lo escuchó con atención—. Fue mi primera novia, y la única real que he tenido formalmente. Tenía quince años y estaba colado por ella, como casi todos en aquella época. No duramos mucho juntos, porque lo único que ella quería era poder estar más cerca de mi hermano, quien de verdad le gustaba; y de hecho cuando lo dejamos se convirtió en una de sus mejores amigas. No te imaginas lo incómodo que era verla tontear con él todos los días, aunque como Derek estaba tan acostumbrado a que lo halagaran, para él, Ashley era solo una más. Cuando se cansó de que él no le hiciera el caso que ella buscaba, intentó volver conmigo. Tuve que soportar todas sus insinuaciones sin corresponder a ellas para mantenerme lejos de su alcance, porque sabía la clase de persona que era. Pero como continuaba siendo amiga de mi hermano no le conté nada, ni a él ni a nadie. —Jake hizo una pausa para asegurarse de que Arabia le estaba escuchando. Ella hizo un gesto con la mano para que continuase—. No era cosa mía, estoy seguro, a pesar de lo que pueda parecer. Y en Nochebuena, por alguna razón que desconozco, Ashley lo volvió a hacer. Empezó a provocarme mientras bailaba con Derek.

—Claro. Es muy lógico —dijo Arabia, consciente de que eso último que había dicho sí sabía que era cierto. Ella misma se había percatado de las miradas que habían compartido ambos—. La novia de tu hermano se te insinúa, y, por despecho, tú vas y te lías con la primera que pasa.

—No era exactamente la primera que pasaba, pero no es esa la cuestión.

—¿Y cuál es?

—Que estoy seguro de que me puso algo en el vaso a propósito.

—¿Y por qué iba a hacer algo así estando con Derek? Según dices, es lo que siempre había querido.

—Quizás para hacerle creer a mi hermano que yo sigo detrás de ella.

—¿Y qué ganaría Ashley con todo eso?

—Eso es lo que trato de averiguar ahora. Creo que me guarda rencor por el hecho de que yo no quisiese volver, porque tiene la necesidad de ver que todo el mundo va detrás de ella.

—Es una historia de lo más interesante, no me cabe duda. Pero aparte de conocer el dato de que Ashley y tú estuvisteis juntos, no me ha quedado nada en claro respecto a lo de la discoteca.

—¿No me has oído? Me echó algo en la bebida que me estimuló demasiado.

—¡Nadie te echó nada en la bebida! Solo estabas completamente borracho. Asúmelo de una vez.

Arabia entró a la cafetería e intentó no prestarle más atención, aunque sí le echó un último vistazo, porque se quedó de espaldas a ella, con ambas manos metidas en los bolsillos, muy quieto. No pudo evitar pensar en su espalda, ancha, compacta, porque era una de las cosas que más le atraían de él.

Sacudió la cabeza, como si así pudiese eliminar ese tipo de pensamientos, y al poco él desapareció.

Esa noche, al llegar a casa, apenas pudo descansar, porque no dejaba de darle vueltas a aquello de: *Si pensara que eres estúpida no esperaría que fueras la única persona capaz de creerme*. Eso le demostraba cosas que no quería aceptar, como el hecho de que él confiaba en ella.

Algo tan confuso como contradictorio.

Jake había echado a perder todos los sentimientos buenos que había estado albergando hacia él en tan solo dos momentos: el de la discoteca y el del brazo. Aunque por motivos distintos, ambos habían hecho pedazos su autoestima.

También había hecho desaparecer la poca esperanza que le quedaba de que él se interesase alguna vez en ella, al ver cómo se quedaba observando alejarse a la dulce, educada y bonita chica pelirroja.

Arabia nunca se había considerado guapa ni atractiva, mucho menos sexy. Era consciente de que era muy diferente al resto de chicas de la ciudad, pero ¿tanto como para que nadie se hubiese fijado en ella? Su piel ni siquiera era muy oscura. A decir verdad, era incluso más clara que la de Jake en verano, solo que la de él adquiría un bonito tono bronceado y no le hacía parecer extranjero, como a ella. Odiaba sus raíces paternas con todas sus fuerzas. Si hubiese heredado más cosas de su madre aparte de la nariz, estaba segura de que su apariencia hubiese sido muy distinta.

Fue al baño a analizar, una vez más, su reflejo. Su aspecto era el de siempre: ojos delineados y pelo recogido en un moño alto y desordenado. Se dio cuenta de que, tal vez, el único problema era que nunca cuidaba demasiado su aspecto; que no le daba importancia. No había nada de malo en eso, pero pensó que podría tratar de cambiarlo.

Intentarlo, al menos.

—Hay que empezar por quererse a una misma —dijo en voz alta, a pesar de que no había nadie que pudiese escucharla.

Abrió el grifo de la ducha, se desnudó y se metió en ella. Las duchas después de días ajetreados le resultaban extremadamente reconfortantes. Esperó a notar el agua caliente y dejó que el vapor la relajara por completo. Luego salió, se colocó el albornoz y una toalla en el pelo y salió a la cocina a prepararse un vaso de chocolate caliente.

Mientras se lo tomaba, pensó en las ganas que tenía de graduarse. Estaba deseando encontrar un trabajo que le permitiese dedicarse a la que era realmente su vocación. Quería conocer gente nueva, y tener unos compañeros de trabajo con los que poder salir por ahí de vez en cuando. Incluso apuntarse a alguna actividad, algo que pudiese resultar divertido. Hasta ahora nunca había hecho nada más aparte de estudiar y trabajar.

En cuanto tomó el último sorbo de chocolate, volvió al cuarto de baño para peinarse. Se desenredó el pelo con las manos, como siempre, y luego sacó un bote de espuma que agitó antes de aplicárselo en las mano y extender su contenido de la raíz a las puntas. La parte de delante, la que solía llevar hacia un lado —sujeta en la oreja derecha—, ya le llegaba por el cuello. Cogió unas tijeras y se lo cortó recto por encima de los ojos. El flequillo quedó un poco desigual por algunas partes, pero no le importó, porque le gustó el resultado.

No le importaba en absoluto lo que la gente pensase de ella. Estaba decidida a tomar las riendas de su vida de una vez por todas.

A partir de ahora, caminaría siempre con la cabeza alta, mirando al frente y mostrando un poco de vanidad de vez en cuanto.

Tenía veinte años recién cumplidos y era una mujer con talento y recursos, así que ya era hora de demostrarlo.

SÁBADO

17 MAYO 1987

MAYO

SM	L	M	X	J	V	S	D
18				1	2	3	4
19	5	6	7	8	9	10	11
20	12	13	14	15	16	17	18
21	19	20	21	22	23	24	25
22	26	27	28	29	30	31	

—Estoy un poco mareada.

—Aguanta un poco. Ya casi llegamos.

Derek estaba de nuevo en Vallon.

Habían pasado cinco meses desde la última vez que había estado de visita en casa de sus padres, y se debía a tres motivos. Uno de ellos era que había estado hasta arriba de trabajo, tanto en la facultad como en la cafetería. Otro, que tenía miedo de la reacción de su familia cuando se enterasen de lo de Ashley. Había sido incapaz de hablarles del embarazo cuando aún estaba a tiempo de que no fuese una abrupta sorpresa. Instintivamente, miró la barriga de su prometida. Estaban a mediados de mayo y hacía dos semanas que el ginecólogo había confirmado el séptimo mes de su embarazo. En cuestión de un par de meses, Ashley traería al mundo a una niña.

Cuando el taxista paró delante de su casa se le hizo un nudo en la garganta. Se sentía culpable por todo el tiempo que había pasado fuera, a pesar de que la situación económica de los Becker se había vuelto más crítica.

Ese era el tercer motivo por el que regresaba, y el segundo más importante, según su valoración personal.

Habían despedido a su madre del supermercado donde trabajaba hacía ya dos meses. Recortes de personal, dijeron. Por otro lado, parecía que su padre tenía los días contados, por los cambios que querían hacer en la fábrica Wathson.

De momento nos mantenemos a flote, le decía su madre cada vez que hablaban por teléfono. Pero él sabía que no era suficiente. Que la situación los podría sobrepasar en cualquier momento.

Era pasada la una de la tarde cuando por fin se atrevió a llamar al timbre. Louis les abrió la puerta y enseguida se plantaron con las maletas en el salón.

Estaban todos sentados en la mesa, comiendo.

—¡Derek! —exclamó su madre—. ¿Por qué no me has avisado de que llegaríais tan pronto?

—Encontramos un vuelo más barato a última hora y no tuvimos tiempo de avisar.

Sara se levantó para recibirlos, pero a medio camino se paró y se quedó mirando a Ashley. Todos lo hacían, porque ella estaba sujetándose la barriga con ambas manos. Eso, junto el vestido primaveral que había escogido para la ocasión, delataban más que de sobra su incipiente barriga.

Zane se levantó y fue directa a poner sus manos allí.

—¡Voy a ser tía! —exclamó.

—Sí —contestó Ashley—. De una niña.

La noticia fue recibida con mucha cautela. Sus padres apenas dijeron nada al respecto mientras les hacían sitio y juntos terminaban de comer.

Derek fue el encargado de iniciar la conversación cuando se quedaron a solas.

—Ya sé que tenía que habéroslo contado antes —comenzó diciendo—, pero no quería añadiros otra preocupación.

—¿Cuánto hace que lo sabéis? —preguntó su madre.

—Casi desde el principio —respondió, no sin pesar.

—No quiero que me malinterpretes, hijo —continuó Sara—. Un hijo siempre es una buena noticia. ¿Pero no crees que habéis ido demasiado rápido?

—Fue un accidente, mamá.

—Fue una imprudencia —apreció su padre—. Y una extremadamente irresponsable por parte de ambos.

Derek no supo cómo hacer frente a su comentario, porque era la primera vez que lo tachaba de irresponsable, así que decidió sincerarse y explicarle cómo había ocurrido. Solo evitó la parte más conflictiva, la de que Ashley había empezado a interesarse por él muy de repente. No quería que ellos también dudasen de que él fuera realmente el padre.

Bastante tenía él con sus propias dudas.

—¿Os vais a casar? —quiso saber Paul, que era un hombre muy tradicional y muy pragmático en según qué casos.

—Sí, pero después de que nazca la niña. Algo sencillo a finales de verano. Para entonces, Ashley también habrá cumplido los veintidós.

Su padre asintió, satisfecho con la respuesta.

—Veréis, ha tenido un embarazo un poco complicado —continuó—. Al tercer mes, estuvo a punto de tener un aborto, pero consiguió recuperarse. Desde entonces el médico le pautó mucho reposo, así que se pasa la mayor parte del tiempo descansando en la cama. Ha tenido que dejar los estudios.

—Se la veía muy bien esta tarde —afirmó su madre.

—Sí, ya está bastante recuperada, pero, aun así, tengo miedo de que vuelva a pasarle algo ahora que ya está la gestación tan avanzada.

—¿El bebé está bien?

—Sí.

—¿Y cómo estás tú?

—Hasta ahora estaba muy nervioso. No sabía cómo contároslo.

—Por nosotros no te preocupes. Sabes de sobra que siempre contarás con nuestro apoyo. Nos has demostrado...

—Por favor, no lo digas. —Derek hizo una pausa antes de continuar—. No digas que siempre he demostrado que se podía confiar en mí, porque papá tiene razón. Un miembro más en la familia en la situación en la que estamos no es la aportación más inteligente que se pudiera esperar por mi parte. Respecto a eso, tengo un poco de dinero ahorrado que me gustaría que...

—Ahora tú tienes tu propia familia. —Su padre lo interrumpió, muy serio—. Tienes que ocuparte de la chica y del bebé. Olvídate de todo lo demás.

—Pero, papá, yo quiero ayudar. No puedo desentenderme sin más. Sé que la situación es complicada.

—He dicho que no. Guarda ese dinero para cuando nazca el bebé. Lo necesitarás.

—¿Qué hay de los padres de Ashley? ¿Lo saben? —preguntó su madre.

—Sus padres son ricos. Le dan a Ashley todo lo que quiere con tal de que no les moleste; siempre ha sido así. Es precisamente por eso que quiero que aceptéis mi dinero, porque sé que a la niña no le faltará de nada.

—¡He dicho que no! ¿Es que quieres ser un mantenido? —Sabía que Paul podía llegar a ser muy severo, pero no lo había experimentado nunca de un modo tan directo—. Además, tendrás que encontrar un mejor trabajo pronto, para poder hacerte cargo de lo que se te viene encima, si es que quieres que siga estando orgulloso de ti.

Se sintió muy intimidado por sus últimas palabras. Fue una suerte que justo después de decir aquello saliese de casa, permitiéndole hablar a solas con su madre.

—Tu padre tiene razón, hijo, a pesar de que no haya usado las palabras adecuadas.

—Solo intentaba ayudar.

—Ya lo sé, pero también sé que durante todos estos años te has esforzado mucho para conseguir lo que ahora tienes. Te lo has ganado, así que es hora de que hagas un último esfuerzo, para que luego puedas disfrutar la vida como es debido.

—Gracias, mamá, pero a veces no puedo evitar sentirme culpable por haberme marchado lejos, mientras todos los demás os quedabais aquí, tratando de salir adelante con muy poco.

—No tienes que sentirte culpable. —Sara le sujetó la cara con las manos, con ternura—. Tú eres el orgullo de esta familia.

Mientras su madre pronunciaba esa última frase, Jake apareció detrás de ellos, con una bolsa de deporte colgada al hombro.

—¿Derek es el orgullo de esta familia?

—Por favor, Jake, no era mi intención...

—Me encantaría ver la cara que pondrían Louis y Zane si se enterasen de lo que acabas de decir. ¿Qué somos nosotros entonces?

—No quería decir eso.

—Pero lo has dicho, ¿no?

—Mamá solo pretendía hacerme sentir mejor —intervino Derek.

—Pues a mí me ha hecho sentir como una mierda.

Jake se dio la vuelta y también salió de la casa. Ni siquiera se molestó en cerrar la puerta. Entonces su madre se echó a llorar, y eso lo pilló totalmente desprevenido, porque solo la había visto llorar una vez.

Y uno no podía acostumbrarse a ver llorar a quien siempre era consuelo.

—No llores, mamá. Ha sido un malentendido.

—No —replicó ella, entre sollozos—. Tu hermano tiene razón. Nunca debí decir eso. Estoy orgullosa de todos y cada uno de vosotros, y no tenéis la culpa de esta situación.

—¿Por qué no me cuentas, con todo lujo de detalles, cuál es la realidad de nuestra situación? No quiero seguir estando al margen de algo tan importante.

Su madre tardó lo que quedaba de tarde en ponerle al día.

Iban apurados desde su despido, en marzo, pero no era algo que les hubiese pillado desprevenidos, porque mucho antes de que acabara el año, Sara había acudido a una reunión de personal donde se les informó a todos de que pronto habría despidos aleatorios debido a pérdidas económicas que empezaban a afectar a la franquicia. Hasta entonces habían estado ahorrando, rezando en vano por que la medida no llegase a afectarla a ella.

Y hasta ahora habían estado bien, *a flote*, como ella decía, pero hacía un mes que le habían comunicado a su padre que también habría cambios en la empresa. Querían renovar el personal, porque había muchos trabajadores que ya pasaban de los cincuenta y por lo visto el rendimiento había disminuido. Su padre se vio entre la espada y la pared ante dicha noticia, y no tuvo más remedio que pedirles a sus superiores un puesto de trabajo fijo para Jake. Al principio se negaron, así que tuvo que suplicarle en privado al mismísimo Frederic Wathson para conseguirlo.

—Y ya sabes el currículum que tu hermano carga a la espalda con la hija de ese hombre. Nos hizo un auténtico favor aceptándolo en su propia plantilla.

Pero todos esos planes y acuerdos se llevaron a cabo sin contar con Jake, así que, cuando se enteró de que le habían conseguido un puesto fijo en la fábrica que no podía rechazar por el compromiso que suponía, se enfadó muchísimo.

—Tu padre y tu hermano estuvieron toda la noche batallando. Jake nos recriminó que nunca le hayamos dado la oportunidad de decidir.

—Pero al final aceptó el empleo —dijo Derek.

—Por supuesto que lo aceptó. A tu padre solo le quedan dos semanas para el despido, y Jake puede ser muy obstinado, pero nunca hará nada que perjudique a la familia.

—Lo sé.

—Sin embargo, ya no le dirige la palabra.

—¿A papá?

—Sí.

—¿Y qué hay de ti? ¿Todavía te respeta?

—Nos respeta a ambos, pero está muy resentido, y no le culpo. No sabes cuánto lamento que nos escuchara hablando de ti.

Derek trató de paliar el pesar de su madre, aunque también pensó en cómo debía de haberse sentido Jake.

—¿Qué hay de su carrera? —volvió a preguntar, refiriéndose a él.

—Trabaja a jornada completa, así que ya no puede ir a clase. Me gustaría poder decirle cuánto se lo agradecemos su padre y yo.

—¿Por qué no lo intentas?

—Porque con Jake ya no valen los intentos. Es cierto que muchas veces nos ha decepcionado a tu padre y a mí, pero creo que ahora somos nosotros los que le hemos decepcionado como padres.

—No digas eso, mamá. Sois unos padres excelentes, y Jake lo sabe.

Zane apareció de la nada. Por el brillo de sus ojos, dedujeron que había estado escuchándoles.

Sin decir nada, se acercó a su madre y la abrazó. Luego rompió a llorar. Lo hicieron las dos, y prometió que buscaría un trabajo, aunque su madre le quitó esa idea de la cabeza, porque con el estado de su anemia, lo mejor era que se mantuviese tranquila.

Cuando Derek volvió a quedarse a solas con su madre, la obligó a coger el sobre con dinero que había transportado desde Florida para ellos.

—Voy a subir ahora a echarle un vistazo, ¿de acuerdo?

—Claro.

Su madre le dio un beso en la frente y luego salió de casa con la intención de dar un paseo. Ya estaba anocheciendo, pero ni su padre ni su hermano habían vuelto todavía.

Derek subió a la habitación de Jake, donde Ashley y él se habían instalado a pesar de la reducida cama, y se acercó a ella. Habían pasado casi dos horas desde que se había tumbado a descansar.

Se despertó en cuanto le rozó la mejilla con los dedos.

—Me he quedado dormida, ¿verdad?

—Sí, y bastante rato.

—¿En serio?

Ashley quiso incorporarse, pero contrajo el rostro por el dolor.

—¿Qué te pasa?

—Me duele un poco la tripa.

—Entonces sigue descansando.

El gesto de ambos reflejó preocupación, pero Derek trató de disimularlo.

—Nos quedaremos aquí tumbados hasta la hora de cenar, ¿de acuerdo?

Ashley le hizo hueco, lo atrajo hacia sí y se quedó dormida enseguida; sin embargo, Derek no pudo dejar de pensar en todo lo que estaba sucediendo. Que no era poco.

DOMINGO

18 MAYO 1987

Jake se despertó esa mañana dispuesto a disfrutar de su día libre. Lo pasaría con Rachel, como hacía cada domingo desde que había empezado a trabajar en la fábrica Wathson.

Lo primero que vio al levantarse fue a su hermano pequeño, que seguía dormido en la cama de enfrente. Se había visto obligado a ceder su habitación a Derek y a Ashley, así que hasta nueva orden, dormiría con él. Estaba molesto por ese asunto, pero los domingos no eran días de pensar en cosas desagradables, así que salió hacia el cuarto de baño, se lavó la cara y bajó a desayunar.

Consiguió tener la mente cien por cien despejada cuando terminó de freír la primera tostada con mantequilla.

La casa estaba tranquila, y él también. Minutos después, escuchó pasos cortos en el piso de arriba y al instante su prima se asomó por el hueco de la escalera.

—Cada fin de semana te vuelves un poco más madrugadora.

La niña asintió con la cabeza y sonrió.

Jake apuró el contenido de una botella de zumo de naranja de un solo trago y luego con un gesto de cabeza le indicó que se uniera a él.

Preparó dos tostadas más y colocó una de ellas en un plato para

Rachel, sirviéndosela junto con el bote de crema de cacahuete que tanto le gustaba, para que se untase al gusto. A esa hora de la mañana, nadie podía decirles qué estaba permitido y qué no.

Una vez saciados, se sacudieron las migas adheridas a sus respectivos pijamas y limpiaron un poco la mesa.

—Y ahora vamos a vestirnos.

Jake subió con Rachel hasta el cuarto de Zane, en la segunda planta. Había empezado a dormir allí hacía unos meses y se estaba convirtiendo poco a poco en su habitación, muy a pesar de ambos.

Su hermana estaba durmiendo, así que procuraron no hacer mucho ruido. Eligieron entre los dos unos pantalones azules y una camiseta verde pistacho. Luego Jake descolgó de la percha una chaqueta vaquera para cuando salieran a la calle. Tomó en brazos a su prima y bajó al primer piso. Entonces fueron a su habitación, pero la puerta estaba cerrada con pestillo.

—Tenemos un problema.

—¿Cuál?

—No puedo entrar a vestirme.

—¿No sirve la ropa que llevas?

Jake solía dormir con un viejo pantalón de chándal y una camiseta cualquiera, esta última como prenda extra siempre que había invitados. No era que no pudiese salir así a la calle, pero llevaba usando el mismo pantalón toda la semana. Rachel salió corriendo de puntillas hasta la habitación contigua, esperando que la siguiera, y allí la encontró señalando la maleta de Derek.

Entre los dos fueron sacando ropa hasta que dieron con un pantalón vaquero y un suéter fino azul celeste. No era de los colores predilectos de Jake, pero era eso o escoger entre un puñado de camisas. Se cambió de ropa en cuestión de segundos y le preguntó a Rachel por su aspecto.

—No está mal —dijo ella—. Lo que pasa es que así vestido te van a confundir con Derek, y a mí me gusta que mis amigos me vean contigo.

Jake rio más fuerte de lo que pretendía y Louis se despertó.

Rachel, al escucharlo, se contagió y rio aún más.

—¿Qué os pasa?

—Nada, nada. Ya nos íbamos.

Cogió a su prima y bajaron hasta la calle. A ella le costó un rato más dejar de reír.

A las diez y media de la mañana llegaron al parque Felton, su parque habitual. Estaba vacío, así que tenían todos los toboganes y demás atracciones infantiles para ellos solos. Rachel eligió subir a un columpio. Todavía les quedaba algo más de media hora de absoluta tranquilidad.

A Jake le encantaban las mañanas como esa. Desde que se había puesto a trabajar, había descuidado la atención a su prima, y sabía que ella lo había notado. Era por eso que había decidido pasar su único día libre con ella y aprovecharlo al máximo, y también era una de las condiciones que les había exigido a sus padres para aceptar un trabajo que, en realidad, no podía negarse a aceptar. Los domingos, Rachel y él podía hacer lo que les diera la gana, nada de tareas extras o compromisos no deseados. Ella seguía siendo la única que nunca se enfadaba con él y que prefería su compañía a la del resto.

La relación que había entre ellos era diferente e inexplicable.

El padre de Rachel era hermano de su madre. De él habían heredado ambos el color de ojos azul oscuro que tanto los caracterizaba. Se llamaba Robert y había sido alcohólico durante la mayor parte de su vida. Sara nunca les había hablado mucho de él, porque debido a su adicción, ella no lo había pasado nada bien cuando era pequeña. Tenía casi cincuenta años cuando acudió finalmente a rehabilitación, y allí fue donde conoció a la madre de Rachel, Catherin, trece años menor que él. Al año siguiente se casaron y ella se quedó embarazada. Su tío y su madre volvieron a tener relación vía telefónica gracias a la intervención de aquella mujer, que cambió radicalmente la vida de su hermano.

Robert y Catherin vivían en Oklahoma y, por aquel entonces, ellos todavía en Pensilvania. A los pocos días de nacer Rachel, quisieron presentársela a su familia, retomar el contacto de una vez por todas, así que todos emprendieron un largo viaje hasta Utah a propuesta de él.

Ni Jake ni sus hermanos habían visto nunca a su tío Robert, pero debido al cambio notorio de su hermano, Sara creyó que había llegado el momento de la reconciliación. Era la única familia que les quedaba, ya que su padre no tenía ningún hermano y sus abuelos fallecieron antes incluso de que Zane naciera. Jake ni siquiera los recordaba.

Se citaron en Vallon, más concretamente, en la casa donde Sara y Robert habían crecido. Además, era el lugar idóneo para reecontrarse, porque debían decidir también qué hacer con la herencia de la casa.

Jake recordó que le obligaron a ir a pesar de que ese fin de semana se jugaba uno de los partidos más importantes de la liga del instituto. Estuvo durante todo el viaje sentado en la parte de atrás de la camioneta de brazos cruzados. Pero al llegar, la ciudad no le desagradó tanto como cabría esperar. No tenía nada que ver con la sobriedad que emanaba de Filadelfia. En Vallon había mucho más color.

Pararon la camioneta justo delante de la casa de su difunta abuela materna. Llevaba años deshabilitada. Fue fácil deducir por qué: el aspecto exterior era lamentable, por lo que todos dedujeron que el interior no se encontraría en mejores condiciones. Sin embargo, no tenían llaves para comprobarlo, porque el único que tenía acceso a ella era su tío, quien, además, tenía los documentos de la propiedad y el justificante de herencia de la madre de ambos.

Así pues, comieron en un restaurante barato y esperaron su llegada hasta bien entrada la tarde.

Su prima interrumpió sus pensamientos colocándose justo delante de él.

—¿Puedo ir a jugar con Morgan?

Rachel señaló hacia otra niña que estaba en la parte más alta de un tobogán. Había un par de niños más correteando por el parque. Jake le dio permiso y se sentó en un banco para controlarla. Mientras tanto siguió pensando en el tío Robert y en todo lo ocurrido antes de llegar a conocerle.

No recordaba qué hora era cuando dos coches de la policía del condado se colocaron delante de la casa de su abuela. Sus padres los reunieron a los cuatro, muy asustados, cuando dos *sheriffs* se les acercaron. Preguntaron por su madre y le pidieron la identificación. Derek y él se quedaron cuidando de Zane y Louis. Tenían dieciséis y diecisiete años, y sus hermanos catorce y once respectivamente. Vieron a su madre romper a llorar tan desconsoladamente que cayó al suelo de rodillas a pesar de que su padre trató de impedirlo. Y luego los condujeron a todos hasta el hospital general. Sus padres fueron en uno de los coches patrulla, y los demás en la camioneta, que Jake se encargó de conducir. Una vez allí, les tocó esperar en una pequeña sala mientras sus padres se ocupaban de unos asuntos. Estaban todos desconcertados, y se quedaron dormidos unos encima de otros. Al despertar se enteraron de lo sucedido.

Su tío y su mujer habían tenido un accidente en la carretera, en el condado de Emery, kilómetros antes de llegar al de Utah. Cuando la asistencia sanitaria llegó, su tío aún seguía con vida, pero solo alcanzó a pedir que se comunicaran con su hermana. Los agentes apuntaron el nombre y la dirección que él les indicó momentos antes de morir, y por eso les habían localizado en casa de su abuela. El único superviviente era el bebé que viajaba con ellos, y que se encontraba en cuidados intensivos. Rachel.

Jake recordaba perfectamente su rostro de recién nacida dentro de la incubadora donde la mantenían con vida gracias a la respiración artificial. Nunca había tenido ningún tipo de interés en los niños pequeños, hasta que vio por primera vez a su prima. Se preguntó, al igual que el resto, cómo había sido posible que un ser tan pequeño sobreviviese.

Al final las cosas se resolvieron de forma que su madre era ya la única heredera de la casa de su abuela, y que la tutela de Rachel recaía sobre ella como última voluntad del fallecido. Así pues, en menos de un mes pasaron de vivir en Filadelfia a vivir en Vallon, a más de tres mil kilómetros de distancia, y de ser seis a ser siete. No fue una decisión fácil para ninguno de los miembros de la familia.

Sus padres pidieron un préstamo al banco para empezar rápidamente con la reparación de la casa, que tal y como habían intuido desde fuera, necesitaba de más de un arreglo. En Filadelfia siempre habían vivido de alquiler, así que la idea de tener por fin una casa propia solo le desagradó a Jake, que tuvo que dejar su equipo de fútbol y que no albergaba posibilidades de que lo aceptaran en el del nuevo instituto. Pero se equivocó, y aunque tardó en llegar a ser titular en el siguiente curso, su talento para el fútbol le hizo conseguir la beca que había disfrutado por dos temporadas en la Vallon South University.

Fue una suerte que su padre no tardase en encontrar trabajo, y gracias a ello pudieron estabilizarse. Aun así, vivieron cuatro meses más de alquiler en la nueva ciudad, hasta que consiguieron que la casa de su abuela volviera a ser habitable. Un año y medio después, Derek y Jake se graduaron. Y Derek se marchó a Florida.

Volvió a la realidad cuando vio a alguien charlando con Rachel.

—Buenos días —le dijo Arabia cuando llegó hasta su banco.

Jake le contestó con un gesto de cabeza y ella se sentó a su lado.

—¿Cómo te va? Tu hermana me contó lo de la fábrica.

Él contestó sin mirarla.

—Entonces ya sabes cómo me va.

Se quedaron callados, uno al lado del otro.

Jake se preguntó por qué Arabia había aparecido en aquel parque, pues nunca le había contado a nadie a dónde iban los domingos. Por no hablar de que hacía tres meses que no sabía apenas nada de ella.

—Esto es raro, ¿sabes? —le dijo, con sinceridad.

—Sí, puede que lo sea —respondió ella.

—¿Qué quieres de mí?

Era la misma pregunta que ella le había formulado a él tiempo atrás. Apoyó la espalda en el respaldo y se quedó callada, con el sol reflejando en sus gafas de sol. Jake, por otro lado, arqueó la espalda para apoyar los codos en las rodillas.

—Supongo que solo quería charlar un rato —dijo Arabia, al fin.

Jake rio levemente y sacudió la cabeza. Estaban teniendo la misma conversación, pero invertida.

—De acuerdo, me rindo. ¿Cómo llevas los exámenes de fin de curso? —preguntó.

—Bastante bien, gracias por preguntar.

—De nada.

—¿Y a ti? ¿Cómo te va? Tu hermana me contó lo de la fábrica.

Tenía que reconocer que Arabia había manipulado muy bien la conversación. La miró por primera vez y se sorprendió al ver un semblante tan serio.

—Te contaré qué tal me va si dejas de mirarme con tanta solemnidad.

Entonces ella se quitó las gafas. Con el sol, el iris grisáceo de sus ojos resplandecía como la plata. Abrió la boca y mantuvo los dientes apretados, sonriéndole con ironía.

—Con eso me vale —dijo Jake, antes de empezar a relatarle los últimos acontecimientos—. Me va mejor de lo que me imaginaba. Se trabaja mucho, pero el salario es aceptable y las instalaciones están bastante bien. Todo mucho mejor que la otra vez.

—¿Haces algo en concreto?

—De todo un poco. Estoy aprendiendo algo de cada sección, hasta que me vean apto para un puesto fijo. No sé cuánto tiempo pasará hasta entonces, pero no me importa. De momento tengo contrato de seis meses. No me puedo quejar.

—Lo que estás haciendo es muy importante para tu familia.

Ante esa declaración, Jake no pudo más que mirar hacia otro lado, molesto.

—No te enfades. Sé de sobra todo lo que estás sacrificando por ese trabajo, y por eso mismo te estaba buscando.

—¿Me estabas buscando?

—Bueno. El hecho de que hayamos coincidido aquí es casualidad. Iba de camino a tu casa, y siempre que lo hago atravieso este parque. Al ver a tu prima, he supuesto que andabas cerca.

—¿Y para qué me buscas? Si era para decirme que lo que hago es importante y todo eso, puedes ahorrártelo.

—No seas borde, Jake. He venido en son de paz.

—Está bien.

La conversación volvió a detenerse durante unos instantes, el tiempo suficiente para que Jake se percatara de que ella estaba cambiada. Su corte de pelo era diferente, pero no era solo eso. Era mucho más que eso. Le pareció que estaba realmente guapa; que lo era, al fin y al cabo.

Arabia tomó aire y siguió hablando.

—Lo que quería decir es que me alegro de que por fin hayas conseguido mostrarle a tu familia que eres mejor persona de lo que aparentas en realidad.

—¿Debo tomármelo como un cumplido?

—Sí, debes. Porque generalmente no consigues mostrar mucho de ti mismo. Y por lo menos a mí me has demostrado que siempre te juzgo demasiado rápido.

—¿A ti? Ari, sé de sobra que te has pasado todo este tiempo odiándome por lo que pasó en la cafetería.

—Por eso y por muchas más cosas de las que sueles hacer de manera inconsciente. Pero no significa que no pueda ver más allá.

—Me he perdido.

—En fin —concluyó Arabia, levantándose—. Tampoco esperaba que lo entendieras. Pero me conformo con que lo sepas.

—¿Te vas?

—Sí. He quedado con Zane para estudiar. Los finales están a la vuelta de la esquina... Tal vez nos veamos más tarde. O tal vez no.

—Hasta la próxima.

Jake la estuvo observando mientras se alejaba, hasta que desapareció por completo.

Y de repente notó algo, un sentimiento casi imperceptible y que no había vuelto a sentir desde hacía dos años.

Eso lo dejó desconcertado.

LUNES

19 MAYO 1987

Derek estaba nervioso, más de lo que aparentaba. Ashley se había pasado prácticamente todo el fin de semana tumbada en la cama con dolores abdominales.

—Yo creo que lo mejor es que la lleves a urgencias —le aconsejó su madre durante la cena—, así todos nos quedaremos más tranquilos.

—Ya había pensado esa posibilidad, lo que pasa es que no quiero preocuparla.

—¡¡Derek!!

El grito los interrumpió.

La intensidad con la que Ashley había pronunciado su nombre solo podía significar una cosa, así que subió corriendo por las escaleras, seguido de Sara y de Jake. Cuando llegaron a la habitación de este último, encontraron a Ashley sobre una gran mancha húmeda, sujetándose la barriga y con gesto de dolor.

—¡Ha roto aguas! —exclamó su madre—. ¡Deprisa! Hay que llevarla al hospital.

Los acontecimientos siguientes se sucedieron muy rápido: Derek la cogió en brazos para bajarla por las escaleras con ayuda de su madre mientras Jake le pedía a su padre las llaves de la camioneta que luego condujo a toda velocidad, respetando en la medida de lo posible todas las señales de tráfico. Derek y su madre se ocuparon de Ashley, de sujetarle las manos cada vez que contraía el rostro por la llegada de una contracción.

—Conduce... más... rápido... —le dijo a Jake entre bocanada y bocanada.

Pero ya iban mucho más rápido del límite permitido.

Al llegar, Jake salió disparado hacia el interior del edificio y al poco regresó acompañado de dos enfermeros, uno de los cuales deslizaba por delante de él una silla de ruedas. Derek ayudó a Ashley a bajar del vehículo y a sentarse en ella.

Entonces se la llevaron.

Jake y Derek fueron corriendo tras ellos.

—¿Cuánto tiempo hace que han empezado las contracciones?

—Hace menos de media hora —respondió Derek.

Llegaron a una sala donde, rápidamente, metieron a Ashley.

Era el paritorio.

—¿Alguno de los dos es el padre?

—Sí, yo —dijo Derek.

—Acompáñame. Tú tendrás que quedarte en la sala de espera. La segunda puerta a la derecha.

Después de eso, caminó codo con codo con el enfermero que se había quedado con él, respondiendo a todas sus preguntas.

—Dígame todo lo que sepa de ella. Los meses de gestación, si es alérgica a algún analgésico, si tiene problemas respiratorios y si ha tenido problemas durante el embarazo. Todo.

—Semana treinta y tres, creo —Recordaba que habían tenido la última revisión en la treinta y uno—. No es alérgica a nada. Estuvo a punto de perder el bebé a finales del primer trimestre. Ha estado haciendo reposo desde entonces. Es muy pronto para que nazca, ¿verdad?

El hombre no contestó.

Cuando llegaron a la sala de parto, Ashley ya estaba colocada encima del cabestrillo.

La matrona estaba midiéndole la dilatación.

—Todavía le falta un poco. Apenas está de cuatro centímetros, y tiene que llegar hasta diez.

—¿Y eso cuánto tiempo puede tardar? —se interesó Derek.

—Eso depende de cada mujer. Puede que una hora o puede que...

—¡¿Una hora?!

Derek tuvo que sujetar a Ashley para que no se levantara.

—Tu cuerpo todavía no está preparado para la llegada del bebé. Debéis ser pacientes.

Ashley empezó a gritarle cosas a la matrona y Derek tuvo que disculparse por ella e intentar que se tranquilizara. Estaba muy alterada. Y apretaba su mano con tanta fuerza cada vez que notaba una contracción, que pensó que se la rompería de un momento a otro.

—¡No puedo esperar una hora! —dijo, al cabo de un rato, cuando ya estaban a solas.

—Sí que puedes. No te preocupes.

—¡Quiero que me la saquen ya! ¿Entiendes? Que hagan lo que tengan que hacer, pero que me la saquen. ¡No puedo soportar más este dolor!

—¡Sí puedes! Ya lo verás.

—¡Maldigo el día que me quedé embarazada! ¡Lo maldigo cien veces!

No le dijo nada porque sabía que no conseguiría nada razonando con ella en esos momentos, pero su último comentario le dolió, y mucho.

La larga hora que pasaron esperando fue agónica.

La actitud de Ashley empeoró por momentos, y cada vez que la marona entraba a echarle un vistazo a su dilatación se comportaba de forma vergonzosa. Cuando por fin llegó el momento adecuado y el personal se puso manos a la obra, todo salió a pedir de boca. El bebé de Ashley todavía era pequeño, así que salió al tercer pujo y sin dificultades.

La matrona se llevó a la recién nacida para examinarla y a Derek se le hizo eterna y angustiosa la espera hasta que por fin escuchó el primer llanto del bebé.

—Cuarenta centímetros. 1650 gramos.

Dicho eso, la mujer le entregó la niña a otra persona y se la llevaron sin que pudieran verla.

—¿Por qué se la llevan?

—Va directa a neonatos. Ha nacido antes de tiempo y tienen que meterla en una incubadora. Cuando le hayan hecho todas las pruebas pertinentes podréis ir a verla.

—¿Pero está bien?

—Está viva, que es lo más importante, y de momento no parece que tengáis que preocuparos. Pero necesitará ayuda para alimentarse y respirar durante un tiempo.

Derek pensó que aquella mujer debía de estar muy acostumbrada a su trabajo, por la frialdad con la que comentó que estaba *viva*, dando a entender que podría no estarlo.

Una enfermera se acercó a decirle que debía salir del paritorio para que terminasen de asear a Ashley, y que más tarde podría pasar a verla a la habitación, así que salió de allí, sin saber muy bien cómo debía de sentirse. Porque no era que no hubiese podido coger a la niña, es que ni siquiera le había visto la cara.

En la sala de espera encontró a toda su familia.

—¿Cómo ha ido? ¿Ya ha nacido?

—¿Ashley está bien?

—¿Y el bebé?

Derek se sentó en una de las butacas. Estaba cansado.

—El parto ha ido bien y Ashley también está bien. Se han llevado a la bebé para meterla en una incubadora, y lo único que me han dicho es que es pequeña, pero que no parece que tenga ningún problema.

—Derek, hijo. —Su madre le agarró los brazos—. ¡Acabas de convertirte en papá! ¡Deberías estar dando saltos de alegría!

¿Era así como se suponía que debía sentirse? ¿Feliz? Quizás la teoría estuviese muy clara, pero en la práctica solo se sentía muy raro. Levantó la cabeza y le dedicó una sonrisa a su madre, sin embargo.

Ella y Zane eran las que más contentas estaban.

—Enhorabuena —dijo entonces su padre.

Uno a uno, todos los miembros de la familia se acercaron a felicitarle por la paternidad. Cuando llegó el turno de Jake, lo hizo con Rachel en brazos. Se estrecharon la mano e hicieron un breve asentimiento con la cabeza. Era el momento idóneo para agradecerle que hubiese actuado con tanta rapidez, pero no lo hizo. Derek no podía pensar en otra cosa que no fuese ir a ver a la niña, que le permitiesen hacerlo.

Necesitaba verla.

—Deberías bajar a comer algo para recuperar las fuerzas —le aconsejó su madre.

—Me han dicho que vendrían aquí a avisarme cuando hayan asignado una habitación para Ashley.

—Nos quedamos nosotros, no te preocupes. Seguro que falta un buen rato para que podamos entrar a visitarla.

—¡Yo te acompaño!

Zane se colgó de su brazo y lo obligó a moverse hacia las escaleras.

—¿Sabes? Antes he visto un sitio con un montón de máquinas expendedoras —dijo su hermana mientras bajaban—. Seguro que allí hay algo que puedas comer sin tener que ir hasta la cafetería.

Tenía razón. Al llegar adonde ella decía, encontraron un montón de máquinas cuyo escaparate no tenía nada que envidiar a ningún establecimiento que sirviese comida para llevar. Había de todo para elegir: refrescos, cacahuetes, chocolatinas, sándwiches, helados, golosinas... Y a pesar de la variedad, él notaba que tenía un nudo en el estómago y que era incapaz de comer nada. También que nadie sería capaz de entenderlo.

—¿Qué tal un sándwich de pollo? —le preguntó su hermana.

—Vale.

Derek sacó unas cuantas monedas y se las entregó a su hermana.

—Estarás en una nube, ¿no? —comentó ella mientras seleccionaba lo que quería.

Volvió a fingir una sonrisa para no preocupar a su hermana, pensando en que, sí, tal vez lo que sentía era como estar en una nube, pero una que acababa de llenarse de agua y no había decidido aún dónde soltar el chaparrón.

Tras recoger el sándwich fue a sentarse a una larga fila de butacas que había tras él, mientras Zane se paseaba por el resto de máquinas en busca de algo para ella. Se preguntaba qué hora sería, así que se giró en busca de alguien que lo pudiese sacar de dudas.

—Disculpa. ¿Me podrías decir la hora?

La única persona que había en el lado opuesto se sobresaltó y se echó a un lado, porque la había despertado. Derek se sorprendió mucho al reconocerla.

Era demasiada casualidad.

—Lo siento —se apresuró a decirle—. No vi que estabas dormida.

—Tranquilo. Solo estaba descansando. Querías saber la hora, ¿verdad? Son las... —En cuanto ella levantó la mirada de su reloj para terminar de responderle, también lo reconoció a él— ... las cuatro de la mañana.

—Prometo que no he estado siguiéndote —se apresuró a decir.

La chica se echó a reír y eso lo tranquilizó.

—Sería realmente extraño si me hubieses seguido hasta aquí después de tanto tiempo.

—Sí, supongo que sí. Me alegra volver a verte.

—¡Hola!

Zane los interrumpió, pero no le importó. Había pasado mucho tiempo y muchas cosas.

—Te presento a mi hermana Zane. Zane, ella es Emma.

—Encantada. ¿Quieres un poco?

Zane le tendió su bolsa de patatas fritas, pero ella la rechazó de forma educada.

—Bueno, ¿y qué te trae por aquí? —le preguntó Derek.

—Es por mi padre. Ha sufrido un pequeño infarto, pero ya se está recuperando.

—Vaya. Lo siento...

—No te preocupes. Supongo que estar aquí a estas horas de la madrugada no significa nunca buenas noticias. —Tuvo que morderse la lengua, aunque aún no sabía si lo del bebé era una buena o mala noticia. Tenía que ser buena. Debía serlo, sobre todo, porque estaba bien—. ¿Qué os ha traído a vosotros?

Se quedó bloqueado, reparando más tiempo de lo necesario en sus mejillas rosadas y en la bondad que emanaba de sus ojos.

Fue su hermana la que respondió por él.

—Discúlpalo. Acaba de ver nacer a su primera hija, por eso tiene esa cara de bobo.

—¿De verdad? ¡Enhorabuena! —dijo la chica—. Esa sí es una buena noticia. ¡Mucho mejor que la mía!

Derek trató de decir algo, pero entonces fue Louis quien cortó la conversación.

—¡Derek! —exclamó desde la parte baja de la escalera de acceso a la planta superior—. Ashley ya está en la habitación.

Zane se levantó, tirando al mismo tiempo de él, por lo que apenas tuvo tiempo de despedirse de Emma con la mano. Sintió que le fallaban las piernas al subir por las escaleras a toda prisa, y arriba estuvo a punto de chocar con Jake y Rachel.

—Eh, tranquilo —le espetó—. Que Ashley no se va a mover de la habitación y aún no se puede ir a ver al bebé.

Sus dos hermanos pequeños pasaron de largo, así que se quedaron a solas.

Derek respiraba muy deprisa, lo notaba.

—No te lo vas a creer, Jake —le dijo a su hermano.

—¿Creer el qué?

—Ahí abajo está Emma, la chica de la que te hablé el año pasado.

—¿Emma?

—¡Sí! La chica de la biblioteca. La de la pastelería, la que...

—Sí, ya sé de quién hablas.

Su hermano lo miró con cierta intriga. Él sabía que podían estar a punto de descubrir si se habían encaprichado de la misma persona. Jake empezó a bajar, pero, cuando trató de seguirlo, se lo impidió.

—No. Tú tienes que ir a ver a Ashley. Hablaremos luego.

Derek se resignó, porque sabía que tenía razón.

—Está bien. Pero, pase lo que pase, dime la verdad.

Se estrecharon la mano para sellar el pacto y luego siguieron por caminos separados. Derek corrió hacia la sala de espera, pero no encontró a nadie y estuvo un par de minutos desubicado hasta que su hermana apareció, regañándolo por haberse entretenido. Lo cogió de la mano y lo guio hasta la puerta correspondiente.

Ashley estaba tumbada en una cama, con un aspecto un poco deprorable. Tenía la larga melena rubia recogida en un moño y las ojeras del tamaño de una moneda de veinticinco centavos.

—¿Dónde te habías metido? —preguntó su padre con el ceño fruncido.

Desbloqueó un nuevo sentimiento, uno que sí era capaz de reconocer: La culpa.

—He tenido que parar un momento para ir al servicio —mintió.

Ashley lo miró muy enfadada.

—Lo siento mucho, Ash. ¿Cómo estás?

—¿Cómo estoy? ¡Pues destrozada! ¿Cómo voy a estar? Tengo un aspecto espantoso, pero todos se empeñan en decirme que estoy genial.

La habitación se sumió en el más absoluto silencio. Derek miró a sus padres y a sus hermanos.

—Cariño ¿qué aspecto quieres tener? —trató de mediar su madre—. ¡Acabas de dar a luz! Estás estupenda a pesar de eso.

—¡No! ¡No lo estoy! ¡Mira qué barriga!

Acto seguido, Ashley se puso a llorar, y eso era lo último que él quería que hiciese. Había pasado los últimos meses consolándola, porque diariamente se quejaba por no poder salir de su habitación. Era exasperante. Comprensible, pero exasperante.

Un médico entró y les comunicó que ya podían acercarse a la sala de neonatos para ver unos minutos a la pequeña. Todos se pusieron muy contentos, excepto Ashley, que incrementó todavía más su llanto, haciendo alusión a los puntos que llevaba. Derek ni siquiera sabía que le habían puesto puntos, pero el hombre le dijo que no se preocupara, que caminar no haría que se soltaran, así que accedió a levantase, y la ayudaron a hacerlo.

Derek y Ashley fueron los primeros en pasar a ver al bebé. Se lavaron las manos, se pusieron una bata y siguieron a la persona que iba a guiarlos hasta la incubadora de su bebé.

La recién nacida descansaba boca abajo y estaba conectada a varios cables. Derek se agachó para mirarla mejor. Medía algo más de un palmo y sus extremedidades eran delgadísimas. Se asustó de su tamaño, pues nunca antes había visto un bebé prematuro. No tenía mucho pelo, pero el que había se adivinaba muy rubio, como el de Ashley. La enfermera que los acompañaba le explicó que aún era pronto para que la pudieran coger, pero que había respondido muy bien a las primeras horas de vida, y que eso era muy buena señal.

Derek miró a Ashley y sonrió, al fin. Ver al bebé lo había hecho sentir padre de verdad. Sin embargo, ella tenía la mirada perdida y no había rastro de felicidad en su expresión.

Sin previo aviso, cayó desmayada.

- - - - - - -

Emily acababa de perder las últimas monedas que le quedaban en el dispensador de chocolatinas. Vio el paquete de barritas de chocolate que tanto le apetecía atrapado en la garra donde se había atascado, impidiéndole caer. Resignada, volvió a sentarse en las butacas de la sala donde se encontraba. Subió las piernas al asiento y las asió con los brazos.

—¿Emily Wathson?

La voz que sonó detrás de ella la sobresaltó, porque era la segunda vez que le sucedía algo así.

Se levantó y se dio la vuelta.

—¿Jake Becker?

Él sonrió de medio lado, y durante un rato no dijeron nada más. Emily comprobó que había cambiado mucho desde la última vez. Su aspecto era más adulto y varonil, ocasionado sobre todo por la sombra de barba mal afeitada a ambos lados de las mejillas. Además, llevaba el pelo un poco más corto, aunque conservaba el aspecto alborotado. Pero lo que más le llamó la atención fue su mirada, porque le pareció más madura, como esas que tenían las personas que habían vivido mucho en muy poco tiempo. Además, llevaba a una niña de unos seis o siete años agarrada de la mano, y se parecían bastante.

Estaba tan sorprendida de verle que se olvidó por completo del enfado que le había causado el no conseguir la chocolatina.

—¿Qué estás haciendo aquí? —preguntó él.

Esa pregunta hizo que se acordarse de Derek, el chico con el que había estado hablando poco antes. Era una coincidencia muy curiosa, sobre todo por las cosas que había pensado de ellos dos en el pasado, y su mente empezó a funcionar. Ambos habían aparecido con dos chicas. La primera había resultado ser la hermana de Derek, y la más pequeña, que la miraba con los ojos muy abiertos a pesar de lo tarde que era, tenía toda la pinta de ser la hermana de Jake.

—Contesta tú primero —le dijo.

—¿Cómo?

—¿Es tu hermana? —Emily señaló a la niña.

—No, es mi prima.

Su respuesta fue decepcionante, pero no se dio por vencida.

—¿Y qué hacéis deambulando por el hospital a estas horas?

—La novia de mi hermano a dado a luz dos meses antes de lo esperado.

—¡Caray! ¿Y ha nacido bien?

—Sí. Eso creo. Todavía no la hemos visto.

Emily vio cómo la niña asentía con la cabeza, confirmando lo que Jake acababa de decir. Ella siguió atando los cabos sueltos en su cabeza.

La hermana de Derek había comentado que acababa de ser padre, justo antes de que los dos se marchasen, alertados por un adolescente. Emily recordó que Emma había dicho que Jake tenía muchos hermanos. Las coincidencias eran muy evidentes.

Si no se lo preguntaba, su mente estallaría de un momento a otro.

—¿Tienes un hermano que se llama Derek?

—Es de él de quien te estoy hablando.

Se quitó un gran peso de encima y sonrió sin proponérselo.

—Vaya...

—¿Por qué le dijiste que te llamabas Emma?

Por lo visto, Jake ya sabía que ambos se conocían.

—Bueno, yo... No quise mentirle, pero...

—Entiendo que pensaras que podía ser un psicópata. Esa sonrisa que tiene también me pone los pelos de punta. ¿Cuál sería el adjetivo exacto, Rachel? ¿Escalofriante?

La niña se echó a reír y ellos la imitaron. Nunca había visto a Jake de tan buen humor.

—Que sepas que el que te pusieras el nombre de tu hermana me produjo unos cuantos quebraderos de cabeza.

—¿Por qué?

—Porque es extraño cuando alguien describe a la perfección a alguien a quien conoces y de repente se llama de una forma diferente. Y ya no digo diferente, sino como su hermana gemela.

—Bueno, tú lo has dicho. Somos gemelas. Tu hermano bien podría haber conocido a mi hermana y no a mí. ¿Por qué no pensaste que se trataba de ella?

—Porque no. —Jake empleó un tono cortante—. ¿De verdad crees que si alguien os describiera por separado, utilizaría los mismos calificativos?

—Espero que no.

—Pues ahí tienes la respuesta.

Volvieron a sonreír.

—Tienes más hermanos, ¿no? —le preguntó, curiosa.

—Dos más aparte de él. ¿Por qué?

—Familia numerosa... —Emily se puso a pensar en voz alta—. Me hubiese gustado mucho formar parte de una familia numerosa. Debe de ser estupendo poder contar con tanta gente y tener el cariño de más de dos o tres personas.

—Sí, pero si eres la oveja negra de la familia, tampoco tienes tantas ventajas.

Jake caminó hasta llegar a las butacas. Se sentó, dejando dos huecos entre su asiento y el que había estado ocupando Emily. Subió a la niña encima de él y Emily comprobó que no le quitaba el ojo de encima. Los ojos azules de la versión infantil y femenina de Jake la estaban analizando por completo. Solo deshizo el contacto visual cuando Jake exclamó algo y señaló en dirección a las expendedoras.

—¡Barritas de chocolate! —continuó—. Se le han debido de quedar atascadas a alguien. ¿Sabes de quién son?

Emily levantó sendas manos y negó con la cabeza. Jake echó un vistazo a la estancia para observar al resto de los presentes.

—Parece que no hay nadie muy interesado en esa chocolatina, ¿verdad? —dijo Jake—. ¿Qué te apuestas, Rachel, a que la consigo?

—Mmmm... La mitad del paquete —respondió la niña.

A Emily le pareció una respuesta de lo más ingeniosa. Daba a entender que confiaba en que la conseguiría.

Jake se levantó y se colocó frente a la máquina. Estuvo observándola un rato y dio algunos golpes contra el resistente cristal. La barra metálica que lo sujetaba no tenía pinta de ceder. Emily decidió no mencionar que ella ya lo había intentado antes, pues era divertido ver a Jake calentándose la cabeza para conseguirla. Su prima andaba de un lado para otro observando sus movimientos.

Entonces Jake hizo algo que nunca se le habría ocurrido. Metió la mano entre los huecos laterales que quedaban entre una máquina y otra y empezó a estirar hacia afuera. Le costó mucho, porque el espacio de maniobra era muy reducido, pero poco a poco fue saliendo. No cabía duda de que tenía fuerza. Esta se redujo hasta desaparecer cuando, una vez finalizada la primera maniobra, le ordenó a la niña que se echase hacia atrás y empezó a inclinar el bloque hacia delante.

—¿Te has vuelto loco? —le dijo Emily.

—No niegues que a ti también te apetece comerte un trozo.

Jake se puso rojo por el esfuerzo cuando consiguió levantar la parte trasera para luego dejarla caer de golpe. Lo intentó una vez más, situándose en el lateral izquierdo para poder controlar mejor. Emily supuso que lo que pretendía era que la máquina no acabase volcando contra el suelo. Cuando volvió a dejarla en reposo no dio muestras de cansancio. Se giró y, con una indicación con el brazo, mandó a su prima a que se quedase subida encima de las butacas.

Y entonces se dirigió a ella.

—Ponte al otro lado —dijo. Esperó a que Emily hiciera lo que le ordenaba para seguir explicándole lo que tenía que hacer—. A la de tres levantaré otra vez la parte de atrás. Cuando este trasto tenga la inclinación adecuada, golpea el cristal con el puño, pero siempre desde ese lado. No se te ocurra ponerte delante. ¿Preparada?

Asintió, nerviosa.

Él contó hasta tres y luego tomó una gran bocanada de aire antes de proceder.

—¡Ahora, Emily! —exclamó la niña dando botes sobre la butaca.

Realizó la tarea con precisión, lanzando el puño lo más fuerte que pudo. Primero una vez, y luego una detrás de otra.

—¡¿Qué estáis haciendo?!

La voz de un guardia de seguridad estuvo a punto de fastidiarles la operación, pero antes de que llegase hasta ellos, la niña volvió a pronunciarse.

—¡Ha caído! ¡Ha caído!

—Aparta, Emily.

Ella le hizo caso y entonces él volvió a dejar la máquina en reposo.

—¿Cómo os atrevéis a robar chocolatinas?

—Oiga, no estábamos robando —contestó Jake.

—¿Creéis que estoy ciego?

—Es cierto —intervino Emily—. No estábamos robando nada. Yo vine a comprar ese artículo, pero se quedó atascado y no podía sacarlo. Él solo ha venido a ayudarme.

—Pero, señorita...

—No he sido yo la que ha robado, sino el dueño de estas máquinas el que ha intentado timarme. Estoy segura de que estos cachivaches fallan cada dos por tres.

—Está bien, no se altere. Coja la chocolatina si es suya; y tú, vuelve a poner esa cosa en su sitio.

Jake le hizo un saludo militar y se puso manos a la obra. El guardia se marchó echando varias veces la vista atrás mientras Jake empujaba la máquina nuevamente hacia atrás. Cuando acabó, metió la mano por la rendija y sacó la chocolatina.

—¡Lo conseguimos! —exclamó.

—¡Sí! —le secundó la niña.

Emily lo observó mientras rompía el envoltorio.

Jake partió las barritas de una en una, le entregó una a la niña pequeña y las otras dos se las ofreció a ella.

—Gracias por la coartada —le dijo.

—¿Qué coartada?

Jake se quedó mirándola ladeando hacia un lado la cabeza. Emily se echó a reír.

—No he mentido en ningún momento. Lo que dije era cierto.

—¿Era tuya, entonces?

—Sí —continuó, sin dejar de reír—. Eché la moneda poco antes de que llegaseis vosotros, pero me resigné y vine a sentarme.

Él miró a su prima, que se había quedado quieta, observándolos con la boca llena.

—No sabíamos que era tuya. ¿Verdad que no?

La niña negó.

—¡No te preocupes! —Se dirigió a ella con dulzura—. Puedes acabártela. Si no llega a ser por tu primo, ninguna de las dos habría probado bocado.

Emily se sentó a su lado y le ofreció otra barrita.

—¡Jake!

Un hombre de abundante pelo cano se acercó hasta ellos. Jake avanzó para situarse a menos de un metro de él. A los dos se le formó la misma línea recta en los labios.

—¿Qué? ¿Hay algún problema?

—El problema es que la mujer de tu hermano acaba de dar a luz y tú ni siquiera te has dignado a visitarla después del parto.

—¿La mujer?

—Su futura mujer, sí.

—Así que se van a casar...

—¿Y qué importa eso ahora?

Mientras ellos discutían, Emily notó que alguien le apretaba el brazo. La niña estaba bien sujeta a ella y se le intuía el miedo en los ojos. Cuando los gritos fueron más solemnes, apoyó la cara contra su brazo para evitar mirarlos.

Emily no sabía qué hacer.

De haber conocido a la pequeña se la habría llevado lejos de allí, pero dadas las circunstancias no tenía más opción que esperar sentada a que acabasen con la discusión.

Acarició la cabeza de la niña para tranquilizarla, eso sí.

—Deja de decirme lo que tengo que hacer —seguía protestando Jake—. ¿Cuándo dejarás de hacerlo?

—Cuando dejes de avergonzarme.

—¿Te avergüenzas de mí? ¿Te avergüenzas después de todo lo que estoy haciendo por ti? A lo mejor debería devolverle al señor Wathson ese puesto de trabajo que me habéis obligado a coger. Tal vez la semana que viene le parezca que no soy un buen empleado. Entonces sí tendrás buenos motivos para avergonzarte de mí.

—¿Serías capaz de hacer algo así?

—No me pongas a prueba.

Estaban tan cerca el uno del otro que por un momento Emily sintió pánico. Uno de los otros presentes protestó por los gritos y exigió respeto y silencio. Solo entonces la tormenta amainó.

Se miraron durante unos segundos que a Emily le parecieron eternos, y luego se separaron.

—Encuentras siempre cualquier excusa para encararte conmigo —dijo Jake, sereno después de todo.

—Sube y compórtate como es debido. Es lo único que te pido.

En cuanto el hombre salió de allí, Jake se giró y arremetió contra una de las máquinas expendedoras con una fuerte patada.

Emily notó cómo la niña se sobresaltaba por el impacto.

—Cálmate —le pidió, consciente de las posibles consecuencias.

—Que me comporte como es debido... —Jake empezó a hablar consigo mismo—. Y que es lo único que me pide... ¡Maldita sea!

Esta vez fue el puño lo que lanzó contra otra de las máquinas.

—¡Ya basta, Jake! ¡Nos estás asustando!

Las palabras de Emily fueron del todo sinceras. La niña había empezado a temblar y ella no soportaba verlo tan alterado. Con la cantidad de fuerza que empleaba en cada movimiento, lo único que iba a conseguir era hacerse daño.

Cuando Jake la miró, sintió que empequeñecía. Su mirada estaba cargada de odio, aunque se relajó tras el contacto. Fue hasta las butacas y se sentó, un par de metros alejado de ellas, y se frotó la cara varias veces. La niña se levantó, corrió hacia donde él estaba y él la cogió y la puso a su lado.

—Señorita Emily —dijo alguien, interrumpiendo del todo la situación.

Era Margarett, la doncella. Se acercó para hablarle al oído.

—Su padre ya se ha despertado y me ha pedido que la avise.

—¿Mi hermana sigue allí?

—Sí, no ha salido en ningún momento.

—Está bien. Subiré enseguida. Gracias, Margarett.

—De nada, señorita.

Emily se acercó a Jake con cautela y timidez.

—Voy a subir a ver a mi padre —le dijo. Él se limitó a asentir con la cabeza. Tenía la mirada perdida en un punto que ella desconocía—. Eso que has dicho sobre el trabajo con el señor Wathson... Te referías a...

—A tu padre, sí. Trabajo para él.

—No lo sabía.

—¿Sueles saber de todos los que trabajan para él?

—No, pero... a veces, cuando hay algún cambio importante...

—Yo no soy ningún cambio importante. Han renovado la plantilla por gente más joven. Eso es todo.

—Entiendo que no quieras hablar de ello. Subiré entonces a ver como está.

Jake empezó a prestarle verdadera atención después de que dijera eso. La miró, como alarmado, y luego preguntó:

—¿Estás aquí por tu padre?

—¿Por quién creías que estaría? No tengo más familia aparte de él y de mi hermana. Pensaba que lo sabías.

—¿Qué le ha pasado?

—Un infarto, pero leve, nada grave. Fue una suerte que estuviera acompañado cuando empezó a sentirse mal.

—¿Un infarto?

Se levantó de golpe y se puso frente a ella, para que no se fuera todavía. Luego se echó las manos a la cabeza y empezó a moverse de un lado a otro.

—¿Está bien?

—Te lo acabo de decir. Solo ha sido un susto.

—¿Seguro?

—¿Pero qué te pasa? Casi pareces más preocupado que yo.

—¡Tú no lo entiendes!

Gritó. Seguramente más de lo que quería. Pero gritó, y lo hizo directamente sobre ella.

Emily no pudo soportar un comportamiento como ese, así que dio media vuelta y empezó a alejarse. Él la siguió y se colocó justo por delante.

—Espera —dijo.

—Tengo la sensación de que no se puede hablar contigo cuando estás enfadado —explicó Emily.

Lo vio morderse los labios y echar la cabeza hacia un lado, como conteniéndose de decir algo, quizás una nueva grosería.

—Es mucho más difícil de lo que parece si trato de explicártelo —comenzó a decir—. Yo no trabajo para la empresa Wathson expresamente. Trabajo únicamente para tu padre. Él se ha responsabilizado conmigo y yo tengo que dar la cara por él y por mi padre. Si le pasase algo...

—No puedo creer lo que dices.

—Mi familia depende de todo esto.

—A ti solo te asusta quedarte sin empleo, ¿no es cierto? ¿No te das cuenta de que estamos hablando de mi padre?

—Ya te he dicho que es más difícil de lo que parece. Mi familia...

—Pensaba que tenías más corazón del que aparentas... Supongo que, a fin de cuentas, mi hermana tenía razón sobre ti.

—¿Qué tiene que ver Emma en todo esto?

A Emily le costó contestar esa pregunta.

Su hermana y ella llevaban meses casi sin hablarse, y se debía a todo lo que estaba tramando mientras ocultaba el embarazo. Estaba enfadada con ella por el veneno que desprendía hacia Jake. Algo que creía totalmente desproporcionado, teniendo en cuenta la conducta del chico que ahora tenía delante de sus narices y que empezaba a sudar. Por no hablar de que su propio hermano acababa de tener un bebé siendo aún muy joven. Si Emma se salía con la suya y decidía endosarle el suyo a Jake, podía hacerse a la idea de lo que iban a pensar en su casa, porque, por lo que había podido deducir, él todavía vivía con ellos.

Pese a todo, se sentía desilusionada y dolida, una vez más.

—Nada. Absolutamente nada —respondió.

Dicho lo cual, lo dejó allí plantado y se fue sin mirar atrás.

Encontró a su padre muy animado cuando llegó a su habitación. Su hermana estaba sentada al lado de su cama, tal y como la había dejado antes de salir a despejarse del susto que ambas acababan de vivir. No habían hablado de ello, pero tampoco hacía falta.

No estaban preparadas para perder a su padre. Nadie lo estaba para una cosa así. Sin embargo, ellas ya habían perdido a una madre, así que la posibilidad de quedarse huérfanas les había estado rondando la mente hasta que les llegó la confirmación de que su padre estaba fuera de peligro.

—Ya era hora, ¿no? —protestó Emma, nada más verla.

—¿Cómo te encuentras, papá? —Hizo caso omiso de su gemela y se acercó a él—. ¿Te notas algo?

—Ahora que estáis las dos aquí, te aseguro que mucho mejor. Y no, tranquila, no noto nada raro. El médico ha confirmado que estoy perfectamente.

Estuvieron un rato hablando de cualquier cosa, para evadirse. Emma opinó que las cortinas del hospital estaban muy anticuadas, y ella que la distribución del edificio era demasiado compleja.

Cuando su padre se quedó dormido, se quedaron calladas durante un buen rato, hasta que Emma no pudo aguantarse más la curiosidad.

—¿Y bien?

—¿Y bien qué?

—Cuéntame qué has estado haciendo por ahí, ¿no?

—Nada en especial. Fui a la planta baja a comprarme una chocolatina y me quedé allí, descansando la mente y haciendo tiempo.

Emily observó a su hermana. Al igual que Jake, ella también estaba cambiada. El pelo le había crecido y ahora lo llevaba tintado de un tono más natural. Su ropa también era diferente. Ya no vestía marcando sus curvas y tampoco usaba zapatos de tacón. El cambio era obvio, pero no tanto como para que alguien dedujera que estaba ocultando un embarazo.

Se preguntó si ella sabría algo sobre lo de que Jake estaba trabajando en la fábrica de su padre, pero dedujo que no. De haberlo sabido, y según cómo estaba actuando, ya le habría pedido que lo despidiese.

—Y, bueno, ¿tú, qué? ¿Sigues empeñada en no contarle nada a papá?

—¿Te has vuelto loca? ¡Cierra el pico! —exclamó su hermana por lo bajo, mirando de soslayo a su padre—. ¿Acaso no te quedó claro que no debes mencionar nada al respecto?

Emily puso los ojos en blanco como muestra de resignación. Luego continuó hablando como si nada.

—¿Sabes quién ha tenido un bebé?

—¿Cómo dices?

—Derek Becker.

—¿Becker?

—He descubierto que yo tenía razón. Derek, el chico del que te hablé, es el hermano de Jake. ¡Y acaba de tener un bebé!

—¿Jake está aquí?

Dudó ligeramente antes de contestar.

—¿Acaso te importa?

Emma cogió su gorra de béisbol y salió disparada de la habitación.

Emily suspiró y se echó hacia atrás en su asiento.

Necesitaba descansar.

MARTES

20 MAYO 1987

La mañana siguiente después del nacimiento de su hija, Derek estaba agotado. Tras lo sucedido con Ashley en la sala de neonatos no había podido pegar ojo en toda la noche. Ahora ella estaba bien, descansando en la habitación, y él deambulaba por los pasillos del hospital sin saber muy bien hacia dónde dirigirse. Sus hermanos se habían marchado con Jake a primera hora de la mañana y sus padres le habían acompañado hasta el mediodía. De hecho, acababan de salir a por algo para comer.

Bajó hasta la cantina de autoservicio —así había bautizado a aquel lugar—, pero no encontró allí a quien esperaba encontrar. Decepcionado, siguió caminando por toda la planta baja, sin rumbo fijo. No conocía bien el hospital, pero ya preguntaría más tarde cómo regresar al área de maternidad. Miró el reloj de pared que había detrás de unos mostradores y comprobó que todavía faltaba una larga hora para poder ir a ver a su hija.

Su hija.

El concepto en sí mismo era fascinante.

Ya estaba un poco más relajado respecto a ese asunto, pero sabía que no se había desahogado y que se estaba guardando dentro una bomba de relojería. Pero claro, es que nadie le había dicho que podría sentirse extraño consigo mismo, ni explicado que lo del amor a primera vista no siempre era tan a primera vista. Lo mismo sentía que su vida no había cambiado nada, que se acordaba del bebé, tan frágil e indefenso, y empezaba a agobiarse. Había pensado incluso en que ojalá no fuese realmente suyo. No porque no lo quisiese, sino porque, literalmente, no tenía ni idea de qué iban a hacer con él cuando le diesen el alta, porque Ashley no parecía muy interesada en hacerse cargo. Ni siquiera había decidido el nombre todavía.

De pronto, al final del pasillo en el que se encontraba en ese momento, vio a una chica pelirroja con una gorra de los New York Yankees hablando con la enfermera que repartía la comida de los pacientes.

Instintivamente corrió hacia ella.

—¡Emma! —gritó, justo antes de que ella entrase de nuevo en la habitación de la que había salido.

La chica se giró y le miró con cara de irónica curiosidad.

—¿Nos conocemos? —preguntó.

—¿Emma? ¿Eres tú?

Dudó, porque la chica era diferente a la que él conocía. Un poco más bajita, con más pecas en la cara y la nariz ligeramente distinta. Derek recordó algunas de las conversaciones mantenidas con su hermano, y también la noche en la discoteca. Ya no tenía el pelo rojo como aquel día, pero era ella.

—¡Pues claro que soy Emma! ¿Y tú quién eres? ¿Cómo es que sabes quién soy?

—Perdona, es que te había confundido con otra persona.

—Sí, ya, creíste que era mi hermana, ¿no? Pero ella se llama Emily, idiota.

Derek trató de reproducir en su mente el rostro de la Emma que él había conocido. Estaba seguro de que se llamaba así, pero todo parecía indicar lo contrario.

Miró a la otra chica sin saber qué más decir.

—Si realmente la estás buscando, siento decirte que ya no está aquí. Hace rato que se marchó.

La joven puso cara de exasperación y se cruzó de brazos, esperando la reacción de Derek, que parecía que no iba a llegar nunca.

—¿Quieres alguna otra cosa o piensas quedarte ahí, sin más?

—¿Va a volver? —le preguntó tras el pequeño trance, esperanzado.

—¡Y yo qué sé!

—¿Y dices que te llamas Emma?

Derek la vio poner cara de asco, como si su sola presencia la incomodase. Luego cambió el peso de un pie a otro y tuvo que apoyar una mano en la pared. Había visto gestos como ese antes.

—¿Te encuentras bien? ¿Estás embarazada?

—¡¿Embarazada?! ¿Pero tú qué te has creído? ¡Por supuesto que no!

A Derek le pareció que se alteraba con demasiada rapidez.

—¿Me estás llamando gorda?

—No era esa mi intención.

—Dios mío. Los hospitales están llenos de imbéciles.

La chica se metió, ahora sí, dentro de la habitación, cerrando la puerta tras ella. Derek se había quedado perplejo: primero, por los modales de la nueva Emma; y, segundo, por que la anterior le hubiese mentido. ¿Qué motivos había tenido para hacerlo?

—Oye, tú. Espera.

La verdadera Emma salió de nuevo al pasillo.

—¿Cómo te llamas?

—¿Ahora hablas con imbéciles?

Le salió sin pensar, y ella se mostró escandalizada.

—No cabe duda de que eres un Becker.

Su actitud empezaba a recordarle a todo lo que su hermano le había contado sobre la tal Emma Wathson que él conocía, y que nada tenía que ver con la Emma que él se había encontrado en la biblioteca.

No le contestó.

—Así que tú eres el famoso Derek, ¿no? ¿Dónde está tu hermano?

—¿Cuál de todos?

—No me tomes el pelo... Sabes bien de quién te hablo.

—¿Siempre eres así de descarada?

—¡¿Cómo te atreves?!

—Te lo digo en serio. Deja de hablarme con ese tono de superioridad.

—Veo que sabes defenderte, todo lo contrario que tu hermano. Aunque no es de extrañar viniendo de una universidad tan prestigiosa como la de Florida. Me pregunto qué habrán tenido que hacer tus padres para mantenerte.

—Así que crees que soy un mantenido. ¿Qué más crees de mí?

—Pues creo que los muertos de hambre seguiréis siendo siempre unos muertos de hambre, por muy prestigiosa que sea la universidad a la que vayáis.

Derek se echó a reír. La impertinencia de la chica hacía rato que le había empezado a divertir, porque era tal y como su hermano la había descrito: una malcriada de los pies a la cabeza.

—Supongo que te hace gracia porque sabes que en el fondo tengo razón.

—Por supuesto. ¿Cómo iba a negar lo evidente? No cabe la menor duda de que soy un muerto de hambre. ¿A que a usted también se lo parece?

Paró a una joven enfermera en mitad del pasillo para que le echara un vistazo. Dio una vuelta completa y luego le guiñó un ojo.

—Mira quién es el descarado...

—Por lo menos los muertos de hambre tenemos sentido del humor.

—¿Vas a decirme de una vez dónde está tu hermano?

—Obviamente... no.

Emma lo miró con odio, entornando los ojos. Su aspecto era apenas el de una niña traviesa.

—No voy a volver a preguntártelo —le dijo.

—Me alegra saber eso, porque tengo muchas cosas que hacer y ya me has entretenido demasiado.

Derek la dejó plantada detrás de él. Disimuló la risa al imaginar la cara que debía de habérsele quedado. Su pequeño encuentro le había puesto de buen humor.

Nada más regresar a la habitación de Ashley, encontró a su madre con un recipiente de macarrones sobre las piernas.

—Gracias, mamá. Me lo comeré después. Papá y tú deberíais volver a casa para descansar.

—Iremos más tarde.

—No es necesario que estéis todo el tiempo aquí. Ashley ya está bien, ¿verdad que sí? —Derek hizo la pregunta mirándola con intención. Ella asintió y sonrió mientras lo hacía—. ¿Lo ves?

—Tampoco tenemos mucho que hacer en casa, Derek —dijo su madre, sincera.

Captó el mensaje oculto al instante.

—Estoy seguro de que encontraréis trabajo pronto, cuando menos lo esperéis. Pero tenéis que dejar de preocuparos por eso.

—No podemos dejar de preocuparnos. —Su padre acababa de entrar en la habitación y era él quien hablaba—. Y más ahora que tu hermano se atreve a tentar a su suerte.

—¿A qué te refieres?

—Anoche me insinuó que no le faltarían agallas para que lo echasen de la fábrica si se lo propusiese.

—Eso no puede ser cierto.

—Pues lo es.

—Jake no haría algo así, Paul —opinó su madre—. ¿Qué le dijiste tú para que se le pasara tal cosa por la cabeza?

No le contestó. Derek miró a su madre, que le devolvió una mirada cargada de preocupación, y moviendo los labios le dijo: *no lo hará*, para tranquilizarla. Estaba además seguro de que no lo haría.

—¡Hora de ver a los bebés! ¡Acompáñenme todos los interesados!

La voz de una enfermera en el pasillo les impidió seguir hablando.

—¿Emily, te encuentras con fuerzas para caminar? —preguntó Derek, esperanzado de poder ir juntos a ver a la niña.

—¿Cómo me has llamado?

—¿A qué te refieres?

—¿Quién es Emily?

—¿Emily?

Se sorprendió al escuchar ese nombre. Ni siquiera había tratado nunca con alguien llamada así, a pesar de que ese era su verdadero nombre.

—Lo siento. Estoy un poco bloqueado últimamente. Sabes de sobra que no conozco a ninguna Emily.

—¿Alguna de las enfermeras con las que has tratado se llama así? —sugirió su madre.

—Es probable.

Ashley no terminó de creérselo, pero aceptó levantarse y pidió desplazarse en silla de ruedas. Nadie se opuso, sobre todo por lo que había pasado la última vez que estuvo más de cinco minutos de pie.

Permitieron que Sara los acompañase, y eso le hizo sentir mucho más seguro, aunque, cuando se presentaron delante de la incubadora, a Derek volvieron a temblarle las piernas.

Su hija seguía allí tumbada, prácticamente en la misma posición que de madrugada. Notaba cómo respiraba por las elevaciones de su espalda.

—¿La niña está bien? —le preguntó su madre a la pediatra que había allí en ese momento.

—De momento está evolucionando muy bien. No le hemos detectado ningún problema, aparte del respiratorio.

—¿Tiene problemas respiratorios? —preguntó entonces Derek.

—¿No te lo dijeron ayer? Es un bebé prematuro, chico. Que todavía no tenga bien desarrollados los pulmones es lo menos que le podía pasar. —Otra vez esa forma tan condescendiente de hablar—. Tendrá que pasar una temporada aquí hasta que pueda valerse por sí misma.

—¿Cuánto tiempo? —Ashley habló por primera vez para interesarse por la pequeña.

—Lo normal es que se quede ingresada un mes o dos. Hay que ir viendo cómo evoluciona. También tiene que ganar peso, al menos medio kilo.

Dos meses era mucho tiempo.

Cuando todos salieron de la sala, él se quedó un rato más observando a la niña.

Se acercó al cristal y lo tocó dando unos golpecitos con el dedo índice. La recién nacida seguía durmiendo, pero movió ligeramente el puño hacia un lado.

—Disculpe, joven. —Una mujer se acercó por detrás, interrumpiendo el mágico momento—. Necesito que me diga el nombre de la niña para hacerle la ficha.

—Todavía no sé cómo se va a llamar. Su madre no lo ha decidido.

No le gustó la cara que puso al darle la información.

—Oiga, no hace falta que me mire de ese modo. Cuando sepa el nombre, se lo comunicaré.

Derek estuvo a punto de salir cabreado de la sala de neonatos, pero al echar un último vistazo a la bebé se le pasó el enfado.

De vuelta a la habitación, otro encuentro inesperado volvió a retrasarle.

- - - - - - -

Emily no se sorprendió cuando vio a Derek en uno de los pasillos de la segunda planta. Y no lo hizo porque había elegido muy bien dónde buscarlo.

—¿Cómo está tu hija?

Le lanzó la pregunta nada más verlo.

—Bien —respondió él, bastante más sorprendido que ella por el encuentro—. Pesa poco y no puede respirar sola, pero dicen que se solucionará de cuatro a ocho semanas.

—Seguro que es una niña muy bonita.

—Sí que lo es... Pero es que es tan... En fin, es que yo nunca había visto un bebé tan pequeño.

—Creo que puedo hacerme una ligera idea. Mi hermana y yo también fuimos prematuras.

—¿De verdad?

—Nacimos a los seis meses y medio y pasamos mucho tiempo en el hospital, pero cuando nos llevaron a casa, estábamos estupendamente. Supongo que se trata de que algunas tenemos más prisa que otras por nacer.

Ambos rieron de forma cordial.

—Anoche me encontré con tu hermano y estuvimos charlando —continuó Emily, que había decidido ir ahora directa al grano.

—Ya lo suponía.

—¿Habéis hablado sobre ello?

—Se fue antes del amanecer. No le he visto apenas.

—Me estaba preguntando si, tal vez, te apetecería ir a tomar un café. Quiero comentarte una cosa.

—Vaya —dijo, sonriéndole—. La chica que no toma nada con desconocidos me ofrece ir a tomar un café.

Derek tenía todo el derecho a echarle en cara su comentario, pero no pudo evitar ruborizarse.

—Perdona, solo estaba bromeando. Pero lo siento, no puedo entretenerme. Me están esperando.

—Lo entiendo. Debí suponerlo.

Derek hizo ademán de marcharse, pero decidió añadir algo.

—Por cierto. Ha sido muy divertido cuando esta mañana me he encontrado con tu hermana, quien, además de tener un parecido contigo bastante signifivativo, se llamaba igual que tú.

—¡Lo siento! —dijo Emily, apurada—. Era por eso que quería hablar contigo. Quería explicarte...

—No importa. Tenías derecho a desconfiar de mí.

—No era mi intención desconfiar de ti, te lo prometo. Es solo que no suelo fiarme demasiado de las primeras apariencias. Supongo que ese es uno de mis peores defectos.

—No creo que tengas muchos defectos.

No supo cómo reaccionar a esa apreciación.

—Tengo que irme, de verdad.

—Siento haberte entretenido.

—¿Sabes una cosa? —añadió. Estaban ya unos metros alejados el uno del otro—. Es una verdadera pena que no me hubieras ofrecido ese café mucho antes. Hasta la vista... Emily.

Emily volvió a la planta baja y se dirigió a la habitación de su padre, consciente de que esa última frase le daría que pensar durante los días venideros.

—¡Hola, papá! —cantó alegremente mientras accedía al interior de la habitación.

Iban a darle el alta, y había acudido allí después de las clases para acompañarle de vuelta a casa.

—¡Emily! No era necesario que vinieras.

—Pero ya estoy aquí, así que vayámonos cuanto antes.

Emma también estaba presente, pero no dijo nada.

Montaron los tres juntos en el coche que les esperaba a la salida del hospital y se dirigieron a casa. Una vez allí, acompañaron a su padre hasta su estancia personal para que continuara con el reposo. Luego ambas se retiraron a la biblioteca. Su hermana fue la primera en sentarse en uno de los sofás, cómodamente. Se quitó la gorra y dejó caer su media melena. Le costaba reconocerlo, pero con el pelo más largo y más claro, se parecían mucho más.

—¿A que no sabes quién me ha hecho una visita esta mañana? —le preguntó, de sopetón.

—Me hago una ligera idea —contestó Emily.

—He sabido enseguida que era otro maldito Becker.

—¿Por qué? ¿Por el atractivo?

—¿Qué atractivo? Son los dos igual de repugnantes.

Emily se obligó a disimular la sonrisa apretando los labios hacia dentro. Tampoco quería darle a su hermana más conversación. Llevaban muchos meses sin dirigirse apenas la palabra y lo que acababa de sucederle a su padre no cambiaba nada entre ellas.

—Parecía que te buscaba con mucho interés, ¿sabes?

—Me estaría buscando para preguntarme por papá. Le conté lo que había sucedido.

—Pues no mencionó a papá en ningún momento.

—¿Estás insinuando algo?

—No, nada. Solo que he estado pensando un poco en todo eso que me dijiste de que acababa de tener un hijo. Me pareció un poco raro que te anduviera buscando después de eso. ¿Hay algo más que no me hayas contado de ese Becker?

—Se llama Derek, y no, no hay nada que yo tenga que contarte relacionado con él.

—No te pongas nerviosa. Solo tenía curiosidad.

Decidió no seguirle el juego. Estaba claro que solo pretendía tirarle de la lengua.

—Me pregunto qué habrá sido de Jake.

Esa frase la puso alerta. Recordó lo que él le había contado sobre el trabajo en la fábrica de su padre.

—¿Por qué lo dices? Creía que ibais juntos a clase.

—Íbamos, tú lo has dicho. Lleva más de dos meses sin venir a la universidad.

—¿Y eso te preocupa?

Emily acababa de confirmar las sospechas que tenía acerca de si su hermana sabría algo de su nuevo trabajo.

Naturalmente que no.

—¿Sabes lo que significa no tener que notar su presencia? Ni te imaginas lo contenta que estoy. A saber en qué líos anda metido.

—A lo mejor se ha ido de la ciudad —se inventó Emily.

Emma se echó a reír.

—¿A dónde iba a irse alguien como él?

—No sé. Tal vez a Florida, como su hermano.

—¿Qué sabes tú de eso?

Su hermana se incorporó y le dedicó una mirada muy inquisitoria.

—No sé nada. Ato los cabos sueltos que tú te dejas por el camino. Dices que hace dos meses que no sabes nada de él, y a pesar de ser un alivio para ti, a mí me parece un poco extraño. Supongo que el hecho de que se haya podido ir de Vallon supone un cambio alarmante para tus macabros planes.

—¿Te atreviste a contárselo? ¡Sabía que no podía confiar en ti!

—¡Yo no le he contado nada a nadie!

—Ah, ¿no? ¿Y por qué se iba a ir, si no? ¿Crees que soy tonta?

—Que no le he dicho nada. Hacía meses que no lo veía.

—¿Eso quiere decir que le has vuelto a ver?

Emma estaba de pie, muy cerca de ella y roja de ira. De repente, colocó ambas manos en su tripa y volvió a tomar asiento. Entonces empezó a hacer ejercicios respiratorios.

—¿Estás bien?

—Olvídame.

Emily comenzó a preocuparse por el estado de su hermana. Hizo cálculos, pero no estaba segura de lo que sus recuerdos le decían.

—¿De cuántos meses estás ya?

—No es asunto tuyo.

—¡No seas tonta, Emma! Alguien más aparte de ti debería estar al tanto de todo este asunto. ¿Qué quieres? ¿Ponerte un día de parto y que nadie pueda ni siquiera llevarte al hospital?

—Todavía me faltan cuatro meses para eso ¡y no quiero pensar en ello!

—Se acabó. Voy a contárselo a papá. Esto no puede seguir así.

Salió de la biblioteca, a pesar de las protestas que su hermana hizo detrás de ella. Se aprovechó de la ventaja que había conseguido al levantarse primero y corrió escaleras arriba. Cuando llegó a la habitación de su padre, este todavía seguía despierto.

—¿Qué sucede?

Emma tardó apenas diez segundos más en llegar.

—No lo hagas, Emily —le advirtió.

—Papá —dijo ella—. Emma está embarazada de cinco meses. Ha estado ocultándolo.

Después de eso, mantuvieron una conversación muy poco convencional.

Primero, Emma empezó a gritarle loca de histeria, llegando incluso a insultarla. Después, su padre tomó la palabra, y no tuvieron más remedio que permanecer en silencio.

Le pidió a Emma las pertinentes explicaciones y ella empezó a relatar los hechos de muy mala gana. No dijo en ningún momento la identidad del padre. Estuvo a punto de hacerlo, pero Emily la miró con cara de advertencia y eso la hizo callar.

No era justo que implicase a Jake, porque su hermana le había dejado bastante claro que casi con seguridad él no era el padre del hijo que esperaba. Además, si tan importante era para él ese trabajo, el hecho de que Emma hablara más de la cuenta no iba a ayudarle demasiado a mantenerlo. Emily no sabía por qué le importaba tanto que mantuvieran su nombre al margen porque realmente estaba resentida con él, pero sentía que era lo correcto.

Su padre se enfadó de verdad con Emma por primera vez en su vida. No es que nunca se hubiera enfadado con alguna de ellas, pero nunca lo había hecho de esa forma.

—Mañana mismo irás al ginecólogo —sentenció su padre—. Margarett te acompañará.

—No, no quiero —dijo Emma, sollozando.

—¡Estás embarazada de cinco meses! Por el amor de Dios, Emma, alguien tiene que revisarte.

—Yo puedo acompañarte, si quieres. —Emily se ofreció al instante.

—¡No! No quiero nada de ti.

Los ojos llorosos de Emma le hicieron saber que su hermana tardaría mucho tiempo en llegar a perdonarla. Le dolió tener esa sensación, pero al menos sabía que había hecho lo mejor para ella.

Lo último que su padre hizo fue tratar descubrir la identidad del padre.

—Emma. Mírame a los ojos. ¿Todo esto tiene algo que ver con Jake?

A Emily se le paró el corazón.

¿Cómo es que a su padre se le había ocurrido tal cosa?

Emma no contestó, y la intensidad de su llanto dio a entender más cosas de la cuenta.

—Necesito saberlo, hija. Es un tema muy delicado.

Emma salió corriendo de la habitación y pegó un portazo. Emily se quedó entonces a solas con su padre.

—Papá, no la presiones.

—Pero necesito saber si fue él quien la dejó embarazada.

Siempre le había resultado curioso el término *dejar embarazada* a alguien, como dejando al margen que fuese una cosa de dos, en la mayoría de los casos.

—¿Por qué? —confrontó a su padre—. ¿Le echarás de la empresa si fue él?

Su padre la miró con cara de interrogación.

—Sé que ahora trabaja para ti. Lo encontré ayer en el hospital y estuvimos hablando.

—Creéme, Emily... Todo este asunto es muy grave.

—Yo no creo que Jake sea el padre del bebé, pero también creo que, por el momento, no deberías hacer más preguntas al respecto. De verdad, papá. Al menos, por el momento.

—Pero cariño, ¿cómo va a ser que...?

—No me lo preguntes, por favor. Yo tampoco sé mucho más de lo que Emma te ha contado. Habrá que esperar unos cuantos meses más para que todo esto se aclare.

—Tu hermana me acaba de poner en un compromiso muy importante con ese chico y con su familia.

—Piensa una cosa, papá —dijo Emily, para finalizar—. Si despides a Jake y resulta ser el padre, ni siquiera podrá hacerse cargo del bebé.

Su padre no añadió nada más. Se tumbó en la cama y le dijo que necesitaba descansar.

Emily salió de su habitación temblando.

No tenía ni idea de qué ocurriría con el trabajo de Jake, pero deseaba que su padre no hiciese nada que perjudicase a los Becker.

Lo deseaba con todo su corazón, a pesar de todo.

MIÉRCOLES

2 JULIO 1987

JULIO

SM	L	M	X	J	V	S	D
27		1	2	3	4	5	6
28	7	8	9	10	11	12	13
29	14	15	16	17	18	19	20
30	21	22	23	24	25	26	27
31	28	29	30	31			

Era casi la una de la madrugada y Jake estaba sentado en el sofá, contento, confuso y preocupado a la vez.

Contento porque Derek y Ashley se habían marchado por fin a Florida con su hija Danielle, después del largo mes y medio que pasaron alojados en casa de sus padres esperando que la niña saliese del hospital. Y eso suponía que volvía a recuperar su antigua habitación. Además, la convivencia con Ashley no había sido fácil para ningún miembro de la familia debido a la depresión posparto que acarreaba. Pero para Jake había sido todavía peor, pues seguía pensando que ella se le insinuaba cada vez que tenía ocasión.

Confuso por diversas circunstancias, entre ellas el trabajo y las mujeres. Por un lado, su jefe, Frederic Wathson, le había puesto sobre aviso, exigiéndole un rendimiento superior al que ya tenía, a pesar de que ya le parecía que hacía mucho más que otros operarios. Por otro lado, Ashley le había mencionado en varias ocasiones su encuentro con *la chica de pelo rojo* el día que fueron juntos a la discoteca New, y esa, en particular, también lo tenía confundido. Hacía dos semanas que se había topado con Emma a la salida del trabajo. La encontró vestida con ropa deportiva y con el pelo más largo y de su color natural. Él sabía que estaba resentida por el hecho de que no se hubiese acordado de nada los días posteriores a su fugaz encuentro, pero esta vez no se molestó en echárselo en cara. Hacía meses que no se veían y pasó por su lado como si nada. Si le sorprendió la noticia de que había dejado la universidad porque había empezado a trabajar para su padre, no le dio el gusto de demostrárselo. Tampoco sabía en qué momento podría haberse enterado, pero era evidente que estaba al tanto por la falta de entusiasmo que había demostrado en el cruce de miradas.

Indiferencia era lo único que había demostrado.

Por último, estaba preocupado. Sus padres habían salido de viaje con previsión para cuatro días, llevándose a Rachel con ellos. Al parecer, había llegado una carta procedente de Carolina del Norte con información sobre la abuela materna de su prima. Esta, seis años después del trágico accidente, reclamaba poder ver a la niña. Por lo visto tenía una herencia preparada para ella, pues era una de sus pocas descendientes. Eran buenas noticias para Rachel, ya que suponía contar con el calor de más familia de la que ahora tenía, pero a ella no le había hecho ninguna gracia tener que hacer el precipitado viaje y, en consecuencia, a Jake tampoco. Le resultaba muy extraño que después de tantos años algún familiar se hubiese interesado en ella.

¿Por qué no antes?

Su madre había llamado hacía unas horas con buenas noticias. La abuela de Rachel los había acogido con mucha hospitalidad y era muy cariñosa con su prima. La pequeña había tenido también la oportunidad de conocer a sus tíos y a su único primo. Había hablado con ella unos minutos, y estaba orgulloso de que ella hubiese dicho que estaba deseando volver a casa para ir al parque con él. Actualmente no había nada que le hiciese más feliz que poder pasar el tiempo con Rachel.

Un traqueteo intenso en la puerta de entrada le sobresaltó. Jake se levantó en silencio, colocó el cerrojo de seguridad, entreabrió y observó a los dos individuos que estaban al otro lado.

Les dio paso enseguida.

—¿Se puede saber qué os ha pasado?

Louis iba agarrado a uno de sus amigos porque le costaba caminar. Los dos estaban llenos de magulladuras. Su hermano tenía el ojo morado, el otro, la boca ensangrentada. Jake vociferó el nombre de su hermana y ella no tardó más de un minuto en aparecer con la bata de noche en el umbral superior de la escalera. Le ordenó que cogiera su botiquín y que bajase a atenderlos.

Jake agarró a su hermano para que el otro chico descansara.

Se quejaba de la cadera debido a un golpe contra una pared. Por lo visto, habían sido víctimas de un atraco, y habían opuesto resistencia. Les habían pedido las carteras y todos los objetos de valor, pero Louis se había negado a entregarles nada y, cuando intentaron huir, les persiguieron.

—¿Quién ha sido? —preguntó Jake, intuyendo que habían estado metidos en una pelea.

—No lo sé, pero no son de este barrio —contestó Louis.

—¿Y dónde os han acorralado?

—A no más de tres manzanas de aquí... En la calle Swin.

—¿Cuántos eran?

—Tres. Bueno, dos mayores que nosotros y un crío que iba con ellos.

Jake fue a buscar sus llaves de casa.

—¿Qué vas a hacer? —Zane lo miró, asustada.

—Llamad a la policía, indicadles el sitio exacto donde los habéis visto por última vez y contadles lo sucedido, ¿de acuerdo?

No dio tiempo a que nadie le preguntara por sus intenciones. Jake salió de casa y corrió hacia la calle que su hermano había mencionado. Tardó menos de tres minutos en llegar, pero no encontró a nadie por allí. Dio varias vueltas sobre sí mismo tratando de captar algún sonido que se diferenciase del silencio de la noche, pero fue en vano. Lo que sí vio fue una pequeña separación entre dos casas muy viejas que daban lugar a un estrecho callejón.

Se acercó y miró hacia el interior, pero la escasa luz de las farolas no le proporcionaba mucho margen de visión. Se adentró un poco y en cuanto se acostumbró a la penumbra comprobó que el espacio era mucho mayor en el interior. Allí había tres personas sentadas en círculo que se correspondían mucho con la descripción de Louis. Dos grandes y uno más pequeño.

De repente, una sirena sonó tras él. *Qué rápidos*, pensó Jake. Un coche patrulla acababa de llegar y eso le dio ánimos para acercarse a los desconocidos. Éstos, por su parte, se alarmaron al escuchar el sonido y salieron corriendo. Jake fue tras ellos.

Saltaron a través de un muro de piedra bastante alto y el más pequeño se quedó abajo pidiendo ayuda a los otros dos, que no le prestaron ni la menor atención durante la huída. Jake lo cogió y le dio la vuelta, apoyándolo fuertemente contra el muro.

No tendría más de doce años y lloriqueaba como uno de cinco. Presa del pánico, trató de golpearle con las piernas, pero él se mantuvo a una distancia prudencial a pesar de tenerlo sujeto por el cuello.

—¡Suéltalo!

Uno de los agentes fue corriendo hacia él con la porra en la mano. Jake hizo lo que le ordenaba y el niño salió corriendo hacia la entrada del callejón. Allí se topó con el otro agente y ambos se pusieron de acuerdo para dejarle marchar.

—¡No! —gritó Jake.

Estaba seguro que el niño podría decirles dónde estaban los otros dos, pero los policías no pensaban de ese modo.

—Las manos contra la pared —le ordenó el que tenía más cerca.

—¿Qué?

—Silencio.

—Oiga, se equivoca. Yo no...

A Jake ni siquiera le dio tiempo a ver el movimiento de la porra acercándose a su cara. El policía le hizo callar con extrema violencia y enseguida sintió cómo le ardía la cara. Luego le dio la vuelta y le presionó contra la pared mientras le colocaba las esposas con las muñecas por la espalda.

—Así aprenderás a estarte calladito.

Empezó a notar un sabor dulce en la boca. Le sangraba la nariz.

—Regístralo, Lucius.

El otro hombre se acercó y le curioseó en todos los bolsillos. Lo único que encontró fueron sus llaves de casa.

Jake estaba seguro de que le habían confundido con uno de los delincuentes, pero decidió permanecer callado por miedo a las consecuencias.

El golpe le había dejado muy aturdido y ya ni siquiera sentía la nariz. Tenía que respirar por la boca.

—¿Dónde la escondes?

Jake no contestó. Estaba mirando hacia abajo viendo cómo caían las gotas de sangre al suelo. Tampoco sabía a qué se refería, aunque supuso que estaría buscando algún tipo de arma blanca.

—Déjalo —dijo el otro—. Será mejor que lo llevemos a comisaría. Allí podemos sacarle más información.

Lo dirigiron hacia el coche y lo empujaron para que subiera en la parte de atrás. Era muy incómodo estar sentado con las manos a la espalda, pero no lo mencionó. El policía que le había registrado le colocó el cinturón de seguridad y luego se puso al volante. El otro hizo de copiloto y estuvo todo el trayecto sin dejar de insultar a Jake. No le cabía ninguna duda. Le habían confundido por uno de los asaltantes de su hermano.

Cuando le bajaron del coche, reconoció la comisaría de su barrio. Al entrar en la sala de recepción vio a unos cuantos agentes más sentados en algunas de las mesas que habían repartidas por el espacio, sin distribución alguna.

—¿A quién habéis cazado esta vez, Jimmy? —comentó uno.

—Vaya, chico, eso ha tenido que doler —añadió otro.

—Callaos, gandules —protestó el tal Jimmy.

Le llevaron a una habitación aislada y le ordenaron que se sentara en la única silla. Al parecer, esa era la sala de interrogatorios.

Jake consideró que estaban empezando a tratarle como un verdadero delincuente cuando uno de los dos, el mismo de la porra, empezó a gritarle cosas sin sentido. Le preguntó que dónde tenía guardada la mercancía y le dijo que, de no mencionarlo, en unas horas pasarían a hacerle un examen de lo más exhaustivo que no iba a resultarle nada agradable. Y él sabía exactamente a qué se refería, así que esperaba no tener que llegar a ese punto.

Jimmy también quería saber quién era el proveedor y nombres de los demás camellos. En ningún momento le dijo nada de ningún atraco. Y menos de un atraco a dos adolescentes.

Jake no entendía absolutamente nada.

—¡Habla de una vez, zoquete! —vociferó el agente.

El compañero, bastante más sereno, le puso una mano en el hombro para que se relajara. Él se la quitó de encima con un movimiento brusco y luego se dispuso a salir, no sin antes dar una última indicación.

—Lo quiero en el calabozo toda la noche, a ver si así se anima a tener una charla más gratificante a primera hora. Si no, ya sabes lo que hay que hacer.

El que quedaba en la sala le tiró del brazo para que se levantara.

—Deberías colaborar un poco —le dijo—. Jimmy tiene un pésimo carácter cuando no consigue lo que quiere, y los días en el calabozo se te van a hacer insufribles.

Jake se sorbió la nariz reseca que hacía rato que le había empezado a escocer.

—Tengo derecho a una llamada, ¿verdad?

—Sí, de un minuto —le respondió el que hacía de *poli bueno*—. Pero me temo que no tienes derecho a una conversación privada.

—No me importa.

Así pues, aquel tipo acompañó a Jake hasta una pequeña cabina y echó una moneda.

—¿Sí?

—Soy Jake.

—¡¿Dónde estás?!

—En la comisaría número veintidós, cerca de casa. Me han detenido.

—¿Pero qué estás diciendo?

—¡Calla y escucha! Tenéis que venir aquí a por mí. Necesito que Louis explique qué fue lo que pasó y que pida que le dejen verme para que vean que soy su hermano. Que pregunte por un tal Jimmy.

—Pero, ¡Jake!

—Tengo que colgar, se acabó la llamada. Adiós.

El agente se quedó mirándole, pero no se relajó a pesar de que lo que había oído.

Jake se limitó a encogerse de hombros. No le importaba lo que pensaran en la comisaría sobre él. Tenían derecho a dudar de su inocencia, porque le habían encontrado en el lugar de los hechos acechando a un niño. Pero por culpa de sus precipitadas actuaciones ahora tendría que pasarse unas cuantas horas en el calabozo, habiendo recibido una reprimenda que no se merecía.

Antes de entrar allí, otro de los policías le había restregado por toda la cara un paño mojado para limpiarle la sangre seca, consiguiendo que la nariz le doliese todavía más. Después, las casi dos horas que pasó allí metido se le hicieron eternas. No le dieron ni tan siquiera un poco de agua y no pudo pensar en nada más que en la cara del que le había hecho el interrogatorio. Veía su mirada rabiosa en todos los rincones del oscuro y pequeño cuarto en el que le tenían. Después, empezó a pensar en Louis y en la versión de la historia que él le había contado, hasta que llegó a la conclusión de que el coche patrulla que había aparecido a los pocos minutos de haber llegado al lugar de los hechos, no había sido enviado por la llamada de su hermana.

Demasiado rápido. Por no hablar de que lo habían acusado de traficante de drogas.

A él.

Simplemente por estar dentro de aquel callejón...

Cuando abrieron la puerta, la luz artificial del exterior le hizo daño en los ojos. Lo sujetaron entre dos para levantarlo y luego lo llevaron de nuevo a la entrada. Zane, Louis y el amigo de este estaban allí. Su hermana había hecho un buen trabajo con ellos, pues se les veía en un estado mucho más saludable.

Su hermana se llevó las manos a la boca nada más verle.

—Bien, muchachos, ¿reconocéis al detenido?

—¡Es mi hermano! —expresó Zane—. Ya se lo he dicho.

Todas las miradas se dirigieron al tal Jimmy.

—¿Y qué se supone que hacía tu hermano cuando lo encontramos?

—Salió a buscar a los ladrones de Louis y Michael —explicó Zane—. Yo misma les llamé para denunciar el robo.

—El niño al que dejasteis escapar estaba con ellos —aclaró Jake, hablando por primera vez—. Yo solo pretendía que me dijese algo al respecto de los que ya habían pasado el muro.

—¿Y por qué coño saliste a buscarlos por tu cuenta? ¿Quién te has creído que eres? ¿Un superhéroe? —Jake no dijo nada—. ¿Tienes idea de quiénes eran esos tipos?

—Antes no, pero ahora ya sé por qué les preguntarán cuando consigan cogerlos. Si es que lo consiguen, claro.

—Te estás dirigiendo a un agente de policía —le advirtió Jimmy—. Mide tus palabras si no quieres volver al sitio de donde te hemos sacado.

—¡No sigas, Jake! —le pidió su hermana, desde el otro lado.

Al final Louis y su amigo entraron a uno de los despachos a firmar una declaración y luego le quitaron las esposas a Jake para dejarle marchar.

Cuando llegó a casa, subió a limpiarse al cuarto de baño, maldiciendo en voz alta todo lo que no había maldecido de camino. Comprobó que llevaba un cardenal enorme que le recorría la cara, empezando por la sien, pasando por el pómulo izquierdo y acabando en el tabique nasal. Le dolía solo de rozarlo.

De regreso al salón, su hermana se ofreció para echarle una pomada, pero Jake se negó. Tenía cosas más importantes que averiguar en ese momento, así que tomó asiento en la mesa del comedor e invitó a los otros dos a sentarse junto a él.

Obedecieron bastante recelosos.

—Ya podéis empezar a contarme todo lo que ha pasado, desde el principio,

—¿Otra vez? —protestó Louis.

Jake notó su nerviosismo.

—Lo único que me ha quedado claro de vuestra pobre explicación es esto —Jake se señaló la cara—. Y es precisamente por esto que sé que los tipos a los que la policía buscaba son peligrosos.

—Pues no sé a qué te refieres. A nosotros también nos han pegado, ¿sabes?

Jake observó los movimientos del amigo de Louis. Lo había visto últimamente mucho por casa, pero no sabía nada de él.

—Tú. ¿Cómo te llamas?

—Mi... Mi-chael —respondió.

—Bien, Michael. Cuéntame, si eres tan amable, por qué os han atracado y por qué estabais metidos en ese callejón.

—Yo, nosotros, estábamos allí porque...

—Nos cogieron en la calle y nos obligaron a entrar —lo interrumpió Louis, muy seguro de sí mismo.

—¡¿Crees que soy estúpido?! —Jake se levantó de la silla, golpeando con fuerza la mesa con los puños—. ¡Me han acusado de traficante de drogas!

—Nosotros no tomamos drogas, lo prometo —dijo Michael, temblando de los nervios.

Louis bajó la cabeza y se quedó callado. Jake no podía apartar la mirada de él. No podía creer que su hermano estuviese metido en asuntos de droga.

—Habéis estado haciendo contrabando, ¿verdad? —continuó—. ¡Contéstame, Louis!

—¡Si lo sabes, no preguntes!

—Mírame a la cara, Louis. ¡Mírame!

Jake estaba muy alterado, tanto por el tema de las drogas como por la actitud de su hermano pequeño.

—Escúchame bien —continuó—, me he jugado el cuello por vosotros dos por una mentira.

—Yo no te pedí que fueras por ahí haciendo el papel de hermano mayor. De hecho, estoy seguro de que nos has hecho quedar como unos *pringaos*. A saber con qué cara nos presentamos ahora para...

—¿Para qué? ¿Me estás insinuando que piensas seguir haciendo de camello?

Louis no fue capaz de sostenerle la mirada.

—¿Pero te estás escuchando? —Jake no daba crédito—. Acabas de confirmarme que habéis pasado droga, que os han pegado una paliza por algo relacionado con eso, ¿y ahora me dices en la cara que vas a volverlo a hacer?

—Solo intentamos ahorrar para pagar la matrícula de...

—¡Cállate, idiota!

El intercambio de palabras entre los dos amigos llamó la atención de Jake.

—¿Qué pensabais pagar con ese dinero? ¿Eh?

—No es asunto tuyo.

—Te equivocas. Sí es asunto mío. Te recuerdo que, a pesar de estar todos muy capacitados para hacerlo, soy el único de esta casa que está trabajando actualmente para que ni a ti ni a nadie le falte de nada.

—Y yo trabajo por mi cuenta —admitió Louis—. No consumo, pero pasar la droga me da beneficios.

—Ah, entiendo. Beneficios para ti solo, ¿no? ¿O es que acaso piensas llegar un día a casa con un montón de dinero y entregárselo a mamá sin explicar de dónde lo has sacado?

—¡Es la única manera de poder entrar en la escuela de teatro!

—¿Teatro?

—Soy consciente de que ni tú ni papá me pagaríais una cosa así, pero yo también quiero elegir, como Derek, y hacer lo que a mí me gusta.

—Pues sé más aplicado y consigue una maldita beca —dijo Jake, molesto, y utilizando el mismo argumento que su hermano le había echado en cara a él meses atrás.

—¡No es cuestión de estudiar!

—¿Y desde cuándo te gusta el teatro, si puede saberse? No me jodas que ahora resulta que quieres ser actor.

Louis se levantó y subió a su habitación.

—Esto no va a quedar así, ¿me oyes?

Michael lo siguió y Jake resopló, enfadado, cansado y preocupado, porque en menos de dos horas tenía que irse a trabajar.

—¿Tú sabías eso de que quería meterse a teatro?

Su hermana asintió con la cabeza.

—¿Y papá y mamá?

—Solo lo sabemos mamá y yo, al igual que sabemos que no podemos permitírnoslo. No le culpo por lo que ha hecho, y tú tampoco deberías hacerlo.

—¿Que no le culpas? Zane, ¿te das cuenta de lo peligroso que es que se haya codeado con traficantes?

—Imagina lo mucho que desea entrar a esa escuela para haberse arriesgado a hacerlo.

Su mal humor aumentaba por momentos.

Ahora resultaba que ni él ni su padre tenían idea de las intenciones de Louis para el próximo curso. Jake tampoco tenía ni idea de lo que podría costar la matrícula en una escuela de teatro, pero estaba seguro de que no tenían recursos para sufragar más gastos.

Decidió pasar lo que quedaba de noche despierto, y dejó que Zane le pusiera la crema que le había recomendado mientras reflexionaba sobre todo lo que había sucedido en los últimos meses.

Se quedó dormido encima de la mesa sin darse cuenta, y fue su hermana quien lo despertó a tiempo de marcharse hacia el trabajo.

Iba a ser un día duro.

JUEVES

3 JULIO 1987

Arabia estaba de nuevo en casa de los Becker y se quedaba a dormir. Hacía meses que no lo hacía, pero el inesperado viaje de los padres de su mejor amiga habían motivado que estuviese de vuelta. Zane había insistido mucho. Ambas habían vuelto de la universidad hacía unas horas y estaban recogiendo los platos de la cena. Zane había guardado un plato con todo lo que había sobrado, porque Jake se había retrasado y las dos sabían que llegaría con unas ganas terribles de comer algo.

Louis, el menor de todos los hermanos, empezó a subir por las escaleras.

—Espera —le pidió Zane—. tengo que volver a desinfectarte la herida.

—Ya estoy bien. No necesito tantos cuidados.

El chico continuó subiendo, no sin esfuerzo.

—Se empieza a parecer a Jake —comentó su amiga, por lo bajo.

—¿Y eso es bueno o malo?

—La verdad es que no lo sé.

Justo entonces se abrió la puerta. Jake apareció con la ropa de trabajo todavía puesta y su bolsa de deporte colgada al hombro. Arabia se quedó estupefacta al verle la cara. Zane le había dicho lo fea que tenía la herida, pero jamás se la habría podido imaginar así. Tenía toda la zona superior del pómulo izquierdo bastante amoratada, y también la nariz.

—Tienes la cara mucho peor que esta mañana —puntualizó Zane.

—Ya me he dado cuenta. Me duele hasta pestañear.

—Deberías ir a que te lo mire un buen profesional —le sugirió Arabia.

—Solo me apetece comer algo y tirarme en la cama. Mañana pienso dormir todo el día...

Zane sacó de la nevera el plato que había guardado hacía escasos minutos.

—Pero mañana es viernes —dijo, mientras lo dejaba frente a él—. Tendrás que ir a trabajar, ¿no?

—Wathson me ha dado el resto de la semana libre a cambio de todas las horas extra que he pasado estos días en la fábrica. —Jake empezó a pinchar con el tenedor un montón de cosas a la vez—. ¿Ha llamado mamá? ¿Sabes cuándo llegarán?

—Sí, y dijo que pasada la medianoche. Han decidido hacer turnos para dormir y conducir y así no tener que parar en ningún hostal.

Jake se limitó a asentir con la cabeza.

Zane y ella subieron a la buhardilla a seguir estudiando.

Ambas estaban nerviosas por la última semana de exámenes. Si conseguían aprobarlo todo, habrían concluido su segundo año en la facultad de enfermería.

Arabia recordó entonces el primer año de carrera y los dos previos a ella, reviviendo algunos de los momentos más significativos. Zane era la única que había estado siempre a su lado, pues el resto de compañeras solo habían demostrado ser amigas de conveniencia. Casi todas las del instituto se habían ido a estudiar fuera de la ciudad, y las que ahora tenía en la facultad... nunca llegarían a ser *amigas* en el sentido más puro de la palabra.

—Zane.

—¿Sí?

—Quiero darte las gracias por todos estos años.

—¿Las gracias por qué?

—Sin ti primero y sin tu familia después, no sé que habría sido de mí. No te haces una idea de cuánto os estoy de agradecida.

—¿Te estás poniendo ñoña? Esto sí que no me lo esperaba...

—No te burles, flacucha.

Zane la abrazó fuerte e impulsivamente.

—Espero que el día que tengas pareja no desaparezcas de nuestras vidas. De *mi* vida, en concreto.

—¿Por qué iba a hacer eso?

—Es lo que suele pasar... ¿No? —Arabia la miró sin comprender—. ¿Ya no te acuerdas de lo que pasó con Amy y Sheyla? ¿O incluso con Cara y Lorreine? Parecían inseparables, pero acabaron echándose novios de círculos muy distintos y luego empezaron a ir cada una por su lado. No me gustaría que eso nos pasara.

—Pero nosotras no somos como ellas. —Lo pensaba de verdad—. Tú eres como una hermana para mí, y nunca existirá nada que valore más que a ti y a tu familia.

No todo el mundo tenía la suerte de llegar desde la otra parte del mundo y encontrar tanta hospitalidad. No lo olvidaría nunca. Además, su madre le había hecho jurar que no lo haría.

—Creo que tú nos valoras más de lo que nosotros lo hacemos —replicó Zane.

—No. Qué va. ¿A que si le pasase algo a cualquiera de tus hermanos te pondrías hecha una furia?

—Supongo que sí.

—¿Y a qué saldrías a defender a cualquiera de los tuyos si fuese necesario?

—Ari, no todos somos tan valientes como tú y como Jake. —Hizo una pausa y, como Arabia no supo que decir al respecto, continuó—. Hay muchos tipos de personas. Mi hermano, por ejemplo, es de los que defienden lo suyo a capa y espada, sin pensar en las consecuencias. Actúa y ya está. Deberías haber visto cómo salió anoche de casa en busca de los supuestos ladrones. A mí nunca se me habría ocurrido hacer algo semejante, y tampoco creo que Derek lo hubiese hecho. Mi padre, tal vez... ¿Tú habrías salido a buscar a esos tipos?

—No lo sé, Zane —respondió Arabia—. Nunca me he visto en una situación así, pero creo con firmeza que si algún día tengo que defender algo o alguien a quien quiero, no dudaré en hacerlo.

—Ojalá yo fuera tan decidida como tú.

Arabia se echó a reír ante el comentario.

—¡Pues ojalá yo fuese solo la mitad de buena que tú!

—Nos compensamos la una con la otra, ¿no crees?

—Pues claro. Es lo que siempre he creído. ¡Somos como el yin y el yang!

—¿Sabes de lo que me estoy acordando?

—¿De qué?

—De aquella vez que nos mandaron hacer una reflexión filosófica sobre qué era la vida para nosotros.

—¿Y a qué viene eso ahora?

—¿Recuerdas lo que redactaste?

—No estoy segura.

—*Una oportunidad*, eso fue lo que escribiste en la hoja. Yo me pasé toda la tarde intentando poner algo coherente y no sabes la envidia que sentí cuando te llamé por teléfono y me dijiste lo que habías pensado.

Arabia se acordó de otra de las experiencias que habían compartido en el pasado y estaba a punto de comentarla, pero escucharon un ruido en el piso de abajo. Se incorporaron de las respectivas sillas y se pusieron alerta. Después oyeron pasos apresurados subiendo hacia allí. La puerta se abrió de par en par y Jake apareció de sopetón en la habitación.

—¡¿Estáis bien?! —exclamó.

Su voz retumbó debido al silencio de la noche.

—¿Qué ocurre? —le preguntó Zane.

Jake tomó una gran bocanada de aire y la expulsó lentamente. Su pecho subía y bajaba a toda velocidad y Arabia, a pesar de que la única luz de la estancia era la de sus flexos, no pudo evitar fijarse en él, porque solo llevaba puesto el pantalón de chándal.

Siempre había sido muy corpulento, pero, sin duda, el trabajo que realizaba en la fábrica lo estaba moldeando para bien.

Se ruborizó cuando Jake la miró. Por suerte, con tanta oscuridad, era imposible detectar que le había cambiado el color de la cara.

—Jake, habla de una vez —le pidió Zane.

—Lo siento. Estaba dormido y me he despertado con un mal presentimiento.

—¿Como una premonición? —le preguntó Arabia, extrañada.

—Habrá sido una pesadilla, ¿no? —sugirió Zane.

Jake volvió a mirarla y Arabia sintió que podía tratarse de cualquier cosa, excepto de una pesadilla. Se notaba que estaba muy asustado.

—Sí, supongo que sí... —dijo—. Intentaré volver a dormir. Si necesitáis cualquier cosa...

—Sí, pesado —lo cortó Zane—. Estaremos bien, no te preocupes.

Él cerró la puerta y su amiga suspiró.

—Pobre. Seguro que es por culpa de lo que pasó anoche con Louis. Creo que, a pesar de que ya somos mayores, Jake nunca va a despojarse de la responsabilidad añadida de cuidar de nosotros. Estoy deseando que vuelvan mis padres para que todo vuelva a la normalidad.

—Yo daría lo que fuera por tener a alguien así, siempre protegiéndome y preocupándose por mí —confesó Arabia.

—No seas boba. Jake también cuidará siempre de ti. Estoy segura de que te aprecia como a una hermana.

Acabaron de estudiar poco después de aquella conversación. Zane no tardó en quedarse dormida cuando se acostaron, pero Arabia se quedó mucho rato dándole vueltas a aquella última afirmación: *estoy segura de que te aprecia como a una hermana.* No sabía si eso la alegraba o la entristecía, aunque al final se decantó por la segunda opción, que era la más lógica si se tenía en cuenta todo lo que había pasado entre ellos. Además, el tiempo que habían pasado viviendo juntos, había estado lleno de peleas, y Arabia las comparó con las que Jake solía tener con sus hermanos.

Unos meses después de independizarse fue cuando empezó a sentir que lo echaba de menos; que echaba en falta no verlo todos los días.

Al principio, cuando ella era una recién llegada a la ciudad y Zane se lo presentó, le pareció que no era distinto al resto de los deportistas, creídos y arrogantes, que veía en el instituto y que jamás se fijarían en ella, porque todos tenían el mismo perfil.

Lo de que *jamás se fijaría en ella* no había cambiado; tenía muy claro que Jake no la veía del modo que a ella le gustaría. Pero ya hacía mucho que no lo consideraba creído o arrogante. Nunca se había expresado de ninguna de esas dos formas. Tenía otros defectos, eso sí: rudo, malhablado, borde... Pero, a veces, los suplía con algún atisbo de virtud.

Tampoco era egoísta, a pesar de que a veces era su propia familia quien se empeñaba en catalogarlo como tal. Y no lo era, precisamente, porque siempre había apechugado con la situación familiar a la que tuviesen que enfrentarse, ya fuese cuidando a sus hermanos, a Rachel, ayudando a su padre en la fábrica o incluso dejando de lado el fútbol primero y la carrera después para ponerse a trabajar a jornada completa. Arabia estaba convencida de que algún día sus hermanos se darían cuenta de lo mucho que había hecho por ellos.

Con el tiempo, Arabia también se había dado cuenta de que Jake era una persona muy sensible, y de que le costaba exteriorizar sus sentimientos. Fue por eso que ella se empezó a interesar más en él, y el beso en el Dix76 marcó un antes y un después. Habían pasado casi dos años desde entonces, pero no lo había olvidado.

No había besado a nadie más, y por la suma de todo eso, lo había idealizado. Entendió que por eso le había afectado tanto verlo con otras chicas. Horrorizado, más bien.

Que Jake estuviese interesado en otras personas era lo más lógico del mundo, de hecho la gente solía interesarse en varias antes de dar con la adecuada. Ni siquiera estaba mal visto que alguien hubiese tenido varias parejas, sobre todo si eran hombres.

Supongo que mi idea de príncipe azul está muy obsoleta, así que casi mejor sola que mal acompañada.

En su cabeza ese pensamiento sonó muy bien y muy claro. Solo tenía que hacer el ejercicio mental de no alterarse cuando lo viese con alguien, porque Jake no le pertenecía.

Nadie pertenece a nadie, de hecho.

Sin embargo, no iba a ser tarea fácil, por culpa de su atractivo. Jake no era tan guapo como Derek u otros chicos, no era eso lo que hacía que llamase la atención. Pero tenía algo. Físicamente era un armario, una persona muy intimidante, pero de igual forma había algo delicado en su forma de relacionarse. Quizás se debiese a que él sabía que no era como su hermano mayor, a que lo tenía tan interiorizado que jamás pensaba que su cercanía podría provocarle escalofríos a quien tuviese al lado.

Volverlo a ver hoy, desnudo de cintura para arriba, le había removido algo por dentro que nunca había sentido con ninguna otra persona. Empezaba a entender, solo con imaginárselo otra vez de pie en la puerta de la habitación, esa sensación de mariposas en el estómago que todo el mundo describía cuando estaba enamorado.

Se preguntó con cuántas chicas habría estado realmente, aunque prefirió no imaginar lo que habrían hecho en la intimidad. De momento, que ella supiese, podía contabilizar a la chica con la que lo vieron llegar una noche a altas horas de la madrugada procedente del Dix76, a la pelirroja de la noche de la discoteca que no podía quitarse de la cabeza, a Miranda y a Ashley. Con ellas no había ninguna duda.

Arabia no supo cuánto tiempo pasó pensando en todo aquello, pero sí que algo acababa de despertarla, sobresaltándola.

El timbre sonaba sin parar, una y otra vez.

Zane también se despertó y encendió la luz.

—¿Qué sucede? ¿Por qué tanta insistencia? —preguntó.

—¿Qué hora es? —preguntó también Arabia.

Hubo de nuevo pasos apresurados en el piso inferior y ambas se levantaron de la cama y bajaron por la escalera de caracol, y de ahí a la escalera que llegaba a la planta baja. Pero se quedaron petrificadas antes de poder poner un pie en el primer escalón.

Arabia observó la escena que había frente a ella.

Jake estaba en la puerta, de espaldas a ellas, hablando con dos agentes de la Policía Estatal. Uno de ellos le entregó un conejo de peluche medio chamuscado y le puso una mano en el hombro.

Luego observó a Zane.

Su amiga estaba agazapada tras ella, con los ojos abiertos de par en par y brillantes por la emoción contenida. En cuanto Jake se dio la vuelta y las miró, ninguna de las dos tuvo dudas de lo que había pasado, porque su mirada estaba vacía y descompuesta, y expresaba como *nunca* antes lo había hecho.

Arabia no tenía ni idea de qué hacer. Sujetó a Zane instantes antes de que rompiera a llorar, mientras veía cómo Jake deslizaba la espalda por la pared hasta quedar sentado en el suelo, con el osito de peluche entre las manos.

Louis salió entonces de su habitación y se encontró frente a la escena del caos, sin entender lo que sucedía. No lo entendería y asimilaría hasta días después.

Arabia nunca antes, en toda su vida, había sentido tanta pena.

JUEVES

24 JULIO 1987

Desde su último encuentro con Derek en el hospital, Emily no había podido dejar de pensar en él y en sus extrañas y fortuitas apariciones. Todo, absolutamente todo lo que había pasado en torno a ellos dos le parecía demasiada casualidad: que su hermano Jake hubiese tenido que trabajar en el jardín de su padre, el encuentro de la biblioteca más luego el de la pastelería... Por no hablar de que hubiesen coincidido a la misma hora en la misma sala del hospital... Todo eran coincidencias o serendipias, como ella prefería llamarlas.

Hacía ya más de dos meses que no sabía nada de él y le resultaba angustioso. No era propio de ella interesarse por alguien que tenía pareja, además de una hija, pero le era inevitable. Ese café que nunca habían tomado le hizo plantearse las cosas de una forma diferente: ahora pensaba, y no sin razón, que la vida le brindaba siempre muchas más oportunidades de las que ella aceptaba por ese miedo incoherente que tenía hacia todo lo desconocido.

Su prudencia la había convertido en una persona increíblemente desconfiada.

Por eso, aquella tarde salió de su apartamento muy decidida hacia la fábrica de su padre.

El tiempo era soleado y caluroso, así que pedaleaba con unos shorts vaqueros, una camiseta verde de tirantes y unas sandalias de diseño que le habían regalado por Navidad. A pesar del calor, la velocidad que mantenía le permitía sentir el aire en la cara y el aroma del verano. Lo único que no le gustaba de esa época del año eran las abejas. Emily les tenía pánico desde que en un mismo verano le habían picado tres.

Visualizó la fábrica Wathson mucho antes de llegar, desde las afueras de Fane. A las seis de la tarde ya estaba en el enorme portón de entrada que daba paso al aparcamiento. Encadenó su bicicleta a un poste con la cadena plateada que había comprado meses atrás y siguió caminando.

Le sorprendió ver a una chica fuera, apoyada en un Ford Escort azul oscuro, aparentemente nuevo. Llevaba el pelo recogido en una trenza y la reconoció por el color de su piel, visible al llevar los brazos descubiertos.

Solo había coincidido con ella una vez, en una cafetería del centro.

Otra casualidad, pensó.

Al pasar por su lado, la chica le devolvió la mirada.

Estaba de brazos cruzados, muy seria. Emily hizo ademán de continuar caminando, pero, por algún motivo, se quedó con la pierna en alto y el paso a medio dar.

—Hola —dijo—. ¿Te acuerdas de mí?

—La chica del zumo de melocotón que se fue sin pagar —respondió ella. Emily se quedó boquiabierta. Se había olvidado por completo de ese pequeño detalle—. Estaba bromeando —continuó—. Por supuesto que me acuerdo, aunque debo reconocer que he dudado.

—¿Por qué?

—Porque tienes una hermana gemela, supongo.

Cómo olvidarlo.

—Siento lo que pasó el día que mi hermana, tú y yo nos conocimos.

—No te disculpes por ella —le interrumpió—. Yo tampoco tuve un comportamiento ejemplar.

—En ese caso, lo pasado, pasado, ¿no?

Arabia no contestó, así que Emily dudó antes de formular la siguiente pregunta.

—¿Te importa si te hago compañía? No quiero esperar sola hasta que salgan todos esos hombretones.

—No, no me importa. Sé por experiencia propia lo molesto que es ver como todos pasan mirando y pensando para sus adentros "¡carne fresca!".

Las dos se echaron a reír.

—Entonces, ¿sueles esperar a alguien?

—Desde hace dos semanas, sí. Sin embargo, es la primera vez que te veo por aquí.

—Nunca había entrado por esta parte —le explicó—. Las pocas veces que he venido, he pasado por la entrada lateral, la de los dueños. Mi padre es uno de los responsables de sección.

—¿De qué sección, si no es mucho entrometerme?

—La de montaje y soldadura.

—¿Estás aquí por Jake?

La pregunta la pilló desprevenida y frunció el ceño. ¿Qué sabía esa chica sobre Jake y sobre ella?

—No te lo tomes a mal —continuó—, yo también lo estoy esperando.

—¿Estamos hablando de la misma persona?

Emily estaba cada vez más confusa.

—Sí, si hablamos del Jake que trabaja en esa sección. Jake Becker.

Emily tuvo la sensación de que Arabia era capaz de asimilar la información mucho más rápido que ella, a pesar de que consideraba eso como una de sus mejores virtudes.

—Supongo que vienes porque quieres saber cómo está después de lo ocurrido, pero sería mejor si no mencionases nada al respecto.

—¿Le ha pasado algo?

—¿Puedo preguntarte, antes de responder a eso, de qué lo conoces?

—Estuvo trabajando en el jardín de mi casa una temporada.

—¿Eso quiere decir que fuiste tú quien le pintó la camioneta?

—Mi hermana Emma.

Su respuesta dejó a la otra chica muy desconcertada. Emily se preguntó por qué sabía tantas cosas de Jake.

—¿De qué lo conoces tú?

Había algo de recelo en el tono de las dos.

—Solo soy la mejor amiga de Zane, su hermana —respondió, encogiéndose de hombros.

—¿Me vas a decir entonces qué es lo que no debo mencionarle?

—Sus padres y su prima tuvieron un accidente de coche la madrugada del pasado día tres. No hubo supervivientes.

Se quedó sin habla, incapaz de reaccionar a una noticia como esa. Arabia bajó la cabeza para mirar al suelo. Por lo visto, a ella también le afectaba mucho lo sucedido.

—Pero, ¿cómo...?

—Por favor, no quiero entrar en detalles. Si te lo he contado es porque, tal vez, lo notes diferente, y es mejor que no le preguntes nada.

Decidió darle margen antes de seguir hablando, y así mientras tanto, digerir lo que acababa de escuchar.

—Lo siento mucho —dijo al cabo de un rato, pensando sobre todo en la niña pequeña con la que había compartido unos minutos en la sala de las máquinas expendedoras—. No sabía nada. Solo he venido a preguntarle por su hermano. Lo último que supe es que su bebé estaría en la incubadora un tiempo.

—Derek está ya en Florida. Regresó en cuanto les dieron el alta, hace más o menos un mes.

—¿Sabes cómo la llamaron?

—Danielle.

—Qué bonito.

Volvieron a quedarse calladas.

—Bueno, solo espero que Jake, Derek y toda su familia lo superen lo antes posible —dijo, pese a que no los conocía—. Aunque no lo parezca, entiendo un poco de qué va la cosa. Mi madre murió de cáncer hace unos años.

—La mía también.

A partir de ese instante, Emily decidió que no volvería a pensar en coincidencias de ningún tipo, porque no era posible que todo se estuviese convirtiendo en una.

Que todo estuviese tan conectado era demasiado.

—En realidad, todo esto es muy curioso, aunque suene extraño.

—Es de locos —opinó Arabia—. Sin embargo, el día que te vi en el Purist Coffee, me dio la impresión de que, tarde o temprano, volveríamos a encontrarnos. Mi instinto no ha fallado.

—A mí me pareció fascinante que tuvieses el coraje de plantarle cara a mi hermana sin conocerla de nada. —Emily recordó fugazmente aquel encuentro—. Sin embargo, nunca habría imaginado que pudieses tener relación con Jake y sus hermanos.

—Y ahora fíjate, aquí estamos las dos, esperando a la misma persona.

La tensión inicial se disipó y, poco a poco, fueron ampliando el tema de conversación, tal y como habían hecho tiempo atrás en la cafetería. A las dos les había ido bien en los exámenes finales. Arabia ya había terminado su segundo año y Emily el tercero.

—Zane y yo estudiamos lo mismo, pero a ella no le ha ido tan bien.

Después de eso, le contó también que ni siquiera había acudido a la ceremonia de fin de curso. Zane estaba tan hecha polvo que pasaba los días como alma en pena, sin salir de su habitación.

—Todos hemos estado muy preocupados por ella. Por eso me he mudado a su casa. Supongo que soy la única que puede hacer frente a la situación, al menos hasta que Derek regrese.

—¿Regresará?

Emily sintió una pizca de ilusión.

—Eso espero.

—¿Y Jake? ¿Cómo está él?

—Peor de lo que aparenta, estoy segura. El lunes después del accidente fue a trabajar como si nada. Se ha refugiado en una especie de coraza para protegerse de sí mismo. No habla con nadie, y se ha vuelto más insociable de lo que ya era. Por eso te avisaba de que no es, ni de lejos, el Jake que probablemente recuerdas. Si vas a quedarte a esperar, debes estar preparada para aceptar eso. Aunque quizás se alegre de verte.

—¿Por qué dices eso?

—Creo que le gustas.

—¿Yo? ¿Gustarle? Pero si...

—Se acostó con tu hermana, ya. Pero el día que tú y yo nos conocimos, os vi hablando en la calle, y vi cómo te miraba. Al principio me pareció repugnante porque ya sabía lo de tu hermana, pero ahora lo veo desde un punto de vista muy diferente.

—¿Por qué?

—Porque desde hace solo unos días, y por primera vez en toda mi vida, creo que sé lo que es estar enamorada.

—Te has enamorado de él, ¿verdad?

Emily empezó a darse cuenta de algunas cosas, al fin.

—Eso ahora no importa. No es algo que pueda exteriorizar dada la situación en la que nos encontramos. —Las palabras de Arabia eran las de una persona mucho más adulta, aunque ni siquiera sabía con exactitud los años que tenía—. Estoy ante una situación complicada, como Derek. No sé si sabrás que él no está enamorado de Ashley, la madre de su hija, pero ha aceptado su compromiso como padre porque es lo justo para la niña. A veces tenemos que tomar decisiones que no deseamos con el corazón, por el bien común.

Los hombres de la fábrica empezaron a salir y los observó mientras trataba de retener y ordenar todo lo que había dicho Arabia.

Emily había pasado casi un año entero en busca de las cuatro virtudes para completar la pureza del alma, concluyendo que una sola persona no podía acoger en sí misma todas ellas. Cada ser humano era diferente a cualquiera de sus semejantes, por eso las personas se compenetraban, a todas horas, en cualquier parte del mundo.

Las carencias de unos pueden ser abundancia en otros.

Ahora lo veía todo incluso más claro.

Porque hacía unos días que había empezado a aclararse respecto a quiénes podían corresponder las virtudes de Prudencia, Fortaleza y Justicia, y acababa de encontrar a alguien que podía encajar con la virtud que más quebraderos de cabeza le había dado: la Templanza.

Se preguntó si no serían Derek, Jake y Arabia los tres pilares básicos que Emily necesitaba en su vida.

Estaba tan contenta por las averiguaciones, que no se dio cuenta de que la felicidad se le proyectó en casi todas sus facciones.

—¿Te ocurre algo?

Era de esperar que Arabia la mirase con inquietud. Nada de lo que le había contado era como para ponerse a dar saltos de alegría.

—Es mucho más difícil de lo que parece si trato de explicártelo.

—¿En serio? —fue Jake quien habló.

Apareció justo detrás de ella y entendió al instante lo que Arabia había querido decir con lo de que lo notaría diferente. Era como si una sombra se hubiese cernido sobre él, concentrándose principalmente en su rostro, aunque era de esperar: nadie podía salir indemne de una tragedia de tal magnitud.

Por si fuera poco, tenía marcas en la nariz y bajo el ojo izquierdo de una posible pelea.

—No era exactamente eso lo que quería decir —confesó Emily, cuando se recuperó de la bofetada que había supuesto recordar que él había empleado esas mismas palabras en el hospital.

—Tranquila, era solo una táctica —continuó Jake—. La aprendí de ella.

Jake y Arabia se miraron y asintieron.

—Se me hace raro verte por aquí.

—Pues ha venido a verte a ti—intervino Arabia.

Él levantó ambas cejas, sorprendido.

—Lo cierto es que sí. —Emily se tocó los labios con timidez y aparcó la noticia del accidente para no mencionarla—. Había venido para preguntarte por la hija de tu hermano, para ver si se había recuperado bien y todo eso. Pero ya me ha estado contando Arabia que...

—No continúes.

—¿Cómo dices?

—Si lo que querías era preguntarme por Derek, lo siento, pero ahora no me apetece hablarte de él. Vámonos, Ari.

Jake se montó en el asiento del copiloto del Ford Escort sin añadir nada más. Emily notó cierta compasión en la mirada que le dedicó.

—¿Te importaría encontrarte conmigo más tarde? —le preguntó, antes de que se alejara hacia el coche.

—¿Quieres quedar conmigo? ¿Por qué?

—Quiero enseñarte una cosa. Creo que te resultará muy interesante. —No pareció convencerla con ese argumento—. Por favor. Es importante.

—Está bien. Nos vemos en el Purist Coffee dentro de una hora.

—¡Gracias!

—Y otra cosa.

—¿Sí?

—No le tengas en cuenta lo de antes —añadió, refiriéndose a Jake—, ni tampoco cualquier cosa que te diga si vuelves a encontrarte con él. Está muy resentido con Derek, eso es todo.

Emily asintió, y entonces se despidieron.

Tal y como habían previsto, una hora después, Arabia y ella volvieron a encontrarse. Emily llegó con un montón de papeles y el cuaderno con sus anotaciones.

—¿Se supone que lo que vas a contarme está apuntado ahí?

—Llevo nueve meses recopilando información, aunque no hay demasiada que pueda ofrecerte, porque los estudios sobre ello son bastante limitados.

—¿Y de qué trata?

—De las virtudes cardinales de Platón.

Muy despacio, Emily comenzó a explicarle el contenido de la teoría platónica, según su libro *La República*. Luego le mostró una hoja escrita a mano con cuatro descripciones.

> “La PRUDENCIA es la virtud de actuar de forma justa, adecuada y con cautela, comunicándose con los demás por medio de un lenguaje claro, literal, cauteloso y adecuado, es decir, actuar respetando los sentimientos, la vida y las libertades de las demás personas.

FORTALEZA es la virtud de vencer el temor y huir de la temeridad. La fortaleza asegura la firmeza en las dificultades de la constancia en la búsqueda del bien, llegando incluso a la capacidad de aceptar el eventual sacrificio de la propia vida por una causa justa.

La virtud moral que modera la atracción de los placeres y procura el equilibrio en el uso de los bienes creados y compartidos es la TEMPLANZA. Asegura a su vez el domino de la voluntad sobre los instintos y mantiene los deseos en los límites de la honestidad. La persona moderada orienta hacia el bien sus apetitos sensibles, guarda una sana discreción y no se deja arrastrar para seguir la pasión de su corazón.

Por último, existe la virtud de la JUSTICIA. Esta se refiere a que se ha de dar al prójimo lo que es debido, con equidad respecto a los individuos y al bien común".

Cuando supo que Arabia había terminado de leer, Emily añadió:

—La prudencia viene del ejercicio de la razón, la fortaleza de ejercer las emociones, la templanza de dejar que la razón anule los deseos, y, de todas estas viene la justicia, un estado en el que cada elemento de la mente está de acuerdo con los otros.

—Creo que lo he entendido —dijo Arabia, después de todo. Emily sonrió con ganas—. Crees que esas virtudes corresponden a Derek, por la justicia; a Jake, por la fortaleza; y a ti y a tu hermana por...

—No, no, no. A mi hermana no.

—¿Entonces?

—Yo soy la prudencia, y tú eres la cuarta virtud. Tú eres la templanza.

Emily lo tenía tan claro que le resultaba hasta obvio.

—¿Por qué lo crees?

—Lo he sabido en cuanto me has dicho que tus sentimientos no importaban dada la situación en la que te encontrabas.

—¿Te das cuenta de que todo esto es una locura?

—¡De locos! ¡Tú misma lo dijiste!

—Sí, pero... ¿Qué se consigue con todo esto?

—La pureza del alma. —Emily advirtió la desconfianza de Arabia—. Tengo una última cosa que añadir sobre esta teoría. Se me ha ocurrido hoy mismo.

—¿Y cuál es?

—Creo que el *amor* es lo que nos mueve a realizar esas virtudes. El amor por uno mismo y por los demás.

—Está bien todo lo que me has contado. Pero creo que lo de relacionarlo con nosotros cuatro es... demasiada casualidad.

—Cuando las casualidades son demasiadas, yo lo llamo de otro modo —continuó Emily—. ¿Crees en el Destino, Ari?

—A veces sí, a veces no. Depende. Lo que sí creo es que todos tenemos una misión en la vida.

—O una virtud que llevar a cabo.

—Pero las personas tienen más de una virtud, y además, existen muchas otras virtudes que no son las que cuenta tu filósofo. Por no hablar de que habrá muchas otras personas en el mundo con esas mismas que tú crees que nosotros tenemos.

—¿Que yo creo? ¿A ti no te lo parece?

—Para empezar, apenas te conozco. ¿Cómo podría estar segura de considerarte Prudencia?

—Mira, sé que esto es hablar por hablar, pero de no ser por mi prudencia, tal vez Derek no estaría con una chica a la que, según tú, no quiere.

Arabia frunció el ceño.

—Creo que lo que no quieres es creerme. Te asusta que Jake te rechace —siguió Emily.

—¿Rechazarme? Él no está enamorado de mí.

—¿Cómo lo sabes?

Arabia empezó a exasperarse.

—¿En serio crees en todo eso de lo que hablas?

—Por supuesto.

—Vale, a ver si lo entiendo. Crees que deberías estar con Derek, pero él está a punto de casarse con otra persona. Y también crees que Jake está hecho para mí, y, sin embargo, sé que nunca ha estado interesado. ¿Qué te hace pensar que tú deberías estar con Derek y yo con Jake? ¿Por qué no podría ser al revés?

—¿Alguna vez te has sentido atraída por Derek?

Arabia negó con la cabeza.

—¿Y en cambio por Jake?

—Pero...

—Te lo preguntaré de otro modo. ¿Alguna vez te has sentido atraída por alguien que no sea él? —El silencio de la otra chica hizo más que evidente su muda respuesta—. Pues a mí me ha ocurrido lo mismo.

—¿Y qué hay de ellos? Tal vez opinen de forma distinta.

—Solo tenemos una forma de acabar con todo esto. De saber si realmente tengo razón o son solo imaginaciones mías.

—¿Y esa forma es...?

—Intentándolo.

FIN DE LA PRIMERA PARTE

SUCESOS JAMÁS CONTADOS

PRIMER ANEXO

Todos los sucesos que se cuentan en este anexo son contenido adicional a la historia. Puede parecer que están aquí a modo de curiosidad para conocer un poco más a los personajes, pero lo cierto es que son relevantes en el conjunto de la trilogía. Bien porque hablan de episodios de la vida de los personajes anterior a lo que has leído en este primer libro, bien porque son una continuación de lo ocurrido en el Dix76, o, simplemente, porque tendrán significado a medida que avance la trilogía. Detalles, al fin y al cabo, pero detalles importantes.

Halloween 1984.

Primer encuentro de Jake y Emma.

Jake todavía llevaba en la mano la misma cerveza que había cogido al llegar, porque posiblemente fuese la única que tomaría en toda la noche. Shawn y su hermana eran los anfitriones de aquella famosa fiesta de Halloween en la residencia de los Williams, de ahí que hubiese decidido hacer perdurar en el tiempo la misma lata mientras permaneciese allí. Tenía que mantenerse lúcido. Más le valía hacerlo.

La vivienda era una de las más impresionantes de Surie Gardens. De no ser porque Chris Ford, el capitán del equipo, lo había recogido y llevado hasta allí, habría tenido serias dudas de que fuese la dirección correcta. Habían llegado hacía una hora.

Casi todos sus compañeros iban disfrazados, a excepción de él y unos pocos que habían acordado ponerse ropa del equipo. Era eso o ir de Drácula, así que Jake llevaba una de las camisetas que raras veces usaba, de manga corta, negra, con el logo de los Ice Falcons impreso por delante y el número cincuenta y uno detrás, debajo de su apellido. La chaqueta la había dejado en un armario de la entrada y la estaba echando un poco de menos. No hacía tanto frío como otros días de otoño, pero sí el suficiente como para que en la piscina del jardín solo estuviesen los más valientes, o los más ebrios. Y como Jake no tenía ninguna intención de emborracharse, se limitó a quedarse sentado cerca del borde, con los brazos apoyados en las rodillas.

—¡Eh! —escuchó decir.

Al darse la vuelta se encontró con Chris, con los brazos extendidos hacia la piscina.

—¿Por qué no te animas?

—No, tío.

El runningback se acercó y le empujó el brazo con su pierna.

—Vamos. ¿Por qué no?

Jake se levantó y, con la mano que sujetaba su lata de cerveza, le indicó que no se acercara más. Lo último que quería era acabar en la piscina.

—Venga, Becker, no te hagas de rogar. Tú y yo.

Jake negó, rio y dio un trago.

Por suerte, algo atrajo la atención de Chris justo cuando iba a insistir de nuevo.

—Mira quién ha venido. —Cuando señaló hacia la otra parte de la piscina, Jake solo vio a una chica menuda disfrazada de bruja, como tantas otras, solo que esta tenía el pelo tintado de rojo. Muy rojo—. ¿Sabes quién es esa pelirroja sexy de ahí?

—¿Debería saberlo?

—Tío, es Emma Wathson, la novata más cotizada de nuestra universidad. Si no estuviera tan borracho me acercaría a saludar, pero ¿sabes? Creo que voy a sentarme...

Chris se dejó caer en el césped y luego terminó completamente acostado y riendo a la nada.

«Emma Wathson».

Jake la siguió con la mirada un rato, preguntándose si el apellido de aquella chica tendría algo que ver con la fábrica Wathson. Otra chica, prima de Shawn, se había acercado a ella y estaba presentándole a gente sin parar. ¿De qué facultad habría salido?

Con ese pelo, sin duda, llamaba la atención.

Y con el atrevido escote que llevaba su disfraz también.

Justo cuando estaban a punto de cruzar las miradas, notó que alguien tiraba de él. Chris acabó tumbándolo a su lado al colgarse de sus rodillas. Se le cayó lo que le quedaba de cerveza encima de la cara y de la camiseta.

- - - - - - -

—Mira a esos dos.

Brenda señaló hacia la piscina. Había varias personas dentro, pero ella se refería a un poco más allá, donde había dos chicos tirados en el césped. El de piel más oscura no podía dejar de reír. El otro se incorporó y se secó la cara. Después se miró la camiseta y le pegó un puñetazo amistoso al que reía.

—Ahí tienes al capitán del equipo de los Ice Falcons, Chris Ford, y a… Becker. ¿Te gusta el fútbol?

—No demasiado.

—¿Y los jugadores de fútbol?

—Eso ya es otra cosa.

Ambas rieron.

—Juraría que ese va a mi facultad. El de la derecha.

—¿En serio?

Emma asintió con desinterés, aunque estaba convencida de que era el mismo chico que había visto de vez en cuando por los pasillos y el que se había estrellado contra un carro de la limpieza.

—Becker, ya. No está mal, pero ese no es muy hablador, ni muy amigable —apuntó Brenda—. Ven. Te presentaré a los del equipo de ataque. Son casi todos los que van disfrazados de Drácula.

Conocer gente popular e integrarse entre ella era uno de los pasatiempos favoritos de Emma Wathson. Tenía dieciocho años y aquel era su primer año en la universidad, y dado que la mayoría de sus amigas se habían ido a estudiar a otros estados, la perspectiva de quedarse sola le había dado un poco de miedo al principio. Pero, como era de esperar, no había tardado mucho en dejarse caer en los sitios más importantes del campus y en hablar con las personas adecuadas. Además, ella era pelirroja natural, pero hacía una semana que se había tintado el pelo de un rojo muy intenso, y eso había resultado todo un éxito, porque si había algo que Emma adoraba, eso era llamar la atención.

A Brenda Collins, la chica que la estaba presentando a todos los jugadores de fútbol que encontraban, la había conocido en el club de pádel. A Emma el pádel no le gustaba especialmente, pero lo había practicado con regularidad durante años en los clubs de su padre, y sabía de sobra que la gente que iba a encontrar allí era casi toda de su misma clase. De hecho, Brenda era la prima del anfitrión de aquella fiesta, y aunque no estaban en Valley Street, Surie Gardens era el segundo mejor barrio de toda la ciudad. Saltaba a la vista. La casa era grande y elegante.

Después de que le presentase a un montón de jugadores, lo único que hizo fue dejarse agasajar y recibir las atenciones de todos los Dráculas solteros que se acercaron a conocerla.

Hasta aquella noche, ella no tenía ni idea de cuántos jugadores había en total en un equipo de fútbol, pero parecía que muchos.

Sonrió por dentro y por fuera cuando ya llevaba un par de horas en la fiesta, bailando, bebiendo y tonteando, porque la habían aceptado, había encajado en el punto exacto.

Ese que había ido a buscar.

\- - - - - - -

Jake había hecho los deberes. Había indagado sobre la novata.

Aquella chica, que había acabado siendo el centro de atención, era hija de alguien importante dentro de la fábrica Wathson, uno de los peces gordos, así que su objetivo consistía en mantenerse alejado de ella. No quería que nadie lo relacionase con la empresa, teniendo en cuenta que su padre trabajaba allí, y no precisamente en un puesto destacado. La fábrica de soldadura Wathson era conocida, entre otras cosas, por contratar a gente con pocos recursos. Además, en el ambiente en el que se encontraba, no era buena idea que todo el mundo supiese que no era de clase alta. De no ser porque pertenecía a los Ice Falcons y ya jugaba de titular, jamás lo habrían invitado, ni aquel día, ni nunca.

Pero Emma no era su único problema, porque Cara Williams llevaba bastante rato mortificándolo. Se había disfrazado de diablesa, igual que sus amigas, solo que ella llevaba el vestido más corto que las demás y no dejaba de acercarse a donde él estaba, tropezando de manera voluntaria contra él o pasando muy cerca, rozándole en distintos puntos de su cuerpo. Candy Ford también estaba allí, haciendo exactamente lo mismo, divirtiéndose a su costa.

De repente, en un intento por esquivar una nueva tentativa de Cara, acabó situándose justo detrás de Emma y de la otra chica con la que iba a todas partes. Los tres habían llegado al grupo donde estaban los veteranos del equipo.

Jake pudo, simplemente, caminar hacia otro lado, pero Tony Lewis lo vio y lo llamó para que terminara de acercarse.

Abochornado por la situación, hizo lo primero que se le ocurrió para evitar el primer contacto con Emma Wathson. Se tocó los bolsillos, dando a entender que buscaba algo.

—Mierda, ¿habéis visto a Ford? —preguntó.

—Está jugando al Beer Pong con Williams.

—¿Qué has perdido, Becker?

Tony intentó agarrarlo por los hombros, pero Jake se escaqueó, haciendo como que llamaba al capitán y dirigiéndose hacia donde estaba.

—¡Ford!

Respiró aliviado cuando se alejó del grupo, totalmente ajeno a la primera tentativa de Emma por dirigirse a él, justo antes de que se marchara.

Por suerte, ella nunca sospecharía que su precipitada huida había sido premeditada.

Febrero 1985.

Otra noche en el Dix76.

Pitt ya no sabía qué hacer. Su hermana había conseguido colarse por segunda vez con un carné falso y apenas había cumplido los diecisiete. Por si fuera poco, no era la chica más bonita del mundo, pero se había vestido excesivamente provocativa, consciente de que eso atraería muchas miradas. Él le había advertido millones de veces sobre el ambiente del Dix76, pero eso había resultado llamarle más la atención. Georgia era desesperante.

Estaba tratando de no quitarle el ojo de encima mientras trabajaba, por eso la vio sonreír cuando Ian McGregor se acercó a ella.

McGregor. No podía ser otro.

Georgia conocía perfectamente las normas del lugar, y no parecía que le importase que él hubiese sido el primero en invitarla. Pitt sabía que nadie se atrevería a contradecir a Ian, así que sin duda esa noche iba a llevarse a su hermana a una habitación.

De pronto, vio a un grupo de chicas mirando a un punto de la sala y riendo entre ellas. Al otro lado estaban otras dos chicas y ese tal Becker que últimamente era tan popular. Hasta había oído hablar a Georgia de él, y eso que solo había estado allí dos veces, contando esa noche. Era jugador de fútbol de segundo año y parecía más legal que McGregor. Además, le había visto en otra ocasión llevarse a una chica bastante borracha para evitar que un grupo de cuatro continuase manoseándola. También le había visto borracho hasta las trancas, pero hoy no parecía estarlo, así que se acercó a él.

—¿Puedo hablar contigo un segundo?

Jake lo miró como si fuese la primera vez que le veía. No le importó. Tampoco que las chicas le mirasen con exagerada indignación.

—Soy Pitt, el chico de las cervezas —añadió al ver que él no decía nada.

—¿Qué es lo que quieres?

Le pareció bastante arrogante.

—Verás, tengo una hermana pequeña de diecisiete años que se ha colado. —Jake bebió del vaso que llevaba en la mano y dejó que continuase—. Se llama Georgia. Es esa de allí.

Señaló hacia donde estaba con McGregor.

—Ve al grano.

—Me preguntaba si tú podrías ayudarme.

—Está con McGregor —dijo, como si con eso ya no hiciese falta añadir nada más.

—Sé que tú le gustas más que nadie de por aquí. Eres uno de los defensas de los Ice Falcons, ¿no? Solo tienes que invitarla, y se irá contigo.

—¿Me estás pidiendo que me lleve a tu hermana a una habitación? Dios, si mi hermana viniese aquí, intentaría por todos los medios que nadie le pusiese las manos encima.

—En realidad, es lo que intento.

Se sostuvieron la mirada durante varios segundos después de eso. Becker apuró lo que le quedaba de cerveza y colocó el casco de vidrio en la caja que él sujetaba para tal fin, sin decir nada. La angustia de Pitt aumentó al ver que McGregor chasqueaba los dedos, porque sabía lo que eso significaba: le acababa de indicar a uno de sus amigos que pidiera la llave de su habitación personal.

Jake se acercó a ellos.

Desde la distancia pudo ver la reacción de su hermana, sorprendida e ilusionada. Luego la de Ian, que se quedó mirando a Jake con el ceño fruncido y luego se echó a reír de forma exagerada. Le dio unas palmadas en el hombro y, por último, se acercó a su oído para decirle algo antes de dejar que se marchara. Incluso le ofreció la llave de su propia habitación, aunque él la rechazó.

Jake cogió a Georgia de la mano y tiró de ella.

- - - - - - -

A Jake todavía le temblaban un poco las piernas cuando llegó a las escaleras, buscando en el bolsillo la llave que había conseguido hacía un rato. Subió maldiciendo que el camarero le hubiese pedido aquel favor, porque eso significaba que se había corrido el rumor de que una vez ayudó a una chica a salir de una situación comprometida. Cuando regresara a la sala, tendría que buscarle para pedirle que mantuviera la boca cerrada, aunque lo difícil iba a ser que lo hiciera la muchacha que acababa de pasar a la habitación con él.

Cerró la puerta con llave y, cuando se dio la vuelta, encontró a Georgia tumbada en la cama con una postura muy sugerente.

—¿Qué haces?

—Invitarte —respondió, subiéndose la falda.

—No vayas a quitarte la ropa.

—¿Por qué no?

—Porque tú y yo no vamos a acostarnos ni nada por el estilo.

—Pero...

—Tu hermano me ha pedido que te librase de McGregor, y eso es lo que hecho.

—¡¿Qué?! —Se levantó, indignada.

—Te alegrará saber que te ha hecho un favor. No deberías de haberte colado en este lugar.

De repente, empezó a gritar y a tirarse del pelo.

—Joder, no es necesario que grites —le dijo.

Ella corrió como un torbellino hasta la puerta y forzó la manivela.

—¡Déjame salir! —chilló.

Jake rio. Le hacía gracia la situación.

—No, qué va. No hasta dentro de unos veinte minutos.

Georgia levantó la cabeza y lo miró; segundos después, empezó a golpearle.

—¡Déjame salir! —repitió.

Él la sujetó por las muñecas y la echó hacia atrás.

—¿Quieres calmarte?

Paró de forcejear y lo miró, una vez más. Jake se concentró en sus ojos felinos, curioso, y entonces ella aprovechó la cercanía para intentar besarle.

—Ni lo sueñes —se apartó sin miramientos.

—Bésame.

—No. Y no vuelvas a intentarlo.

—¿Por qué no?

Se echó hacia atrás, dolida, y corrió hasta la cama.

—No te vayas a poner a llorar.

Pero lo hizo.

Jake se quedó sentado frente a la puerta, escuchándola, hasta que pasó un buen rato; quizás no veinte minutos, pero el suficiente. En cuanto se levantó, Georgia se enjuagó las lágrimas y fue hasta su lado, esperando a que abriera.

—Espera. —Jake la sujetó por el brazo—. Invéntate lo que quieras, pero que no se te ocurra decir por ahí que aquí dentro no ha pasado nada, ¿entendido?

—¡Suéltame, cretino!

No tenía sentido retenerla más, así que abrió y la dejó marchar, rezando porque la vergüenza por la traición de su hermano fuese suficiente para que no les delatase. Salió tras ella y se asomó, esta vez a la espera de ver cómo Georgia interactuaba con sus amigas. Sin embargo, lo único que ella hizo cuando alcanzó la planta baja fue caminar lo más rápido que pudo hasta el camarero. Lo golpeó con sus diminutos puños, le gritó algo que Jake no alcanzó a oír y se marchó.

Jake respiró aliviado.

Instantes después, vio a Ian McGregor levantando su copa hacia él antes de beber y el alivio dejó de ser reconfortante.

En el Dix76 siempre había que andarse con cuidado, pero, sobre todo, con cuidado de no intervenir en los planes de McGregor. A partir de ahora, y si regresaba, iba a tener que estar muy atento para no molestarlo de nuevo.

Octubre de 1985

Principios del curso anterior.

Acababan de terminar de cenar y, a pesar de que llevaba ya muchas horas extra durante la semana, Paul le dijo a su mujer que se fuese con las chicas al sofá, que serían ellos los encargados de recoger, limpiar y ordenar: Paul, Louis y Jake, en ese mismo orden. Él llevaba los platos y cubiertos al fregadero donde Louis esperaba a regañadientes con el grifo abierto mientras Jake colocaba de nuevo el mobiliario en su lugar. Había decidido esa estrategia para poder hablar con Jake medianamente a solas.

—Mañana te espero abajo a las seis. Ponte el despertador.

Jake tardó en reaccionar, como siempre, pero reaccionó.

—¿Mañana? —preguntó a sus espaldas.

Paul suspiró antes de girarse y ponerse de cara a él.

—Sí. A las seis.

—Dijiste que sería solo una semana.

Lo recordaba perfectamente, pero no entraba dentro de sus planes que el exceso de llegada de material supondría una semana más de personal extra, lo cual era muy favorable, a pesar de todo.

—Ayer me dijeron que volverán a llegar camiones especiales.

—¿Y qué?

Paul puso cara de exasperación y fue a por el resto de los platos. Se percató de que Jake no se movía.

—Será mejor que termines de colocar la mesa.

—Dijiste una semana —repitió.

—Muévete.

Paul dejó lo que estaba cargando sobre la pila y vio que Jake se daba la vuelta, pero por lo visto no había terminado, porque regresó sobre sus pasos.

Por su expresión, era evidente que iba a añadir algo.

—No soy tu jodido esclavo.

Se esperaba cualquier cosa, pero no aquello.

—¿Cómo dices?

—Que no soy tu jodido... —Primer guantazo de la noche. Jake ladeó la cara por el impacto, pero enseguida volvió a encararse—. Esclavo.

Y entonces llegó el segundo.

- - - - - - -

Sara estaba en el sofá esperando a que Rachel cayese rendida mientras Zane y Arabia se decidían por un canal de televisión. Se giró al escuchar la primera palmada. Conocía de sobra ese sonido. Y ahí estaban, Jake y Paul, una vez más demasiado cerca el uno del otro. Antes de que pudiese reaccionar, vio cómo su marido le cruzaba la cara a su hijo por segunda vez.

—¡Eh!

Se acercó enseguida a la cocina, dispuesta a aclarar lo que fuera que fuese.

—Te lo advierto, no vuelvas a decirlo. —Escuchó decir a Paul.

Sara se colocó entre ambos y los separó con las manos.

Las chicas miraban expectantes a los que protagonizaban el enfrentamiento y se sintió un poco apurada por Arabia. Llevaba muy poco tiempo viviendo con ellos y, aunque sabía que ese momento llegaría, tenía la esperanza de que ambos se comportarían igual que ocurría cuando la tenían de invitada.

Pero, por lo visto, ellos ya se habían acostumbrado a su presencia.

—¿Va a ser todo el año así? —le espetó Jake a su padre—. Porque entonces podría haberme ahorrado la matrícula.

Paul no contestó. Sara aún no sabía de qué hablaban.

—Vaya una mierda de trato el que me prometiste.

—¡Jake! —Sara lo reprendió, molesta por su vocabulario, sobre todo por lo que eso podía volver a suponer—. ¿Qué es lo que pasa? —añadió mirando a su marido.

Jake se alejó y se puso a colocar las sillas de muy mala gana.

—No se le puede pedir nada, eso es lo que pasa.

La siguiente silla acabó tirada en el suelo.

—¡No me has pedido nada! —respondió Jake—. Ni siquiera me has preguntado.

—¿Acaso tengo que suplicarte? ¿Quién eres, un desconocido o mi hijo?

Ahora empezaba a entender lo que sucedía.

Jake había tenido que aceptar el trabajar con su padre los viernes y los sábados, compaginándolo con su tercer año de universidad, porque ya no tenía la beca deportiva que le había respaldado económicamente hasta el curso anterior. Trabajaba en los almacenes de la fábrica, y así lo haría mientras fuese necesario para poder pagar los gastos de la matrícula. La semana anterior había tenido que ir de lunes a sábado por exigencias de la fábrica. Según tenía entendido, iba a ser solo esa semana.

—¿Y yo tengo que explicarte que hay clases que son obligatorias? No puedo perder dos semanas, así como así. ¿Por qué no me lo dijiste ayer?

—¿No puedes avisar a un compañero? —preguntó Paul—. Bueno, no me importa, haz lo que tengas que hacer. O no. Y haz el favor de irte a tu cuarto, o a donde te dé la gana, pero desaparece de mi vista y más te vale estar listo mañana a las seis.

Sara se dio cuenta de que Jake iba a volver a protestar, así que lo echó hacia atrás y le pidió que se fuera arriba.

—Vamos, no sigas discutiendo.

—Y te pones de su parte... —le dijo con todo el reproche que se merecía, dadas las circunstancias.

Intentó poner las manos sobre sus brazos para calmarle, pero él se apartó.

—Jake...

—No, déjame en paz.

- - - - - - -

Jake pegó un fuerte portazo cuando llegó a su habitación. Tenía ganas de irse a alguna otra parte, a la vez que quería gritar, o golpear algo. También tenía calor, mucho calor, sobre todo en la cara. Se quitó la camiseta, abrió la ventana y se apoyó en la repisa, tratando de serenarse. *Que llamara a un compañero*, había dicho su padre, como si tuviese alguno. Otra semana más saltándose las clases y el curso no había hecho más que empezar.

En realidad, de momento no era un problema, pero si su padre se tomaba la libertad de presentarle voluntario cada vez que hubiese oportunidad de trabajar la semana completa, ya se veía malgastando otro año. En ese momento, lamentó más que nunca haber perdido la beca.

Alguien llamó a la puerta, pero no se molestó en contestar. Se había quedado en su habitación cuando podría haberse ido a dar una vuelta para despejarse, pero se suponía que no quería hablar con nadie, estaba más que claro. Volvieron a llamar, y esta vez se dio cuenta de que los toques eran muy peculiares. Se dio la vuelta, agudizó el oído y esperó por si se repetían. Al cabo de unos segundos, la puerta sonó de nuevo.

—Joder —dijo mientras se acercaba a abrir.

- - - - - - -

Rachel esperó paciente a que su primo abriera la puerta. A veces tardaba bastante rato en hacerlo, así que no le importó tener que llamar por tercera vez. Abriría. Siempre lo hacía.

—¿Qué estás haciendo ahí? —le preguntó, apoyándose en el marco de la puerta.

Ella se encogió de hombros.

—¿Te ha dicho la tía Sara que vengas?

Era una pregunta difícil. Su tía le había preguntado si quería estar un rato con Jake, a la vez que le había pedido que no le dijese que ella le había propuesto que subiera.

No tenía ni idea de qué tenía que contestar.

—Aún no voy a irme a dormir —continuó Jake.

La niña bajó la mirada hacia sus pies.

—Maldita sea... —Lo escuchó murmurar—. Está bien. Pasa.

Entró de puntillas y fue directa a la cama de Jake. Se subió y se quedó allí sentada, sin decir nada. Sabía que a veces su primo no quería que nadie le hablara, y hoy parecía uno de esos días.

—Rachel, estoy enfadado. Lo sabes, ¿verdad?

Ella asintió.

—Y no quiero enfadarme contigo.

—¿Lo estás?

Él la miró con interrogación.

—¿Estás enfadado conmigo?

—No, claro que no. —Jake sacó la silla de su escritorio y se sentó frente a ella, poniéndole las manos sobre las rodillas—. La verdad es que no creo que pueda enfadarme contigo.

—¿Porque soy pequeña?

Por algún motivo esa pregunta le hizo reír, así que ella se atrevió a reír también. No era la primera vez que alguien ponía como excusa que era demasiado pequeña para algo.

- - - - - - -

—¿Sabes? —continuó Jake—. Creo que nunca tendrás el tamaño suficiente como para que pueda enfadarme contigo. ¿Qué tal mi aspecto? ¿Tengo la cara muy roja?

Rachel pasó su dedo índice de forma intercalada por su mejilla izquierda, presionando algunas zonas.

—Un poco. Si te toco así, se te queda blanco.

Se dio cuenta de que su prima tenía la mano bastante fría, así que se la cogió para colocarle toda la palma sobre ese lado de la cara.

—Qué fría estás, qué bien.

Rachel sonrió, feliz de poder serle útil. Acto seguido apareció su madre. Jake estaba esperando a que lo hiciese. Si Rachel había acudido a la habitación, era porque todos sabían que con ella dentro no estaba permitido cerrar la puerta con pestillo. Su madre era la que había impuesto aquella norma desde el principio.

—Estamos bien —le dijo Jake.

—Rachel tiene que acostarse ya.

—Y yo también debería, sí. Ya lo sé.

Su madre entró y se colocó detrás de la silla donde él todavía estaba sentado, poniéndole las manos sobre los hombros.

Suspiró.

—Me ha dicho que solo será una semana más. Luego volveréis a lo acordado.

—No necesito que vengas a justificarle. Y sé que no debería importarme, pero me importa y no quiero hablar de ello.

—Lo sé, cariño.

Ella se agachó un poco y le ladeó la cara sujetándole la barbilla.

—Los dos os habéis pasado.

No podía ser más cierto. Jake no estaba enfadado por haberse llevado su merecido, solo por el hecho de que su padre le avisase de un día para otro de que tenía que volver a trabajar toda la semana.

—Vale, será mejor que vayamos a dormir.

Se levantó para cerrar la ventana.

—Vamos, Rachel —dijo Sara.

—¿Me puedo quedar?

—Esta semana todavía tengo que madrugar —le aclaró Jake.

Sin embargo, ella puso cara de que no le importaba. Miró a su madre y ella le dio a entender que era él quién decidía.

—Mañana la paso a tu habitación cuando nos despertemos.

—De acuerdo.

Jake bajó a su prima de la cama para levantar las sábanas. Después la volvió a sentar encima y ella se acomodó colocando la cabeza sobre la almohada. Jake se sentó para quitarse las zapatillas.

—¿Os apago la luz? —preguntó su madre antes de marcharse.

—Sí.

Y, a pesar de que todo indicaba que iban a dormir, Jake pasó todavía mucho tiempo en vela, sin parar de pensar en los últimos acontecimientos.

Horas después. Rachel le despertó en mitad de la noche.

—¿Qué pasa?

—Me duele la barriga.

Jake se frotó los ojos y se incorporó.

—¿Te duele mucho?

Ella asintió, colocando sus manos sobre el abdomen.

—¿Quieres ir al baño?

Volvió a asentir.

—De acuerdo, espera.

Se sentó sobre la cama y se acercó a ella indicándole que se cogiera a su cuello para levantarla. Después abrió la puerta y continuó hasta el baño. Jake dejó a su prima sobre la taza y simplemente esperó. No tenía buena cara.

—¿Esperamos un poco a ver si se te pasa?

—Sí.

Bostezó y se sentó en el suelo a su lado, a la espera de que la niña mostrase algún indicio de algo más, o de que empezase a hacer sus necesidades. No tenía nada de sueño cuando se acostó en la cama, pero ahora le resultaba insoportable mantener los ojos abiertos. Ni siquiera sabía qué hora era. Rachel, sin embargo, parecía bastante despierta.

—Avísame si ves que me duermo, ¿vale? —dijo, sin ser realmente consciente de lo que decía y dejando caer la cabeza hacia la cisterna.

- - - - - - -

Arabia se despertó a media noche con unas ganas urgentes de ir al baño, reconociendo que no había sido buena idea tomar té después de cenar. Se levantó haciendo el menor ruido posible y bajó por las escaleras de caracol. Se sorprendió al ver que la única luz encendida procedía del cuarto de baño, porque la puerta estaba completamente abierta. Le pareció escuchar una melodía, hasta comprender que se trataba de Rachel. Se quedó parada en el pasillo antes de atreverse a asomarse por el hueco de la puerta, para intentar captar algún otro sonido que indicase si estaba sola o no, pero no escuchó nada más aparte de su vocecita entonando una canción que no reconoció.

Se quedó todavía más sorprendida cuando entró. Rachel calló y la miró con los ojos muy abiertos e indicándole que guardase silencio, con el dedo índice sobre los labios y sentada como estaba en el wc. Jake estaba durmiendo a su lado, sentado en el suelo y con la espalda apoyada en la pared. Estuvieron un rato más mirándose la una a la otra sin decir nada, porque lo cierto es que Arabia no tenía ni idea de qué decir. Además, olía fatal.

—¿Has terminado? —le preguntó por lo bajo.

Rachel asintió.

—¿Y por qué no avisas a Jake?

—¡Chist! Se ha dormido.

Saltaba a la vista que su primo se había dormido, pero Rachel no podía pasarse la noche sentada en la taza solo por ese motivo. Además de que ella necesitaba ocupar su lugar, y que hacerlo con Jake allí no era una opción. Por suerte, Sara apareció.

—¿Qué ocurre?

No hizo falta que Arabia le explicase nada.

—Por dios, Jake —dijo, acercándose a la niña—. Despierta.

Él empezó a reaccionar en cuanto notó la voz y la presencia de Sara, que procedió de inmediato a limpiar a Rachel y a bajarla para colocarle la ropa.

—Te ha sentado mal la cena, ¿eh? —le dijo.

Cuando Sara tiró de la cadena, Jake terminó de despertarse.

—Joder. —Despegó la cabeza de la cisterna y miró a su alrededor—. Qué peste.

—¿Cuánto tiempo llevas aquí, cariño?

Rachel no supo responder a la pregunta.

—Ari, necesitas el baño, ¿verdad?

—Lo cierto es que sí.

—De acuerdo, ya nos vamos. Jake, levanta, vamos.

Sara cogió en brazos a la niña y se dispuso a salir. Jake tardó un poco más, pero terminó de levantarse con torpeza y caminó tras ella. Después de cerrar la puerta, los escuchó hablar de nuevo en voz baja.

—No puedo creer que te hayas dormido en el baño.

—Lo siento. Ni siquiera sé qué hora es.

—Son las cinco de la mañana. Ve a dormir un poco más. No. Yo me quedo con Rachel.

Arabia tardó más rato del necesario en salir del baño, pensando en la escena que acababa de presenciar hacía un momento. En realidad, a pesar de que Sara parecía un poco molesta por la situación, a ella ahora le parecía todo bastante cómico. Rachel era una niña de lo más peculiar, y Jake...

Jake era Jake.

Acabaría acostumbrándose.

Noviembre de 1985

Después de la primera noche en Dix76 de Zane y Arabia

—Habéis estado muy calladas durante todo el día —dijo Sara.

Estaba sentada en el sofá, leyendo un libro con Rachel. Zane y Arabia estaban en la mesa del comedor, haciendo un trabajo para la universidad.

—¿Sí? —preguntó Zane, fingiendo sorpresa—. Pues no nos habíamos dado cuenta. Supongo que estamos demasiado concentradas en este trabajo.

Se le daba fatal mentir.

—Ni siquiera habéis mencionado nada sobre anoche. ¿Qué tal lo pasasteis en la discoteca?

—Muy bien, ¿verdad, Ari? Fue divertido, aunque tampoco nada del otro mundo.

Arabia miró de reojo a su amiga y se limitó a asentir con la cabeza, mientras fingía que seguía escribiendo en su cuaderno. Se encontraba tan mal que no le apetecía ni hablar.

—¿Qué hora era cuando volvisteis a casa? ¿Las cuatro?

—Las tres.

De repente, Zane le pasó un papel con algo escrito.

"*¿Crees que deberíamos hablar con Jake sobre anoche?*", leyó.

Quería coger el lápiz y escribir un "*sí*" como respuesta, pero escribió "*no*", sin embargo.

Su amiga hizo un gesto de decepción al verlo.

—¿Te has tomado algo para el catarro, Ari? —le preguntó Sara.

—Sí, ya me encuentro un poco mejor —mintió. Seguía helada de la cabeza a los pies, y no se notaba ninguna mejoría—. Pero me iré pronto a dormir, porque me noto muy cansada.

—¿Cómo está Jake, mamá?

—Durmiendo como un tronco. He subido hace un rato a ponerle una pomada y ni siquiera se ha enterado, y eso que Rachel me ha ayudado.

—¿Te ha contado algo sobre lo que le ha pasado?

—No, nada, aunque me hago una ligera idea.

—¡¿Ah, sí?!

La respuesta precipitada de su amiga y su interesada mirada levantaron muchas sospechas, tanto que Arabia le golpeó en la pierna por debajo de la mesa.

Pero Sara era demasiado inteligente como para no darse cuenta.

—¿Coincidisteis vosotras con él anoche?

—Qué va... ¿Por qué lo dices?

Esa vez, Arabia hizo un ademán para que dejara de actuar con tanta exageración.

—No, por nada. Pensé que tal vez os habríais visto. —Sara hizo una pausa y luego continuó hablando—. Cuando salió de casa me dijo que iría a dar una vuelta, pero, visto lo visto, salió de fiesta. Y como él acostumbraba a ir a ese sitio…

—Pero ya no —agregó Arabia—. Coincidimos con unos chicos de su equipo y nos dijeron que hacía varios meses que no se pasaba por allí. —Sara le sostuvo la mirada hasta que Arabia no fue capaz de hacerlo por más tiempo—. En fin, yo voy a subir. Quiero echarme un rato antes de la cena.

Lo cierto es que estaba fatal. La cabeza le dolía mucho y la congestión hacía que le costase respirar. Pero, aparte de eso, tenía la sensación de que Sara sospechaba que Jake se había metido en problemas por culpa de ellas, así que no quería que continuara haciéndoles preguntas.

—Te acompaño. Avísame cuando vayas a preparar la cena, mamá.

Entre las dos recogieron la mesa; después subieron a la buhardilla. Arabia se metió rápidamente en la cama y se cubrió con las mantas, aunque se quedó medio incorporada, apoyando la espalda en la pared.

—Mañana terminaremos el trabajo —anunció—. Hoy ya no puedo pensar en otra cosa que no sea este catarro.

—Tranquila, a mí tampoco me apetecía seguir con ello. No puedo dejar de pensar en todo lo de ayer.

Arabia rio, ella tampoco podía, aunque, sin duda, sus inquietudes eran distintas, o eso pensaba.

—¿Habías besado antes a otros chicos?

Sintió que se le quitaba de golpe la congestión.

—¿Por qué lo preguntas?

—Porque yo nunca he besado a nadie y me estaba preguntando cómo sería. No hemos hablado del tema, pero supongo que antes de conocernos, tú habrás conocido a otros chicos.

—Bueno... —Arabia no quería mentirle a su amiga, pero tampoco que supiera que el beso con Jake había sido el primero—. Tuve un novio cuando vivía en Turquía, pero nada importante.

—¡Conque tuviste novio!

—Teníamos catorce años, Zane, no fue nada del otro mundo. Solo éramos unos críos.

—¿Y qué se siente al dar el primer beso?

Empezó a sentirse acalorada.

—Pues... se siente... no sé. Bien, supongo.

—¿A cuántos chicos has besado, en total, incluyendo a mi hermano?

—A cuatro —mintió, sin ni siquiera pararse a pensarlo.

—¡Wow! ¿Cuatro? ¿Y cuál ha sido el mejor de ellos?

—¿A qué vienen todas estas preguntas, Zane?

—Bueno... Es que estuve hablando con otras chicas de la disco, aparte de Lora y Miranda, y algunas hablaron de Jake. Y es más, hablaron muy bien de él. ¿No es extraño? Nunca me había imaginado a mi hermano con una chica. A Derek sí, pero a Jake... es tan... No sé. Tan...

—Rudo —completó Arabia.

—¡Exacto! ¿Cómo puede una persona tan ruda besar bien?

—Pues esas chicas tenían razón, supongo. Fue un buen beso, rápido pero agradable.

—¡Qué fuerte!

Se echaron a reír y luego Arabia empezó a toser.

—Todavía no puedo creer que os besarais.

—Yo tampoco, la verdad.

—En fin... supongo que se quedará como una anécdota de la familia y, cuando pasen los años, lo comentaremos y nos reiremos. Seguro que cuando se lo contemos a Derek se muere de la risa.

—Lo cierto es, Zane, que no me gustaría contárselo a nadie. Ni siquiera a Derek. —Para Arabia había sido algo importante y no quería que Jake pensara que se reían a sus espaldas justo por el beso. Eso era lo último que quería después de lo que había hecho por ellas—. Jake nos exigió que no se lo contáramos a nadie y no creo que le fuera a hacer gracia que se lo digamos a Derek.

—Ya, pero una cosa es decírselo a mis padres, pero a Derek... Siempre le contamos los cotilleos cuando viene a casa.

Sí, era verdad. La relación que ambas tenían con Derek era muy distinta a la que tenían con Louis y Jake, a pesar de que él se pasaba la mayor parte del año fuera de casa.

Derek era encantador, además de guapo, y siempre les contaba cosas interesantes que le pasaban por Florida. A cambio, Zane le hablaba de lo que sucedía en casa en su ausencia, y chismes de la universidad.

—De todas formas, creo que no sería buena idea hablarle sobre el Dix. Pero tampoco puedo impedírtelo, así que si lo haces, por lo menos que no esté yo delante. No quiero tener nada que ver si finalmente llegase a oídos de Jake.

—¿Por qué? ¿Qué crees que puede pasar? ¿Que se enfade? Pues vaya novedad...

—¿Cómo puedes hablar así? ¡Nos ha salvado de una noche horrible!

—Lo siento. Es que estoy un poco... de bajón, porque nadie se fija nunca en mí.

—¿Cómo que nadie se fija en ti? ¿Cuántas veces te han dicho que tienes unos ojos increíbles?

—Muchas. —Zane tenía los ojos de un color verde claro muy espectacular—, pero eso nunca me ha servido para nada. Además, casi siempre me lo dicen chicas, así que...

—Pues al menos tienes un rasgo que resulta interesante. Yo, sin embargo, no tengo nada de especial, y el hecho de ser extranjera no me lo pone más fácil.

—¡Pero has besado a cuatro chicos!

—¡Chicas! —Se escuchó la llamada de Sara desde abajo y Arabia se alegró de que las interrumpiera. No se sentía bien después de haberle mentido a su mejor amiga—. La cena está lista.

—Yo no voy a bajar. Ni siquiera tengo apetito. —Arabia se recostó y se tapó por completo—. Creo que dormiré un rato a ver si se me pasa el dolor de cabeza.

—Está bien... Subiré después y te traeré algo calentito.

- - - - - - -

A Jake lo despertaron con mucho cariño. Su madre se sentó a su lado y le acarició el pelo hasta que abrió los ojos.

—La cena está lista. ¿Crees que has dormido lo suficiente?

—Diría que sí.

—Te espero abajo. No tardes.

En cuanto se fue, él se incorporó y se desperezó, estirando todos los músculos del cuerpo. El costado le seguía doliendo, pero mucho menos. Abrió el armario y se puso una sudadera con cremallera de color azul marino. Antes de bajar a la cocina pasó por el cuarto de baño y se miró al espejo. Todavía se le notaban los arañazos que le había hecho Miranda. Sonrió al recordar el momento en que se lo había hecho.

Qué noche, pensó.

Todos estaban en la mesa cuando llegó, a excepción de Arabia.

—¿Y Ari?

—Está acatarrada —respondió su hermana—. Se ha quedado en la cama.

Durante la cena, Louis y su padre hablaron de béisbol. Rachel estuvo la mayor parte del tiempo jugueteando con la comida, por eso, cuando terminaron de cenar, ella todavía tenía la mitad del plato delante de ella y su madre la castigó por ello.

—No te vas a levantar hasta que te lo comas todo —le advirtió.

Rachel sonrió con picardía, pero cuando comprendió que su tía Sara no iba a dar su brazo a torcer, frunció el ceño y apartó el plato, sin ninguna intención de seguir comiendo. Jake fue el único que se quedó en la mesa después de que todos se levantaran y recogieran sus platos.

—La tía ha hablado muy en serio —le dijo a su prima, que ahora estaba de brazos cruzados—. ¿Qué piensas hacer al respecto?

—No tengo hambre —respondió ella.

Jake se cambió de sitio y se puso a su lado.

—Yo puedo ayudarte —susurró. Ella lo miró con cara de sorpresa y de entusiasmo—. Por cada dos trocitos de salchicha que te comas, yo me como uno cuando nadie nos esté mirando.

Rachel asintió, emocionada, y pinchó el primer trozo. Llamó a su tía para que la mirara y viera cómo estaba comiendo, y Jake hizo lo prometido. Cada vez que su prima se terminaba dos trozos de mini salchicha, él esperaba a que nadie les prestase atención y se comía otro. Diez minutos después, Rachel ya había terminado con todo y su madre le permitió levantarse. Jake también se levantó, pero cuando vio que ella corría hacia él, se apartó y se puso el dedo índice en los labios para hacerle comprender que no debían levantar sospechas. Y le guiñó un ojo. Ella se puso las manos en la boca y rio por lo bajo.

Rachel era una buena cómplice.

—Oh, vaya —dijo su madre, de pronto.

—¿Qué pasa?

—Zane se ha olvidado la taza de caldo que le había preparado a Ari. Jake, ¿podrías subírsela tú?

Asintió, la cogió y se encaminó hacia la buhardilla. Tuvo que poner todo su empeño en no tropezar con los tortuosos y diminutos peldaños de la escalera de caracol que subía hasta allí, sobre todo para no derramar el caldo.

Su hermana le abrió y se sorprendió al verle.

—¿Por qué has venido?

—Pues porque te has olvidado de subirle la cena a Ari.

—¡Ah, sí! Lo sé, me he dado cuenta al llegar, pero como está dormida y no quiero despertarla, no he vuelto a bajar. Pasa, pasa.

—No quiero pasar. Coge la taza y déjasela ahí al lado por si se despierta.

—Vamos, pasa, quiero hablar contigo.

—No tenemos nada de qué hablar, ¿recuerdas?

—Jake, pasa.

Su hermana se alejó hacia su escritorio, se sentó en la silla y lo dejó allí plantado, en la puerta, sosteniendo la taza de cerámica. Sin más opción, pasó y cerró. Luego se acercó a la cama de Ari y dejó la taza en su mesita de noche. Estaba tapada hasta la cabeza.

—Puedes sentarte en mi cama.

—Zane, verás, tengo mucho que estudiar. No sé si sabes que he dormido durante todo el día, y que esta semana tengo dos exámenes importantes.

—¿Esos arañazos de la cara te los hizo Miranda?

Jake suspiró. Sabía que su hermana no iba a darse por vencida.

Caminó hasta su cama y se sentó en ella. La miró largo y tendido y luego contestó:

—Sí. ¿Siguiente pregunta?

—¿Te gustó?

—¿Cómo dices?

—Quiero decir, ¿a los hombres os gusta que os arañen cuando... ya sabes...?

Jake se rio. Que su hermana le estuviera preguntando aquello era divertido. Ella, sin embargo, permanecía seria.

—Eso depende.

—¿De qué?

Empezó a darse cuenta de a dónde quería ir a parar.

—Oye, Zane, no te ofendas, pero no voy a hablar de sexo contigo.

—¿Por qué no?

Jake movió los brazos e hizo un gesto de obviedad.

—Porque eres mi hermana.

—Pues precisamente por eso, porque soy tu hermana, me gustaría que me asesorases sobre algunas cosas.

—Para el carro. Si quieres hablar de sexo, habla con Ari, con tus amigas, o con mamá.

—¡Venga ya!

—Además, ¿qué te hace pensar que yo hablaría sobre eso contigo?

Jake estaba alucinando con su hermana. ¿Desde cuándo tenía tanto interés respecto al sexo?

—Deberías de querer darme unos cuantos consejos.

—¿Acaso haces caso alguna vez de mis consejos? Si no recuerdo mal, te dije que no debíais ir al Dix, y te entró por un oído y te salió por otro.

—Tal vez porque no fuiste lo suficiente explícito. Si me hubieses hablado de lo que nos íbamos a encontrar... De esas estúpidas normas...

—De haberlo hecho, ni siquiera me habrías tomado en serio. Porque todas tus amigas hablan maravillas sobre ese sitio, según me dijiste. Así que, por cierto, vaya amigas...

Zane se puso de pie casi de un salto, apretando los puños.

—¿Sabes? Va a ser divertido cuando se enteren de que eres mi hermano. ¿Qué crees que dirán?

—No tienen que saberlo.

—Sí, porque esa es nuestra coartada.

Zane le explicó el plan que había tramado con Arabia. Tenía sentido, pero aun así no le gustó.

—A lo mejor hasta te has acostado con alguna de ellas.

—Lo dudo.

—Pues tal vez les pregunte.

Jake descubrió que se trataba de una amenaza velada, pero era bastante improbable, por no decir *imposible*. Jake no había tenido tantas aventuras en el Dix76 como para que diera la casualidad que alguna de ellas fuera amiga de Zane, sobre todo atendiendo a la diferencia de edad.

—Bueno, ¿y qué si hubiese sido así? ¿Qué crees que ibas a ganar con eso?

—Ya lo averiguaremos Ari y yo.

Ari. Pensó en Ari, y le vino a la mente su sujetador.

—¿Piensas en el beso que le diste? —Zane lo sacó de su ensimismamiento—. Apuesto a que te gustaría saber lo que ella piensa al respecto.

Era verdad, le gustaría saberlo, pero no debía hacerle creer que era cierto, porque no debía fijarse en Ari. Se había convencido de ello hacía tiempo y un beso no iba a cambiar nada. Además, solo había sido un beso por conveniencia.

¿Por qué había tenido que decirle eso?

No, no quería saberlo.

—Vale, vamos a dejarlo aquí. Ya te he dicho que no voy a hablar de sexo contigo y esa es mi última palabra. —Jake se levantó y se dirigió a la puerta—. Derek vendrá en Acción de Gracias. Prueba con él, que puede que tengas más suerte.

—Desde luego que sí.

El tono de su hermana le dio a entender que estaba dolida.

—Bien.

¿Qué mosca le había picado a su hermana? ¿De verdad creía que iba a hablar de sexo con ella? Además, ¿por qué narices tenía que pensar en sexo y hacérselo ver a él? ¡Era su hermana! Lo último que quería era pensar en la cantidad de personas que podrían llevársela a la cama.

Noviembre de 1985.

Lo que sucedió dos semanas después de la noche en el Dix76.

A veces, cuando Derek estaba en casa, los Becker hacían cosas estúpidas, o, mejor dicho, hacían cosas que no podían permitirse. Jake lo sabía muy bien, y por eso mismo no daba crédito a lo que Zane acababa de proponer en la mesa y a lo que sus padres acababan de acceder de buena gana. No era otra cosa que pasar la tarde en el centro comercial y salir a cenar todos juntos.

—¡Va a ser genial! —continuó su hermana.

Louis y Jake se miraron. A ninguno de los dos les apetecía pasar el sábado por la tarde con sus padres y sus hermanos.

—Yo ya he quedado —dijo Jake.

—Sí, yo también —secundó Louis.

—Cancelad los planes y asunto zanjado.

Cuando su padre decía *asunto zanjado* no era buen momento para seguir llevándole la contraria. Y por ese motivo, a las cuatro en punto estaban todos reunidos en la puerta de casa. Era el momento de descubrir qué dos personas, de entre todos los presentes, irían a pie hasta el centro comercial, a varios kilómetros de distancia.

—Jake y Louis iréis andando —anunció su padre—. Ya que teníais tantas ganas de hacer otra cosa, os lo pasaréis muy bien caminando por la ciudad.

Genial.

—¿Dónde nos vemos? —preguntó.

—En el aparcamiento.

Jake abrió la puerta y esperó a que todos salieran de casa antes de cerrar. Su hermano pequeño fue el último en hacerlo.

—Iremos por la Gran Avenida.

—No —le contradijo Louis—. Tardaremos mucho menos atravesando el parque Hill.

Jake suspiró.

Ellos dos nunca iban a estar de acuerdo.

—¿Eso crees? —le dijo a su hermano—. Muy bien, te sigo.

Louis lo miró con perplejidad, pero después frunció el ceño y empezó a caminar. Había comprendido que Jake no le creía, pero estaba dispuesto a demostrar que se equivocaba. Así pues, caminaron uno delante del otro durante quince largos minutos, sin decir ni una sola palabra.

Jake dedujo que su hermano se había perdido cuando lo oyó farfullar en voz alta.

—Ni siquiera sé por qué tenemos que asistir a esta estúpida tarde en familia. ¿No podríamos negarnos y ya? No... Qué va... Es mejor acceder que atenerse a las consecuencias. Qué idea tan brillante, Zane, ir todos al centro comercial. Sí, brillante.

—Será todavía peor si sigues pensando que es una mala idea —le aconsejó Jake.

—Es que es una pésima idea, y lo sabes.

De pronto, se paró en seco.

—¿Y ahora qué?

—¿Qué, de qué?

Jake sonrió, casi seguro de saber a qué se refería su hermano.

—Que por dónde seguimos.

Louis se metió las manos en los bolsillos y miró hacia otro lado para no tener que ver su sonrisa de satisfacción.

—Por aquí —dijo Jake, girando hacia la derecha.

Cuando llegaron al aparcamiento, vieron a Zane a lo lejos, dando saltos de alegría.

—¡Por fin!

Jake propuso que dejaran las chaquetas en el coche cuando cruzaron la entrada, pero nadie le hizo caso, así que se quitó la suya y cargó con ella bajo el brazo. Los demás no habían tenido que caminar durante más de media hora salvo él y su hermano, pero estaba seguro de que cuando empezaran a entrar a las tiendas se arrepentirían de no haber hecho caso de su consejo.

Eso, o él era demasiado caluroso.

Arabia, Zane y Derek caminaban delante. Sus padres, un poco por detrás, cogidos del brazo. Louis marchaba todavía con las manos en los bolsillos, cabizbajo y golpeando una bola de papel que se había encontrado en el suelo. Él, por su parte, llevaba a Rachel cogida de su mano derecha y caminaban despacio, dado que el ritmo de ella era el de una niña de cuatro años.

Después de un rato, mientras estaban parados sentados en un banco a la espera de que los demás salieran de una de las tiendas de ropa, Jake se dio cuenta de que algo no andaba bien. Acababa de ver pasar por delante de sus narices a dos de los amigos de Ian McGregor. Al principio creyó que la vista le había jugado una mala pasada, pero no, porque ellos lo miraron y le sonrieron.

Qué maldita casualidad, pensó.

Casi nunca había coincidido con nadie de los que frecuentaban el Dix76 a menos que fuese en la universidad. Pero claro, ahora estaban en uno de los centros comerciales de la ciudad, así que las posibilidades se habían multiplicado.

Miró a Rachel, que le devolvió una mirada igual de azul que la suya, y le sonrió enseñando sus diminutos dientes.

—¿Quieres jugar a un juego? —le preguntó, sabiendo de antemano la respuesta.

—¡Sí!

—¿Cuál es tu color favorito?

Rachel hizo una mueca con la boca y ladeó la cabeza, señal de que estaba pensando.

No le costó demasiado decidirse.

—El lila.

—Vaya. —A Jake le sorprendió, y mucho, la respuesta de su prima. Era curioso. Él ni siquiera podía decir qué era violeta, morado o lila—. Así que el lila, ¿eh?

Rachel asintió, muy convencida.

—Pues se trata de lo siguiente. —Se levantó al ver a su madre salir de una tienda y dirigirse a la de al lado, y volvió a coger a Rachel de la mano—. Voy a ir diciendo colores al azar: amarillo, verde, rojo... Pero cuando diga lila tienes que ir rápidamente hacia la tía Sara, cogerle la mano y contar hasta diez. Después vuelves corriendo hasta donde yo esté.

—¿Y para qué?

No había pensado en eso, pero se esforzó por encontrar una rápida respuesta.

—¡Pues para despistar! Imagina la cara de la tía cuando vea lo que estamos tramando.

Supo que la había convencido cuando ella misma le pidió que iniciara el juego. Decidió tantearla al poco de empezar para ver si había entendido las normas y, para su grata sorpresa, ella siguió las pautas al pie de la letra.

Pasaron tres veces por el color lila, al tiempo que también pasaron las horas en el centro comercial. Jake empezó a pensar que su prima no tardaría mucho en cansarse de aquel juego, también que había pasado el peligro.

Fue entonces cuando lo vio.

Ian McGregor estaba justo delante de Jake. Iba directo hacia él, con una sonrisa de oreja a oreja. Jake calculó más o menos la distancia y cuando lo consideró oportuno dijo:

—¡Lila!

Su prima brincó y soltó su mano para ir corriendo hacia su tía, que estaba justo a unos cinco metros de donde ellos se encontraban. Y después, todo pasó muy rápido.

Ian llegó y, apenas sin detenerse, levantó el puño y lo dejó caer en el centro de la cara de Jake, como si hubiese estado fijando el golpe hacia una diana. Él cayó hacia atrás, por el impacto, y entonces Ian se agachó para susurrarle algo.

—Ya sé que las cosas del Dix suelen quedar en el Dix, pero... si te sirve de consuelo, ahora estamos en paz. Sigue disfrutando con tu bonita... familia.

Y dicho lo cual, se irguió y se fue como si no hubiese pasado nada.

—¡Mamá!

Era la voz de su hermana, la reconoció enseguida.

La sangre empezó a caerle por la nariz, y Jake odiaba que le sangrara la nariz. En cuanto vio que algunas personas daban pasos hacia adelante para acercarse a él, se la tapó con la parte baja de su camiseta y echó a andar hacia los cuartos de baño.

Escuchó a su madre decir algo tras él, y supo que le estaba siguiendo. Abrió la puerta y se plantó delante de los lavabos. Los dos hombres que había por allí se quedaron impresionados al verle. Uno salió enseguida, el otro siguió observándole como un pasmarote mientras él abría el agua y colocaba la cara debajo. En menos de cinco segundos la pila estaba repleta de sangre.

La puerta del baño volvió a abrirse para dejar paso a su madre.

Qué rápida había sido.

—Quítate la camiseta —le ordenó.

—Déjame —replicó él—. Y apártate si no quieres que te manche.

Como casi siempre, su madre hizo caso omiso de lo que le dijo. Sin pedir permiso, le agarró la parte de atrás de la camiseta y empezó a subírsela. No tuvo más remedio que ceder y poner de su parte para sacar la cabeza y los brazos. Era blanca, y estaba toda llena de sangre por la parte de delante.

Su madre la puso del revés en un santiamén y empezó a rajarla por las costuras. Hizo dos tiras grandes y dejó otra apartada a un lado. Se puso en el lavabo de al lado y empezó a mojar una de las grandes. Luego la puso sobre la nariz de Jake y apretó contra él. Protestó por el dolor y por lo frío que estaba aquel harapo. Sara lo obligó a incorporarse y a echar la cabeza hacia atrás.

En ese momento llegó Derek.

—¿Puedo ayudar?

—¡No! —exclamó Jake, agobiado porque continuara llegando gente.

—Coge mi monedero —le dijo su madre—. Ve a Burlington y compra otra camiseta para tu hermano.

Derek hizo lo que le había ordenado antes de desaparecer. Jake intentó volver a agachar la cabeza, pero su madre sostuvo su mano contra el trapo mojado y, por consiguiente, contra su nariz.

—Aguanta un poco —le dijo.

Se preguntó si estaría enfadada.

Pasado un rato más, dejó de ejercer presión y retiró la mano. Después, se puso a mojar otro pedazo. Mientras tanto, Jake se agachó y volvió a dejar que la sangre cayese y se fuese por la tubería.

—Toma, ponte este ahora y continúa levantando la cabeza.

Lo cogió y actuó en consecuencia. Estaba dando resultado, pues empezaba a sentir que las fosas nasales dejaban de chorrearle. Se mantuvo con la cabeza en alto un poco más y después retiró el harapo y se miró al espejo. Tenía sangre por la cara y por el pecho. Definitivamente, sí, había dejado de sangrar. Ahora solo le quedaban las secuelas.

Su madre cogió el trozo que aún quedaba sin usar y lo partió en dos. Uno más grande que otro. El grande lo mojó para poder empezar a limpiarle los chorretones. Seguía sin decir nada.

—Ven —dijo su madre—. Siéntate en ese retrete y deja que te limpie.

Jake caminó sin rechistar hacia uno de los retretes individuales, entró y se sentó dejando la puerta abierta. Su madre pasó tras él con el trapo húmedo y le levantó la cara. Él cerró los ojos y dejó que procediera. Llevó un poco de cuidado en las zonas más cercanas a la nariz, pero limpió sin miramientos en el resto. No se quejó.

Estaba claro que estaba enfadada.

Derek apareció de nuevo y mostró su adquisición.

—Aquí está —anunció.

Le había comprado una camiseta de las básicas, gris con las mangas largas de color azul oscuro.

—Bien, di a los demás que salimos en cinco minutos —le pidió su madre—. Póntela —añadió, pasándole a Jake la prenada.

Al acabar de vestirse, salió y vio a su madre de espaldas mojando el trozo pequeño y limpio que aún le quedaba.

—Colócatelo en la nariz y mantenlo ahí hasta que encontremos un hielo y lo puedas envolver con este pedazo.

Obedeció, una vez más, no sin antes echar un último vistazo a su cara. Ian había acertado de lleno en el tabique y ya tenía la zona enrojecida, aunque no sabía si era del frío de los trapos húmedos o del golpe. Por suerte, todo seguía en su sitio.

Su madre lo paró cuando trató de salir del baño.

—¿Qué ha sido esta vez? —preguntó—. Y no me mientas.

Jake suspiró. Pero creyó tener la coartada perfecta.

—¿Te acuerdas de los arañazos que tenía, que tú me dijiste que eran de una mujer?

—Sí, perfectamente.

—Pues... Eran de la novia de ese tipo.

Brillante, una coartada brillante, pensó.

—¿Y no se supone que ese chico ya te rindió cuentas cuando te devoraron a patadas el costado? Porque recuerdo que no solo tenías arañazos.

En fin. Sara era difícil. Mucho más difícil que cualquiera.

—Sí, pero supongo que lo volví a hacer.

La decepción de su madre fue mayúscula.

—Te abofetearía ahora mismo si no fuera porque me compadezco del regalo que ese chico te ha dejado en la cara —le dijo—. Qué vergüenza —añadió.

—Lo siento. No volverá a pasar.

- - - - - - -

Arabia observó con detenimiento a madre e hijo cuando salieron del servicio. Sara tenía una expresión tan sobrecogedora que, de haber tenido superpoderes, habría destruido todo a su paso. Era la primera vez que la veía tan enfadada.

Jake, por otro lado, salió sujetando un trozo de trapo blanco sobre su nariz, con la cabeza hacia arriba.

—¿Quieres que volvamos ya a casa? —escuchó decir a Paul.

—Ni hablar. Lo que quiero es un sitio para cenar, lo antes posible —respondió su mujer—. Quiero sentarme y seguir pasando un rato agradable.

—Le diré a Jake que se vaya.

—No es necesario.

Arabia respiró, aliviada. La verdad es que no quería que él tuviera que irse, aunque tal vez decidiera hacerlo de todos modos.

Zane y ella habían estado hablando a escondidas sobre lo ocurrido. El tal Ian era realmente un chico peligroso. Supusieron que después de pasar la noche con Miranda, Jake logró salir de la discoteca sin toparse con él, pero al final Ian le había encontrado.

Mientras caminaban hacia D&D, la pizzería que habían escogido, Arabia se dio cuenta de que llevaba la chaqueta de Jake. Se la ofreció enseguida, pues había empezado a refrescar, aunque le dio un poco de miedo acercarse a él.

—Gracias —le dijo.

Sin embargo, no se la puso. La agarró con la mano que tenía libre y siguió caminando. La derecha continuaba pegada a su nariz.

- - - - - - -

Una vez dentro de la pizzería, una jovencísima chica acudió a su encuentro. Jake le calculó unos quince o dieciséis años, a lo sumo.

—¿Cuántos sois? —preguntó, sonriendo en todo momento.

—Siete y una niña pequeña —respondió su madre.

—Un momento, por favor.

La chica se dio la vuelta y se dirigió hacia el salón. Jake tuvo la sensación de que se le había quedado mirando demasiado rato, pero luego se dio cuenta de que su aspecto debía de ser entre curioso y lamentable. Aun así, cuando regresó para indicarles la mesa que habían preparado para la familia, se fijó un poco más en su aspecto.

Tenía el pelo castaño y lo llevaba recogido en una coleta muy alta. Sus ojos también eran castaños, casi del mismo color que su pelo. ¿Por qué le resultaba familiar?

Les condujo hasta una mesa al final del local, donde en la parte de la pared había una bancada de madera en la cual tomaron asiento Jake y Louis. Derek se colocó en una esquina; enfrente, Zane, Arabia y su madre; finalmente, a su derecha y ocupando el otro extremo de la mesa, su padre. Rachel se coló por debajo de la mesa y apareció entre sus piernas, así que Jake la agarró y la colocó sobre sus rodillas. La chica dijo que volvería con las cartas y desapareció.

—Siéntate como es debido, Rachel.

Su prima arrugó la cara por el comentario que hizo su tío Paul, en señal de protesta, pero Jake actuó por ella y la levantó para colocarla entre Louis y él. Entonces la camarera regresó y les entregó las cartas.

Luego se quedó allí plantada, como a la espera. Jake levantó la vista y se topó directamente con su mirada ambarina.

—¡Hola! —le dijo ella—. Soy Sammy.

Jake la miró con más detenimiento. Tenía claro que se conocían de algo, pese a que el resto de los presentes estuvieran pensando algo diferente. Justo cuando se decidió a hablar para responder al menos a su saludo, su padre alzó la voz.

—Decid en voz alta lo que queréis de beber para que la jovencita tome nota.

Ella se puso nerviosa, Jake lo notó. Sacó rápidamente su bloc de notas y se preparó para apuntar. Al acabar se marchó de inmediato.

Entonces él se quitó el trapo de la nariz para darle un respiro y trató de abrir las fosas nasales.

—Parece que te has ganado una admiradora —dijo su hermano, de repente.

—Cállate.

Era muy extraño. Solía ser Derek el que se enfrentaba a ese tipo de situaciones.

—Yo ya tengo claro lo que voy a pedir —anunció su padre.

—¿Vamos a pedir una pizza por cabeza o tenemos que compartir? —quiso saber.

Su padre le dio un golpe con el pie por debajo de la mesa. Él no entendió por qué lo hacía, ya que no estaban en presencia de ningún extraño como para andarse con rodeos. Arabia hacía tiempo que se había convertido en una más.

—Yo no creo que me coma una entera —comentó Zane—. ¿Alguien quiere compartir conmigo?

—Yo me pido a Rachel para compartir —dijo Jake.

Su prima era siempre la mejor opción, en todos los sentidos.

Cuando todos tuvieron claro lo que querían, su padre levantó la mano para llamar la atención de algún camarero. Esa vez no apareció la misma chica, sino un hombre de mediana edad. Arabia y Zane pidieron una pizza para compartir. Derek y Louis una para cada uno. Su padre y su madre también compartieron, y finalmente Jake se puso de acuerdo con Rachel para escoger una que les gustara a ambos.

—¡Samantha! —dijo el hombre al fijarse en la mesa vacía—. ¿Qué pasa con las bebidas de la mesa seis?

Poco después, ella reapareció con una bandeja llena de refrescos. Entregó todos y cada uno de ellos, y luego se esfumó. Su madre sacó dos hielos de su bebida, los envolvió en el trozo de camiseta y se lo devolvió a Jake.

—Póntelo un rato con el hielo, a ver si así conseguimos que deje de crecer la hinchazón.

—Tienes la nariz del tamaño de un elefante —le informó Zane.

Jake no quería ni imaginarse su aspecto, así que hizo caso a su madre, al menos hasta que llegaron las pizzas.

Durante la cena, Jake pasó desapercibido. Derek empezó a hablar sobre cómo estaban las cosas en Davie, la ciudad donde estudiaba, y eso captó toda la atención de los presentes.

Su padre parecía tranquilo y, a fin de cuentas, la tarde no había estado tan mal, quitando el encuentro con McGregor. Incluso Zane había podido hacer algunas compras. Jake supuso que sus padres habían tenido algo de respiro con las facturas, y que por eso se habían permitido aquel lujo. Lo único que no hicieron fue mirar la carta de postres. Su padre pidió directamente la cuenta al terminar de cenar.

La chica misteriosa apareció para retirarles los platos y los cubiertos. y volvió a dedicarle a él una mirada y una sonrisa que no pasó desapercibida para sus hermanos.

Eso hizo que ella se sonrojara hasta el extremo y que se marchara sin decir ni una sola palabra.

—Ya es suficiente —le dijo a Derek.

—¿Acaso no vas a decirle nada?

—Es una niña.

—A mí no me parece que sea tan niña —puntualizó Arabia.

—¿Tú también vas a entrar al juego? —le dijo, molesto—. Pues adelante, búrlate. Burlaos todo lo que queráis.

—No os peleéis —intervino su madre, mientras se levantaban para marcharse de allí.

Jake se dio cuenta de que la chica estaba un par de metros a su izquierda, observándole, y por fin creyó reconocerla.

—Esperad un momento —dijo al resto.

Se acercó a ella y ladeó la cabeza.

—¿Sammy? —le preguntó, a pesar de que ella ya se había presentado.

—¡Sí! ¡La hermana de Danna Key!

—Has crecido.

—Creía que no me reconocerías.

—Es que has cambiado... mucho. —Por supuesto que había cambiado. La única vez que la había visto era apenas una niña—. ¿Cuántos años tenías? ¿Diez?

—Doce. Ahora tengo casi dieciséis —puntualizó.

—¿Y cómo está tu hermana?

—¡Muy bien! Aún habla a veces de la noche que pasásteis juntos.

Jake se ruborizó. Los demás los estaban mirando, así que no quería que ella diese muchos datos. Sin embargo, antes de que pudiera pararla, siguió hablando.

—Y, ¿sabes? Tuvo un bebé.

Jake sintió que se le paraba el corazón, pero Samantha continuó.

—No, espera. No es tuyo ni nada de eso —le explicó—. Es que se casó hace como un año, cuando se quedó embarazada, y hace unos meses que lo tuvo. Se llama Derek. Pensé que te gustaría saberlo —añadió.

—Vaya —Derek apareció justo en ese momento y le puso las manos sobre los hombros—. Le has dado un susto de muerte con eso del bebé, ¿eh? ¿Qué pasó exactamente entre tu hermana y mi hermano? A propósito, me llamo Derek.

Jake apretó los ojos e hizo una mueca, porque su hermano acababa de meter la pata hasta el fondo.

—Llevó a mi hermana mayor al baile del instituto St. Holmes.

Todo el mundo sabía que el St. Holmes era un instituto para para personas sordas, ciegas y sordociegas de la ciudad. A Derek se le quedó cara de idiota al escuchar su mención.

—¿Cómo es posible que os llaméis igual siendo hermanos? —preguntó Samantha.

—No, yo... Lo siento. —Derek empezó a hablar atropelladamente—. Lo que quería decir es que él es Derek. Me estaba presentando por él, dado que es lo que debería de haber hecho nada más llegar, cuando lo saludaste. Yo soy Jake. Perdona por la interrupción. Ha sido un placer.

Su hermano salió sano y salvo de la situación, pero al menos iba a tener que reconocer que la había cagado.

—Bueno, pues... Me alegro de volver a verte —continuó Jake—. Espero que tu hermana sea muy feliz. Dile que le deseo todo lo mejor.

—¡Claro! Le hará mucha ilusión. Ha sido un placer volver a coincidir.

—Sí, yo también lo pienso.

Jake ya no sabía qué más decir.

—¡Samantha! ¿Piensas volver al trabajo?

—Será mejor que me marche —dijo, para evitar que la chica tuviera que excusarse ante la llamada del que parecía estar al mando—. Me están esperando.

—¡Hasta la próxima, Derek! Cuida de esa nariz.

Jake se despidió con la mano y luego salió de la pizzería, donde todos estaban esperándole.

Zane fue la primera en dar el coñazo.

—Woh, woh, woh... ¿no decías que era una niña?

—¿En algún momento he dicho lo contrario? —Jake sabía que le esperaban más comentarios como ese—. Conocí a su hermana hace años, y solo estábamos charlando.

—Pues se notaba que ella estaba prendada de ti —dijo Arabia.

—¿Y de qué conoces a su hermana? ¿Eh? —continuó Zane.

—Eso no es de vuestra incumbencia. ¿Verdad que no, Jake?

Le lanzó la pregunta a su hermano, cargada de ironía.

—Sí. Será mejor que no sigáis haciendo preguntas.

Todo aquello iba sobre un favor que había tenido que hacerle a Derek durante el último año de instituto de ambos, cuando se hizo pasar por él para acompañar a una chica ciega a su baile de graduación.

Zane se llevó un fiasco cuando el mayor de los Becker dio por concluido el cotilleo.

AGRADECIMIENTOS

Hace ya algún tiempo que leer las dedicatorias y los agradecimientos de los libros se ha convertido en una de mis cosas favoritas. Me parece algo muy íntimo que los autores comparten con todos aquellos que dan una oportunidad a sus historias.

Los que me siguen de hace tiempo saben que este libro es una reedición que existe gracias a que Munyx Editorial decidió darle una oportunidad a un manuscrito autopublicado. Así que el primer gracias es para Marta, mi editora. El segundo, para todas esas personas del mundo literario que he ido conociendo por el camino y que, a día de hoy, tengo la suerte de poder llamar *amigas*. Sabéis quiénes sois, y también sabéis toda la admiración que siento por todo lo que hacéis. Gracias por formar parte, de una forma u otra. Por último, gracias a esas personas que, de algún modo, ya forman parte de la trilogía, porque aún sin conocerme apenas se han implicado y han *fangirleado* como nunca imaginé que nadie *fangirlearía* con mis personajes. Y me vais a permitir que destaque a Marina Lovegood, Marina, Lucía, Mariángeles y Nieves. Ellas están a otro nivel. Os lo aseguro.

Gracias a Lidia y a Sonia, mis amigas queridas.

A las *Pretty*. Arantxa, Laura, Bea, Victoria y Gema. Por un año tan increíble.

A María y a Noe. Y a Julia.

Por último, gracias a todas las personas que dijeron sí cuando *Amor y virtud* andaba en la ardua y larga tarea de buscar lectores. Y a los que organizasteis lecturas conjuntas.

Sé que me dejo a muchísima gente, pero no porque crea que no son importantes o no los tenga en mente en este momento. Simplemente, no hay páginas suficientes para nombrar a todas las personas que han hecho posible que la trilogía tenga una casa editorial donde seguir creciendo.

No es posible devolver con palabras ni explicar lo que siento cada vez que alguien habla de Jake, de Ari o de la historia… De verdad que no.

Estoy tan infinitamente agradecida por todo lo que los lectores me han transmitido en estos últimos años, que solo espero que el ejemplar que ahora tienes en las manos tenga, como poco, la calidad que esperabas, porque todas y cada una de esas personas me han ayudado a mejorar día tras día en todos los aspectos de mi pequeña carrera como escritora. Y puestos a mencionar a personas que han hecho de esta historia algo mejor, otro gracias a las ilustradoras con las que he tenido la suerte de trabajar, Carmen y Ari.

Espero que nos volvamos a encontrar en los próximos agradecimientos, aunque si has llegado hasta aquí, ya formas parte de este apartado y, por lo tanto: gracias.

Agradecimientos extra de segunda edición: Gracias a Maz, a María y a Nieves, por adentraros en una relectura precipitada de este libro. Si brilla más, es gracias a vosotras.

P.D. Jake os manda un besito.

+ información en:

www.trilogia-amoryvirtud.com

PERSONAJES Y MAPA

JAKE BECKER

20 años al inicio de la historia
Estudiante de Geofísica
(Repitiendo 3er curso)
Ex-jugador de los Ice Falcons
(Universidad Sur)
Segundo hijo de Sara y Paul Becker
Hermano de Derek, Zane y Louis

PRINSS

ARABIA KURBAGH

19 años al inicio de la historia
Estudiante de Enfermería
(2do curso)
Hija de Ebru Kurbagh
Mejor amiga de Zane

KINGSTON

DEREK BECKER

21 años al inicio de la historia
Estudiante de Derecho
Universidad de Florida
(4to curso)
Hijo mayor de Sara y Paul Becker
Hermano de Jake, Zane y Louis

FLORIDA / PRINSS

EMILY WATHSON

20 años al inicio de la historia
Estudiante de C.Ambientales
(3er curso)
Pasión por la Filosofía
Hija de Frederic y Carla Wathson
Hermana gemela de Emma

VALLEY STREET

ZANE BECKER

18 años al inicio de la historia
Estudiante de Enfermería
(2do curso)
Tercera hija de Sara y Paul Becker
Hermana de Derek, Jake y Louis

PRINSS

EMMA WATHSON

20 años al inicio la historia
Estudiante de Geofísica
(3er curso)
Hija de Frederic y Carla Wathson
Hermana gemela de Emily

VALLEY STREET

LOUIS BECKER

15 años al inicio de la historia
En el instituto
(Junior/1ro Bachiller)
Cuarto hijo de Sara y Paul Becker
Hermano de Derek, Jake y Zane.

PRINSS

RACHEL B.BECKER

5 años al inicio de la historia
Preescolar
Sobrina adoptada de Sara y Paul Becker
Prima de Derek, Jake, Zane y Louis

PRINSS

ILUSTRACIÓN: CARMEN @OALCUADRADO_
COMPOSICIÓN Y DISEÑO: ROLLY HAACHT

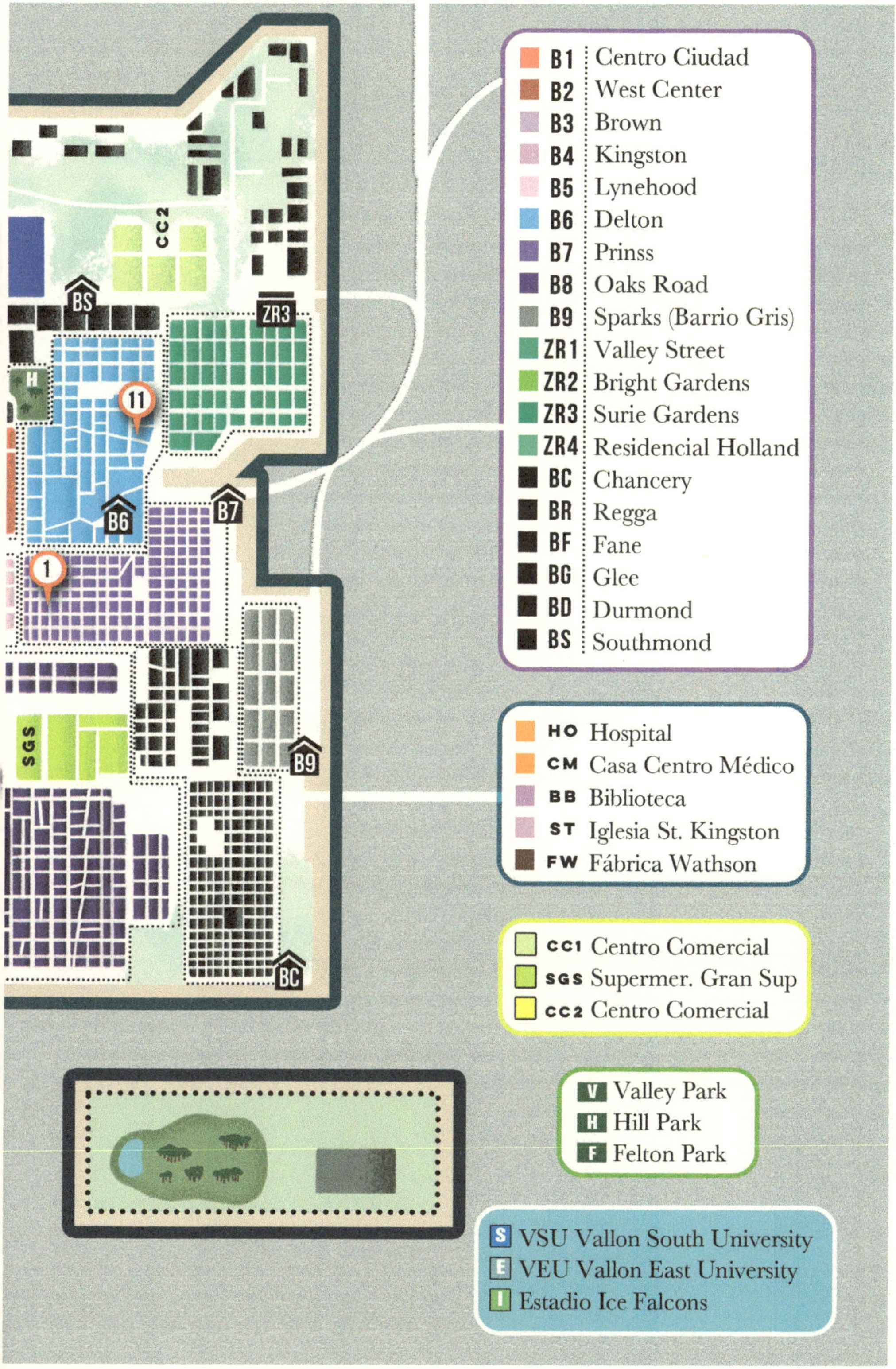
B1 Centro Ciudad
B2 West Center
B3 Brown
B4 Kingston
B5 Lynehood
B6 Delton
B7 Prinss
B8 Oaks Road
B9 Sparks (Barrio Gris)
ZR1 Valley Street
ZR2 Bright Gardens
ZR3 Surie Gardens
ZR4 Residencial Holland
BC Chancery
BR Regga
BF Fane
BG Glee
BD Durmond
BS Southmond
HO Hospital
CM Casa Centro Médico
BB Biblioteca
ST Iglesia St. Kingston
FW Fábrica Wathson
CC1 Centro Comercial
SGS Supermer. Gran Sup
CC2 Centro Comercial
V Valley Park
H Hill Park
F Felton Park
S VSU Vallon South University
E VEU Vallon East University
I Estadio Ice Falcons
CC2
BS
ZR3
H
11
B7
B6
1
SGS
B9
BC